Best Time

白马时光

Chun Jiang
Hua Yue Ye
Zhi You Hu

春江花月夜之有狐

多多——著

百花洲文艺出版社
BAIHUAZHOU LITERATURE AND ART PRESS

图书在版编目（CIP）数据

春江花月夜之有狐 / 多多著 . — 南昌 : 百花洲文艺出版社 , 2017.8（2020.1 重印）
ISBN 978-7-5500-2341-3

Ⅰ . ①春… Ⅱ . ①多… Ⅲ . ①长篇小说—中国—当代
Ⅳ . ① I247.5

中国版本图书馆 CIP 数据核字（2017）第 175320 号

出 版 者　百花洲文艺出版社
社　　址　江西省南昌市红谷滩世贸路 898 号博能中心 I 期 A 座 20 楼　　邮编：330038
电　　话　0791-86895108（发行热线）0791-86894790（编辑热线）
网　　址　http://www.bhzwy.com
E-mail　bhzwy0791@163.com

书　　名　春江花月夜之有狐
作　　者　多　多
出 品 人　李国靖
特约监制　燕　兮
责任编辑　游灵通　程　玥
特约策划　李国靖
特约编辑　柴鹤嘉　黄紫橙
封面设计　小茜设计
封面绘图　呼葱觅蒜
版式设计　王雨晨
经　　销　全国新华书店
印　　刷　三河市兴博印务有限公司
开　　本　680mm × 970mm　1/16
印　　张　19.5
字　　数　290 千字
版　　次　2017 年 8 月第 1 版
印　　次　2020 年 1 月第 3 次印刷
书　　号　ISBN 978-7-5500-2341-3
定　　价　36.00 元

赣版权登字：05-2017-290

目录

目录

楔子

◆

细雨如丝，杏花点点，青翠草色如烟云般染绿了天色。

在这烟雨蒙蒙的春日午后，路边的一家草庐中，却挤满了来往的行人。青裳布裙的少女在竹帘后泡茶，跑堂的小厮穿梭于客人中间端送着瓜果茶水。

一位说书先生正端坐在草庐中央，口沫横飞地讲着怪谈。

他口才极佳，将原本就怪异诡谲的话本说得更添玄妙，每到关键时刻就停上一停，听得客人们心痒难耐，想搔又搔不到，欲罢不能。

“老爷，您写的新话本真精彩。”一位十四五岁大小的书童连连夸赞，边说边殷勤地为上座上的主人端茶倒水，“怪不得远近茶楼酒肆的老板都来家门外排队，有了您的话本，自然客似云来。”

可坐在上座的中年人却眉头紧皱，不时还轻轻摇头，似乎对说书先生的故事略有不满。

“总觉得，还差了点什么……”

“已经够好的了，小的听了都觉得害怕。还有每个故事中的美人都各具风采，真不知您是怎么想出来的。”书童仍大拍马屁。

“告诉你一个秘密，这些故事都是我在梦中梦到的。”中年人捋了捋胡须，得意地笑了笑。

书童愣了一下，但说什么也不相信主人的话。他的主人可是王子进，别号梦斋，远近闻名的话本作者，甚至有书商将他的话本印成书册，卖到了东京城中。

而这些精彩绝伦、旖旎诡异的故事，竟然来自虚无梦境？哼，老爷一定是看他年少，才故意逗弄他。

“哎，可惜最近没有做有趣的梦了……”王子进失望地叹气，起身走出了草庐。

南方的雨丝细软，看起来像是朦胧的雾，落在身上似美人的轻抚，悄无声息地就沾湿了行人们的衣襟。

王子进打着把紫竹伞，漫不经心地走在回家的路上。草庐位于车辆往来的官道旁，待他不徐不疾地走回小镇，已是黄昏时分。

家家户户燃起了昏黄的灯光，像是一只只幽冥的眼，在春日潮湿的夜色中微微睁开。

王子进走在被雨水冲刷得宛如镜面般光滑的石板路上，看着路上稀稀拉拉的灯火倒影，仿佛走入了缥缈的梦境中。

长夜漫漫，他曾无数次在梦中独行，经历着一个个诡谲离奇的事件。而每次他都觉得有个人一直陪伴在自己身边，但当他想看清那个人的脸时，梦就戛然而止。

他为自己起了个名号叫“梦斋”，他总会看着夫人柳儿出神，仿佛答案就写在那张精致的脸庞上。

但多年过去，柳儿美丽的容颜被岁月的风霜浸染，他也没有想起梦中的那个人。

他满怀心事，信步而行，竟在雨夜中迷路，不知归途，而一直跟在他身后的小书童更是不知所踪。

街上时而走来一个身穿繁花锦裙的女人，脚踩着高高的木屐，迤逦而行；时而还会有三三两两的孩童结伴笑闹而来，他们都着花衣，手持花鼓，似刚刚参加庆典归来。

行人们的着装越来越离奇，他看了又看，一双眼都不够使，好似又变成了十几年前，那个刚刚乘船来到东京城的少年。

所幸路边的景致还未变化，只要走过两个街口，再绕过一棵大柳树，就是他的家了。

一个佩刀的人在雨中停下来，看了他一眼；又一个少女站住了，直勾勾地看他，他偷偷瞥了少女一眼，发现她竟然戴着个古怪的面具。

不知为何，路人们都不约而同地看向他的所在，视线千丝万缕，像是网一般将他困住。

他吓得慌忙奔走，连伞都不知扔到了何处。

枝繁叶茂的柳树伫立在夜雨中，像是一个长发垂肩的美人。他慌慌张张地从柳枝中穿过，宛如抚起了缕缕青丝。

熟悉的门楣近在眼前，大门虚掩，从门缝中透出淡淡辉光，温暖了冷雨霏霏的夜。

“真是吓死我了，快给我泡杯热茶。”他一头钻入门中，又将大门关严，才终于松了口气。

可是待看清门内景致，他刚刚落回肚中的心又提到了嗓子眼。只见他家假山错落、花木俨然的庭院中竟然稀稀拉拉地站着几个陌生人。

那些人有男有女，还有总角孩童，他看着极为面熟，仿佛在哪里见过。

“是子进回来了吗？”厅堂中传来一个声音，清朗悦耳，听起来如清泉流过山涧般令人舒服受用。

他觉得这声音熟悉至极，心底的恐惧刹那间烟消云散，不由自主地走进了大厅。

只见室内燃着百盏白烛，将不大的厅堂照得如同白昼，一个身穿白色锦衣的美貌少年，正懒洋洋地倚在檀木椅上，而两名娇娥站在他身边，千娇百媚地为他递水打扇。

少年脸如玉雕，看起来不过十七八岁的年纪，五官英挺俊美，散发着一种介乎于男女之间的奇异之美。

“你、你是谁？”他见了这少年毫不害怕，只有亲切之感。

“子进，你真的全忘了吗？”少年红唇微抿，好奇地打量着他，目光竟停在了他眉心间的红色胎记上，“原来如此，让我来唤醒你的记忆吧，你的过去……那些被遗忘的传奇……”

他走到王子进的身前，轻轻地推了他一把。

他的手白而修长，却充满力量，王子进被他推得一个趔趄就跌倒在地。

坚实的石板路，瞬息间化为荡漾的水波，他连吭都没来得及吭一声，就沉入了水潭深处。

透过粼粼波光，他看到了天空的皎月，飞雪般的落花，以及一只蹲踞在花海中的白色狐狸。

幻化的水光中，几年来无数个梦境如走马灯般在眼前一一浮现，只是这次他转过了头，终于看清了一直站在自己身后的人。

第一夜 ◆ 月如面

月圆之夜，清辉满天，将偌大的东京城照得宛如白昼。庭院深深中，一个身穿轻薄软纱，梳着双环髻的少女正在灯下做女红。

她边绣边哼着小曲，哼的是“还似花间见，双双对对飞”这样恩爱缠绵的曲子，绣的是一张红绸枕巾，上面一对交颈鸳鸯，在碧水中嬉戏。

她双颊绯红，美丽的大眼睛忽闪明亮，眼中满是对未来的希冀。

下个月就是她出嫁的日子，她遥望着天边月色，仿佛在那如盘满月中，看到自己夫君皎洁英俊的脸。

“芸儿，芸儿……”花窗外传来了呼唤声，温柔而多情，而且分明是个年轻男子的声音。

少女闻声起身，推开了雕花木窗，只见院中花枝掩映，夜雾轻浮，哪里有半个人影?

“浅墨，是你吗？”她朱唇微启，轻轻呼唤，但回应她的只有夜风拂过花枝，发出的沙沙细响。

少女披了件外衣，悄悄提裙走了出去，她的小婢正在熟睡，完全没有察觉主人奇怪的举动。

她脚步轻盈，猫一般敏捷，踏着柔软的萱草，在庭院中徘徊，寻找着自己期望的身影。

此时正是初夏时节，蔷薇吐出了含羞的粉嫩花蕾；龙胆和铃兰绽放出淡紫色的花瓣；栀子洁白如玉，用怡人的清香，装点着宁憩的夜晚。

花朵随夜风轻摆，仿佛都想知道，如此夜深人静之时，这个美丽的姑娘，为何孤身在月下游荡。

“芸儿……芸儿……”呼唤的声音再次响起，满含深情，宛如情人的低语。

少女的眼中立刻浮现出幸福的光彩，快步走向声音的来处，可当她走过去，等在那里的只有一堵灰色高墙，根本没有半个人影。

她长长叹息，就要转身离开。

“芸儿……”然而就在这时，身后再次响起了呼唤声，声音比刚才更轻柔，听起来像是有人在亲吻她的耳垂。

她欣喜地回过头，只见在高墙之上，竟有一张皎洁如满月的脸。那是一张男子的面孔，眉目英挺，面白如玉，在夜幕的映衬下，几乎可以跟明月争辉。

但这张脸也如月影一般，飘浮在半空中，根本看不到身体。

“啊——”少女脸色刹那间变得惨白，发出惊恐的叫声。

凄厉惨叫在东京城静谧的夜幕中回荡，奏响了一段诡异传奇的序曲。

・一・

夏日炎炎，氤氲的暑气令人昏昏欲睡。王子进着一件浅蓝色布衣，正伏在茶舍的矮桌上打盹。

“子进，莫要睡，一会儿就有你爱听的怪谈了。”

身边响起了一个清朗悦耳的声音，他迷迷糊糊地回过头，就像他多年来在梦中所做的那样。

可这次他没有醒来，终于清晰地看到了身边人的形貌。那是一个身穿白色绫绡长袍，头戴白色发巾，面如冠玉的美貌少年。

他唇如涂丹，鼻子葱管般英挺纤巧，一双丹凤眼迷离惑人，而黑色的瞳仁中，却又隐含着睿智的光芒。

王子进看了看丹凤眼的少年，伸了个懒腰，迷迷糊糊地打量着周围。只见两人正坐在一间堪称豪华的茶舍中，小桌上放着一块冰，在酷暑中送来丝丝凉意，堪称惬意舒适。而冰块周围，则摆满了各色小菜，皆以鸡制作而成。

有酱鸡胗，凉拌鸡肉丝，还有一整只烧鸡。可再看别的客人桌子上，摆着的都是清凉茶水和水果点心。

王子进嫌弃地皱着鼻子，“绯绡，为什么我们大热天还要吃鸡啊？”

“没有好吃的鸡，要怎么过夏天？”绯绡笑眯眯地拿起竹筷，轻轻巧巧地夹了一块卤鸡胸送入口中，丹凤眼立刻弯成了两弯月牙，像极了一只狡黠的狐狸。

“我看你没有鸡不光过不了夏天，是一年四季都过不了吧？”

“子进如果没有美女看，是不是也觉得度日如年？”绯绡也不生气，笑盈盈地答。

王子进会心一笑，立刻将脖子抻得老长，看向街道的方向。惜哉此时正值酷暑，路面被灼热的日光照成一条白晃晃的河，连个人影都看不到，更不要说美女了。

“我刚才做了个梦……”他转过身，望着桌上白汽萦绕的冰，“梦到自己老了，以写话本怪谈为生，而且居然忘了你。”

绯绡优雅地擦了擦嘴，丹凤含精，若有所思地看着他。

“子进，那只是个梦，不要放在心上。”

“可是如此真实……”

“只有愚蠢的人，才会为梦境苦恼。”绯绡指着站在茶舍中央的说书先生，“看，你最喜欢的话本来了。”

说书人喝了口茶，润了润嗓子，果然口沫横飞地讲起了故事。因为正值盛暑，他专门挑诡异可怖的故事讲，听得喝茶纳凉的客人们鸦雀无声，发根直竖，哪里还有半点汗意。

故事跌宕起伏，悬念重重，只见茶水果子接连不断地添上，没一个客人肯离席。

“真是太有趣了，比我们经历过的事情还要有趣百倍！”王子进听得连连拊掌，一回头，却见绯绡居然倚在舒适的座位上睡着了。

他鼻息轻匀，长睫微颤，显然已经睡了一会儿。

“绯绡，你怎么不听听呢？这故事如此精彩。”王子进生怕他错过，忙推醒了他。

“这有什么好听的？人类的谎言，乏味又无聊……”哪知绯绡却不领情，不耐烦地摆了摆手。

“什么谎言？明明都是真事。”王子进哪肯信他，“不是亲身经历，怎会如此惟妙惟肖，像是亲眼所见一般？”

绯绡笑而不语，只伸出长指，蘸了些茶水，抹到了王子进的双耳之上。之后他又伏在小桌上，享受着冰块的凉爽，惬意地会周公去了。

王子进独自一人喝着清茶，听着精彩绝伦的故事，可不知为何，故事刚起了个头，耳边就回荡起接下来的情节发展。

好似正有一个多嘴的小人藏在他的耳中，提前将故事的结局告诉他一般。

本来就是以诡异取胜的怪谈，一旦知道了结尾，立刻变得如白水般索然无味。王子进这才明白方才绯绡对他的耳朵施了法，一旦对方说的是谎话，立刻就会被拆穿。

果然，片刻之后，他也打起了瞌睡。

两人在桌上伏案而眠的样子，皆落入说书人眼中，尤其是王子进刺耳的呼噜声，怎么听都像是对他无能的嘲讽。

他入行多年，从来都能牵着看客的情绪，他想让他们哭就哭，想让他们笑就笑，让他们害怕更是简单，说个恐怖的段子，保准他们一个月内都不敢走夜路。

可哪想到今日遇到这两个粗蠢后生，完全不将他的故事放在眼中。

“接下来，我为大家讲个更离奇的故事，是关于住在东京城西的，一户商人家发生的怪事。”他喝了一大口水，扯着脖子嚷出了最后一个故事，誓要扳回一局。

“话说这商户之家姓夏，以贩卖广陵的胭脂水粉为生，家中只有一个独女，名唤芸娘，生得闭月羞花，沉鱼落雁，身段柔软，声音娇媚，简直是个水做的人儿。”

他刚开了个头，一直鼾声连天的王子进突然不作响了。

“夏家老爷视芸娘如珍似宝，到了女儿出嫁的年纪，为她千挑万选，才选中了同是商人的苏家郎君。苏郎生得俊美出众，跟芸娘可谓是天造地设的一对。”说书人见了王子进的表现，忍不住拈须微笑，“可就在两家过了聘礼，定下吉日之时，怪事发生了……”

他卖了个关子，刚刚喝了口水，便见王子进已经坐直了。

“这次是真的故事……”王子进又惊又喜，因为他耳边只有徐徐夏风，根本听不到故事的结局。

“夏家的芸娘，竟然在一个晚上，变成了个怪物……”说书人绘声绘色地讲述，“那是一个月圆之夜，芸娘因做出嫁用的嫁妆而晚睡，在自家院子里赏月散步时，竟然见到了一张宛如明月的脸……”

后来呢？王子进急得抓耳挠腮，或许知道这故事并非虚构，他比方才更感兴趣。

“而且脸竟是浮在半空中……”

风轻轻浮动，像是一只看不见的手，拂乱了绯绡的漆黑长发。他仍然伏在桌上，保持着小憩的姿势，但一双妙目已经睁开，闪烁着奕奕神采。

“之后就再也没人见过芸娘，据说原本貌若天仙的芸娘，不到月余，就完全没了人样……”他捋了捋胡须，收起折扇，“至于后来发生了什么，还请各位看官明日午时再来茶舍。”

“后面到底发生了什么？”王子进的屁股仿佛长了钉子，在椅子上蹭来蹭去，根本没有了看美女的心思，恨不得明天早早到来，好继续听故事。

“听起来很有趣呢。”绯绡打着哈欠，伸了个懒腰。

“不如我们去夏家查探一下吧？”

“不去，天这么热，还不如吃鸡喝酒。”

“如果你肯带我去，我给你打一个月的扇子……”王子进伏低做小地恳求。

“哎，子进，我终于明白你为什么八字不好了……”绯绡看着他期盼的脸，无奈地摇头，“阎王不给你发请帖，你都能自己摸上门……”

王子进明白他这是应允了，忙展开折扇，站在冰块后，轻轻扇了起来。

丝丝凉风吹在身上，在炎夏中是惬意无比的享受。绯绡现出动物本性，满足地眯起了凤眼，连唇边都蕴着几分笑意。

“可是不能现在去啊……”他指了指窗外高照的艳阳，“要等到月上柳梢头，人约黄昏后……”

王子进开心得连连点头，更加用力地扇起扇子来。

・二・

红日西斜，晚霞如涛似海，铺满了天边。王子进坐在客栈中，不断打望着窗外的天色，恨不得这日头赶紧落下去，月亮快点升起来。

可是他再着急也没有用，绯绡享受着他的扇风，惬意地喝酒吃鸡，时不时还露出毛茸茸的白尾巴摇上一摇。

眼见月影移到了天心，已是午夜时分，王子进累得举不动扇子。绯绡才放下了酒壶，但他仍不想出门，居然坐在灯下剪起了纸。

“我说绯绡，你怎么做起了手工？再不去夏家，天就要亮了。”王子进看他悠闲的模样，急得抓耳挠腮。

“夏家在城西，我们住在城东，怎能轻易往返？”绯绡头也不抬，仍专注于手中的剪纸。

“你怎么不早说？我们可以赁匹骡马呀！”他发出绝望的哀号。

“你那么急，就也来帮我剪匹马。”绯绡把剪刀塞进他的手中，朗声叮嘱，“记得剪得仔细点。”

王子进哪有耐心跟他玩剪纸把戏，匆匆几剪子就剪出了一匹马，大肚腿短，乍一看倒像是头猪。

绯绡拿起他的纸马，笑得合不拢嘴，随即一扬手便将两张剪纸顺窗扔了出去。剪纸在夜风中飘荡，落在地上时，已经变成了两匹打着响鼻、配好了金鞍嚼头的骏马。

只是一匹马高大威猛、英姿勃发，另一匹却有个硕大的肚子，脖子短粗，毫无英伟可言。

“时候不早了，我们骑着它们，只需一炷香的工夫，就能走到夏家。”

“啊？我要骑着那匹胖马去？能不能让我重剪一次？这次我一定剪个好的……”

可他话未说完，就觉衣襟一紧，却是绯绡长臂舒展，居然抓着他径直从三楼的窗口跳了出去。

他晕乎乎中只觉屁股下一硬，已经落在了胖马的马背上。胖马撒开四蹄狂奔，街边的景致一晃即逝，速度恍如流星赶月。

唯一美中不足的是，他剪得太快，马腿不一样长短，跑起来颠簸起伏，简直跟在大浪中乘船无异。

王子进五脏六腑都几乎被它颠出来，可胖马完全不理会他的痛苦，一路飞奔，直到听到了绯绡的呼哨才停下了四蹄。

王子进颤抖着从马背上溜下来，一屁股就坐在了地上，只见眼前正有一堵高高的灰色围墙，墙中探出几朵淡黄色蔷薇，在月光下展露芳颜。

“子进，这墙里就是你一直念叨的夏家了，怎么不开心呢？”夜色中绯绡白衣胜雪，他将衣袖一展，两匹马同时变成剪纸，被他纳入袖底。

他红唇微抿，双眼弯弯地笑，怎么看都像只满肚子坏水的狐狸。

王子进也不与他计较，忙搬砖垫脚，就要翻墙。但他刚费了九牛二虎之力爬到墙头，就见身边白影一闪，原来是绯绡变成了白狐，轻盈地越过了高墙。

“喂！等我一下啊！”白狐落在院内，转眼就消失在花丛中。朗朗月光下，只余下王子进一人骑在墙头，进也不是，退也不是。

事已至此，他只能硬着头皮翻过了高墙，浑身挂着树叶和泥土，深一脚浅一脚地向内室摸去。

绯绡一去不复返，王子进一人在夜色中乱晃，不是踩到了树枝，就是被石块绊倒，一路磕磕绊绊，没有找到那夏家娘子的闺房，却摸到了荒僻的后院。

只见后院中假山被挪开，花园被铲走，似乎正在修缮庭院。但奇怪的是，在这堆瓦砾和杂草中，居然伫立着一个简陋的木屋。

此时已是深夜，木屋中染着昏黄的灯，灯光仿佛一只朦胧的眼，窥视着这夏日华美的夜色。

王子进心下好奇，提着长袍，蹑手蹑脚地向木屋走去。

他方一靠近，就闻到了木料的芬芳，显然这木屋是在近期新建的。而几句喃喃私语，也随着夜风，被送入了他的耳中。

“姑娘喝点汤吧，这是老爷专门请名医为你熬的……”木屋之内，响起了一个女孩柔嫩娇俏的声音。

王子进听到这动人的嗓音，立刻来了精神，忙凑近了窗缝，想要一窥佳人容貌。

只见昏黄的烛光中，正有一对妙龄双姝，其中一人手捧着一个青瓷汤碗，伺候另外一位坐在床边的少女喝药。

捧碗的少女做婢女打扮，穿了件水蓝色的裙子，如云秀发绾成丫髻，一双黑亮的大眼睛俏皮可爱。

而另一位少女身形则被床边的帷帐遮住，重重叠叠的轻纱中，但见她身姿婀娜，脖颈纤长，显然是位难得的美人。

“小薇，我这种病，真的会好吗？”帷幔中的美人哀怨地问，声音娇柔动听，宛如黄莺出谷。

王子进只听到她寥寥几语，神志便被她勾走，双手都扒在了木窗上，恨不得立刻一睹美人芳容。

“当然会了，老爷这次可是特意请的东京城里最有名的医生。”小薇笑嘻嘻地安慰她，似信心十足。

帷幔内的少女垂下头，心事重重，“我得了这种怪病……苏公子，他是不是要退婚了……”

“这个倒没听说，总之姑娘快点好起来，一切麻烦自会迎刃而解。”小薇再次递上了药碗。

一双手从帷帐内伸出来，轻轻接过了青瓷碗，然而那双手上却长满了细密的金色软毛，指甲又尖又长，宛如利刃。

这哪是美人的柔荑，倒像是野兽的爪子。

王子进被吓得浑身一抖，头重重地磕在了木窗上，发出了当的一声轻响。

两位少女皆吃了一惊，慌乱之中，坐在床边的美人掀开了帷帐。只见她脸上遍布毛发，根本看不清本来面貌，而且最怕人的是，一双瞳仁竟是湖水般的碧色，在烛光下闪烁着幽森森的光，简直跟壁画上的恶鬼无异。

王子进只看了一眼，立刻汗毛直竖，吓得哇哇大叫，掉头就跑。

他的叫声惊动了家丁护院，黑暗中从前院跑来了十几个人，提着灯笼向他追来。

王子进被他们追得抱头鼠窜，也辨不清方向，跌跌撞撞地跑出了后院，停在了一堵高高的围墙下。

此时搬石头垫脚已经来不及，眼见身后灯火通明，护院们蜂拥而来，就要形成瓮中捉鳖之势。

“子进，快上马！”就在这千钧一发之际，耳边响起了一个熟悉的声音。随即一张剪纸轻飘飘落在他的脚下，那纸片随风一滚，就变成了一匹瘸腿胖马。

此时王子进也顾不上挑剔，慌忙跳上马背。胖马仿佛跟他心意相通，四蹄腾空，一跃而起，轻轻松松地跳过高墙，竟踩着清风云丝，径向天空奔去。

“快看啊，那人骑着猪飞了！”“不是猪，是头驴吧？”众家丁哪里见过这等奇观，皆惊叹连连。

王子进听得欲哭无泪，早知有如此风光得意的一幕，真该把马剪得英姿勃发些。

而就在他骑着马穿过夏家大宅时，却见一张脸从墙头探出来，直勾勾地望着自己的方向。

那是一张男人的脸，堪称姿容俊美，在夜色中如明月般打眼，却透着一种说不出的诡异。

王子进不敢再看，忙夹了夹马腹，胖马撒开四蹄狂奔，很快便将夏家的院落甩在了身后。

云丝月影中，只见一个身穿白衣的美貌少年，正骑着一匹散发着银光的白马，站在云端等他。

他发如乌木，脸似玉雕，唇边含着若有若无的笑，却是绯绡。

・三・

“子进，这番夜探可有收获？”绯绡拉过胖马的缰绳，两匹马踏着云影，缓缓落到了地上，再次变成了剪纸。

“有啊！我看到了夏家娘子，她居然浑身长满了金毛！”王子进双脚沾地，心也踏实下来，绘声绘色地描述自己在木屋外偷看到的一幕。

绯绡悠闲地扇着折扇，毫不惊奇，走在东京城的月光下，宛如闲庭信步。

“倒是你，怎么一进夏家就把我甩开了？”王子进见他毫无反应，难免失落。

“因为我嗅到了浓烈的妖气……”他指了指自己挺翘的鼻尖，朝王子进眨了眨眼睛，“怕你笨手笨脚地打草惊蛇，才隐藏气息变成狐狸，先走一步的。”

“没错！连妖怪是谁我都知道！”王子进拊掌赞同，“就是那夏家娘子，她分明就是个怪物。”

绯绡含笑不语，抬头看了看天心中一轮明月，又看了看王子进清秀朴实的脸，

“子进，你真是个简单的人。”

“什么？”王子进怒目瞪他。

“你看这天空的明月，如此皎洁，却变化万千，明日看到的月亮，就与今夜不同……”绯绡眯着凤眼，望月轻吟，“谁也不知道月亮真正长什么样，是不是很有趣……”

王子进挠了挠头，不明白他所言何意。

“你现在看到的未必就是真相。”绯绡继续道，“除了变成怪物的夏家娘子，就没看到其他怪事了？”

“之后我仓皇逃命，哪还顾得上这些？”王子进本想说出逃走时看到的怪异面孔，但又怕是自己眼花，干脆摇了摇头。

绯绡见问不出什么，又掏出剪纸，要跟王子进骑着纸马赶回客栈。

可王子进捂着生痛的屁股，说什么也不骑了，宁愿享受这夏夜的月色凉风，慢慢走回去。

绯绡也不以为意，变戏法般从袖中掏出了两壶青梅酒，边走边喝，吟风弄月。

两个少年并肩而行，一个蓝衫，一个白袍，走在东京城鳞次栉比的楼宇间，而月影始终跟着二人脚步，洒下水银般的光辉。

此情此景，几可入画。

两人走了一晚，直至天边泛出蟹壳般的青色，方回到了客栈。王子进疲惫不堪，倒头便睡。

可在酣睡中他仍被噩梦纠缠，一会儿梦到被浑身金毛的怪物追赶，一会儿又梦到窗棂边有一张皎洁如月的脸，正鬼祟地窥视着自己。

“子进，该起来了！”他在梦魇中疲于奔命，只觉一只冰冷有力的手，不断拍打他的脸颊，将他唤醒。

只见窗外艳阳高照，已是正午时分，阳光如利剑般照入房中，驱散了恐怖的梦魇。

王子进看着这刺目的艳阳，方松了口气。但见绯绡换了件白袍，腰间插着玉笛，折扇轻摇，满含期待地望着自己。

“你又饿了吗？不是昨晚才吃了一整只烧鸡？”他一看到绯绡跃跃欲试的眼神，立刻觉得不妙。

“子进，你想不想知道躲在夏家的到底是何妖怪？”绯绡唰的一声展开折扇，遮住了半边脸，只露出一双丹凤美目，欲擒故纵地问。

“当然啊，可你不是一贯不爱管闲事……”

绯绡见他胆小，又笑嘻嘻地说：“夏家姑娘只是被人下了咒，才变成这副丑陋模样，之前她可是天仙般的佳人呢，你不想英雄救美吗？”

“那又怎样？夏家戒备森严，即便我想出手相助，也是有心无力……”王子进想到帷幔中娇小窈窕的身影，只能扼腕叹息。

“如果我能令你在夏家不仅出入自如，还能被奉为上宾呢？”

“谁会信你？”王子进面上冷漠地拒绝，却忙着梳洗更衣，跃跃欲试地要跟他出门。

可绯绡偏不让他穿浅色外袍，不知从哪里翻出来一件赭色的宽袍给他套上，又戴了一顶同色方帽，将他打扮得老了几岁，乍一看倒像个江湖郎中。

王子进老大不情愿，憋了一肚子闷气，绯绡却心情大好，拉着他顶着毒辣的太阳出了门。

他并不往位于城西的夏家走，竟又来到了昨日那家听怪谈的茶舍。或许昨天的故事太过精彩，茶舍中已经坐满了茶客，人满为患。

“我们来这里干吗？不是去夏家吗？”王子进被艳阳晒得头晕眼花，连连拭汗。

“你听……”绯绡将中指竖在嘴边，示意他噤声。

王子进这才发现，说书先生又在口沫横飞地讲夏家的怪事，跟昨日不同的是，这次他讲的是有人夜探夏家，当被众家丁追捕时，贼人竟然骑着猪飞走了。

“是马！是马啊！”王子进气得连连跺脚。

“果然跟我想的一样……”绯绡凤眼含精，水银般晶亮的瞳仁转了一转，“子进，你不觉得奇怪吗？昨晚发生的事，说书的这么快就知道了……”

“没错……”王子进这才恍然大悟，“一般人家出了怪事，都希望知道的人越少越好，怎会如此大张旗鼓地宣扬自家丑事？”

可他想起昨晚看到的瓦砾遍地的后院，以及簇新的木屋，夏家明明在尽力隐瞒女儿的异常。

“这就需要你亲自去夏家一探究竟了！”绯绡拍了拍他的肩膀，“去吧，子进！”

王子进看着他狡黠的眼神，登时觉得不妙，背上浮出一层冷汗。

“这位公子是华佗的单传徒弟，可治天下怪病。夏家女儿说白了也是得了一种寻常人没见过的病罢了，才被误传为怪物，几帖药就能除根！”

可还没等王子进开溜，绯绡已经扯着嗓子喊起来，他本就生得俊美无双，声音又清朗动听，这么一喊，顿时吸引了茶客们的注意。

众人目光皆齐刷刷地看向王子进，让他无所遁形，恨不得在地上刨个坑躲起来。

“我这位朋友就是面皮薄，否则凭他的医术，早就扬名四海了！”但绯绡并未到此为止，还在继续吹牛。

人们开始向他们聚拢，再也没人理说书先生。王子进这辈子都没得到过如此多的关注，脸红到了耳根，再衬上不断涌出的热汗，活似一块移动的酱肉。

·四·

两人被人追问着疑难病症，绯绡活了近千年见多识广，挡在他身前解答，居然说得头头是道。

人们更加信服，问病的越来越多，直至晚风乍起时，两人才抽空脱身，匆忙离开。

“我哪里懂什么医术？”王子进急得冷汗涔涔，“要问我哪家的酒最好喝，哪家的歌姬嗓音最亮模样最美，我倒略知几分。”

“子进，这个你收好。”绯绡将一只锦囊塞到他手中，“接下来我说的话，你务必要用心记住，千万不能出差错。”

王子进打开锦囊，只见里面有三枚丹药，一缕白色狐毛。

“这丹药你每天给夏家娘子服一粒，连续三日，作祟者必可水落石出。”绯绡不再嬉皮笑脸，难得严肃地嘱咐他，“至于狐毛，待发现不协调的物事时就将它烧掉，我自会赶来救你。”

“什么是不协调的物事啊……”

“记住，此行十分凶险，我不能陪你，你务必小心。”绯绡语气凝重地道，“当然如果你害怕的话可以不去，毕竟那夏家娘子跟你非亲非故……”

“拯救妇孺，本就是男人天经地义的责任！”他豪气万千地挺起胸膛，颇有几分英雄气概，“我王子进是个堂堂七尺男儿，怎会见死不救。”

绯绡笑着拍了拍他的肩膀，“那太好了，方才我就留意到有个小厮一直跟着咱们，估计就是夏家派来的。”

王子进立刻涨红了脸，他刚自吹自擂了一下，怎么碰巧就被抓了话柄？

他回头一看，果然有一个身穿灰色布袍的小厮躲在不远处，见两人发现了自己，忙不迭地向二人鞠躬行礼。

明月皎若玉盘，繁星满天，清凉的夜风宛如一只温柔的手，轻抚着路人的脸颊。

王子进端坐在凉爽舒适的花厅中，看着桌上的各色果子和上等的香茗，不敢相信眼前所见。

正如绯绡所言，他不但堂堂正正地进入了夏家，还被奉为上宾。

唯一美中不足的是，面前坐着的是一对愁眉苦脸的中年男女，正是夏家的老爷和夫人。

“听闻先生妙手回春，真的能诊治小女的病症？”夏夫人眼中含泪，“那孩子只说看到了怪脸，我们以为她得了惊风症，吃点药就能好。哪知一碗碗药灌下去，她却变得越来越不像个人了……”

“夫人莫要伤心，小生这里有三帖药，只要娘子吃下去，定可药到病除。”王子进见她哭得可怜，忙出言安慰。

夏老爷也爱女心切，竟没发现这位“名医”居然连药箱都没拿，忙唤婢女带王子进去为女儿诊病。

不过片刻，就有一个身穿水蓝色衣裙，梳着丫髻的少女走了进来。这小婢正是昨晚王子进从窗缝中看到的，名唤小薇的那名。

小薇朝他福了一福，提着灯笼走在前面。

但见她莲步轻移，竟从后门走出了花厅，还不住四下打望，看起来倒像是在做贼。

“敢问姑娘，我们为何不从廊下过去呢？”王子进小心翼翼地跟她走在花丛中，生怕被杂草绊倒。

“嘘，千万不能被人发现！”小薇瞪了他一眼，竟然连灯笼都吹熄了，“先生有所不知，城里的人都在传我们家姑娘得了怪病，老爷夫人不得不以修葺后院为借口，将姑娘藏了起来，只留我一个人伺候。”

王子进想到昨晚所见，知小薇所言非虚，忙放轻脚步，再也不敢多言。

此时天朗夜清，繁星满天，虫鸣轻响，衬得夜越发寂静。

小薇带着他走过瓦砾遍地的后院，终于停在了一个木屋前。

木屋正是他昨晚所见的那栋，但今夜并未燃蜡。它孤零零地立在一片瓦砾中，显得凝重深沉，宛如一口巨大的棺木。

“为、为什么不掌灯呢？”王子进一想到容貌如鬼怪的夏家娘子，舌头就不由自主地打战。

“因为怕被人发现，只有在夜深人静时，才能偷着掌一会儿灯。”小薇伫立在月色下，双眸如漆，唇边露出讥讽的笑，“先生该不会是害怕了吧？”

“谁、谁害怕了？”王子进被她一激，登时胆色大增，径直走向木屋。

小薇再次点燃了灯笼，跟他一起走了进去，临进门时，还顺手落下了房门的锁。

灯笼摇晃的光透过木窗，映在杂草和碎石中，宛如跳跃飘忽的鬼火。而在夏家墙外的一棵大树上，绯绡正坐在粗壮的树枝上，悠闲地看着这一幕。

他目如点漆，唇边含着一丝冷笑，仿佛已经看透了这玄妙而诡异的戏法。

·五·

灯笼飘摇的光线，照亮了木屋中的桌椅。陋室虽窄，却布置得温馨舒适，桌上还摆放着一盆名贵兰花，一看就是少女的闺房。

可整个房间却弥漫着肃杀的气氛，仿佛在这狭小的方寸间，藏着一只凶猛的兽。

“娘子，看看谁来瞧你了？”小薇轻轻呼唤。

“是浅墨吗？”黑暗深处，传来了一个温柔动听的声音，正是昨晚躲在帷帐中的少女，“你终于肯来瞧瞧芸云了吗？可是我变成这样，怎敢见你……”

王子进此时方知这夏家女儿名唤夏芸云，至于她口中的浅墨，却不知又是何人。

“小生王子进，江淮人士，略通医术，是来为姑娘诊病的。”王子进朝浓黑的角落行了个礼。

“怎么浅墨不来了呢？过去即便下着雨，你也会偷偷跟我见面……”夏芸云声音越来越低，“是不是你听说了我的事？”

“姑娘快点让先生瞧瞧吧。”小薇见她说个不停，生怕泄露什么玄机似的，用力推了王子进一把。

她看似纤弱，手劲却很大。王子进猝不及防，被她推得一个趔趄跌进了层层帷幔中。

他只觉身下一软，似乎落入了少女馨香的怀抱中，随即就摸到了一手毛茸茸的毛发。

“浅墨，你真是负心人啊……”他刚想张嘴呼救，耳边便传来了野兽的低吼。

王子进心知不妙，忙起身欲逃。可就在这时，一双利爪疾向他的脖颈刺来。所幸他多年游历，见过了诸多怪事，比常人反应迅捷，一把举起手中折扇，挡住了攻击。

折扇被兽爪抓得粉碎，帷幔中露出了一张长满了金色毛发的少女的脸。朦胧的月光照在她的脸上，可见五官精致秀美，依稀还能看出些美人的痕迹。

而且她依旧做富家女子打扮，头上簪着花，身穿朱色绫罗，看起来既可怖又可怜。

半人半兽的夏芸云举起双手，就要再抓向王子进的面门。

“芸云，我何时负过心？”王子进灵机一动，忙柔声道，“两情若是久长时，又岂在朝朝暮暮？”

挟着森森死气的利爪在他面前寸许处停了下来，夏芸云罗刹般的面容上，浮现出小女儿的娇羞神态。

“金风玉露一相逢，便胜却……人间无数……”她低声应对，似陷入了甜蜜的回忆中。

“先生！”小薇忙要过来。

王子进伸手阻住她，刻意将自己身形面容藏在暗处，温柔地拉起夏芸云长满了毛发的手，又吟诵起情诗。

还好他平时为讨美人欢心，没少背绵软情话。夏芸云在他的安抚下越发温顺，似认定眼前人就是自己的情郎。

“云儿，这是从泉州运来的荔枝，是我特地为你买的，要不要尝尝？”他见自己的计谋得逞，夏芸云变得乖巧可人，忙掏出了绯绡给他的丹药，凑到了她的唇边。

“浅墨，你对我真好。”少女信以为真，轻轻张开了檀口。

王子进以指拈药，小心翼翼地避过獠牙，将药送入她的口中。想来绯绡随手准备的丹药味道也不怎么样，但她只皱了皱眉头，一声不吭，就囫囵吞了下去。

“天就要亮了，我不能再留……”王子进看着窗外西斜的明月，“云儿，我明日再来瞧你。”

“你能早些来吗？”夏芸云近乎哀求地问。

“当然。”王子进忙别过头，不敢看她满含期盼的绿眸，逃也般地走出了木屋。

小薇以衣袖遮住灯光，也跟在王子进身后退了出来。

而直至他们走出很远，半人半兽的夏芸云，仍倚门而立，凝望着他远去的背影，久久不肯回去。

他望着头顶的一轮皎月，不由得为夏芸云伤怀。那昔日对她甜言蜜语的情郎，不知如今心中记挂的又是谁。

深情易变，山盟已逝，只有这月光一如往昔，陪伴在这孤独而可怜的少女身边。

多情只有春庭月，犹为离人照落花。

·六·

小薇带着王子进平安归来，惊得夏老爷和夫人瞠目结舌。

之前去探望夏芸云的郎中，不是被吓跑就是被打伤，没一个全身而退，他们都付了不菲的封口费才将事情压下来。

当他们见王子进面带悲天悯人的表情回来，简直像是看到死人从墓地里爬出来一般惊异。

“我已喂姑娘服下丹药，若是药物生效，即可来客栈找我。”王子进仍沉浸在对感情的伤怀中，淡淡丢下一句话，便拂袖而去。

他这云淡风轻的态度更是令夏家夫妇赞叹连连，但他们有所不知的是，王子进跟着绯绡云游，一路上见过无数死人妖怪。夏芸云虽然面容可怕，但比起要置人于死地的冤魂，却算是良善之辈。

夏家派出轿辇，连夜送他离开。王子进满心都是夏芸云可怜而可悲的模样，根本没有发现，一张脸正躲在高墙之后，偷偷地窥视着他。

那人面白如玉，鼻梁挺直，一双细长的眼满含脉脉深情，是每个怀春少女都会钟情的美貌男子。

如皎月般俊美，也如月光般冰冷。

王子进一回到客栈就匆匆向绯绡的房间跑去，想将今晚的奇遇告诉他。哪知一贯喜欢躲在床上喝酒吃鸡的绯绡竟然外出了。

房中空空落落，只有月光如水，挥洒而下。

他心中失望，回到自己的房间和衣而睡。可是一闭上眼就能看到一双碧绿的、满含哀怨的眼，在眼前晃来晃去。

“你能早些来吗？”少女近乎哀求的话语，也总是萦绕在耳边。

这一晚几乎一夜未眠，到了黎明时分，一个人影悄无声息地出现在了他的床前。那人身穿一袭欺霜胜雪的白衣，像是一束明亮的月光，照亮了黎明前最黑暗的夜色。

王子进揉了揉眼睛，认出这人正是绯绡，忙从床上爬起来，“你昨晚去哪儿了？居然让我一人涉险？”

他如竹筒倒豆子般一口气说完了自己昨夜在夏家的经历，还不忘在危机之处添油加醋，炫耀自己的机智。

“你去对付妖怪，我当然去查人了啊。”绯绡仍笑眯眯的，一副泰然自若的样子，“要夜行千里，挨户探访，你以为很容易吗？”

“查什么人？作祟的妖怪不就在夏家吗？”王子进不断挠头。

“过两日你自会得知。”绯绡又得意地卖起了关子。

王子进还想再问，就见他故技重施，变成一只雪白的狐狸，懒洋洋地躺在床上，时而还摇两下尾巴。

王子进长叹一声，知道什么也问不出，只能认命地拿起折扇，为狐狸扇风纳凉。

这日刚过午时，王子进坐在窗前读书，客栈的门就被敲响了。来通报的是客栈的小厮，说夏家派人来请他，肩舆在楼下等了有一会儿了。

“看来你的药管用了！”王子进一把丢下书本，朝赖在床上的白狐跑去，“我该怎么办？这天色尚早，夏芸云万一看清我的脸，会不会将我吃了？”

狐狸眯着漆黑的眼睛，上下打量了他一番后，轻轻摇了摇头，“你看起来不怎么可口，她应该不会喜欢，但是今晚你就未必能回来了。”

“啊？为什么？”

“你到了夏家便知。”白狐懒洋洋地伏在松软的床榻上，慢条斯理地说，“对了，留意夏芸云的闺房，可能会有收获。”

王子进飞快地换好衣服，套上布靴就要出门，根本没将他的话放在心上。

“别忘了我给你的狐毛！”当他拉开房门时，身后响起了绯绡的叮嘱声。

他朝白狐挥了挥手，提着袍角三步并作两步跑下了楼梯。跟昨日的晴空万里不同，今日光线阴霾晦暗，天边层云如海，夏风吹得酒旗如风帆般上下飞舞，似乎一场暴雨将至。

当他来到夏家，却见家丁婢女们奔走忙碌，将彩绸和花灯挂在门楣上，似要操办喜事。

夏老爷更是亲自来到大门前迎接他，热情地带他径直穿过了庭院，来到了主人房，而并非昨日的偏僻的花厅。

夏夫人则换上了一袭淡紫色新衣，发髻高绾，正站在门口迎接。她见王子进走来，躬身朝他行了个大礼。

“夫人，这可使不得！”王子进忙将她扶住。

“先生真是我们夏家的大恩人……”夏夫人一说起话，竟涕泪齐流，“就在今晨，小女服了先生的药一晚后，竟、竟然……”

“竟然怎样？”王子进的心登时一紧，生怕绯绡来路不明的药惹出事端。

“她身上的毛发脱落了一半，双瞳中异色变浅，还能认得出我跟老爷了……”

“是啊，一帖已经如此有效，看来真如先生所说，服药三日后即可痊愈。”夏老爷笑得合不拢嘴，忙将王子进请进内室。

室内已经准备了上好的酒菜，但只有小薇一人手捧酒壶站在桌旁，显然此事仍瞒着其他下人。

绯绡的药药效如神，大出王子进预料。而且他平日总跟绯绡同进同出，风头尽数被他抢走，自己很少受重视。

如今夏家主人将他奉为上宾，他喝了几杯酒也不由得飘飘然起来。

“所以老爷夫人修葺宅院，是为了庆祝娘子康复吗？”他指着院外奔走忙碌的下人问道。

提及此事，夏老爷更是满面红光，“不瞒先生，我们早在半年前就为小女觅得一门良缘，对方才貌家业俱佳，但因小女久病不愈，这门亲事也耽搁了。”

“幸而苏公子是有情有义之人，居然知道芸儿生病也不嫌弃，坚持要等她病好。”夏夫人忙接过话茬，“如今芸儿的病已有起色，当然要让她尽快成亲。”

“如此要恭喜二位了！”王子进闻听喜事，也十分开心，“不知婚期定在哪日？”

“就在下个月十五。”

“这么快？”他有些诧异，毕竟是两户富贾之家结亲，未免太过匆忙。

“越快越好，此事不宜再拖。”夫妻俩却异口同声地答道。

而就在这时，门外传来啪的一声轻响，搅乱了喜气融融的气氛。只见小薇正站在阶前，惶恐地看着脚下破碎的酒壶，连连道歉。

所幸夏老爷和夫人喜上眉梢，没责骂这粗心的婢女，只让她再去烫一壶酒。

王子进盯着四溢的酒水，四分五裂的瓷瓶，心头渐渐笼罩上一层阴霾。潜伏在夏家作祟的妖怪是谁？当夏芸云服完了丹药，它真的会如绯绡所说，如期现身吗？

正如谁也无法得知，隐藏在天边层峦叠嶂般的黑云之后的，是怎样一场风雨。

·七·

未时刚过，苍穹中就响起阵阵闷雷，狂风乍起，吹得草木飘摇，风里仿佛藏着一只无形的手，肆虐到哪里，哪里就花残柳败。

热闹喜庆的夏家庭院，登时变得肃杀冷清，待豆大的雨点砸下来时，院子里已是空无一人。

雨势越来越大，宛如层层叠叠的帘幕，笼罩了整个世界，天地之间唯有水色氤氲，变成了一片雾蒙蒙的黑。

王子进被安排在客房中小憩，可他根本无心休息，握着绯绡给他的锦囊，看窗外风雨飘摇，雨势如倾。

然而就在这时，身后竟传来急促的敲门声，好似战前的鼓点。王子进被吓了一跳，半分不敢耽搁，忙跑去打开了房门。

只见门外正站着一位着水蓝色衣裙的少女，一把紫竹伞遮住了她半边脸，但从身形声音辨认，正是夏芸云的婢女小薇。

“先生，姑娘闹着要见你，我实在拗不过她，只能来求您见她一面……”小薇话未说完，声音已有些哽咽，只能将脸藏在了伞下。

王子进这才发现，她脸上印着几道红色指痕，一双清澈美丽的眼睛中蕴着几分水色，显然是刚刚哭过。

“姑娘莫急，我这就过去。”他一向心软，最见不得美人落泪，即便心中惴惴不安，也硬着头皮走出了房门。

雨落如注，两人挤在一把小小的紫竹伞中。王子进不敢挨近小薇，半边身子被淋得净湿，走路也把好走的路让给她，自己则满腿泥泞。

“先生，你真是个好人呢……”小薇突然含笑看了他一眼，轻轻地说。

她如桃心般的面庞，在冷雨中如浸了水的羊脂玉般温润洁白，唇色鲜艳如蔷薇初绽，一双黑眸好似寒星，眼角眉梢尽是风情。

她不再是个清丽朴素的小丫头，浑身散发着妖异致命的美。

王子进被她看得心头一惊，忙别过了头默默赶路。两人又走了一会儿，只见滂沱雨雾中出现了一个深沉浓重的影子，却是夏芸云居住的木屋到了。

跟之前不同，木屋大门微敞，留下了一条半尺宽的缝隙，似乎主人在殷切期盼着雨中来客。

“先生，我不能陪您了。”小薇怯生生地捂着自己的脸庞，眼中泪光闪烁，“我怕姑娘看到我又会发脾气……”

“只、只有我一人？”王子进没想到她会临阵脱逃，吓得舌头打结。

“我在门口守着，先生有什么事就叫我，而且你会念诗哄她，姑娘不会伤害你的。”小薇紧紧握着伞柄，指节都因用力过度而变得青白，看样子是真的吓坏了。

事已至此，再无退路，王子进只能硬着头皮推开了木屋的门。

门因沾染了潮湿雨气，发出吱呀——一声轻响，刺耳而悠长，像是殷勤的、来自地狱的邀约。

暗淡的光透窗而过，令室内的景致一览无余，却又不甚清晰，宛如一场沉淀在旧时光中的梦，蒙上了岁月的尘埃，飘摇而模糊。

一个锦衣美人，正坐在妆台前对镜簪花。她腰肢纤细，背影曼妙优雅，好似一只美人瓶。

“谁家今夜扁舟子，何处相思明月楼……”她边梳妆边轻吟着诗句，“可怜楼上月徘徊，应照离人妆镜台。”

声音婉转动听，字字都透着哀怨，正是绯绡最喜欢的《春江花月夜》。

“姑娘……”王子进不忍惊扰这美好静谧的一幕，过了片刻才出言发声。

“是浅墨吗？你果然又来看我了。”美人又惊又喜地回头看他，只见朦胧的光线中，她脸上毛发稍减，现出了玲珑娟秀的五官。

“正是小生……”王子进忙以袖遮面，躲进了阴影中。

“浅墨信守约定，今日来得果然早了。”夏芸云婀娜多姿地站起身，向王子进走来，“陪我说一会儿话吧，就像过去那样。”

王子进见她缓缓靠近，生怕被她发现自己是冒牌货，吓得不断后退，可木屋狭窄逼仄，很快他就退到了墙角。

墙角处放着个酸枝木的花架，架子上一盆紫色兰花正优雅盛放，花瓣如蝶翼般在潮湿的空气中轻颤。

王子进一见到这盆兰花，立刻双眼放光，飞快地从花盆中抓了把泥土抹到了脸上。

“浅墨，你在躲我吗……”夏芸云利爪森然的手已经搭在了他的肩膀，温热的呼吸吐到他的脖颈，如羽毛搔痒，令人浑身发麻。

“怎么会……”王子进哆哆嗦嗦地转过身，强笑着答，“只是外面下雨，我不小心跌了一跤，弄污了脸，怕被你嫌弃而已。”

夏芸云碧绿的眼珠转了转，视线在他身上扫了一圈，温婉地笑了：“浅墨，我怎么会嫌你呢？”

她羞涩地抬起手，轻轻地拂了一下王子进的脸庞，利爪滑过肌肤，冰冷锋利，宛如刀刃。

·八·

窗外雷声滚滚，雨势滂沱，而木屋之中，则是一片温馨喜乐。王子进小心翼翼地哄着夏芸云，不是跟她对诗，就是说情话，生怕她一生气就把自己的脖子扭断。

“浅墨，你还记得我们第一次见面的情景吗？”夏芸云脸颊绯红地坐在镜前，含羞问他。

“记、记得啊……”王子进登时被她问得直冒冷汗，不知该如何应对。

“那天的赏花游园会上，我跟金奴儿在院子里扑蝶游玩，蝴蝶落到了花枝上，我用扇子去扑，却惊醒了在花丛中小憩的你……”夏芸云满怀幸福地回忆，“从那以后，我经常能见到你。去裁缝铺子时，去寺庙上香时，出门游玩时……”

王子进听她浓情蜜意地叙述，不知她口中所说的“金奴儿”到底是何人，还有她那优秀的未婚夫苏浅墨，在夏芸云的描述中似是个情深意重之人，可她病了这么久，这人却从未来探望。

他心下好奇，开始巧妙地从夏芸云口中套话。

“昔日我送你的定情信物，你还留着吗？”以他的经验，情投意合的男女，往往都会互赠信物。

“你没有送过我信物啊。”夏芸云突然慌了，她走到床边，翻起了木箱。

此举正合王子进心意，只见她拿出了成堆的绫罗衣物，终于小心翼翼地捧出了一只半尺见方的木匣。

“你送我的，只有这一首首情诗……”她将木盒捧到了王子进面前，含羞带怯地问，“你忘了吗？”

“怎、怎么会忘呢？”王子进接过木匣，小心翼翼地放好。

木匣是上好的梨花木雕成，四角包着金边。他按下盒盖上的机括，盖子自动弹开，露出了一沓香气扑鼻的花笺。

每张纸上都用文雅的字体写着情诗，不是“一日不思量，攒眉千度”，就是“恨别添憔悴，罗带日渐宽”。

王子进越看越奇怪，他倒是常在歌妓花娘手中看到类似的花笺，这些露骨的情诗怎能赠予闺阁少女。

信的底部还压着一张折叠的宣纸，纸上勾勒着寥寥几笔墨痕，似乎是一张画。

“这是什么？”他好奇地展开了宣纸。

“不要看！”夏芸云伸手来夺他手中的画。

可是已经来不及了，纸在微风中完全展开，在昏暗的光线中，可见画上正有一个身穿长袍、头戴金冠的俊美青年，他翩然站在万花丛中，背后有一轮皎洁明月。

王子进看到这画中人登时一愣，那笔挺的鼻梁，浓黑的双眉，他竟然觉得有几分眼熟。

“这是我昔日偷偷画的，你知道了之后就让我烧掉……”夏芸云紧张地看着他，小声道，“可是我舍不得才藏了起来，你不会怪我吧……”

“不会，你莫要害怕……”王子进疑惑地问，“你画的该不会就是那苏家……不，就是我吧？”

“当然，我一闭上眼睛就能看到你的影子……除了你，我还能画谁呢？”夏芸云羞涩地垂下头，将画小心翼翼地叠好，收回了木匣之中。

王子进盯着被夏芸云视若珍宝的木匣，不由得攥紧了手中的锦囊，不知道这画算不算绯绡所说的“不协调的物事”？

恰在此时，天空响起了滚滚雷鸣，仿佛层层积云中藏着一个恐怖的神魔，要用电光将天幕撕得粉碎。

夏芸云吓得尖叫一声，钻进了王子进的怀中。可王子进比她还害怕，生怕自己被拆穿是个冒牌货，性命不保。

“云儿，不要怕，我这就去叫人来陪你。”他只想尽快脱身，忙从锦囊中掏出了一枚丹药，递到了夏芸云嘴边，“这是我特意为你拿的果子，你吃下它，我明日会更早些来瞧你。”

夏芸云含羞点头，跟昨日一样微微张开了檀口，王子进拈着药丸，就要送入她的口中。

又一声炸雷响彻天空，夏芸云突然瞪圆了双眼，碧绿瞳仁中迸射出兴奋而狂乱的光，激动地看向王子进身后。

王子进被她的表情吓得浑身一僵，又惊又怕地回过了头。只见凄风冷雨中，木窗被吹开了巴掌宽的缝隙，缝隙中正有一张脸，偷偷地窥视着屋内的境况。

那张脸光洁如玉，鼻梁笔挺，一双浓眉像是两个触目惊心的钩子，微微上挑着，竟跟画中的美男子长得一模一样。

・九・

“浅墨！”夏芸云挣脱了王子进的怀抱，激动地冲到窗前。

就在这千钧一发之时，王子进一个箭步挡在了夏芸云身前，重重关上了木窗，落下了窗闩。

“让我见他，让我见他！”夏芸云像是发了疯，对他又抓又打，利爪划破了他的额头，鲜血汩汩而出。

“我就是浅墨，我就是！”他忍痛紧紧抱住了夏芸云，轻抚着她消瘦的脊背。

夏芸云在他的安抚下渐渐平静，伏在他的怀中，发出猫一般的呜咽。王子进连哄带骗，才让她将绯绡的丹药服下，待她入睡之后才离开了木屋。

此时天色已晚，天空似一块化不开的墨锭般透着郁郁沉沉的黑。雨势渐歇，飘零的雨丝如千万根银线，随冷风翻飞。

积水令庭院中遍布淤泥，他踩着淤泥，小心翼翼地绕到了后窗，想要找到那奇怪人脸的蛛丝马迹。

可是后窗前只有泥水横流，哪里有半分痕迹。他长叹口气，刚刚要转身离开，便见飘飞细雨中，一个朦胧的人影正站在不远处。

“你、你是谁？”他壮着胆子走过去，那人却并不回答，仍伫立在漆黑濡湿的雨夜中。

他缓缓靠近，才看出那是一名身穿淡蓝色衣裙的少女，她撑着一把紫竹伞，衣袖和裙裾在冷风中飞扬，乍一看宛如鸟翼。

“是先生啊……”少女回过头，脸色如冰雪般苍白，更衬得眸如点漆，唇色如血。

“小、小薇……”王子进暗自松了口气，抹干了脸上的雨水，“你一直在等我？”

“当然，小婢怎敢撇下先生，独自回去呢？”她举起伞，为王子进遮住了雨水。

“对了，你方才一直站在这里？”王子进看她等着的位置，刚好能看到木屋的后窗。

“是啊。”小薇连忙点头。

“有没有看到什么人靠近？”

“没有，这么大的雨，谁会来这荒僻的后院呢？”她困惑地看着王子进，似乎十分不解。

王子进见问不出什么，只能失落地回到了主屋。而正如绯绡所说，他当晚果然住在了夏家。

淅淅沥沥的雨像是刻意要将他留下，丝毫没有停歇的征兆，夏夫人热情地吩咐仆人为他熏好了客房的被褥，盛情挽留，令他无法推拒。

当晚他孤身一人躺在床上，拿出了锦囊中的狐毛看了又看。

那张画是不协调的物事吗？他到底要不要将狐毛烧掉？而且画中人为何会出现

在夏芸云的后窗旁，苏浅墨是在用自己的方式关心她吗？

他辗转反侧，直至夜半时分，才在滴答的雨声中睡着了。

不知睡了多久，房门发出吱呀轻响，似有人推门而入。他手脚僵直地躺在床上，胸口似压了一块大石，连根手指都动不了。

“为什么要来破坏我的好事……”一个阴森的声音在他耳边响起，哀怨低沉，仿佛来自地底幽魂的低吟。

王子进费力地睁开了眼睛，只见床前帷幔掀开了一角，露出了一张脸。

那人五官挺拔，双眼微微上挑，怎么看都是个俊美男子，正是他在木屋后窗中看到的人。

男人朝他诡异一笑，猛地张开了嘴，露出了两排白森森的獠牙。

“不要……”王子进吓得浑身冷汗，梦呓般呻吟，“绯、绯绡救我……”

男人的头一低，一口咬住了他的手臂。王子进又惊又痛，才看清他居然根本就没有身体，只有一个头颅。

“哇！”他失声尖叫，而就在这时，从斜处飞出一个石块，准确地砸在了头颅之上。

男人发出一声闷哼，在濡湿的夜风中化为烟尘，转瞬便消失不见。

王子进一直僵硬的手脚突然能动了，他翻身坐起，才发现浑身全是冷汗，单薄的中衣已经湿透了。

只见床前帷幔随风飘荡，客房中宁憩寂静，哪里有古怪的人头。花窗被夜风吹开，微微敞开了一条缝隙，洒进半室碎银般的月光。

午夜风寒，他走过去想要关窗，而就在他伸出手时，才发现手臂上竟赫然有个牙印，跟梦中被人头咬的地方一模一样。

他心中一惊，忙点燃蜡烛在屋中寻找，果然在床边发现了一块石头。微弱的灯光下，只见拳头大小的石头上，被人用朱笔写了个歪歪扭扭的“狐”字。

王子进捧着石头坐在灯下，只觉心中安泰无比，脸上浮现出幸福的傻笑。

·十·

次日清晨，下了一天一夜的雨终于停了，晨风如洗，满蕴着青草气息。

王子进几乎一夜未眠，正和衣躺在床上打盹，哪知刚刚会了下周公，便被门外的喧哗声吵醒。

王子进昨晚受到惊吓，黎明时分才迷迷糊糊地睡了一会儿，还在半梦半醒间，就听门外传来了喧哗之声。

他匆忙起身，慌慌张张地冲出了房门，却见夏老爷和夏夫人正激动地站在廊下。两人一见到他就涕泪横流，高喊着“恩公”，想要下跪道谢。

“这是怎么了？”王子进忙扶住二人，诧异地问。

“小女……小女几乎痊愈了！”肥胖的夏老爷满面红光，激动得一把就将他抱在怀里。

王子进只觉被埋入一座肉山中，口鼻被肥肉牢牢堵住，差点就要断气。

“今早我们过去查看，发现她身上脸上几乎没有毛发了，眼睛也变成了黑色！”夏夫人喜极而泣，“只是她脑子还有点糊涂，仍然把那苏家公子挂在嘴边，说他天天都来探望，她才好得这么快。”

王子进挣扎着从夏家老爷的怀中脱身，喘着气笑道：“如此甚好，今晚喂姑娘服下最后一粒药，我就能功成身退了。”

“恩公怎能如此见外？一定要等小女完婚了再走啊！”夏老爷又扑上来，要跟他拥抱。

“对了……”提到夏芸云的婚事，王子进又想起了那张如魔似鬼的怪脸，“苏家公子，可有何奇怪之处？”

“苏家公子生得一表人才，人也精明干练，如果说他哪儿奇怪……”夏老爷提到未来的女婿，言语中满含骄傲，“就是他太过完美，如此青年才俊，居然不结交狐朋狗友，也从不去花柳之地，没有任何品行不端之处。”

“可是据说姑娘是因看到了一张脸才受到惊吓，生了这场大病，她有没有说那是谁的脸？”

“不知道，好像是鬼脸吧，应该很可怖……”夏夫人提到女儿发病的经过，连连轻抚着胸口，似心有余悸。

王子进见他们对苏家公子印象极好，也不愿多嘴，只能将满腹疑惑压下，静观其变。

当日夏家依旧忙着张灯结彩，王子进被奉为上宾，不但好酒好菜地伺候着，待到黄昏时分，夏老爷还派小薇为他送来了一匣金子。

“先生，这是老爷的谢礼。”霞光之中，小薇也换了件鲜亮的翠蓝色纱裙，丫髻上簪着几朵紫罗兰，如初绽的兰花般风雅多姿。

“夏老爷真是客气了，我岂是贪财之人。”王子进忙摆手拒绝。

“老爷的意思是，让先生您今晚尽快给姑娘服下药，就悄悄从后门离开吧……”小薇欲言又止，“毕竟家丑不可外扬，待姑娘痊愈，先生再以远方亲戚的身份登门来喝喜酒。”

王子进听了心下不悦，觉得夏家冷淡薄情，可转念一想，自己本就是为了救人而来，又何必计较虚名。

当日他用过晚饭，就像前两日一样，要去木屋中探望夏芸云。可他在客房中左等右等，却不见小薇来接他。

眼见月影悬在树梢，夜色渐浓，他孤身一人向后院走去。

昨日刚下过雨，夜风挟着凉意，宛如一匹冰凉滑腻的绸缎裹在肌肤之上，令人觉得舒适爽利。

灯笼微弱的灯光好似缥缈萤火，徜徉在苍茫夜海中。他提心吊胆地踏着瓦砾，穿过后院，很快就来到了木屋前。

跟之前两日不同，木屋的门大敞四开，门里是伸手不见五指的黑，好似一张巨大无比的嘴，等着吞噬陷入其中的所有猎物。

王子进站在屋前，打量了半天洞开的大门，才战战兢兢地提着灯笼走了进去。

木屋中安宁静谧，只有轻纱般的月光透过后窗，照亮了这方陋室。跟昨日不同，镜台前空无一人，夏芸云并未梳妆等他。

“云儿？云儿？”他呼唤柔声。

可叫了几声，仍无人应答。夜风吹动了床前帷帐，纱帐如云似雾，仿佛有窈窕的少女躲在其中。

王子进举高灯笼，想看清夏芸云是否坐在床上。

而就在这时，身后的门传来吱呀一声轻响，他惊恐地回头，只见门前不知何时竟多了一个人。

那人身形玲珑有致，双眼在黑暗中散发着幽幽绿光，看样子正是夏芸云。

“云儿我来看你了，我是浅墨啊……”王子进故技重施，温柔地哄她。

可那人根本不理他，身影如风，一爪就疾向他面门抓来。他吓得一屁股跌倒在地，只觉一阵腥风袭面，堪堪掠过他的鼻梁。

但还未等他喘口气，又一爪掏向他的心窝。王子进慌乱中连连后退，一头就跌到了床上，窗幔如重重烟雾，隐匿了他的身形。

攻击他的人不依不饶，双爪如刀刃般锋利，几下就将碍事的纱帐撕得粉碎。十指如尖利的钢刺，眼见就要贯穿王子进的脖颈。

王子进慌乱中一把掀起了棉被挡在自己身前，只听黑暗中传来刺啦一声轻响，却是那双恐怖的手将厚厚的棉被洞穿了。

而他等的就是这一刻，双手一翻就将被子牢牢困紧，居然出奇制胜，捆住了这妖怪的利爪。

“浑蛋，为何坏我好事？”可他刚松了口气，就听耳边响起了一个阴森的声音，跟他昨晚在梦魇中听到的一模一样。

他吓得连忙回答，只见一张俊美男人的脸正浮在半空中，恶狠狠地瞪视着他。

“哇！”王子进吓得失声高叫，手一抖就松开了棉被。

男人张开大嘴又要咬他，他从怀中掏出了写着“狐”字的石头，使尽全力朝俊美的头颅掷去。

石头砸在他的脸上，发出嗤的一声轻响，怪异的头颅从半空中跌落，一下就掉进了王子进的怀中。

王子进吓得汗毛倒竖，哇哇大叫着将怀中的头颅丢出去。哪知它砸在墙上弹了一下，又弹回了他的怀里，他这才发现，那竟然是一个绒毛线球。

球上布满了爪痕和齿印，显然是某种动物的玩具。

他愕然地捧着绒球，完全没有留意，身后如野兽般狰狞的人撕破了锦被，如刀锋般的十指，准确地指向了他的后心。

·十一·

他进出夏家这几日，根本没看到动物的影子，这镶了绣边的绒球又是为谁准备的？又是谁将它变成了苏浅墨的脸，浮在半空中夜夜吓人？

他还未想通其中关节，只觉脑后生风，吓得他纵身就扑到了地上。可是因为用力过猛，磕得他眼冒金星，下巴生痛，但总算躲过了一劫。

“杀了你，一切就结束了！”床上的人四肢着地，弓起脊背，嘶哑地嚎叫。

她的声音令王子进脊背发凉，因为那分明不是夏芸云的声音，而是个陌生人。

“如果发现不和谐的物事，记得将这狐毛点燃！”

绯绡的话在耳边回荡，他爬起来就向放在门口的灯笼跑去，女人纵身跃到床下，一爪就抓向他的脖颈。

王子进将握在手中的狐毛用力掷向灯火，狐毛在黑暗中飘飞，只有寥寥几根落在了火焰中。

完了！他心下一沉，仿佛能看到自己的脖子被妖怪生生抓断的惨相，认命地闭上了眼睛。

可他等了一会儿却没有等来预期中的痛苦，忙睁开双眼。只见绯绡白衣胜雪，姿态翩然地站在他的身边，而他只用一支碧绿玉笛，就挡住了怪物如刀锋般的双爪。

灯笼的光辉照亮了女人的脸，但见她一袭蓝色衣裙，脸上长满了金色毛发。一双美目变成了翡翠般的深绿色，在夜色中散发着幽森可怖的光。

“小薇？”

看她玲珑秀美的五官，分明是活泼可爱的小婢女。

“你们到底是谁，为何多管闲事？”小薇愤怒地咒骂。

她收回双爪，红唇大张，露出了白森森的獠牙，纵身就向绯绡扑去。

绯绡唇边含笑，连躲都不躲，衣袖一展就将她卷入了袖底。说来奇怪，少女窈窕的身影竟然在他的衣袖中消失了。

“来看看她是谁……”绯绡走到王子进身前，将衣袖一抖，只见里面竟然掉落出一只浑身金色长毛，长着一双翡翠般碧眼的猫。

猫一落地就龇着牙发出嘶嘶轻叫，想要攻击王子进。

绯绡却轻轻地拎起它的脖颈，将它抱在怀中。猫被吓得瑟瑟发抖，方才的威风一扫而光，颓然地蜷缩在他的臂弯中。

“这猫好凶啊，妖怪就是它吗？”

“这是金华猫，猫妖中最凶恶的一种。”绯绡一边摸着金猫的长毛，一边为王子进解惑，“它们可以变身为美貌的少年少女，但是如果吃了它给的食物，主人就会中咒变成猫妖。在夏家作祟的就是它。”

“哦，‘金奴儿’原来是它！”王子进恍然大悟，“怪不得当初听夏芸云说到这个名字，我觉得奇怪无比，没想到这根本不是一个人的名字，而是猫的。”

“金华猫只要身在主人家，法力就无比强大，我不敢打草惊蛇，才派你潜入夏家。”绯绡抓起猫的爪子，笑眯眯地逗弄它，“狐毛会为我搭起通往夏家的桥梁，我出其不意才能一击即中。”

猫沮丧地别过了脸，哀怨地呻吟了几声。

“所以你随时都能出现的，是吗？”王子进越听越生气，想到这几天担惊受怕的遭遇，恨得咬牙切齿。

“怎么会呢？子进，如果没有你，我真的无法准确地找出这家中谁是妖怪。”绯绡眯起凤眼，柔声对他道。

暖黄的灯光下，他黑发如墨，白衣宛如烟云，散发着高贵优雅的美。

王子进被他夸赞，一腔怒气立刻烟消云散。他伸指弹了金华猫额头两下，算是报了今晚的追杀之仇。

两人一猫走出了木屋，只见浩瀚苍穹中繁星如海，正是个华美如诗篇的夜晚。

“可是我不懂，它为什么要害自己的主人？”王子进站在瓦砾中，不解地看着绯绡怀中的猫。

“还是让它自己跟你说吧！”绯绡将猫放到地上。

金色的猫在地上打了个滚，变成了个妙龄少女。她不再做丫鬟打扮，周身遍布金毛，眼睛宛如碧水，已经兽性毕露。

“都是你们，把一切都搞砸了！”她挥舞着利爪，但忌惮绯绡的力量，又不敢造次，“姑娘就要成亲了，她怎么能嫁给那种畜生不如的人？”

“你是说苏公子？他不是人中龙凤？”王子进不断挠头。

“呸，人中蛆虫还差不多！多少人被他害得家破人亡，他就是靠骗女人发家的。也只有你们这些人类有眼无珠，会被这种金玉其外的人欺骗。”

王子进迷惑地看向绯绡，不知道她说的是真是假。

“子进，你可还记得我之前夜奔千里，去调查真相？”绯绡娓娓道来，“苏州陈家绣坊在五年前倒闭，据说就是为独女招了个上门女婿导致的，那人仪表堂堂，却专做阴损之事，每天打骂妻子，在账目上做手脚，将所有的钱都转移到了自己的名下。最终陈家被他败掉，陈家女儿也带着孩子跳河自尽了。”

“竟然如此阴狠……”王子进听得脊背生寒。

“而且他发了笔财之后，换了个身份，又去了扬州行骗，手法一模一样，专门拣只有独女的商户行骗。”绯绡冷冷地道，“当我查清一切后，便知夏芸云身处险境。”

“怪不得你总是提到月亮，因为月亮的脸总是在变……”王子进望着天心一轮皎月，终于明白了绯绡话中的深意。

明月宛如玉盘，皎洁美丽，高挂在天心。它静谧美丽，又善于变化，谁也不知道月宫之上，究竟隐藏着怎样的秘密。

王子进此时才终于明白为何金华猫会将夏芸云变成怪物，又为何将自己的玩具变成了苏浅墨的脸，到处吓人。它所做的一切都是为了阻止这门亲事，而想必将夏家的事告诉说书先生的也是她。

“可是你既然有法力，怎么净搞花招，不直接去教训那姓苏的恶人呢？”只有这一点，他百思不得其解。

“因为我们都是被人类‘聘’过来的，如果他没出礼物请我，我怎么能登堂入室啊？”金华猫懊恼地发出嗬嗬低吼。

“原来如此！”

他只知民间有风俗，在养猫之时要送些鱼干给猫的旧主做聘礼，才能将小猫抱回家。

本以为是养猫人之间的情趣，没想到还暗藏玄机。

“如此说来，我若能助你一臂之力呢……”绯绡听到此处，含笑看向了金华猫。

猫妖舔了舔嘴唇，口中獠牙闪露，碧绿的双眼中散发出希冀的光。

王子进看着达成共识的两人，不由得望月长叹。看来不光是人心险恶，面孔如月亮般多变，妖怪也一样诡计多端呢！

·十 二·

当晚绯绡带他去厨房中煮了锅开水，在沸腾的水花中，金黄色的猫咬断了自己的一截尾巴，将血水尽数洒在滚水中。

原来被金华猫变成妖怪的人，只能吃掉它的血肉才能复原，绯绡的丹药也只能暂时抑制住夏芸云体内的妖性而已。

猫蹲在灶台前一声不吭，痛得浑身发抖，也毫不退缩，直至鲜血和毛发熬成了一碗浓腥的汤。

绯绡抚摸着它颤抖的身体，低声问：“你是爱她的吧？所以才能忍受这样的痛？”

猫凄厉地高叫，蜷成了一团。

王子进见它可怜，撕下一片衣袖，将它的断尾处仔细包好。

“妖怪们都很可怜，为了那点微薄的爱，它们付出的往往比人类要多很多。”绯绡叹息一声，单手抱起了猫。

“绯绡，你……”王子进见他触景生情，好奇地问，“……你是不是也爱过谁呀？”

绯绡眼风如刀，冷漠地看了他一眼，将热腾腾的汤盛入碗中递给他，“子进，该你这个神医出场了，让夏芸云恢复原状吧。”

王子进捧着汤碗，手不受控制地发抖。

绯绡白衣翩翩，抱着猫走出了厨房，身影如夜雾般消失在月光中，只有袅袅余音在风中回荡：“你天天吃喝玩乐，不事生产，也该帮我赚点银子了！”

他吓得紧紧抱住了碗，迈着小步向夏家的主屋跑去。

时隔月余，夏家荒废已久的后院，终于有工人踏足开始了修葺和整理。

而那幢古怪的木屋，很快就成了工人们休息的地方，夏日里的怪谈传说，也随着乍起的秋风，被人们忘到了脑后。

夏家芸娘又变成了昔日那个活泼美丽的少女，只是闲暇之时，她总抱着一只彩球沉思，似在怀念远去的故人。

但她有所不知的是，高高的围墙之外，新的传说正在夜幕下上演。

夜晚的东京城火树银花，如天宫般缤纷炫目，一个身材颀长、双眼微微上挑的俊美男子信步走进了花街。

沿街叫卖新酒的花娘娇俏美丽，她们在这繁华城市中，宛如海浪中翻飞的泡沫，这一刻还缤纷耀眼，下一刻可能就已化为飞烟。

“这位公子，要买酒吗？”一个身穿蓝色衣裙，梳着丫髻的小花娘袅袅婷婷地走到他身前。

她头上簪着黄色的鲜花，皮肤白皙，一双大眼睛乌黑明亮，整个人看起来像是刚抽芽的嫩柳般鲜嫩可人。

“怎么卖呢？”他被她俏丽的脸庞勾起了兴趣。

“看在公子人才出众的分儿上，我这酒就不要钱了，只需您身上一个物事交换。”小花娘朝他抛了个媚眼，风情无限。

他很少碰到这样的好事了，这坛酒怎么也值二两银子，而这卖酒的姑娘，也刚好是他喜欢的那种。

他从怀中掏出一块带着体温的锦帕，递给了娇美的少女，少女微笑着接过手帕，将酒坛放到了地上，大方地挽起他的手臂，走入缤纷灯火中。

而在灯火阑珊处，一个身穿白衣的美少年，正静静地注视着他们的背影。

他姿容出众，双眼如丹凤，散发着亦男亦女之美，但那眼神却冰冷如刃，看着远去的男人，像是在看一个已死之人一般。

月脸善变，十几天后，圆满无缺的明月，就变成了一弯玉钩。

王子进和绯绡坐在茶舍中，一边赏月喝酒，一边听口沫横飞的说书人讲述着东京城中的怪谈传奇。

“各位看官客人，今晚我要讲的故事，是关于一位姓苏的郎君的。”他打了两下响板，成功地吸引了人们的注意，绘声绘色地说，“这苏郎生得一表人才，难得的是品行端正，还觅得一门好亲事。可哪知就在前几日，他居然在自家被咬断了脖子，气绝而死……”

众人皆倒吸一口凉气，翘首以盼地等他再说下去。

“而且最可怕的是，他尸首旁还被放了几个账本，皆是他之前作恶骗人家财的记录，原来这看似相貌堂堂的君子，竟然是个专门骗女人的骗子……”

王子进听到此处，诧异地看向绯绡，只见他正专注地吃烤鸡腿，根本就把这桩惨剧当耳边风。

“是你做的吗？”他凑过去，低声问。

“我对此事一无所知。”绯绡笑嘻嘻地看着他，“子进，倒是如此闷热的夜晚，你忘了曾经的许诺了吗？”

王子进只能万般不愿地拿起蒲扇，为他扇起了风。

喵——夜风清凉，一声猫叫轻轻回荡。他忙抬起头，只见茶舍之外的空地上，正匍匐着一只浑身金毛的猫。

“金奴儿？”王子进忙呼唤它。

猫碧绿的双眼宛如翠宝，冷漠地瞥了他一眼，轻灵地蹿到了树上。繁茂的枝叶隐藏了它金色的身影，只有断了一截的尾巴悬在半空，缓缓轻摆。

“不知此后，又会有谁的脸，如月影般神秘莫测。”绯绡仰头望月，似看透了这大千世界，“人心不足，这种事古往今来从不罕见。”

“别担心。”王子进突然像是想明白了什么，用力扇起了扇子，将阵阵凉风送到绯绡身前，“反正那些贪心的人，终将被他们的欲望杀死！”

绯绡一愣，似没想到他会说出这样的话。

他轻笑着将一杯酒递到了王子进面前，王子进放下扇子，伸手接过，两人就在月色下对饮起来。

正是，花在杯中，月在杯中，月光如水水如天。

第二夜

◆

天宫游

青冥浩荡不见底，日月照耀金银台。
霓为衣兮风为马，云之君兮纷纷而来下。
虎鼓瑟兮鸾回车，仙之人兮列如麻。

袅袅歌声在夜空下回荡，容貌俊美的少年少女们身穿华服，在灯火下载歌载舞。金碧辉煌的房间中萦绕着沁人心脾的香气，长桌上摆满了美酒和四时鲜果。

一个身穿布衣、头发枯黄的瘦弱少女推开了门，看到的就是这宛如仙境般奢丽诱人的一幕。

屋子里似没人注意到她，她小心翼翼地在这些仙子般的美人中穿梭，停在了窗前。镶着金边的木窗敞开了一条缝隙，可见细雨纷飞，松涛如海。

她推开木窗，只见整座山都被灯火点缀，无数盏花灯悬在树梢，将夜晚的山林映得如白昼般明亮。

石阶像是一条银色的光带，从山下迤逦蜿蜒而来，遥遥看去，正有一个身穿青色衣裳的少年，踏着美丽的光练，拾阶而上。

虽然看不清容貌，也可见他衣袂飘飘，身形俊朗，举手投足都带着几分风流之气。

“怎么会有如此美人……”她低声感慨，将窈窕的身体探出了窗外。

青衣少年快步走到了山顶的宫殿前，身影一闪，已经踏入了辉煌的灯火中。而就在这时，两扇厚重的大门缓缓关上，就像有一只无形的巨手在推着它们一般。

随着咣的一声闷响，门严丝合缝地阖上，万丈金光消失于黑夜，满山灯火也次第熄灭。

整座山黑如墨锭，与夜色融为一体，只剩下一弯月影，像是只半睁半合的眼，嵌在深蓝色的天幕之上，凝视着这亘古不变的长夜。

• 一 •

“春江潮水连海平，海上明月共潮生。滟滟随波千万里，何处春江无月明。”月落乌啼，汴河上传来琅琅读书声。

一个身穿月蓝色衣袍、头戴同色纱帽的少年正坐在一艘扁舟上，一边赏月，一边摇头晃脑地背诗。

他不过二十出头，清秀中透着几分憨厚，却正是花痴书生王子进。

河水如练，河心穿梭着来往的扁舟和画舫，几名轻佻美丽的歌姬看到了他，都娇笑着朝他丢出水果和锦帕。

“江天一色无纤尘，皎皎空中孤月轮……”他见引得美人注意，更加大声地朗诵起来。

可就在这时，却听美人们发出连连赞叹之声，蜂拥着向船头跑了过去。他心下一沉，知道不妙，忙向小舟后看去。

果然，只见绯绡一袭白色吴绫长袍，衣袂翩翩，长身玉立地站在船尾，宛如仙人下凡一般俊美飘逸。

他拿起玉笛，凑在红唇边，轻轻吹奏起一首《春江花月夜》。

“真是太美了！”“奴家从来都没见过这样俊俏的郎君！”“让他上我们的船吧，我给他银子都行！”

画舫缓缓从两人的小舟旁划过，歌姬们又从船头跑到船尾，只为一睹绯绡的风姿。她们互相推搡，想要多看这美少年几眼。

可江水悠悠，还是让两条船擦肩而过，华丽的画舫满载着女人们的叹息，顺水远去。

“你是故意抢我风头的！”王子进手脚并用地爬到船尾，质问绯绡。

绯绡却不理他，仍闭着眼睛吹奏玉笛。但见月光如轻纱般笼罩在他身上，将他周身镀上一层朦胧梦幻的光晕，照得他黑发如炭，肌肤宛如玉雕般晶莹剔透，美得让人移不开眼睛。

王子进看着他过人的风姿，也不由得呆住了。

“我只是见这江天明月格外美丽，想要吹首曲子而已。”绯绡吹罢一曲，放下玉笛，红唇微翘，笑眯眯地说，“子进，何必那么小气呢？”

“嘁，死狐狸，就知道你有借口！”王子进气鼓鼓地坐下，拿起酒杯喝酒，不愿跟他多费口舌。

绯绡出够了风头，捋了捋绸缎般的黑发，也坐在他对面吃起了鸡。只见他双手齐上，飞快撕下一只鸡腿，跟方才翩然出尘的模样截然不同，一看就是只贪吃的狐狸。

王子进朝他翻了个白眼，只能仰头赏月，将一腔热情，都付与了这春水与月色。

绯绡正吃到兴头上，突然浑身一僵，凤眼含威，死死地盯住了苍茫的夜空。

“你、你怎么了？”王子进看他脸色，心知不妙。

可绯绡根本不回答他，丢掉了吃到一半的鸡，身形如电，居然飞快地钻进了船舱里。几乎在他消失的同时，一个白点出现在了半空中。

王子进好奇地看向那个宛如针尖大小的白点，只见它越来越近，越来越清晰，竟然是一只纸鹤。

他立刻被吓得脸色惨白，这种纸鹤是铁公鸡兼算盘精青绫报信专用的，它从来不会送来喜讯，只会带来霉运。

果然，纸鹤一见到他，就收拢翅膀停在了他的肩头。王子进硬着头皮将它放在手中，只见它残破不堪，翅膀还少了半截，似经历过千难万险。

“绯绡！绯绡！青绫似乎遇到麻烦啦！”他抓起纸鹤，朝船舱中嚷，“别躲了，快出来面对！”

“我什么都听不到。”江风中传来了绯绡幽幽的叹息。

躲得过初一躲不过十五，最终他还是被王子进喊出来，满脸嫌弃地看着放在甲板上的纸鹤。

“真讨厌啊，要求助也不知道留个口信，还要我亲自去找。”他翻开纸鹤，只见上面空无一字，越发不耐烦。

“那怎么办啊？我们要去哪里找他？”

“希望这只鹤能认得路。”绯绡说罢，手心中腾起一簇青蓝色的狐火。火光一闪，转眼就将纸鹤点燃。

燃烧的纸鹤振翅飞到了空中，盘旋了一圈，顺水而下。绯绡手指微动，捏了个法诀，船下的江流宛如一只巨大的手，推动着小舟飞速前进，快得仿佛有十几个艄公同时挥桨。

王子进站立不稳，一个趔趄跌倒在甲板上，但见纸鹤浑身是火，像是一颗启明星般在前方遥遥引路。

江水越来越湍急，不知要将他们带到怎样未知的前路。

·二·

船在河中行了整晚，将东京城远远地抛在了身后，可纸鹤仍不知疲惫地拼命挥动着翅膀，在半空中翱翔。

王子进在船上坐得头昏眼花，还没来得及喘息，就又被绯绡拖下了船，找了处驿站，赁了两匹马继续赶路。

路越走越荒僻，待晚霞缀满天边之时，两人已经来到了一座荒山脚下。那只燃烧着狐火的，奋力振翅的纸鹤终于不飞了，它发出一声悲鸣，化为灰烟，散落在余晖中。

而王子进也筋疲力尽，头一歪从马上跌下来，蹲在草丛中呕吐不停。

“青绫出现，果然不是要钱，就是要命……”他一边吐一边哀号。

绯绡依旧精力充沛，仿佛根本没经历过长途跋涉。他翻身下马，驾着王子进，挺直脊背四处眺望，“子进，我看见了炊烟，你说会不会有鸡卖呢？”

“这荒山野岭之地，哪那么容易找到鸡吃……”王子进被他拖着在荒野中疾奔，只觉长草绊脚，几次都差点摔倒。

说来奇怪，他走了一段路，果然见几道袅袅炊烟在金紫色的霞光中缓缓升起，送来诱人的饭香。

他腹中饥饿难耐，忙甩开绯绡的手，快步跑在了前面。绕过了一片小树林，眼前出现了几户人家，俨然是个小小村落。

最妙的是村头竟然有个小酒馆，酒旗在晚风中摇曳，像是一只充满诱惑的手，朝他招个不停。

王子进心花怒放地走进了酒肆，但当他看清屋内的景致时，笑容就僵在了脸上。

只见狭小简陋的厅堂中，端坐着一个身穿桃红色绣梨花襦裙的女童，她不过十岁出头，皮肤白皙，一双漆黑的大眼睛却如古井般深沉，表情是不符合年龄的成熟。

“六、六月……”他吓得后退了一步，因为这女童不是别人，正是吃了不老不死药，活了千年之久的六月。

就在一年前，她不知哪根弦搭错了，整日跟青绫混在一起骗吃骗喝，居然成了他的得意搭档。

“你果然在这里。”身后传来了一个清脆的声音，却见绯绡踏着夕阳，沿土路而来。他唇边含笑，美目如星，似早就料到六月会在附近。

“青绫遇险，自然第一时间给你传递消息，而这山脚下只有这家酒馆有鸡有酒，我在这里等你们当然最是方便。”六月开心地笑，圆圆的脸颊上露出两个酒窝，一副天真无邪的样子。

王子进见她特意装出的童稚可爱，不由得打了个寒战。

“快来吃吧，已经嘱咐店家为你们准备好了烤鸡。”六月笑眯眯地将一盘鸡推到了绯绡面前。

绯绡优雅地坐下，行云流水般拆骨吃鸡，表情专注而陶醉，仿佛已将青绫忘到了脑后。

“话说，青绫到底遇到什么麻烦了？”最终还是王子进吃饱喝足，才想起了失踪的算盘精。

“唉，都怪青绫贪心，他接了单生意，替西京一位富贾找个叫‘梦魂草’的宝物。给我留下了张字条，就一去不复还了。”六月从怀中掏出一张纸鹤，仔细展开，只见上面写着几行小字。

“我欲因之梦吴越，一夜飞度镜湖月……霓为衣兮风为马，云之君兮纷纷而来下。”王子进轻轻念着小字，“这是李太白的诗啊，讲的是梦游仙境的经历，他在暗示自己去了仙山吗？”

“我猜也是这个意思。”六月抬起头，望向门外，“而仙山，就在这里。”

“什么？就是这鸟不生蛋的地方？”王子进惊诧地指着外面荒僻的景色。

此时阳光隐没于密林，天空变成了雾蒙蒙的黑，而在这黑暗之中，可见一座大山巍峨的影子。

它沉默而高大，宛如一只蛰伏的猛兽，让人感受到无形的压力。

“看样子没错，毕竟是青绫放出的纸鹤带我们来的，他应该就在附近。”绯绡终于吃完了鸡，举着酒杯，悠然地说。

“可这明明是座荒山。”

“子进，你忘了平日读过的书了吗？”绯绡朝他眨了眨眼睛，“哪座仙山能被轻易找到？”

王子进恍然大悟，拊掌道：“我明白了！有通道！”

“梦魂草就在仙山之中，所以只要找到那座山，一切谜团都可迎刃而解。”六月望着远山含黛，轻轻点了点头。

她的容颜再次变得沉稳凝重，没有半分孩童的天真烂漫，分明是个老谋深算的猎人。

王子进看着她肃杀冰冷的眼神，忍不住打了个冷战。

·三·

绯绡掏出了几个铜钱结账，又把店家细细叫来盘问，打听这附近可有仙山。哪知不问还好，一问起来这小酒馆的店主就打开了话匣子。

原来这里自古就流传着仙山的传说，据说雨后初晴，云雾缭绕中，有人目睹过仙人站在云端，容貌美丽，风姿翩然，更有人在起雾时看到整座山灯火通明，宛如仙境。

不少写游记怪谈的文人骚客听到消息，亲自来探访，而这家酒馆就是为了招待外来的人而建的。

“这么久以来，他们查到了什么没有？”王子进好奇地问。

“当然没有，所谓仙山，自然是有仙缘之人才能看到。”老板呵呵地笑道，“不过倒是有几个人进山了就没出来过，可能被仙人带走了吧。”

六月眼睛一亮，问他有没有见过一个身穿青衣的美貌少年，但这中年汉子却摇了摇头，似乎对青绫毫无印象。

三人见再也问不出什么，只能失落地离开了酒馆，向山中走去。

此时虽是夏末，但山风凄寒，好似流水般带走了人的体温。走了不过半个时辰，王子进就已经冻得哆嗦个不停。

“这山好奇怪。”绯绡朝风中闻了闻，“有一股特别的味道。”

“而且树都长得很高大。”六月指着黑黝黝的山林，“要是白天走在里面，估计连阳光都看不到。”

“守着这么大一座山，村民居然只有十几人，更是怪中之怪。”绯绡望着身后山村中的寥寥灯火，剑眉微皱，“难道这山根本不产山货，连一方人都没法养？”

“绯绡，你留意到方才那人说的话了吗？”王子进打了个喷嚏，提醒他道，“他说仙人总是在雨后或者大雾时出现。”

“看来真是要有‘仙缘’的人才能进得了‘仙山’呢……”绯绡喃喃自语，唇边荡漾出一丝笑容，“偏偏我好像就是这种‘有缘人’。”

他说罢从王子进手中拿过酒壶，拔开瓶塞，将酒纷纷扬扬洒到了半空中。但酒水却并没有落下，而是在夜空中凝聚成了一簇簇宛如蒲公英般的水汽。

水汽飘散到天际，不过片刻便引来几片乌云。

“你们这些臭狐狸，还是有些本事的。”六月仰望着云层聚集，满意地点头。

几乎在她话音落地的同时，风云际会，天空发生了巨大的变化。方才还是繁星满天的夜空，已经遍布乌云。

晚风乍起，雷声轰鸣，方才还月朗风清的夜空已经飘起了蒙蒙细雨。

雨落如注，将王子进浇成了个落汤鸡。他抖得更厉害，用来御寒的酒也被绯绡拿来求雨了，只能跑到一棵大树下避雨。

他刚站到树下，就见山坳处有灯光一闪，似乎有人点亮了灯笼。

“绯、绯绡！”他结结巴巴地叫，因为随着雨势加大，更多的灯笼亮起来，像是在黝黑的山上撒下了无数繁星。

绯绡和六月显然也见到了这奇景，忙唤他一起进山。

随着灯光点燃的同时，山风也变得温暖和煦，甚至仔细嗅来，还能闻到清雅怡人的檀香气味。

当他们来到山坳处，竟看到一条由白玉砌成的台阶。玉阶在灯光的照耀下，宛如一道银色的光练，蜿蜒通往山顶。

“果然是仙境啊。”王子进赞叹地望着这美妙景色，说着踏上了玉阶，满怀期盼地向山上走去。

他步履轻盈，丝毫不觉得累，又走了几步时，竟然听到林中传来丝竹声声，仙乐袅袅。婉转清丽的乐声化入耳中，令人心旷神怡，说不出地舒服受用。

“我看是鬼域还差不多。”绯绡却不以为然，眼光越发冷峻。

六月仿佛也被这奇妙的景色吸引，脚步变得轻盈，跟在王子进身后，蹦蹦跳跳地拾阶而上。

三人走到半山腰时，只见灯火越来越多，但仔细看去，发光的竟然全是绽放的铃兰花。那些兰花足足有拳头大小，倒吊在树梢上，每朵花的花芯中都躲着几只萤火虫。

“太美了！”六月摘下一朵花，捧在手中，惊叹地说。

王子进也学她的样子，把一朵花拢在袖中，让它为自己照明。两人快步前行，很快就来到了山顶，绯绡却跟他们拉开了距离，跟在最后面，遥遥注视着他们的背影。

荒芜冷清的山顶上，竟然有一座繁华瑰丽的宫殿。殿外挂着两个一人多高的金色灯笼，写着“广宵宫”三个漆字。

殿前两丈多高的镀金大门敞开了一条缝隙，奔涌出如海金光。

“门后似乎有很多人，不知青绫是否在里面？”王子进好奇地凑近门缝，只听门内丝竹声响，魅影舞动，里面的人似在举行盛大的宴会。

“那么多废话干吗？进去看看不就知道了？”六月身形娇小，敏捷地从门缝中钻了进去，居然丝毫也不害怕。

王子进怕她有危险，忙紧随其后。只有绯绡皱眉望着好奇心盛的二人，连连摇头。

“哇，好多美女！”王子进一进入大殿就惊喜地高呼。

只见殿中正在举行歌舞宴乐，足有几十人之多，身穿纱衣的美人有的在弹奏箜篌，有的在翩翩起舞，看得王子进眼花缭乱。

而六月也痴迷地走向了位于大殿中央的水池，池水清澈见底，宛如一块巨大的菱花铜镜。她朝水中一望，竟欣喜地看到了一张成年女子清秀美丽的脸。

“这就是我长大了的样子吗？真是太好了……”她跪在水池边，望着自己的倒影，居然开心得哭泣起来。

“这位姑娘，舞姿如此翩然，可否让我为你吟诗一首？”王子进则走向了一位身穿淡粉色衣裙的漂亮少女，被她的粉面桃腮勾得失了魂魄。

六月意乱神迷地看着水池，头一歪就要栽进去。绯绡疾步赶来，忙一把将她拉住。

“别动我，我终于长大了，我要去找青绫……”可她却像是发了疯一般，拼命要挣脱绯绡的手。

绯绡拗不过她，只能松开了手，反正她是不老不死之身，也不会溺水而死。

六月扑通一声跳入了池中，微笑着拥抱自己水中的倒影。而在宫殿的另一边，王子进则围着曼妙少女翩翩起舞，眼中只有美丽的仙娥，再也看不到其他人。

绯绡望着癫狂的二人长长叹息，孤身穿过了轻歌曼舞的仙子们，向大殿后走去。其间有一个身穿羽衣、袒露着双肩的娇艳少女要拉住他，却被他甩开了手；还有一个白皙清秀的少年走过来，挑逗地撩起了他的黑发，也被他举手振开。

他径直走到了一个阴暗的角落，衣袖轻扬，袖底生风，风到之处一扇暗门缓缓打开。

·四·

暗门外是一条游蛇般蜿蜒的小径，弯弯曲曲通向幽暗的树林。他打了个响指，飘飞的细雨戛然而止，取而代之的是缥缈如绢纱的蓝色夜雾。

夜雾轻轻覆在整座山上，令树林更朦胧，景致更清幽。他这才悠闲地踏上小径，缓步而行，仿佛在自家庭院散步一般。

走了半炷香的工夫，不远处便出现了一片青翠如碧海的竹林。低沉婉转的箫声，像是午夜的絮语，低低地从林中传来。

他眼含喜色，知道青绫就在不远处，疾向林中走去。

竹影随风轻摆，如碧涛涌动，海心深处露出一个白玉铸就的典雅小亭。一个青衣翩然、黑发如墨的美貌少年，正倚在栏杆上吹奏着竹箫。

少年身姿挺拔，举止风雅，好似竹子变作的君子般清雅端方。

“真是好听，能再为我吹一首吗？”亭中传来了欢快的笑声，一个少女盘膝坐在青绫的身边，不住拍着手。

“难得姑娘想听，在下献丑了。”青绫温柔地笑着，又将洞箫凑到口边，奏起新曲。

箫声呜咽悠远，在夜风中回荡，好似一首低沉深情的诗，撩拨着听者的心弦。绯绡听得不住点头，也掏出自己的碧绿玉笛吹奏起来。

笛声比箫音高了几度，立刻将婉转徘徊的箫声压了下去。

“是谁？”少女猛地站起来，看向笛声起处。

而站在她身边的青绫也放下洞箫，好奇地回过了头。

“青绫，不要沉迷于梦中了，跟我回去吧。”绯绡放下玉笛，柔声对青绫说。

“我不认识你，不要打扰我的闲情逸致。”青绫甩了甩衣袖，秀眉微蹙，不愿理他。

“不知公子如何称呼？小女名唤曹仙，自小就在这天宫长大，跟青绫公子一见如故，忍不住留下他多住了几日。”少女施施然地朝他行了个礼。

朦胧的夜雾中，可见她衣饰朴素，顺滑黑亮的秀发只以一根缎带松松地绾在脑后。看容貌二十出头，身材清瘦，皮肤却白皙如玉，一双修长的美目不流于群芳，为她增添了几分出尘脱俗的气息。

“姑娘莫要管我是谁，只需知道，我是来这鬼域中救人的就好。”绯绡依旧笑盈盈的，拱手朝她行了个礼。

“这里明明就是天宫，怎能说是鬼域？”曹仙听他贬损自己的住处，不由得怒上心头。

“如果你再出言不逊，污蔑曹姑娘，就莫怪我不客气了。”青绫振袖一挥，罡风乍起，直朝绯绡面门袭去。

绯绡却躲都不躲，只轻轻扬了扬手，瞬间就令刚烈如刀的疾风烟消云散，厉声问道：“你连六月都忘了吗？她一直在找你。”

“当然没忘，我来到这里，也是想找到能让她变成个普通人的办法。”提到六月，青绫面现悲戚之色，长长叹了口气。

“你这重色轻友的死狐狸，说了半天，你只把我给忘了，那还给我传递什么求救的消息？”绯绡被他气得哭笑不得，手腕一翻，玉笛已经变成了一把刃光带血的妖刀。

青绫忙将曹仙挡在身后，长臂一展，手中已经多了一把青锋宝剑。他身影化为一道青光，疾向绯绡奔去。

绯绡身形也快如闪电，刀刃微晃，格住了他的剑锋。

两个美貌的少年，瞬息间就动起了手，他们的身影都快如鬼魅，只见一道青光一道白影夹杂在一起，根本分不清谁是谁。

“青绫，小心啊！”曹仙紧张地轻呼，脸上尽是关切之色。

她话音刚落，一截枯藤从树上落下，蛇一般缠住了绯绡的脚腕。绯绡被绊了个趔趄，眼看就要跌倒，哪知他灵敏至极，居然单手撑地，足尖一点，竟然出其不意地踢飞了青绫手中的剑。

青绫怒从心来，纵身一跃，身后已经多了一条毛茸茸的尾巴，尾巴如同坚硬铁棍，挟着劲风直袭向绯绡的面门。

绯绡顺势抓起了困在脚上的枯藤，奋力挥成了一个满月，抽向青绫的尾巴。只听空中传来啪的一声脆响，狐尾和枯藤紧紧缠在了一起，青绫站立不稳，一跤跌倒在地。

“你、你这讨厌的家伙，我跟青郎惺惺相惜，隐居在这天宫般的仙境，碍着你什么事了？”曹仙见青绫落了下风，慌忙从亭中奔出来。

茂密的翠竹如海涛般自动倒向两边，为她让出了一条道路。转眼之间，她就如巨船分水般，挟着万钧之势，站到了绯绡面前。

她秀美的面孔变得狰狞，修长的双眼凌厉地吊起，乍一看像个修罗面具。

“你忘了自己是谁吗？快点想起来吧，你的本来面目并非如此的。”绯绡也不怕她，丝毫也未退缩。

“我怎么不知自己是谁？我自小在这天宫中长大，是排名最末的一位仙人！”曹仙眼中含泪，悲愤地瞪着绯绡，“在这宫里没人喜欢理我，等了百年才等来了青郎，你却又要将他带走……”

青绫见她伤心欲绝，心中怜惜，双手生出利爪，就要向绯绡抓去。

“我们俩继续缠斗，只会两败俱伤！”绯绡凤眼含着精光，一转身擒住了青绫的双手，“你好好看看周围，这真的是天宫吗？”

他周身散发出青色的火焰，火焰随风飘舞，照亮了树林。但见每棵竹子下都长着一簇花朵，花苞都似拳头般大小，细绢般透明，散发着朦胧的紫色光辉。

“这、这是？”青绫停住了手，已经认出了这种美丽的花。

“地狱铃铛，能致幻的毒草，它开满了整座山。”绯绡双臂一扬，更多青蓝色的狐火飞到了半空中。

只见山中遍是花苞，它们如云雾般蔓延了整个山野，树梢上、宫殿前、翘角飞檐之上，都如繁星般缀满这诱人的紫色。

・五・

“难、难道这些都是幻觉？”青绫捂住了额角，努力回想着过去的经历，“我是为了找一种叫‘梦魂草’的物事来到这里的，据说那种草是天宫中难得的宝物，只有天人才能拥有……”

“你错了，并不是天人创造了草，而是草孕育了这仙境般的天宫。”绯绡拈起一朵铃铛似的花苞，轻轻嗅了嗅，“仙人每逢雨后才现身，是因为经过雨水滋润，地狱铃铛散发的毒雾更甚。而因为它的蔓延，这座山里没有任何产出，连村民都留不住。”

“你、你骗人，天宫怎么能不存在？从我记事起就住在了这里！”曹仙气急败坏，她振袖一挥，地面都随之颤动，华丽的宫殿宛如巨兽般发出一声咆哮。

大门发出隆隆巨响，崩落塌陷，激起滚滚尘灰，千万块瓦片宛如鸟群般向绯绡飞来。

“青绫！”眼见瓦片遮天蔽月，如坟墓般要将他掩埋，绯绡忙呼唤青绫。

青绫不假思索地举起长剑，在半空中画了个“十”字。而绯绡也抡起妖刀，在两人脚下的地面上画了一个圈。

刹那之间，如鸟群般的瓦片挟着巨力飞冲而至，却都撞在了一个看不见的透明屏障上，在撞击之中化为烟尘。两人站在结界中，只觉天地间被黑色的飞灰充溢，连地面都在微微颤抖。

“看，你果然是认识我的，虽然失去了记忆，但有些东西是印在骨血中的，永远不会忘记。”绯绡看向跟他并肩御敌的青绫，满意地点了点头。

青绫冷哼一声，不爱理他，但仍高举长剑，维持着结界的平衡。

一刻钟之后，所有的瓦片都化为了飞灰。曹仙咬牙切齿地举起了手，要发起下一次攻击，绯绡却收起长刀，姿态翩然地撤掉了结界。

“你在找死？”她双眼通红，得意地大笑，“那太好了，给你个立柱，让你尝尝被压扁的滋味！”

“是吗？既然你忘了一切，那只能我帮你回想了！”绯绡丝毫也不畏惧，红唇含笑地站在灰烟之中。

他的白衣黑发都随风飘荡，宛如一只翩翩欲飞的白鸟，五官精致美丽，恰似超凡脱俗的神仙。

而在他的身后，一个十丈余长、两丈余宽的石柱缓缓坍塌，带着排山倒海之势，当头向他压来。

“快躲开啊！”青绫纵身就要将他推开。

“哼，我才不会跟疯子缠斗，只会毁了整个幻境！”可绯绡却伸开双臂，朗声长笑，周身冒出青蓝色的火焰。

火焰宛如烟花般飞上半空，绽放出光亮，又如落雨般飞下。转眼之间，狐火便点燃了整座大山，粉紫色的花朵一遇到火苗，立刻被烧成了一团黑炭。

重若千钧，即将压在他身上的立柱分崩离析，宫殿龟裂倒塌，竹林变成一片青蓝色烟雾在火中消逝。

富丽堂皇的天宫仙境被毁于一旦，漫山遍野只有蓝色火焰肆虐燃烧。

曹仙的身影被狐火照亮，变得缥缈而浅淡，肌肤如薄冰般脆弱而透明。她不再怨恨，面容平静地站在火焰之中，又变成了高雅出尘的少女。

“原来……这才是真正的我啊……”她神情恍惚地打量着在火中化为灰烬的亭台楼榭，两行清泪，缓缓流下脸颊，“真是可笑……”

她叹息般轻吟着，清丽的身姿消失在灼灼狐火之中。

山风呼啸，像是一只看不见的大手，熄灭了漫山火焰。苍茫的深山里只有树木林立，荒草丛生，在月光下散发着荒芜悲凉的气息。

瑰丽的宫殿，娇美的仙子，都像是午夜的清梦，虽点缀了漫长的夜色，却无法在清醒时留下任何痕迹。

青绫茫然地打量凄冷荒芜的山林，信步而行。很快就看到一个书生正面色绯红，含羞带臊地抱着一块腐烂的木头，正是花痴王子进，随即他又看到了六月，小小女童浑身淤泥，脸上满是陶醉的笑容，坐在一处水洼前。

青绫扶起了六月，抱歉地看向身边的绯绡，“我做了个长梦，梦中有一位少女，说她有能让六月长大的办法，只求我留下为她奏曲……”

“没关系，只要不沉湎于梦境就好。”绯绡含笑拿出折扇，如风流公子般遮住了半张俊美的脸，“毕竟千秋万载的时光，在回首时看来也不过是大梦一场。”

“天宫呢？仙女呢？我怎么会在这里，这些荒草是怎么回事？”王子进被他们的对话吵醒，一把丢下怀中的烂木头，跑到了绯绡身边。

绯绡笑而不语，带着他走向树林深处的一处茂密的灌木丛。而青绫也以法术唤回了六月的神志，将她抱在怀中，跟随着二人的脚步。

绯绡拨开了茂密的树枝，只见树丛中躺着几具惨白的骷髅，泛着阴森冰冷的光。

“这就是曹仙？原来她是一缕幽魂化作。”青绫望着那累累白骨，猜测这些人生前的心愿被地狱铃铛无限放大，才造就了这天宫般的幻景。

“不，这些是沉迷于仙境，送了命的游人。”绯绡摇了摇头，走入灌木丛中。

“那曹仙是……”青绫迷惑不解。

绯绡伸手探入树根，在泥土中翻出了一个竹简，轻轻地在月光中展开。

竹简斑驳破烂，绳子已腐朽了多半，看样子是几十年前的物事。棕色的竹子上，被人刻下了一行行龙飞凤舞的诗句。

“仙人揽六箸，对博太山隅。湘娥拊琴瑟，秦女吹笙竽。玉樽盈桂酒，河伯献神鱼。四海一何局，九州安所如……”王子进借着朦胧月色，一字一句念起来，惊讶道，“这是曹植写的《仙人篇》啊！”

“曹植？曹仙……”青绫沉吟着，隐约猜到了什么。

“俯观五岳间，人生如寄居……升龙出鼎湖，徘徊九天下，与尔长相须。”绯绡轻抚着竹简，念出了最后几行字，“是的，这就是曹仙的本体，她是一首旷世绝俗，却郁郁不得志，被丢弃在深山间的诗。”

青绫惆怅地拿过竹简，放在手中抚摸，仿佛从泛黄的老竹中感受到了温润的暖意。

世间万物皆有灵，而漫山遍野的梦魂草，增加了它的力量，令它化身成了妙龄少女，做了个关于天宫和仙人的梦。

“庄周晓梦迷蝴蝶，不知庄周梦到了蝴蝶，还是蝴蝶梦到了庄周……”他轻柔地合上了竹简，柔声道，“无论如何，祝你好梦。”

风掠过长草，吹起他青色的衣襟，仿佛正有一个清瘦的少女，站在山川与明月之间，朝他颔首微笑。

·六·

绯绡的一把火烧光了山中的毒草，背井离乡的村人得知消息纷纷赶回来，热火朝天地在山里伐木开荒，耕地种田。

原本死寂沉沉的大山，也重焕生机，仿佛一位行将就木的老妪在一夜间回春，变成了姿容明媚、眼波流转的妙龄少女。

半月之后，一个晴空万里的午后，绯绡和青绫等人结伴登上了东京城外最秀美的一座山峰。山峰中有一处翘角飞檐的凉亭，好似只振翅欲飞的鸟一般停在山巅。

“把它留在这里，应该就不会觉得郁郁不得志了吧？”绯绡站在亭中，眺望着云气萦绕的山景，只觉景色美不胜收，如临仙境。

王子进从盒子中掏出了修复一新的竹简，交给了青绫。青绫纵身一跃，将竹简放在了凉亭的横梁上。

王子进心善，仍然怕会辜负了这首心高气傲的诗，掏出了笔墨，将整首诗誊写在了凉亭的木柱上。

他肚中墨水虽少，字却写得龙飞凤舞，飘逸潇洒。

青绫轻轻地抚摸着木柱上的墨字，沉默了一会儿，从衣袖中掏出洞箫吹奏起来。箫声在青山绿水中回荡，缠绵悱恻，既像是情人间关切的低语，又像是旧友离别时的叮咛。

几人皆沉醉在这婉转凄美的旋律中，沉默地看着眼前宛如仙境的层峦叠嶂，似在为那不甘平庸的青衣少女送别。

待他们离开凉亭，走上归途时，已是霞光漫天的傍晚。

"有一件事我想不通，那天为什么我跟六月都中了毒，你却没事？"王子进一边擦着额上的汗，一边好奇地问绯绡。

"在进山之前，我听到下雨时仙境才出现，就猜测可能是毒气在作怪。"绯绡得意地扬了扬剑眉，笑嘻嘻地答，"所以上山之前，我就掏出两簇狐毛塞住了鼻孔。可没想到毒雾居然如此厉害，你们一上山就被迷得神魂颠倒，你抱着树桩跳舞，六月对着泥坑发呆的样子真是太有趣了！"

他拊掌大笑，貌如天仙的脸蛋都笑得变了形。而其余三人则阴沉着脸，恨不得将他千刀万剐，才能解心头之气。

"不过子进，还是要谢谢你。"他笑了一会儿，突然郑重其事地对王子进道谢。

王子进被他说得一愣，满腔怒气都不知该往哪里撒。

"如果没有你的奇异举止，我也看不出哪里有毒。"

"说白了就是拿我试毒吗？"王子进越发生气，一甩袖就快步向山下跑去。

"子进，方才上山的时候，我看到了一家卖炖鸡的店，等会儿一起去吃吧。"绯绡笑嘻嘻地摇着折扇跟在他的身后。

王子进仍憋着气，埋头走路。

"老板的女儿是个俏丽的娘子，在店里帮忙。"

王子进脚步不由自主地放缓了几分。

绯绡得意地扬了扬眉毛，朝青绫和六月招了招手，四人一起走向了山路边的小酒馆。

待享受完可口的炖鸡，喝完了两壶黄酒，王子进仍没有看到什么俏丽的少女，只有两个粗笨的村妇在小店中忙碌。

他知道自己又受骗了，可他早已习惯了绯绡平日无伤大雅的小谎言，也不以为意。

倒是青绫放下酒碗，就朝绯绡摊开了手掌，狡黠地笑了笑，“那种难得一见的毒草，你舍不得全烧了的，把私藏留下的给我。”

绯绡一愣，随即笑容浮上了玉面，他从袖中掏出了一个瓷瓶，放到了青绫的手中。

“真是瞒不过你，居然被发现了。”他惋惜地摇了摇头，“虽然有些不舍，但谁让你是我的朋友呢。”

青绫接过瓷瓶，满意地笑了。

“记住，没事千万别打开，你知道它的厉害。”

“此番多谢了，如果有事需要帮忙，尽管差遣。”青绫将瓷瓶仔细放入怀中，跟二人拜别，几乎是逃一般带着六月离开了，生怕绯绡反悔。

“你真的给他啦？”王子进望着两人携手下山的背影，惋惜地摇头，“我还想多做几个好梦呢！”

“嘻嘻嘻，你说呢？”绯绡眉眼弯弯，宛如狐狸般露出狡诈的笑容，玉手一翻，又变出了个一模一样的瓷瓶，“我也想在一只鸡上吃出不同的味道啊。”

三日后，西京城中，即将去交货的青绫突然觉得心神不宁。他坐在客栈松软的床榻上，用棉花塞住了鼻孔，才敢小心翼翼地打开了瓶盖。

可只见瓶中空空如也，哪里有价值千金的毒草？

他气不过，用力甩了甩瓶子，居然掉出了几簇洁白的狐毛，在夏日绚丽的阳光下飞舞。青绫气急败坏，用力将瓶子掷在地上，摔得粉碎。

就像这世间事，也不过是一场大梦而已。

第三夜 ◆ 子夜歌

“落日出前门，瞻瞩见子度。冶容多姿鬓，芳香已盈路。芳是香所为，冶容不敢当。天不绝人愿，故使侬见郎……”

夜空澄净，繁星似海。

一个身穿淡红色衣裙的少女在夜色下奔走，朦胧的月光照亮了她的脸庞，可见她正值十七八岁的花样年华，饱满的双颊如蜜桃般丰盈，一双星眸灵动美丽。

唯一有些突兀的是她红得鲜艳的嘴唇，嵌在那张洁白细腻的脸上，宛如凝固在皑皑雪地上的血滴。

红唇似血的少女，在月光下哼着歌，脚步轻快地踏莎而行。

她的裙摆拂过夏末的萱草，发出沙沙的轻响，可这响声越来越大，似有一群人跟随她的脚步而来。

少女头也不回，加快脚步，要将身后的异响甩掉。轻纱般的月光下，隐约可见，足有二十几人跟在她的身后，追赶之人以彪悍的青年为主，还夹杂着几个年少的孩子。

“宿昔不梳头，丝发被两肩。婉伸郎膝上，何处不可怜？”红唇轻轻开合，仍轻哼着歌，少女的调子丝毫不乱，脚步也稳健而迅捷，红衣在夜风中飘飞，似一朵罂粟在黑暗中舒展着花瓣。

“……今夕已欢别，合会在何时？明灯照空局，悠然未有期。”歌声在夜风中飘散，婉转中透着寂寞。

风里传来咔嚓一声轻响，一扇窗中亮起了灯，光晕照亮了黑暗，少女和身后的追兵都停下了脚步。

柴门被缓缓推开，走出来一个青衣襦带，做书生打扮的青年，他提着一盏古怪的灯，灯中散发着刺鼻的烟气。

“啊，太可怕了！这是鬼！她果然投奔鬼了！”“快跑，否则整个家族都完了。”远处的男人们哀叫着避散，只有少女孑然独立。

她向书生伸出柔嫩的手，但他却仿佛没看到她，匆匆从她身边走过。水银般的月辉照亮了他平凡无奇的脸，是随处可见的男人。

可那双眼眸中流露着睿智和肃穆，像是耸立的冰山般高不可攀。

• 一 •

长河落日，炊烟袅袅。残阳的余晖似洒落到每个人心中，勾起无限愁绪。

王子进坐在汴河的一艘画舫中，眼眶微红地望着戏台上浓妆艳抹的伶人。台上演的是一出才子佳人的话本，戏中的书生与少女相恋，少女早逝，而书生苦苦追到了黄泉中，也没有找回昔日的爱侣。

而就在他肝肠寸断之时，却听耳边传来吧唧吧唧的轻响，扭头一看，是绯绡正在吃鸡翅。

他吃得红唇油汪汪的，眼底蕴着幸福和满足，根本不似在看一出悲剧。

“多么感人的故事啊，你居然还吃得下。”王子进喝了口酒，想到匆匆两年间跟几位佳人的生离死别，越发觉得憋闷。

“都是假的，有什么可感动？”绯绡擦了擦手，又喝起了酒。

“对了，你们这些狐狸精最会骗人，哪里有感情可言？”王子进摇头长叹，又喝起了苦酒。

“你不是精怪，怎知妖类无情？”绯绡冷哼着道，“人类狂妄自大，最喜下高高在上的判断，千百年来莫不如此。”

两人话不投机，不再多言。王子进仍心潮澎湃地看着戏文，绯绡索性埋头专注吃鸡。

渐渐夕光潋滟，水天之间变成了一片苍茫的灰黑，一只黄色的鸟却清鸣一声，振翅落在了靠近船舷的窗檐上。

那鸟似认得人一般，偏着头打量着屋中众人，随即振翅而飞，在宽敞的船舱中盘旋了一圈，停在了绯绡的肩头。

“真讨厌，又有什么麻烦事找上来了？”绯绡不耐烦地嘟囔着，一把抓住了鸟。

黄鸟完全不害怕，轻轻张开了嘴，将一粒红豆吐在了他的掌心。红豆在他莹白的手掌中滚了一圈，最终静静地停在了掌心。

娇艳耀眼，宛如一个情意绵绵的吻。

“这是什么？”王子进好奇地探过了头，他天天混在女人堆里，本能地从这枚小小红豆上，嗅到了一丝香艳的气息。

“是我的一位故人啊，没想到此生居然还能跟她见面。”绯绡感慨着拈起红豆，难得细心地喂了黄鸟几缕鸡丝才将它放走。

王子进从未见他如此体贴，就连自己受寒生病，他也从来不闻不问。

“是美女吧？”

“绝代佳人……”绯绡感慨着看向窗外烟波浩渺，眼中充满期许。

“既然给你传信，我们就一起去看看吧！”

“即便是精魅鬼怪你也不怕？”

“只要芳华绝代，是鬼怪也没什么。”王子进微笑着感慨，“反正人生短暂，匆匆即逝，我王子进能欣赏到诸美的风姿，也算没白活一遭。”

“子进，说实在的，在某些方面，我还是很佩服你的……”绯绡红唇微翘，苦笑着说，“既然你如此向往，我们就去拜访一下这位住在西京的故人吧。”

于是次日，两人就踏上了前往西京的旅途。车马劳顿中，王子进还不断追问，为何这位美人不亲自来看绯绡。

既然并非人类，日行千里也不在话下，来趟西京城不过是瞬息之间的事情。

“去了你就知道了。”可他每次追问，绯绡总是这样不咸不淡地回答。

事已至此，他只能趴在车上的小窗旁，眺望着官道上飞逝的青山峻岭，幻想着即将见面的美人的风姿。

绯绡不喜赶路，一路上不断暗中施法，本来要走十日的路程，短短三日就走完了。当他们抵达西京之时，赶车的车夫望着高耸巍峨的城门目瞪口呆，似不敢相信眼前所见，足足在城外站了半晌，才又惊又惧地驾车离开。

当晚他也不急着探访旧友，拉着王子进去了西京最有名的一家烤鸡店，一口气吃了两只烤鸡，还喝了一壶好酒，方醉醺醺地走出了酒楼。

此时已是亥时，街上的灯火将街巷映照得宛如白昼。一弯明月悬在天际，似夜昙莹白的花瓣，为这个喧嚣的城市，送来几许静谧安宁。

“子进，你真的很想见美人吗？”绯绡摇着折扇，白衣翩翩地走在街上，吸引了无数路人的目光。

“当然啦，否则车马劳顿为了什么？”王子进几乎迫不及待，“我们是今夜拜访，还是明日再去呢？”

“明晚吧，那毕竟是个芳华绝代的佳人，怎能唐突？”绯绡低下头，长睫轻颤，似在思索着什么。

看来真是重要的人呢！王子进在心中暗暗感慨，他从未见绯绡如此紧张。以他自己的经验，人们只有在爱的人面前，才会谨小慎微，忐忑不安。

当晚两人找了个独门独院的民宿住下，绯绡一夜未眠，长坐在灯前，似在写一封长信。王子进认识他这么久，就没见过他写信，惊讶得大呼小叫，比见了鬼还可怕。

可绯绡根本不理他的喧闹，仍垂首坐在灯前，以朱笔在花笺上写下一行行文字。烛光散发着暗金色的光芒，笼罩在他如玉的肌肤和洁白的衣襟上，令他宛如明珠般温润俊美。

王子进长叹一声，望着他的雪肤黑发，恍惚中竟觉得他离自己十分遥远，似乎穷尽一生也无法企及，心中莫名生出几许悲凉。

窗外更鼓嘹亮，寂寞悠远，一声又一声，声声全落在他的心底。

·二·

当晚王子进睡得昏昏沉沉，几次梦到绯绡离他而去，醒来后看他依旧白衣翩然地坐在灯下，才又放心地恍惚入睡。

直至残烛燃尽，天边现出一抹青痕，绯绡才起身离开了桌前。他走到王子进床前，将一封信放在了他的枕边。

“今晚我有急事，不能去拜访那位佳人了，还要劳烦子进你走一趟，将这封信送给她。”他红唇微动，轻轻地说。

“为什么……”王子进想要问他，一张嘴才发现自己根本无法动弹，似乎被这个黎明时分的梦魇住了。

“她就住在西京上城，昔日的秘书郎旧邸。”

“我、我听不清……”

“你拿这封信给她看，她自然会明白。”绯绡耐心叮嘱他，“记住，今晚亥时才能进她的院子，早一刻晚一刻都不可。”

他说罢衣襟轻摆，起身离开。而几乎在他的身影消失在房间的那一瞬，王子进立刻从梦中惊醒。

在这个夏末秋初的晴热天气中，他浑身是汗，几乎要将中衣浸透。再抬头一看，窗外日头当空，正是午时。

距离那个黎明时分的梦，竟然已近两个时辰。

王子进擦了擦满头大汗，打量着四周，果然跟梦中所见一样，屋中空无一人，绯绡早已不见踪影。

但与梦中不同的是，他的枕边端端正正地放着一只木盒，而并非信封。可当他打开盒盖，果然看到一张散发着淡淡花香的信躺在盒中，也一如梦中所见。

被绯绡抛在这陌生的城市，他原本有些沮丧，可随即想到能令绯绡牵肠挂肚的女子，必然是非一般美貌。而且没有绯绡在身边做对比，再也没人抢他的风头，他登门送信，美女一定会款待他茶点果子，谈得愉快的话，将来还会鸿雁传书。

他越想越兴奋，忙换了件月蓝色的轻衫长袍，将头发梳得一丝不苟，宛如风流公子般摇着折扇出门了。

哪知他顶着烈日一路走一路问，竟然走到了黄昏时分，才来到了西京上城。再一打听秘书郎的府邸，更是没几个人知道，也不知道多年来，妖怪们是如何找到彼此方位的。

走了半天的路，他口干舌燥，再也顾不上形象，跑到了柳树下的一个茶摊，喝完了两碗茶，又跟跑堂的小二问起秘书郎。

“我来这里已经有三年之久，从未听过附近住过一位秘书郎。”小二挠着脑袋，眼神比他还迷茫。

“秘书郎啊？倒是三十年前有过一位……”一位坐在柳树下的老人，缓缓接过了话茬。

老人鸡皮鹤发，身体佝偻成一团，早就过了古稀之年，乍一看倒像个干瘪的树桩，几乎跟他倚靠的大树融为了一体。

“三十年前？”王子进惊得瞪圆了眼睛。

“是啊，听说之前是秘书监，但因性格刚直不阿，记下的事一笔不改，得罪了贵人，才被降职成了秘书郎。”他颇为惋惜地摇头，“他郁郁一生，告老还乡后就一直住在旧居……”

“该、该不会是那栋闹鬼的房子吧？”小二搁下碗碟，惶恐地对王子进道，“客官，你可千万不要去，那屋中白日里没有声息，晚上就经常有怪声出现，还有人见过窗上有人影晃动，但那倒霉的房子里，明明只住着一个糟老头……”

“可有佳人？”他脸色绯红地问。

“没人敢进去看，不过倒是听说夜深人静之时，里面曾传来女人的歌声……”

小二努力回忆着坊间流言，话音未落，便见王子进脚步轻捷，怀抱着木匣，已经迫不及待地朝那闹鬼的老屋走去。

他每日守着这茶摊，迎来送往，也算是阅人无数，可还从未见过这种见鬼像是见美女一样开心的人。

小二望着王子进的背影，竟半晌没缓过神来。

可他不会知道，王子进确实要去赴一场跟美女的约会，才会如此雀跃。他一路打听，顺着路人的指引，很快就找到了秘书郎的旧邸。

此时红日隐没于天际，只剩下瑰丽的金紫色晚霞，如巨兽，如盘龙，腾跃在西京城的上空。

而所谓秘书郎的旧邸不过是个破败的带院子的瓦房，连窗纸都漏了几块，在这壮美霞光的衬托下，越发显得残破不堪，简直像是落在一幅浩瀚城景图中的一点灰扑扑的污渍。

大概这宅子唯一值得称道的，就是院子里的花木了，因常年没有人修剪，生长得极为茂盛，尤其是一棵高大的杉树，亭亭如盖，投下的阴影几乎遮蔽了整栋房子。

可王子进仿佛看不到这阴森森的景象，期盼地抱着木匣坐在门前，恨不得亥时早点到来，他好和佳人共赴月下之约。

渐渐地，金紫色的蟠龙和怪兽都被黑暗吞没，一弯明月像是个温情的微笑，悬在树梢。西京城中的灯光次第燃起，光芒宛如繁星般照亮了黑暗的古都。

起初还有几个路人朝他投来好奇的目光，都不知道这个打扮得斯文干净的书生为何会守在这里。

可很快旧宅前就只剩下王子进一人，更夫敲响了戌时的更鼓，亥时即将到来。

王子进死死盯着那破旧的房子，恨不得马上冲进去拜访主人。但他想到绯绡在梦中对他的叮嘱，又不敢推门而入，急得抓耳挠腮，在门口团团转。

“年少当及时，蹉跎日就老。若不信侬语，但看霜下草。”他正在焦虑地徘徊之际，院子里突然传来了丝丝缕缕的歌声，那歌声如丝缎，如蜜糖，听起来说不出地舒服受用，登时令他停住了脚步。

“侬作北辰星，千年无转移。欢行白日心，朝东暮还西。”而随着歌声的响起，破败的院子中发生了奇异的变化。

四面八方飞来无数只萤火虫，如繁星般散落在院子里、杂草中、花枝下。残破的纸窗中燃起了暧昧的粉红色灯光，更有一个窈窕的人影映在了窗上。

“亥时到了！”王子进看到这翩然若仙的身影，再也不愿等下去，轻轻叩响了院门。

敲门声在月光下回荡，空寂悠远，却无人回应。只有那缠绵哀怨的《子夜歌》随风婉转徘徊，像是一声流传了千年的叹息。

“既然主人不来应门，小生就失礼了。”王子进上前一步道，“小生王子进，是胡绯绡的朋友，替他来送一封信。”

他话音刚落，院口的柴扉咔嗒一声打开了，像是一个殷勤的邀请。

王子进大喜过望，忙抱紧木匣，一溜烟地钻了进去。

而在他的身后，一个巨大的黑影从巷角缓缓地挪动而出，黑影像是一座小山，又似一头猛兽，也走向了半敞的院门。

当黑影走进去之后，门又咔嗒一声合上，严丝合缝，歌声骤歇，小街上又恢复成一片寂静，好似刚才没有任何人来过。

坊间传来更夫报时的声音，更鼓声次第回荡，正是亥时已至。

·三·

王子进步入院落，只见在外面看起来极为狭小的庭院，却别有洞天。展现在他面前的竟然是一片宽敞的草地，其间野草蔓生，高达腰际，如海波般随夜风轻轻涌动。

还好草间有点点萤火，照亮了昏暗的道路，他踏着长草，信步而去，只见方才在院外看来近在眼前的小屋，竟然遥遥地矗立在草地的另一端。

他走了几步，只听草丛中沙沙作响，似有人从身后跟了上来。他忙回过头，只见一个身穿布褂、头扎布巾的彪悍男人，正站在自己身后，看打扮像是个农夫。

“这位壮士，不知这家中主人在哪里？小生千里迢迢从东京城赶来，特来替朋友送封信……”

可他话未说完，那壮汉竟然答也不答，举起一弯割草刀就向他砍来。

王子进吓得一个趔趄跌倒在地，连怀中的木匣都摔掉了。他忙捡起匣子，夺路狂奔，只听身后传来喧嚣之声，竟然有无数人从四面八方拥出。

这些人好似在草中潜伏已久，之前根本看不到形迹，此时一下全跳出来，声势浩大，吓得王子进两股战战。

他们以精壮的男人为主，还夹杂着几个小孩，个个见了他跟见了杀父仇人一般，恶狠狠地追杀。

“他会把‘鬼’带来的！”“快杀了他，杀了他我们才能继续在这里生活。”

几个男人挥舞着镰刀和短刀，跑在最前头，王子进哪里跑得过他们，连滚带爬，几次都差点被刀锋砍中。

“我就说相信绯绡没有好事，这哪里是送信的，送命的还差不多！”他哀号着咒骂，慌不择路地逃命。

而几乎在他骂声响起的同时，幽怨婉转的歌声再次在夜空中飘荡：“夜长不得眠，明月何灼灼。想闻散唤声，虚应空中诺……”

追杀他的男人们停住了脚步，王子进忙手脚并用，借着长草的掩护逃命。他顺着歌声的方向跑去，才跑了几十步，只见夜色中竟然出现了一座塔。

高塔毫无微光，仿若一棵巨木般沉默巍峨，与夜色融为一体，他方才在院外竟然完全没有留意。

西京是几朝古都，佛塔随处可见，倒也没什么稀奇。此刻前无去路，后有追兵，他别无选择，只能一头扎进了高塔中。

塔中黑得伸手不见五指，他大口喘着气，刚歇了一会儿，就听门外传来叫喊声，竟然是那些人呼喝着追了过来。

“绯绡、绯绡，你在哪里啊？我可怎么办……”他忙提着袍角，跌跌撞撞地向塔顶爬去。

可即便如此危急之时，他也没有放下手中的木盒。因为一旦丢了这木盒，不但会跟佳人失去联系，更会让绯绡失望。

他实在不愿意再看到绯绡孤身枯坐在灯下，落寞伤怀的模样。

他方爬到二楼，便听塔门传来轰然巨响，凶狠的村民果然追了上来。他忙从塔中狭窄的窗口看向外面，只见如轻纱般朦胧柔和的月辉中，足有上百人正蜂拥跑向高塔。

但奇怪的是，在他们身后的长草中，似潜伏着一个高大的黑影。黑影足有丈许高，像是一块乌云般缓缓移动，给人以无形的压力，怎么看也不似人类。

他心头一紧，忙又夺路逃命，可就是慢了这一步，已经被一个瘦高的男子追上。

“该死的家伙，去死吧！”男人恍如凶神恶煞，举起一柄长枪，刺向他的胸口。

王子进躲无可躲，危急中将木盒挡在了身前。青锋闪过，木盒登时四分五裂，连装在里面的信封都被打开。

他不知哪里来的力气，一头撞向瘦高男人，男人一枪失手，站立不稳，竟然从木阶上滚落下去。

他又惊又怕，忙捡起地上的信慌忙逃跑，一口气跑到了塔的第五层，才大口地喘着粗气，倚在墙上歇息。

动作间信封从他衣袖中滑落，掉出了一张洁白的信纸，信纸宛如白蝶，飘飘然落在地上，可见上面被人以朱砂笔写了两行小字。

难道这是绯绡的情诗？可不是我要看的……王子进好奇地捡起了信纸，借着缥缈的月光，只见上面一行字是“王子进”，另一行则是他的生辰八字。

短短二十个字皆是以朱笔写成，宛如一行行凝固的鲜血，在夜色中看来，格外触目惊心。

王子进脊背上登时冒出了一层冷汗，他万万没有想到，这匣中居然有这样的玄机。原来他送来的根本不是什么情诗，而是自己的命。

便在此时，窗外传来了一声哀号，凄惨壮烈，听得他毛骨悚然。他忙看向塔下，只见那团高大的黑影正疯狂地吞噬着追杀他的男人们。

它像是潮水般攻城略地，势不可当，身形笼罩着一团黑气，根本无法看清它本来的面目。只知道这团黑雾飘向哪里，就将死亡带到哪里。

男人们一个个被它吞噬，而它的身体也在不断地变大，转眼间便变得如同一头巨大的象，朝塔中飞奔而来。

而精壮的村民们惊恐地叫着“鬼啊”“有鬼”，拼命地挥舞着手中的短刀，也逃不过被一口吞噬的命运。

似乎只是一转眼间，塔外就没有人了，只有一头乌云般的怪兽，飘荡游走。

此情此景，宛如地狱！

王子进忙撒腿就向塔顶跑去，几乎在同一时间，塔下传来一声巨响，震得灰尘簌簌飘落。

他心中一冷，立刻明白，那恐怖的怪物已经进来了。

·四·

纷叠的脚步声紧随而至，他知道是凶悍的男人们又追赶上来，忙加快脚步，跌跌撞撞地拾阶而逃。

可这塔似高得直通天际，永远没有尽头，他足足爬了十几层，还没有抵达塔顶。身后的追兵也锲而不舍，一点放弃的意思都没有。

“我、我跟你们无冤无仇，求你们高抬贵手，放过我吧……”王子进一边逃命，一边苦苦哀号。

可是那些人哪听得进去，甚至他走慢几步，就能看到月光下的闪烁刀光。王子进也不知这些人为何会对自己恨之入骨，只能抱紧木匣，狼狈逃命。

“夜长不得眠，明月何灼灼？想闻散唤声，虚应空中诺。”悠扬婉转的歌声自塔顶传出，令王子进心头一振。

在这个凶险的夜晚，唱歌的女人仍毫不惊惧，宛如在花前月下说情话般安详自在，显然是有恃无恐。不知为何，他隐隐觉得，只要找到了她，自己就会得救。

身后一柄长刀向他砍来，他忙扑倒在地，躲过了凶残的袭击。但紧接着一团黑雾咆哮而至，发出一声怒吼，瞬间就淹没了要砍杀他的男人。

王子进只见那男人被一条手臂般粗的红舌卷住脚踝，拖进了浓雾中，只剩下一只手，仍死死地抓着长刀。

“啊——”伴随着凄厉的惨叫，连手都不见了。

咔嚓咔嚓，浓雾中传来了可怕的咀嚼声，在暗夜中回响，听起来令人毛骨悚然。

那浓黑如堡垒的雾气中，似盘踞着一只巨大的食人妖兽，只要稍微慢一点，就会成为他的腹中餐。

王子进虽见多识广，也被这骇人的景象震慑，吓得尖叫一声，掉头便跑。他脚下生风，跑得飞快，但每次一回头，就会看到有人被吃掉。

有时是一个，有时甚至是几个，被那如巨蟒般的舌头卷进黑雾中，转眼就尸骨无存。虽然这些村民打扮的男人对他穷追猛打，可王子进心善，认为其中一定有误会，怎么也不忍心看到他们变成怪物的腹中餐。

他跌跌撞撞地向上爬，追赶他的村民也在不停地减少，当他不知在这狭窄逼仄的塔身中绕了十几圈时，身后已经再也没有追兵了。

只有一只体型庞大的怪兽，被黑雾笼罩，追随他的身影，飞快蠕动着。

它速度惊人，在狭小的台阶上移动得极快，仿佛只是瞬息之间，离王子进就只有几步远了。

王子进只觉腥风阵阵袭来，耳边传来丝丝轻鸣，知道这怪物距自己不过咫尺，吓得竭力狂奔。

可他只是一介凡夫，怎么跑得过这恐怖的怪兽？才跑了几节台阶，就被按住了袍角，他一个趔趄就摔倒在地。

“救、救命啊！”他哀声呼救，拼命挣扎，只见头顶敞开了一扇天窗，可见明月高悬，云丝浮荡，缕缕清风透窗而入，送来阵阵花木的芬芳。

他知道自己终于抵达了塔顶，可惜却无法逃出生天，躲不过丧身兽腹的命运。

“怜欢好情怀，移居作乡里。桐树生门前，出入见梧子。遣信欢不来，自往复不出。金铜作芙蓉，莲子何能实……”

风中送来袅袅歌声，在刹那间，他的眼前出现了一幅旖旎的画面。

尘灰满布的塔消失了，取而代之的，则是星月争辉的夏夜，一个身披朱红色纱衣的少女，在庭院中赤足徘徊。

她长发及腰，瀑布般披散在脑后，倾慕地望着不远处一个青衫男人。男人坐在廊下读书，虽长夜漫漫，他却丝毫不觉得无聊，沉浸于书中的妙笔，时而他也会起身查看在一棵大树下熏起的艾草。

但他在庭院中忙碌，却始终不肯看那红衣少女一眼。

少女远远地观望他，满含眷恋又不敢靠近，风吹起她的发丝，露出了娇小白皙的下颌，和一张红如珊瑚的嘴唇。

那张檀口像是一颗鸡心，饱满而丰盈，衬得她肌肤胜雪，发如乌炭。

“你什么时候才能看我一眼呢？”她长长地叹息，朱唇轻启，唱起了情歌，正是王子进听到的那首《子夜歌》。

“救命啊……”王子进拼命地挣扎，方才那条卷走了不知多少条人命的舌头，已经死死地缠住了他的脖颈，就要将他拖入黑雾之中。

他无论如何也摆不脱它的桎梏，只觉触手濡湿溜滑，满布黏液，煞是恶心，根本无处使力。

舌头越绞越紧，随即耳边传来一声脆响，似乎有什么东西撕裂了。

王子进认命地闭上了双眼，等了一会儿，却没有等到预期中的疼痛和窒息，过了半晌，他才战战兢兢地睁开了眼睛。

只见周围清风阵阵，月光朦胧，自己正完好无损地坐在高塔的台阶上，庞大的怪物已无影踪。

只有一张信纸被撕成了两半，静静地躺在月光下。

·五·

“哎，子进，你何时才能听一次话呢？”就在他不知所措之时，一个清朗的声音在夜风中响起。

王子进立刻大喜过望，忙回过头，只见绯绡长身玉立，白衣翩然地从暗处走出来。俊美的面容上带着神秘的笑，显得越发英姿迷人。

他缓步走到王子进身前，弯腰从地上抓起了一个蠕动的动物，轻声道：“小家伙，这可不是你的食物哦，你怎么能咬他呢？不过还好，你们追逐的只是他的替身。”

他眯着凤眼，语气轻柔得仿佛在对宠物说话一般。

“哎？”王子进看着他肉麻的语气，立刻愣住了，心下觉得不妙。

他借着朦胧的月光看去，只见绯绡手中的动物不过尺把长，圆头长颈，周身散发着幽绿色的光芒，竟然是一只四脚蛇。

“这是怎么回事？”他气急败坏地问。

“所谓伊人，在水一方……”绯绡笑嘻嘻地拎起四脚蛇，对王子进道，“既然想见绝世佳人，怎能不溯洄从之，跨过阻且长的道路？”

“说明白点！”

“咳，就是我的朋友遇到了些麻烦，正好借用你那倒霉到了极点的八字，将这些捣乱的家伙吸引到一起，我偷偷放出用法力加持过的四脚蛇，将他们一举歼灭了，既节省时间又省力，岂不是很好？”

“一点也不好，吓死我啦！”王子进捡起被撕成了两半的信纸，甩到他那张狐狸般狡黠的俊脸上，“原来这封信就是我的替身，他们一直追逐的是它？亏我还以为你情根深种，生怕你为情所困，还迫不及待地替你送信呢！”

“其实你是想见绝世佳人吧？”绯绡一点也不生气，轻松地接住了王子进丢来的信，笑眯眯地放入了袖中。

王子进听他这么说，怒气登时烟消云散，琢磨了一会儿方低声问：“真的有美人？”

“当然，就是她用歌声将你引来，如果你没有进入高塔，怎能利用这狭窄地形，轻易消灭那些讨厌的家伙？”绯绡瞪了他一眼，“只是你从未听过我的话，让你亥时进门，偏偏提前了那么一点，结果还没进塔就被对方发现，添了许多麻烦。”

“追杀我的村民到底是怎么回事？”

“将来你自会知道，我们先去见你心心念念的美人吧。”绯绡红唇微翘，朝他递了个暧昧的眼色。

王子进再也不跟他顶嘴，变得斯文乖巧，彬彬有礼地跟他来到了塔顶。

只见塔顶居然有一个小小天台，视野开阔，抬头就是浩瀚星图，仿佛一伸手就能将闪亮的星子摘下来一般。

璀璨星辉下，一个身穿绯红色绫罗衣裙的女子，跪坐在天台之上，衣袂随风曼舞，身形翩然如仙子，光是看个侧影，已知姿色不俗。

王子进望着她那翻飞的红衣，窈窕曼妙的身影，突然想起了方才在生死攸关之际，恍惚中看到的幻象。

到底是什么样的美人，又有怎样的心事，令她吟唱着伤心的《子夜歌》，独自在长夜中徘徊？

霁月清风中，女人缓缓转过了头，月光照在她柔和的面庞上，只见她白皙的肌肤上皱纹丛生，长发被岁月染上霜雪之色，只有一张檀口，仍鲜红似花瓣。

“多谢胡公子、王公子相救。”她优雅地起身，朝他们行礼，“老身年事已高，实在耐不住虫蚁啃噬，才向千里之遥的胡公子求援的。”

王子进愣愣地看着她鬓边的华发，苍老的面容，登时觉得心中冰冷，差点一屁股坐在地上。

“夫人太客气了。”绯绡难得礼貌地回礼，“其实出力最多的还是这位王公子，我只是为那只四脚蛇加持了点力量而已。”

“二位公子请坐。”老妇人殷勤地招呼他们，“老身为二位备下了美酒佳肴，希望你们不要嫌弃。”

事已至此，王子进只能耷拉着脑袋，无精打采地坐在了天台上的小桌旁。他本是为了见绝世美人而来，哪知千里迢迢，跋涉赴险，见到的居然是一位鸡皮鹤发的老妪。

她殷勤地为二人温酒布菜，举手投足皆是风情，虽容颜苍老，却自有一种温润高贵的气质。

“红杉夫人可是远近闻名的贵族，她年轻的时候确实倾国倾城，我可未曾骗你。”绯绡似看透王子进心事，悄悄对他耳语。

王子进欲哭无泪，只能一杯又一杯地喝闷酒。

五十年前的美人，还拿来夸耀什么？

酒过三巡，月影西斜，眼看寅时将至，红杉夫人不便再挽留他们，起身送客。

“这位王公子，似乎始终闷闷不乐啊。”她微笑着看向王子进，眼角遍布细纹，但双眸流光溢彩，丝毫不见老态。

“夫人想多了。”

“既然相识，便是有缘，希望王公子收下我这小小信物，期待他日重逢。”她伸出干枯的手，将一粒红豆放在了王子进的掌心。

王子进看着眼前这被昂贵绫罗包裹着的苍老夫人，也不忍拒绝，收下红豆，跟她鞠躬道别。

而当他再抬起头来，只见眼前哪还有通天高塔，只有一个杂草蔓生的破败庭院，他和绯绡正并肩坐在一棵枝繁叶茂的巨大杉树下，身边只有清风朗月。

“呃？怎么会这样？塔呢？草原呢？”王子进不敢相信自己的眼睛，揉了又揉。

“一切都是幻象啊，子进。”绯绡长叹一声，却不知从哪里变出了一壶美酒，小酌了一口。

“红杉夫人到底是什么？”

“她就在你身后。”

他忙回过头，只见身后一株高大粗壮的杉树正伫立于夜风中，枝叶随风舞动，发出沙沙轻响，仿若在午夜中奏响了一曲清歌。

“那些追逐我的村民呢？”

“也在那里，还有几个没处理掉的。”绯绡漫不经心地随手一指。

他定睛看去，但见月辉之下，有几只蚂蚁在杉树的树干上爬行，行迹惊惶。他伸手要将蚂蚁打落，不知从哪里爬出了一只四脚蛇，长舌一卷，已经将几只蚂蚁尽数吞进了腹中。

他这才明白，红杉夫人就是这杉树精魂化作的妖怪，而方才他爬了半晌的高塔，应该就是这粗壮杉树的树干了。

“所以要多谢你啊，子进，因为你那倒霉的八字，才这么容易将蚂蚁们聚在了一起。”绯绡拍了拍他的肩膀，以示感谢，“多年前她还是个少女时，我也曾替她驱过一次虫，那次可累死我了，哪有这么轻松？”

“废话，因为这次累的是我！”

两人还在拌嘴，却听简陋的房屋中传来了一阵剧烈的咳嗽声。绯绡长袖一展，拽着王子进就跃上了树梢，树仿佛有灵性一般，繁茂的枝叶微微晃动，掩住了两人的身形。

瓦房中传来瑟瑟轻响，走出一个头发花白的迟暮老人，他身穿长衣，提着一个小小的煤油灯，来到杉树下转了一圈，见无大碍才转身离开。

他已年近古稀，弯腰驼背，蹒跚地走着路，只能从那件洗得发白的长袍中，依稀能找到几分文人的风采。

树梢颤动，在风中发出轻啸，宛如一声悲鸣。王子进坐在树上，望着老人佝偻的背影，已经明白了一切。

·六·

即便没有见到佳人，当晚他也一反常态，毫无怨言地跟在绯绡身后，乖乖回到了客栈。

之后他再也没有提过那晚的经历，只是每当午夜梦回之时，就会有一个唇如涂丹的美人，走入他的梦中。

起初她是少女之姿，双眼满含着好奇，身穿樱红色襦裙，坐在柔嫩的树枝上，瞪着漆黑的大眼睛，看着树下专心施肥的少年。

少年完全看不到少女的存在，他赤裸着上身，以手帕掩住口鼻，将一勺勺肥料浇到了杉树的树根下。

“好臭啊！这个浑蛋，为什么要把这么臭的东西浇到我的身上？”少女气得咬紧红唇，愤怒地将一根树枝抛到了少年的头上。

少年的额头被树枝砸了个口子，流出了鲜血，可他并不生气，将额头简单包扎之后，又好脾气地为杉树修剪杂枝。

少女愣住了，如珊瑚般鲜红的嘴唇，浮荡出一丝笑意。

时光如白驹过隙，倏忽而逝，少年和少女都随着四季更迭慢慢长大，杉树也生得高大茂密。炎夏之时，少年喜欢坐在大树的荫凉下读书，而少女就会调皮地叫些小鸟过来吵他。

可他从未生过气，还会捉虫子给鸟儿们吃。后来她也觉得这种恶作剧很无聊，慢慢地会在少年来读书的时候，刻意在他头上投下几片荫凉。

他会在树下念四书五经，还会读很多优美的诗歌。而她最喜欢的就是《子夜歌》，记忆力不怎么好的她，只听了一次就记了下来。

不知为什么，她觉得诗歌中那个为情所困，想爱却求不得的女子，跟她有几分相似。

云卷云舒，他们渐渐长成了大人。这年暮春，少女已经换了打扮，她绾起秀发，梳成了高贵美丽的望仙髻，身材变得高挑窈窕，轻纱襦裙也换成了绸缎衣裙，高贵中散发着艳丽。尤其是一张嘴唇，越发鲜红柔嫩，生在她无瑕的肌肤上，宛如红梅映雪。

而周围的能看到她的人，开始尊称她为红杉姑娘。

就在那一年，红杉树开了花，花落结实，颗颗落在地上，像是凝固的血珠，又似一粒粒珊瑚。

人们争相来捡，说这是象征着相思的红豆，纷纷赞叹，整个西京城中，都没有比这家的红豆更饱满艳丽的。

那一年，少年也科举高中，踏上了仕途。他离开了家乡，据说到了一个叫东京城的，对一棵树来说很远很远的地方。

他平步青云，他娶妻生子，才过而立就已经当上了五品秘书监。

而她也只是没事在月下唱唱情歌，享受着众人的崇拜和追随，完全没将他放在心上。

可是好景不长，她芬芳的香气和健康的躯体吸引了虫害，诸人皆束手无策，只能商量将树连根砍断。

她也一天天憔悴枯萎，平时围着她转的鸟雀们全都消失不见了。身为天之骄女的她，转眼之间就跌落泥潭。

而这时恰逢他旬休，已经是成熟男人的他，不眠不休地为杉树熏艾草，驱虫蚁，将它从半死的状态救了过来。

经此一事，她不再高傲得目中无人，竟然对这个平凡的男人情愫暗生。每逢深夜，便在他窗外唱起《子夜歌》，可他一次都没有回应，仍然像是年少时一样，枯坐在灯下，埋头读书。

时过境迁，他回西京的次数越发频繁，人们都说他得罪了人，官职被一降再降，几乎等于赋闲在家。

“无论如何，我都要像你一样笔直坚强，万万不能做那笔削春秋、迎合权贵的小人。”夜深人静之时，他郁郁不得志，只能对着杉树倾诉。

而每当这时，高大的杉树都瑟瑟舞动起枝叶，发出长歌般的轻响，似在为他鼓劲，示意他振作。

再后来他越发落魄，索性辞官归家，妻子却留在了繁华的东京，不肯陪他在这个小院中寂寞地度过下半生。

他跟杉树说话的次数越来越多，细心地为她除草捉虫，有时他们目光交错，她甚至怀疑他能看到自己，可他却总是若无其事地别过头，仿佛眼前空无一物。

急急流年，匆匆逝水，他终于变成了一个迟暮老人，连走路都艰难，再也无法照顾杉树。

而高贵美丽的她，也成了一个银发老妪，不复美艳风姿。一人一树在这小小院落中相依为命，有时夜风清朗，她依旧会坐在树梢，唱起少女时最喜欢的那首《子夜歌》。

袅袅歌声化入风中，飘到了院外，不小心被过路的人听到，就有了闹鬼的传闻。

“为什么不告诉他你的感情呢？这对于妖怪来说，很容易的吧？”在梦中，王子进曾好奇地问过红唇似血的少女。

“你可曾见过，夏天的风能吹落冬天的雪？我们注定无法相爱，只要能这样默默地陪着他，我就已经觉得很幸福。”

红衣红裙的少女，娇羞又遗憾地回答。在那个刹那，王子进觉得她从未老去过，她永远活在自己的爱情中，倾国倾城。

绯绡一反常态，居然在西京城逗留了十几天，吃遍了每家特色馆子的鸡也毫无去意。就在王子进为西京城急剧减少的鸡担忧，生怕它们就此灭绝时，他再次见到了红杉夫人。

这次她不再身穿红衣，而是换了一套素白的衣裙，跟她的银发雪肤几乎融为一色。

“王公子，老身这次来，是跟你道别的。”她优雅地朝他行礼，“以后我不会再入你梦中，那枚红豆，就当作我们相逢一场的纪念吧。”

她在梦中微笑着，整个人如雪一般萧瑟凄惶，唯有那娇艳的嘴唇，仍嫣红如昔。

王子进猛地从梦中惊醒，醒来时刚好绯绡来叫他出门。两人匆匆离开客栈，待抵达上城秘书郎家破旧的小院前时，恰是黄昏时分。

残阳似血，昏鸦叫晚，而那荒僻的院子外幡影飘动，挤了诸多围观的百姓，竟然在举行一场丧事。据说就在两天前，多年来独居在小院之中，深居简出的老人终于咽下了最后一口气。

他死的时候犹伏在书案上，桌上白烛燃了一半，纸上墨迹未干，像大多数落魄文人一样。

住在西京的家人今早才发现他早已凉透的尸体，只用半天时间，就草草为他准备了个简陋的葬礼。

送葬的队伍渐渐远去，夕阳敛尽了最后一丝微光，绯绡和王子进来到了位于小院西侧的杉树旁。

夜凉风寒，吹得杉树轻轻颤动，上次来还茂密繁盛的枝叶，在短短十几日间尽数枯黄凋谢。

落叶随夜风飘下，像是下了一场金色的骤雨。

“绯绡，怎么会这样？”王子进站在飘飞的落叶中，双眼竟不知不觉地湿润了。

“前几日我替她驱虫，就知道她时日无多了。虫几乎蛀空了她的身体，她是为了那个人，才强撑到现在的。”绯绡抚摸着杉树的树干，“不过听说，秘书郎临死前在誊写的，正是一首《子夜歌》，‘相思情悲满……肝肠尺寸断’的，估计并不止是她一人而已。”

王子进闻听此言，心中悲伤稍减，她的深情没有白付，总算是有了回应。

“子进，我们来合奏一首《子夜歌》，为她送行吧。”绯绡说罢，将玉笛凑到唇边，吹起了婉转动听的曲子。

王子进坐在树下，捡起一根枯枝，打着拍子，唱起了《子夜歌》。

一见倾心的欢喜，得而复失的感情，为情所困的折磨，经他宽厚的嗓音唱来，多了几分豁达潇洒。

舞动的秋风里，漫天的落叶中，似有一对少年男女，手拉着手，踏着遍地黄金，渐行渐远。

死亡模糊了人和妖的边界，而他们也终于能在这永远的沉眠中，深情相拥。

依作北辰星，千年无转移。

他且歌且笑，知道那抹夏天的风，终其一生，终于等来了她期盼的飞雪。

第四夜

◆

美人恩

月满西楼，春江水暖。

荷叶随夜风翩翩舞动，含苞待放的芙蕖在月下探出头来，少女般脉脉含情。

小楼的倒影映在荷塘中，随波光闪烁起伏，宛如一座剔透晶莹的空中楼阁。如果仔细看去，可见楼上的小窗中轻纱飘摇，好似天边缥缈的云雾，而云雾之中，正有一位雪肤黑发的宫装美人。

美女眸光流转，勾魂摄魄，似有无数的情话要跟自己的情郎倾诉。她缓缓起身，一件件脱下了罗衣，露出了曲线玲珑的胴体。

转眼之间，这绝世佳人已经一丝不挂，银色的月光在她的肌肤上游走，更衬得她通体莹白，宛如玉雕。

“先生，小女姿容如何？”她轻移玉足，得意地抬起了精致小巧的下颌，美丽的双眼中尽是骄傲。

“东京品香楼花魁如意，果然名不虚传。”一只手从窗边的暗影处伸出来，递给了她一束长长的白孔雀翎。

如意含笑接过，将雀翎随意摆在身上，舒展着修长的四肢，斜倚在一张贵妃榻中。雀翎上的羽毛随夜风摆动，好似轻云，又似烟雾，恰到好处地遮蔽了她身上的私密部位。

阴影中的男人提起画笔，在纸上画出了一个优美惑人的轮廓，而随着他运笔如飞，一个栩栩如生的春宫美人已经跃然纸上。

一抹得意的微笑，荡漾在如意唇边，今晚过后，她的身价将更上一层楼，成为东京城数一数二的花娘。

每个入了胭脂斋画的女人，都声名鹊起，有的甚至艳名远播，直达天子宫闱。

如意惬意地眯上了双眼，仿佛看到了自己的似锦前程，看到了多年夙愿得偿的美妙日子。

而就在这时，坐在阴影后的画师已经画完了最后一笔，他轻轻搁下了笔，换了支小巧的狼毫细笔，蘸了点朱砂般鲜红的颜料，点在了画中美人的唇上。

颜料宛如胭脂，又似鲜血，在刹那之间，就赋予了画中人灵动的风韵，赤身裸体的美女，仿佛拥有了灵魂，随时都能从纸上走出来一般。

与此同时，一个鬼鬼祟祟的影子，出现在了荷塘边。那是一个身穿布衣短褂的少年，他背着一个画筒，手脚伶俐地要翻过高墙。

就在这时，一张惨白的脸从三楼的小窗一闪而过，少年一愣，差点从墙头掉下去。

随即小楼中传来了一声惨呼，打碎了沉寂的黑夜。而几乎在叫声响起的同时，整栋楼的灯光瞬时熄灭。

方才还晶莹剔透如琉璃的楼阁，变得漆黑神秘，宛如匍匐在夜色中的怪兽。

少年吓得目瞪口呆，脚下一滑，扑通一声跌下了高墙。

· 一 ·

秋日晴空万里，金菊含苞待放，凉爽的风吹走了夏日的闷热，让东京城的街市再次变得如滚水般热闹喧嚣。

文人骚客们也不肯放过这初秋好时节，结伴去郊外赏菊吟诗，还有的约了同僚来自己的家中鉴赏书画文物。

而一直与绯绡为伍的王子进，这天竟然也接到了邀请。

请他做客的是位郭姓书生，如今在一位贵人家中做文职，是他的同乡。两人几乎是穿着一条裤子长大，在科考之后就再未见面。

郭生估计是从自家老母的书信中得知了王子进的近况，特意托人给他送来了消息。

“赏画？”王子进拿着请帖坐在朗朗秋光中，丈二和尚摸不着头脑。

他并非丹青妙手，又非诗词大家，与其找他赏画，还不如约他去赏美人。他万分踌躇，但想到与郭生已两年未见，只能更衣赴约。

而绯绡则老神在在地变成只白狐，蜷在床边晒太阳，拿起枚掉在窗前的落叶，狐眼如脉脉含情般看了王子进一眼，“哎呀，秋风扫落叶，兆头不好。”

“不要扫兴，你可见过初秋没有落叶？”王子进不愿理他，在镜前戴上了纱帽。

白狐又看了看街道，一股旋风卷起了沙尘，令行人纷纷眯着眼躲避，“哎呀，平地起罡风，前途多舛。”

“我的祖宗，求求你闭嘴吧，回来我带只烤鸡给你还不行吗？”王子进无奈地走过去摸了摸白狐的额头。

它不再说话了，安静地蜷成一团雪白绒球，眯着晶亮如葡萄的眼睛晒太阳，嘴边似含着个得意的笑。

王子进一路懒洋洋地寻到了郭生的家，他寄居在东京上城的一间矮房中，左邻右舍都是做生意的小贩，耳边洋溢着此起彼伏的叫卖声，风中飘散着葱油饼的香味，充溢着浓郁的烟火气。

“子进，好久不见！”郭生一见到王子进就立刻恭迎出门，但他的眼底却没有笑意，只有疲惫的青痕。

“久未闻听郭兄的消息，不知这两年过得如何？”王子进见到旧友，情绪难免激动，已经红了眼眶。

可郭生却神神秘秘地将他拉进了内室，紧紧地关上了房门。人声笑语连同秋日艳阳都被关到了门外，只有一盏油灯在昏暗的斗室中晃动跳跃。

“怎么白日里你还掌灯？”王子进打量着房间，只见屋内陈设简单，只有一张床，一张书桌，以及装衣物的箱笼。

而且房间中的两扇朝阳的木窗被人用板条死死钉上，透不进丝毫阳光，显得房内阴暗凄凉。

“因为我有一件宝物，不能被人觊觎了。”郭生紧张地从箱笼中捧出了一个狭长的盒子，看样子倒像是个剑匣，“今日请子进你来，就是想让你帮我看看，我要不要将它交给我的主人？”

他的眼神像是水面上的波光掠影，虚浮而游离，藏在眼底的却是难以捉摸的情绪。

王子进好奇地问了两句，才知原来郭生的雇主让他寻一张“胭脂斋”的画，如果找到了就给他重金加以酬谢。

这位名唤“胭脂斋”的画师他也有所耳闻，据说这人平素深居简出，每天都躲在一栋名唤“琉璃楼”的小楼中作画。

他最擅长的就是春宫图，笔下的春宫美人栩栩如生，有勾魂摄魄的魅力。

但他的画却非常难求，因为他只画绝代芳华的佳人，普通人根本入不了他的法眼。只要入了他的画，美人们都会名声大噪，身价水涨船高，去他家求画的富贾和美人排成了行，但却没有几人能成功。

郭生在东京城多处探求，竟意外地从一名年少小贼手中得到了一张这位传奇画师的画。

他为画上的人着迷，对着画看了几天，已经对画中美人产生了感情，舍不得将它送给自己的主人。

“是真的吗？”胭脂斋的画十分少见，王子进也只听过未见过，第一反应就是怀疑画的真假。

“他的画如果能轻易仿冒，也就不会如此出名了。”郭生鄙夷地笑了笑，从匣盒中捧出了一卷画，以温柔的手法展开。

画是画在一张软布上的，王子进不懂那是什么奇妙的画布，只知画展开的一瞬，原本黑暗的房间，在刹那间被照亮了。

一个身披轻纱，几近赤裸的美女躺在万花丛中，她发髻高绾，眼波顾盼生辉，嘴角还挂着几分骄矜的微笑。

甚至仔细看去，还能看清她肌肤下血管青蓝色的脉络，手臂上淡淡的绒毛。

她斜倚在姹紫嫣红之中，却丝毫没有被这繁芜鲜艳的背景夺去颜色。如果说百花是春天的信使，那么她则是春天本身。

而最震撼人心的，并非细腻的画工，也不是美女的姿容，而是扑面而来的，生动鲜活的气息。画中人仿佛是活的，仿佛随时都能站起来，走到他们身边。

王子进看直了眼，过了好一会儿，才从这巨大而美妙的冲击中找回神志。

“如果我得到如此佳人，也不愿拱手让人啊……”他终于理解了郭生的痛苦。

“子进，我该怎么办？我觉得她就是个活生生的人，甚至几天来我一直会梦到她，我怎舍得将她送走……”郭生收起了画，想到要跟美人分离，竟然哽咽了，“而且据那偷画的小贼说，他曾在胭脂斋作画的琉璃楼前看到了一张鬼脸，我又贪心又害怕，真不知该如何是好。”

“莫急、莫急，我看这画中人太过鲜活，好像有些邪门。”王子进忙安慰他，

“明日我带一位朋友来验看一下，再做定夺。”

郭生擦干泪水，木然地点了点头，“如此多谢了，我为此事所困，已经多日茶饭不思……”

王子进见他满心满眼皆是春光般的美人，跟他再也无话可说，只能匆匆告辞。

临走时郭生虚弱地倚在门边送他，在金色的秋阳中，他看起来像一片在秋风中枯萎飘零的树叶。

王子进不舍地看了他一眼，才缓缓离去。可他却没想到，这是自己最后一次看到神志清醒的郭生。

当晚冷风骤起，落雨如注，将东京城笼罩在一片苍茫水雾之中。这场迟来的秋雨，宣示着一年中最繁茂热情的夏季，已经落下了帷幕。

· 二 ·

王子进回到客栈就食不知味，连为绯绡买来的醉春光美酒都不喝，孤身一人寂寥地坐在窗前，听雨打花窗。

不知为什么，他满心满脑都是下午见到的美人，她的眼波、她羊脂般的肌肤、她嘴角若有若无的笑意，都幻化成一根根羽毛，搔到了他心中最痒之处。

离开时他还在笑郭生痴傻，竟为一位画中人着迷，可时间越久他对那位美人就越思念，竟比郭生还要痴迷几分。

“绯绡，你是不是很有钱呀？”他从深思中抬头，双眸如灼灼烈火般看向绯绡。

绯绡何等精明，向来是骗人的祖宗，还从未有人从他的荷包里掏出过半个铜板。

他眯了眯细长凤眼，将窗前的王子进仔细打量，“哦，方才没留意，原来你被奇怪的东西缠上了。”

“求求你了，替我买下那幅美人图吧，让我做牛做马都可以，我将它挂在床头，一定会夜夜好梦的！”王子进几乎要冲上去抱他修长的大腿。

“凭你那凶险的八字，也不会夜夜好梦吧……”绯绡伸出玉指，轻轻地点在了他的眉心。

王子进脸上痴迷癫狂的表情登时烟消云散，他双眼一闭，身子一仰就重重跌进了松软的床榻。

绯绡满意地抱起了酒坛，坐在灯下自斟自酌。他凝神看着窗外的纷乱夜雨，似乎想从细如珠帘的雨线中寻找到什么。

王子进半梦半醒，睡得极不踏实。他时而从跳跃的烛光中看到了美人的眼波；时而又从淋漓雨声中听到了美人的呢喃；睡梦中依稀可见床边纱幔轻摆，也被他当成了美人婀娜的舞姿。

清晨时分，他甚至看到醉卧花丛的美人缓缓起身，轻轻在他颊边印上一吻，踏花而去。

“美人，别走！”他惊呼一声，从梦中惊醒。

可眼前并没有什么绝色美人，只有绯绡在用软布擦拭着自己的玉笛。他坐在晨光中，侧脸如刀刻斧凿般晶莹无瑕，似将全部心思都放在手中的笛子上，完全没有留意到王子进的目光。

“你是打翻了墨水？”王子进见他的软布变得黑漆漆的，而自己的床榻间也尽是点点墨痕，好奇地问。

“没有，只是打发了点讨厌的家伙……”绯绡扬了下眉，仍然没有看他。

王子进可无暇再听他卖关子，忙套上外袍就奔出了客栈。他要去郭生家中，再看看画中的少女，哪怕能多看一眼也是值得的。

昨晚刚下过雨，城中道路处处积水。待他来到了郭生的住处时，只见那条热闹的小街变得一片狼藉，小贩和行商们纷纷搬着自己的货物，水中夹杂着黑色的焦炭在路上四溢流淌。

“这是怎么了？”王子进拉住了一个惊慌奔走的挑担小贩。

小贩抹了抹额上的汗水，上气不接下气地道：“火……今天黎明时分这街上的郭先生的家中起了大火，根本扑不灭，足烧毁了半条街才熄了……”

王子进不待他说完，慌忙冲向了混乱的街巷。

待他来到郭生家门外，只见昨日那间狭窄的矮房已经烧得仅剩下黑色的梁柱，仿佛被怪兽吞噬后留下的骨架。

“美人，我的美人……”一个衣衫褴褛、满脸焦黑的男人，正歪歪斜斜地倚坐在斑驳的砖墙下，傻笑着朝虚空中挥着手。

“郭兄！”王子进一眼就认出他正是自己的同窗郭生，忙扶他起来。

“我的美人，她从画中走下去……不要我了……”郭生恍恍惚惚地说，“我要我的美人呀……”

“你说那画中人自己走了？”

“是的，我亲眼所见……”

他的话一出口，立刻引起周围人的窃笑。大家都说这郭先生疯了，才纵火烧了自己的家。

王子进见他的住处已经变成了一片焦炭，估计画就算在也被付之一炬，只能沮丧地将半疯半傻的郭生带回了客栈。

郭生仿佛变成了比他更胜一筹的花痴，无论问他什么都置若罔闻，只有提到“美人”和“画”这两个物事时才会略有反应。

王子进头痛万分，待黄昏时分见到从河堤边玩乐回来的绯绡，几乎喜悦得要跟他拥抱。

绯绡见他将得了失心风的郭生带回来，难得不嫌弃，只凑近他看了一眼便下了定论，“这人的魂魄被邪物勾走了。”

“啊？是谁做的？”王子进惊讶地问。

“哼，你们昨天干了什么自己清楚，如果不是我阻住了那邪物，你再过两日也跟他差不多……”绯绡满不在乎，冷哼了一声。

“到底是什么邪物？求你救救他吧！”王子进几乎声泪俱下地向他恳求。

“色迷心窍，要救他可大费周章……”他伸了个懒腰，摇了摇头，“有人用美人诱使凡人们上当，夺取他们的魂魄，我可没那么闲，去跟潜伏在这城市中的妖物一较高下。”

“美人图？始作俑者是胭脂斋？”王子进终于听懂了他的话，“可是听说他深居简出，终日住在画室‘琉璃楼’中，怎么会取人魂魄？”

“唉，那画师的画皆有邪灵付托，不是等闲之辈，跟你多说无益，总之我不愿插手。”

"算了，既然如此，我便独自前往！"王子进知人类在他眼中宛如蝼蚁，求他也是无用，急匆匆地推门而出。

可不过片刻他就又折返回来，可怜巴巴地盯着绯绡的一张俏脸，"绯绡，你陪我去吧，听说胭脂斋有个怪癖，只有绝世美人才能进得了他的庄园，我认识的绝世美人只有你了。"

"我是男的。"绯绡揉着被他气得生痛的额角。

"他又没说美人是男是女。"王子进越说声音越小，"但是你也别太自信，搞不好你的姿容还入不了他的法眼呢……"

"哼，我倒要看看，谁会拒绝我的美人！"绯绡腾地从软榻上站起来，凤眼含威地说，"待到晚上，我会为你找一位具有天人之姿的美人，待你成功进入了庄园，就只能看你自己的造化了。"

说罢他衣带生风，快步回到了自己的房间，将门紧紧关好，似去召唤美人了。

王子进见激将法意外地好用，不由得摇着头连连苦笑。他怎么也想不明白，绯绡身为一只狐狸，为何对人类的皮囊之美如此执着？

·三·

当日王子进安顿好郭生，伺候他吃饭睡觉之后，就忧心忡忡地看着天边红霞尽染，落日沉沉。

绯绡已经一天没出门了，他敲门去探视几次，房中皆毫无声息，仿佛里面根本没住人一般。

日头终于沉下了屋脊，朦胧的月色笼罩了整个东京城。王子进疲惫不堪，伏在窗前陷入了浅眠。

"子进，你可以进来了。"半梦半醒间，只听耳边传来了绯绡的呼唤。

他揉了揉眼睛，急忙坐起身。只见绯绡房间的灯不知何时被点燃了，暖黄的灯光透过纸窗，跟每个晚上一样，又令人觉得截然不同。

更明媚、更温润、更惑人，像是少女缱绻的眼波。

他迫不及待地推门而入，只见绯绡正手持着月光杯斜倚在窗前长榻上，而他面前的八仙桌上摆着一块冰，冰上镇着一坛葡萄美酒。

在微凉的秋夜里，冰上溢出丝丝缕缕的白雾，萦绕在绯绡含春的凤眼前，如丝绢的黑发上，令他的美带了攻城略地的力量，如利剑般直刺入人的眼中，丝毫不容忽视。

王子进只看了他一眼，就忍不住别过了脸。

“来看看我的美人！”绯绡指向了床边，只见床上正端端正正地坐着一位身穿素白纱衣的少女。

她不过二八年华，周身的肌肤如雪一般莹白，瞳孔和发色皆是淡淡的琥珀色，坐在朦胧的灯光下，整个人恍如透明的一般。

而跟绯绡的白衣不同，她的衣裙更轻薄，像是昂贵的绢纱制成，像是雾一般笼罩在她的周身。

王子进一见到这美貌少女就再也移不开眼睛，像是个木桩般戳在门前，不知该如何是好。

“子进，这是雪奴，她虽貌若天仙，却只有三日寿命。”绯绡见他发呆，忙推了他一把，“你们赶快出发，速去速回。”

“好好好……”王子进忙迭声应他，“可是我要如何找到胭脂斋的住处？”

“这平安扣是我从郭生身上取下来的，是他经常佩戴之物，此物自会引导你们抵达他的灵魂所在之地。”绯绡将一枚玉佩挂在了雪奴修长的脖颈上，仔细叮嘱她，“雪奴，此行危机四伏，但无论如何都要保证这位王公子的安全。”

“小女知道了，主人。”雪奴朝绯绡福道。

王子进听他这么说，哪还敢耽搁，忙跟在雪奴身后，匆匆离开客栈。

时值初秋，夜空澄明似水，一轮弦月高挂天边，玉钩般晶莹明亮。

雪奴轻移莲步，走得不疾不徐，可不知为什么，无论王子进怎么努力，都无法赶超她的脚步。

他一路看着她的纤纤细腰，衣袂翩然，完全没有留意东京城中竟然空无一人，连每晚最热闹的瓦肆和夜市都不见了。

两人的身影像是一对孤鹜，在砖墙上拖曳而过。

“公子，我们到了。”他跟在雪奴身后，不知走了多久，眼前的佳人终于停下了脚步。

他忙打量四周，只见周围荒草丛生，山峦起伏，黑暗中只有树影重重，不见人家，显然不是城中。

“我跟随那块玉佩上的思念，来到了此地，想必胭脂斋就在附近。”

王子进见玉钩般的明月刚移到中天的位置，正是午夜时分，奇道：“这好像才过了一个时辰，我们怎么走得如此之快？”

“当然是胡公子使出缩地之术，助我们一臂之力，否则不要说能在短短一个时辰走到城郊，就连出城都是难事。”

雪奴说罢，提起裙摆，如一团洁白的轻云般，飘然走向一处密林。王子进定睛凝视，才发现林中有一点朦胧灯火，宛如夏夜的萤火般微弱飘忽。

他们越走灯火越明亮，可见密林中矗立着一栋小楼。楼高三层，屋檐上装饰着奇鸟怪兽，仿佛不似人间之物般工整精致。

脚下渐渐出现了一条鹅卵石铺就的小路，没有了荒草和淤泥，让人走起路来格外踏实放心。王子进一颗心落了肚，很快就看到了一扇大门，而方才萤火般的微光，正来自挂在门外的两盏风灯。

雪奴拿出围帽戴上，白纱遮住了她的玉容。

王子进望着高高的围墙，森然的包铁大门，突然有些紧张。他生平敲过无数次门，但不知为何，这扇门给他莫大的压力，仿佛里面蹲踞着可怕的凶兽。

想到生不如死的郭生，他还是轻轻拍响了门环。清脆的声音在林中回荡，惊醒了几只沉默的倦鸟。

过了片刻，沉重的大门发出嘎嘎轻响，打开了一条缝隙，露出了一张洁白稚嫩的脸。

这张脸五官像是画在纸上一般，一点血色也无，令王子进吓得打了个冷战，忍不住后退两步。

“天色已晚，我家先生早已休息，公子请明日再来。”开门人清了清喉咙，礼貌地说。

他这时才发现眼前人做书童打扮，不过十五六岁大小，又黑又密的头发绾在脑后，以一块青巾包住。

一袭青灰色衣裤，不知以什么布料裁成，在月色下显得飘逸轻盈。

“小生想向胭脂斋先生求画，麻烦这位小兄弟帮忙通报一下。”王子进看清他容貌，暗暗松了口气。

书童白了他一眼，讥笑道：“我家先生的画，岂是那么好求的？公子难道不懂规矩？”

“小生当然有备而来……”王子进回过头，看向身后的雪奴。

雪奴孑然立于漆黑密林中，白衣翩翩，像是一束刺破了黑暗的光，又像一朵在暗夜中绽开的昙花，光是风姿体态，就令人移不开双眼。

书童紧紧闭上了嘴，似被雪奴的美丽震慑。

雪奴轻移莲步，停到了那书童面前，以玉手掀开了遮面的轻纱。书童瞪大了双眼，十分惊艳，随即砰的一声将大门关上，居然又跑回去了。

“怎么办？他怎么跑了？”王子进焦急地问。

“王公子尽可放心，我是胡公子千雕万琢出来的，他最是了解人心……”雪奴轻轻地回答，声音平静，满含自信。

果不其然，她话音刚落，就见大门再次打开，青衣书童提着灯笼站在门中。而在他身后，还有几个婢女小童，站在门口恭迎他们。

“公子不知如何称呼？”青衣书童礼貌地问，跟方才倨傲的态度大相径庭，“不知跟这位姑娘是何关系？”

“在下王子进。”王子进厚着脸皮撒谎，“雪儿是在下的远方表妹，以貌美闻名，想请胭脂斋先生赐画一幅，以壮声势，好在东京城中谋个营生。”

一说到“表妹”，几位婢女都掩嘴发笑，显然这是被之前的来客用滥了的谎话。

“怪不得，如此绝色却从未听人提起，原来是初来乍到。”只有青衣书童没笑，目光在雪奴身上流连不去。

·四·

王子进惯来脸皮奇厚，毫不在意众人讥笑，忙不迭地走进了庄园。只见院内花枝掩映，假山错落，颇为优雅别致。

转了两个弯，眼前出现了一个荷花池，池水宛如镜面，倒映着小楼和明月，美得像是画中的景象。

唯一美中不足的，是池中稀稀拉拉有几枝残荷未剪，枯枝在夜风中摇曳，好似心怀不甘的游魂，平添了几分阴森气息。

“今日天色已晚，请王公子和雪姑娘暂且休息，待明日一早，我就去通报先生。”青衣书童和几位婢女将他们带到了小楼后的客房。

王子进打听了几句，才得知这书童名唤湖颖，以名贵的湖颖笔命名，而其余的婢女也皆以“朱砂”“石青”“紫草”等各色颜料为名，显然这家主人风雅至极。

而雪奴理都不理众人，翩然走入房中闭门不出。

“我这妹子刚从乡下出来，什么都不懂，请不要见怪……”

“哪里，舍妹如此貌美，自然爱使些小性子，就像蔷薇都有刺，不过是平添情趣而已。”湖颖毫不介怀，反而压低声音对王子进道，“但是公子千万记住，晚上不要擅自进入琉璃楼。”

“为何？”

湖颖见婢女们都已离开，紧张地打望着窗外小楼，“我从来都不告诉客人们原因，但见公子面善，才会多嘴……”

“到底怎样啊？”王子进急得抓耳挠腮。

“那楼里……闹鬼……”湖颖稚嫩的脸变得苍白，嘴唇也微微颤抖，看起来脆弱而幼小，“有人看到过，午夜时有鬼影在廊下游走，甚至在窗前，还看到了鬼脸。”

他说罢迅速闪了出去，紧紧关上了房门，紧张地叮嘱：“所以公子千万莫要乱走，切记切记！”

王子进被他这番话吓得不轻，眼前又浮现出了郭生痴傻的脸，那时他曾提到过画是偷的，而且盗画的贼也提过“鬼”。

“王公子……”一只冰冷的手悄无声息地搭上了他的肩膀，令他遍体生寒。

他吓得哇哇大叫，待惊魂稍定，才看清是雪奴站在他的身后，她美丽的面容白得近乎透明，端的是清丽脱俗。

“郭公子魂魄就在附近，我们要去看看吗？”雪奴朝他福了一福。

“在、在哪里？你能察觉到吗？”

雪奴点了点头，捧起挂在颈间的玉佩，长睫轻颤，抬眼看向花窗，“就在……那栋楼中。”

王子进也看向窗外，只见琉璃楼正矗立在客房不远处。小楼造型别致，飞檐上蹲踞着青铜兽雕，四角还挂着铃铛。

这些在白日里看起来繁复精致的装饰，在夜色之中却让这建筑像个张牙舞爪的怪兽，流露着狰狞的气息。

他既好奇又害怕，不知该如何是好。

“公子，我只有三日寿命，现下已经过去半日了。”雪奴如琥珀般冰冷剔透的眼珠，终于流露出了一点人类的感情。

半分焦灼，半分哀伤。

王子进见她热心善良，心中的恐惧也烟消云散。两人结伴走出了房门，但见月如银钩，渐渐西斜，云丝缠绵，像是青烟，又像是海潮，缓缓吞噬了月影。玉钩好似沉入深水，再也散发不出半点光辉。

天地之间变成一片漆黑，迎来了一天中，最黑暗、最凶险的寅时。

琉璃楼虽看起来近在咫尺，王子进和雪奴在花枝和假山中绕了片刻也未曾到达。

在路过荷塘边时，雪奴望着波平如镜的水面，停了一会儿才离开。

“怎么？这荷塘有古怪？”王子进奇道。

“没什么，只是这水塘让我有悲伤的感觉，好像曾有很多人在湖边哭泣。”

“画师擅画美人，眼光却高，怕是被拒绝的佳丽们流下的眼泪吧。”王子进匆匆打量了一下水面，他可看不出什么悲伤，只从残荷枯枝中看到了阴森诡谲。

待两人来到了楼前，才发现这栋小楼居然比远看时更高大。紧闭的紫檀木门足足有两人高，门柱也有一人合抱那么粗，窗户也比普通的人家更宽敞。

王子进站在楼下，左看右看，这楼也是以木材搭建，跟琉璃没有半分关系。

“门锁了。”雪奴推了一下，门内传来锁链撞击的叮当声。

“哎呀，早知道让绯绡来了，那家伙最擅长翻墙撬锁……”

可他话音未落，就见雪奴玉指微动，一缕白色丝带顺着门缝溜进去，随即响起哗啦啦锁链落地的声音，门发出吱呀一声轻响，竟然开了。

她展现的撬锁功夫，比起绯绡有过之而无不及，令王子进看傻了眼。

两人走入楼中，紧紧关上了门。只见小楼空旷黑暗，浓郁的甜香在空气中流动，蚀骨吸髓般销魂。

“是桂花香油，城中女子最喜欢用这种香油梳头。”王子进闻了闻，老到地说。

“王公子不愧是花丛高手。”雪奴戏谑地笑他，“可是这香油味却干扰了我的判断，找不到郭公子的魂魄了。”

“啊？这可怎么办？不然我们明日再来？”王子进望着高大的梁柱，墙上影影绰绰的画像，又打起了退堂鼓。

“在那边！”雪奴站在风口处嗅了一会儿，莲步轻移，向楼梯走去。

她通身雪白，在黑暗中醒目至极，王子进才没有跟丢。他边走边打量着这栋小楼，才发现它有独特之处。

梁柱甚少，厅堂高而空旷，跟勾栏中的戏院差不多。风穿堂而过，发出呜咽之声，怎么看也不像是住人的。

而且台阶栏杆上也蒙着一层淡淡灰尘，看来仆人们也鲜少进来打扫。

雪奴拾阶而上，最终驻足在三楼的一扇门前。

“就在里面，郭公子似被困住了。”

“难道又是美人摄魂？”

“门打不开。”雪奴再次将白绫伸入门缝中，可过了许久，也没有破坏掉门锁。

“是有东西堵住了吗？”王子进好奇地将眼睛贴在门缝上，向屋中瞧去。

夜色晦暗，看不清晰，只能隐约看到这房间里堆满了杂物，箱笼柜子错乱摆放，显然已经废弃很久不用，根本没有半个人影。

然而就在这时，门内一个黑影从昏暗的角落里窜出来，猛地扑到了门上。门登时被震得发出咚的一声闷响，而王子进和雪奴不约而同地发出了一声尖叫，吓得连连后退。

那人还在不停地撞门，门不断晃动，灰尘四溢，脆弱的门框眼看就裂了几条缝隙。王子进再也顾不上郭生，拉起雪奴夺路而逃。

雪奴也不再镇定自若，眼底现出了慌乱的神色。

“那是什么呀？”

“我也不知道，应该是某种怨灵……”她话音刚落，只听身后传来咣当巨响，显然是大门被撞破了。

王子进慌乱中回头看了一眼，只见一个飘忽的黑影从门内疾奔而出。那人身披一件破旧的黑色披风，仿佛一只徜徉在午夜的蝙蝠，悄无声息地在走廊上游走。

·五·

两人夺路狂奔，很快就来到了栏杆前。可王子进只看了栏杆下一眼，就惊恐地高呼起来：“楼梯呢？方才我们来时明明是从楼梯上来的。”

只见栏杆下的木质台阶竟然凭空消失了，呈现在他脚下的，只有灰黑色的、坚硬的地面。

“这栋楼在变化，有东西在作祟……”雪奴秀眉微蹙。

“那怎么办啊？”王子进吓得几乎要哭出来。

“跳吧，不然扭曲越来越严重，我们会被困死在这里。”她一把推向了王子进的后心。

王子进站立不稳，一脚踩空就从栏杆上翻了下去。

在跌下去的一瞬，他看到了黑影如鹰一般迅捷，扑向了雪奴。雪奴随即纵身跃下，仍被撕掉了半截衣袖。

她明明是后跳下来的，却比王子进坠落的速度更快，这冰雪美人在半空中翻了个身，紧紧地抱住了王子进。

王子进刚叫了一声，已经重重跌到了地上。他并未觉得痛，只是觉得雪奴的怀抱冰冷柔软，仿佛冬日里的皑皑积雪。

雪奴翻身从地上爬起来，拉着他就冲向大门，“王公子，快逃！”

王子进使尽浑身力气，一头便将沉重高大的木门撞开。清新的空气如水一般涌进了他的鼻翼，他心下放松，双腿一软，几乎跌坐在地。

雪奴也受伤不轻，本就雪白的脸变得几近透明，头发蓬乱，琥珀色的瞳仁中满含惊恐。

两人相携着狼狈逃走，来到荷花池边时，只见池水如镜，映出了小楼的倒影。

雪奴看着那一潭碧水，突然浑身发抖，似看到了魑魅魍魉。王子进顺着她的目光看去，心登时漏跳了一拍。

只见荷塘中小楼的倒影不再死气沉沉，像是盛装的女人般明丽耀眼，温润的光辉从大门、窗缝、瓦片下溢出，映得小楼明丽剔透，宛如琉璃。

他茫茫回过头看向琉璃楼，却见灯火通明的三楼上，正有一张白白的、扭曲的脸，直望向他的所在。

王子进与他眼神交会，恐惧得血液似瞬间凝固了。

怪脸从窗前一闪而逝，随即所有的光辉同时消失。小楼又变成棕黑色，沉默地矗立在夜色中，像是一块无法撼动的磐石。

王子进回到客房中，点燃了所有的灯才敢躺下。郭生木讷失神的脸、小楼中恐怖阴森的怪脸，走马灯般在他眼前纷叠转动。

初升的阳光像是一支金箭，刺破昏沉夜色时，他翻身而起，轻敲雪奴的房门，“雪奴姑娘，如果你没有大碍的话，就离开这里，去给绯绡报个信，将楼中古怪说给他听，他自然会来助我。”

门轻轻打开，雪奴身披晨衣走了出来。白日里的她退去了神秘，嘴唇是淡淡的樱粉色，更显得肌肤雪白，清丽无双。

“公子是让我先走？”她惊异地问。

“自然，你一介弱女子，不必留下来陪我涉险。”王子进不敢直视她的艳光，忙别过了脸，“至于郭兄的魂魄，我自会找来。”

雪奴先是愣住，随即扑哧笑出声，“绯绡公子说得没错，王公子果然很是‘可爱’。”

王子进被她说得一头雾水，平时跟绯绡的交流中，他明明对自己百般嫌弃。

“他说公子虽然手无缚鸡之力，却总为他人着想，身陷险境也毫无畏惧，他实在是无法理解……”

“这不就是说我傻吗？”王子进讪笑道。

“不，这应该算是勇敢。”

“身为读书人，怎可胆小怕死，弃他人安危于不顾？所谓舍生取义，杀身成仁……”

他听到雪奴的夸奖，心下欢喜，口若悬河地自吹自擂。可他刚说了几句，就听门外传来了急促的敲门声。

晨光中，湖颖带着两名小婢女正手捧衣饰，神采奕奕地站着，要为雪奴梳妆打扮。

王子进本想找借口拒绝，可雪奴却施施然朝他们招手，请他们进来。几人忙碌不停，不过片刻就将雪奴打扮一新。

她的白纱裙被换成了坠着金线的白色锦裙，长发绾起，以牡丹和珠玉装饰。雪奴高不可攀的美被锦衣华饰添了些烟火气，变得更令人心动。

王子进虽心中忐忑，也只能陪她走出了客房，前往琉璃楼。路过荷花池前，只见池水绿意盎然，倒映着天光云影，宛如碧绿的翡翠。唯一煞风景的是池中数十枝残荷无人修剪，枯黄的叶子随风摆动，像是美玉上的裂痕，散发着衰败之气。

“可惜，如果没有这些残荷枯叶，景色会更美几分！”他不禁连连摇头。

“主人说荷花谢了，就该埋冢于水中，不喜我们随意处置。”一位跟在他身后的小婢女笑着答。

他听了这话，觉得哪里奇怪，但一时又说不出，只能随众人走向了小楼。可当看到小楼黝黑紧闭的大门，屋檐上的青铜怪兽时，心登时又提到了嗓子眼。

“王公子，小人只能陪您到这里了，剩下的就要看您和雪姑娘的造化。没有主人的许可，我们不能踏足楼中半步……”眉清目秀的小书童叩了几下门环，朝王子进告辞，“主人的作画方式是绝密，轻易不可示人。”

他说罢带着两名婢女匆匆离开，而当他们的身影在假山后消失，大门传来吱呀一声轻响，被人打开了。

门后站着一位高挑婀娜的女子，她一袭红色襦裙，肩上披着嫩黄色披帛，隐约露出晶莹雪肤，仍是盛夏装扮。

“是来找胭脂先生求画的吗？”艳女挑了下眉，飞快地扫了雪奴一眼，颇为不耐烦，“进来吧，别在门外磨磨蹭蹭了。”

王子进想到昨晚经历，战战兢兢地走进了小楼。只见楼中雕梁画柱，纤尘不染，墙上挂着十几幅画，有山水猿猴，还有美人将军，似乎在讲一个故事。

他无心细看，只觉楼中凉风透体，处处散发着森然可怖的气息。

艳丽女郎摇曳多姿地带两人踩着咯吱作响的楼梯，走到了三楼，停在了一间挂满了白色纱幔的房间前。

房间宽敞明亮，阳光普照，看样子是个画室。

“这位就是新来的美人吗？”纱帐深处，响起了一个苍老沙哑的声音。

王子进和雪奴循声而入，只见屋中焚着浓郁的桂花熏香，烟气随纱幔舞蹈，好似仙人的居所。

王子进见轻纱后映出了个模糊人影，便驻足停步。

“是个美人……”纱幔后的人轻轻地点头，清晨的阳光将他的身影映在轻纱上，仿佛皮影一般，亦真亦假。

“这么说，先生肯为我作画了？”雪奴像个刚进城的姑娘，娇羞地问。

王子进见她随机应变，不由得啧啧称奇，暗叹不愧是绯绡变出来的美人，果然物似主人形。

“当然，我定会让你名扬天下，不负你倾城之貌。”白纱后的人轻轻点头，随即招呼道，“如意，快来准备，我要为这位姑娘作画。”

艳女如意袅袅而入，为雪奴拿来一张舒适的矮榻，示意她坐下来。她朝王子进嫣然一笑，抛了个媚眼，将他请出了门外。

王子进见门缓缓合上，如意帮雪奴脱下了外袍，忙脸红心跳地离开。

·六·

小楼宽敞阴冷，他孤身一人觉得脊背直冒凉风，索性去画室隔壁的书房中休息。

他坐在椅子上，见窗外秋阳高照，心中稍安，竟不知不觉就陷入了沉沉梦乡。

梦中有一座琉璃般晶莹剔透的小楼，在夜色中散发着惑人光辉。他被缤纷光芒吸引，宛如扑火的飞蛾般接近了小楼。

只敞开的雕窗中，有两人在把酒共饮。其中一人身穿灰袍，高大英伟，流露的傲气倒与绯绡有几分相似。

“绯绡……”他在睡梦中皱了皱眉头。

仿佛是为了回应他的呼唤一般，那人回过了头，是一张英气十足的面孔，眉毛黑而浓，像是两道锐利的刀锋刻在脸上，不似绯绡般俊美飘逸。

他急忙住了嘴，生怕惊醒了这个梦。

楼中两人说笑间放下酒杯，在灯下看画。他们看的不是别的，竟然是一张张美人图，图中美人有的在赏花，有的在荡秋千，个个生动明媚，令人移不开眼睛。

另外一人穿鸦青色长衫，头戴黑色头巾，做儒士打扮，但脸却始终隐藏在灯光的暗影中，看不清晰。

“难道……是郭兄……”那青中带墨的衣服让他想起了郭生。

窗内的人猛地回过了头，可黑暗瞬间降临，星月无光，什么明月小楼，都被墨一般的浓黑吞噬了。

“子进……”一个雄厚低沉的声音在他耳边响起。

他抬起头，只见一张青白的脸，正飘浮在窗外，定定地看着他。那人满面尘灰，头发蓬乱，眼中渗血，散发着沉沉死气，却是郭生。

他慌忙后退，哪知郭生的手骤然暴长，一把就掐住了他的脖颈。

他浑身一颤，猛地从椅上坐起来，只见窗外暮色迟迟，高大的杉树在冷风中微微晃动，像是一个个巍峨的巨人。

“王公子，先生已经画完，我送你出去吧。”耳边响起了娇嫩的声音，让他长长地松了口气。

只见如意手提花灯，推门走进了书房，眼角眉梢尽是冷艳。

王子进忐忑不安地跟她离开，才得知雪奴已经先他一步回到客房。

“明日巳时，先生还要继续作画，请公子务必不要失约。”她提着灯笼在小楼中穿行，很快就将他送到了大门口。

临别之时，她伸出纤纤玉手，轻轻握了一下他的手，王子进只觉触手冰凉滑腻，格外难过，忙飞快地甩开。

他失魂落魄，逃也般奔向客房，待回望之时，只见小楼立在晚风之中，精巧玲珑，兽形装饰栩栩如生，仿若一个神秘而惑人的梦。

“他说，今日画的是‘骨’。”

花窗内，烛影下，雪奴端坐在客房中，为他讲起了今日所见。原来她连胭脂斋的人都没见到，传说中的画师藏在纱帐后一言不发，只能听到画笔落在纸上的声音。

“哦？”王子进听得直挠头，“还有这种画法？”

“明日再画‘肉’，待到第三日画完了‘皮’，才算初成。”雪奴也百思不得其解，“人类真是难懂，画个画也如此麻烦。”

“他没有害你便好……”王子进想的却是另一件事，“今日小楼中倒是太平，既不见昨晚的鬼怪，也没有郭兄的线索。”

“公子朋友的气息，确实在白日里消失了。”

王子进见雪奴面白如纸，显然伤势未愈，忙劝她早点休息。可待美人安睡，月上中天之时，他又悄悄起身，摸出了客房。

他今日离开之时，如意握了一下他的手，并非挑逗那么简单，她食指微动，飞快地在他掌心写了个字。

他琢磨了半晚，隐约觉得那是个“求”字。不知这位冷艳的佳人，到底有什么求而不得的事，竟然急切若此？

怀着满腹疑惑，他踏着晦暗月光和如水秋风，走向小楼。

琉璃楼的大门并未上锁，露出一条漆黑的窄缝，仿若一张微启的嘴，等待着猎物的自投罗网。

王子进见四下无人，蹑手蹑脚地从门缝中溜了进去。

楼中并没有桂花香油的味道，也不见尘灰满布。小楼摆设错落有致，风雅优美，跟白日所见一模一样。

“奇怪？昨晚明明不是这样的……”王子进看着墙上挂着的画，疑惑地踩着阶梯，走向二楼。

寂夜沉静，毫无微风，而他身后的两扇大门却悄无声息地关上了，比蚌口还严丝合缝，隔绝了最后一丝月光。

空旷的小楼中，他的脚步落在木质楼梯上，发出吱呀轻响，喑哑悠长，像是戏台上伶人们的唱词。

还好今晚这栋小楼宛如新妆少女，安静美丽，即便没有雪奴的陪伴，他也没那么恐惧。遗憾的是，他走到了三楼也没看到如意。

“郭兄，你真的在里面吗？”最终他停在了跟雪奴曾来过的那间房门前。

只见房门紧闭，落了重锁，是整栋楼中唯一跟昨晚相同的地方。

王子进见楼中安静宁憩，索性大着胆子，从衣袖中掏出了根发簪，开始撬起锁来。他全神贯注，额头满是大汗，全然没有留意，月亮悄悄藏在了乌云后，寒风乍起，吹起了庭院中的落叶。

门窗都悄无声息地关闭；扶手上、栏杆上，再次密布尘灰；浓郁甜腻的桂花香气，宛如孤魂般随风游走，充溢了整栋小楼。

吧嗒一声，门锁落地。王子进晃着手中的发簪，觉得自己敲门开锁的本事超越了雪奴，有些得意。

然而就在这时，一股浓腥的气息就从他背后涌出。他连忙回头，只见一个巨大的黑影猛地朝他扑来。

那人身披斗篷，速度快得如同鹰隼。他连叫都没来得及叫一声，就被狠狠地掐住了脖颈。

“嗬嗬嗬……”那人发出了低吼，手如枯枝般冷硬。

王子进一口气喘不上来，眼前开始出现幻觉，掐着他的人变成了郭生。郭生脸色苍白，双眼通红，似能滴出血来。他咬牙切齿地咒骂王子进为何现在才来，让他受尽了折磨。

很快那张脸又变成了如意的，如意披头散发，高傲冷艳一扫而空。她红唇似血，哀怨地质问王子进为何无视她的求助，在楼中多找一会儿。

“绯、绯绡，救我……”他呼吸越来越困难，眼前竟然现出了一张面若春桃、风流无限的面孔。

他看到这张脸，像是在漆黑的夜晚看到了一缕光，迫不及待地求救。

·七·

“亏你还想得起我，我还以为你沉浸在美人的温柔乡中，乐不思蜀了呢。”绯绡应声出现，五指成爪抓向怪人，怪人发出一声哀号，身影如云雾般消散。

王子进咳嗽了半晌，才见绯绡孑然立在黑暗中，白衣胜雪，宛如月宫仙人，端的是俊美逼人。

“你终于来了啊……”他死里逃生，几乎要哭出来。

绯绡凤眼含威，瞪了他一眼，随即衣袖一甩，将他从地上拉起来，“子进，你的胆子也太大了，明知有危险也不逃走。”

王子进这才发现，一向爱洁的绯绡衣袖上竟有点点墨痕。

“我怎能弃郭兄于不顾……”王子进长长叹息，随即指向微敞的大门，“这里面有古怪，能不能陪我去看看？”

“你不说我也会进去。”绯绡吹了口气，两扇大门便像是被一双看不见的手推动，缓缓开启。

呈现在两人面前的，是一间堆满了杂物的房间，箱笼上积灰足有寸许厚，似乎多年没人踏足过。

“咦？真是奇怪，我昨晚还看到了有人躲在里面。”

“你看到的，真的是个人吗？”绯绡伸指在一个肮脏的箱子上摸了摸，隐约可见，长指上有一点干涸的墨迹。

王子进在房中转了几圈却毫无收获，这里横看竖看都是个被废弃的储物室而已。

“绯绡，这其中到底有何古怪？我昨晚绝对不会看错，而且方才攻击我的人也突然消失了。”

“因为你看到的，只是幻觉而已。花非花，雾非雾，从你一见到那张美人图，就被卷入了无边幻梦中，只有梦醒了，才能看清真相。”绯绡优雅地从怀中掏出折扇，轻轻在房中扇了几下。

扇底送出微风，徐徐在房中徘徊，尘埃变得闪闪发光，宛如星屑般飘浮在半空。王子进瞠目结舌地看着这奇迹的一幕，退尽灰尘后，箱笼和屏风上绽放出古旧华美的光泽，墙壁上现出了一道道凌乱的痕迹。

他穿过金色的飞灰，走近了墙壁，用手抚摸着深刻在砖石上的印记。突然之间，他像是觉察到了什么，脸色发白，连连后退，“这、这是抓痕？”

痕迹都是三到五道排列在一起，跟他的五指完全吻合，只是这人的手比他的略大一些。

抓痕触目惊心，遍布满墙，谁也不知道留下这狰狞印记的人，到底经历了什么，才能抓破了坚硬的墙壁。

“果然有妖怪在作祟，这些痕迹上都有妖气残留。”绯绡仔细打量着墙上的抓痕，“那个妖怪，制造了这座海市蜃楼，只有找到了躲在里面的‘蜃’，才能破解幻景。”

“蜃？是指始作俑者？”王子进双目放光，飞快地答，“我知道，一定就是那个胭脂斋！他鬼鬼祟祟的从来不以真面目示人，我只在他画画时见过他，平时根本不知道他藏在哪里。”

“子进，眼见未必为真，此事恐怕没那么简单。这妖怪利用美人图吸取世人的魂魄，供养自己，怎么会令自己暴露在人前，当这个箭靶呢？”绯绡却连连摇头，皱眉凝思，“而且我有很多事想不通……”

“什么事情？”

“为何要用画这么复杂的方法？要诱使世间美人供他作画，画的还是春宫图，怎么想都觉得麻烦啊，哪里有一口吃掉干脆利落！”绯绡斜睨了他一眼，唇色如血，眼中满是肃杀冷酷。

王子进被他冰冷的眼神吓得浑身一僵，他只知绯绡爱吃鸡，却忘了他也是个妖怪，难保他哪天心情不好，也会吃人。

“所以我们得好好探查一番，设局之人特意用尘灰将这小楼覆盖，想必是为了隐藏其中的玄机。”绯绡走出了这狭窄的房间，但他很快就嫌弃地看了看一直跟在他身后的王子进，“才发现，你居然如此麻烦。”

“我怎么了？”王子进被他看得发毛，上下打量自己的衣着。

“浑身都是人味，还是那种鬼怪们最喜欢的倒霉人的味道。”绯绡连连摇头，拿出自己的折扇，插在了他的后颈，轻轻念了几句咒语，才道，“这样应该不妨事了，走吧。”

王子进后颈处插着一柄扇子，只觉脖颈僵直，连转头都不方便，走了几步就浑身难受。

“千万不要让扇子掉下来啊，否则就会被鬼怪发现。”绯绡朝他眨了眨眼，狡黠调皮。

他这才留意，月光飘飘洒洒，穿透他的身体，却无法在地上投下任何影子，显然自己是被施了隐身术。

他之前也曾被绯绡施过隐身咒，知道不会有人发现自己，心下安定，连脚步都变得轻快。

天边乌云遮月，秋风裹着寒意，吹皱了一池秋水，吹进了孤零零的，屹立在夜色中的小楼。房檐上的怪兽装饰突然活了，它们缓缓低下头，看向了楼中，而垂在房檐八角，从未响过，宛如哑子般的铜质风铃，也发出了悠长的叮当声，在寂夜中回荡。

王子进跟在绯绡身后，提心吊胆地走下了楼梯，完全没发现楼外的诸般变化。

“咦？这里还有个茶室。”绯绡停在了位于二楼的一个房间外，似有了新发现，“看来这妖怪也很风雅。”

两人推门而入，只见室内同样布满积灰，茶案上放着一套茶具，还有两个茶杯。茶具摆放凌乱，竟然没有收起来，连茶罐的盖子都是敞开的，仿佛泡茶的人刚刚离开，转眼就会回来一般。

王子进拿出茶罐中的茶叶闻了闻，茶早已没了香气，又干又硬，与草梗无异，“这是陈茶，估计得有十年之久。”

“而且只用了两个茶杯，过去是哪两个人，在这里喝茶？他们喝了一半，就被打断，再也没有回来。”绯绡拿起一只茶杯，仔细打量，“惊扰他们的，又是何事呢？”

王子进脑中一阵恍惚，眼前出现了两人坐在窗边赏画的景象，其中一人身穿灰色锦袍，英气逼人，令人过目难忘。

“我好像在梦中见到过这场面……”他哆哆嗦嗦地道，“今日午后，我在这楼中不小心睡着了，就看到了两个男人，一个穿锦衣，一个穿鸦青长衫……”

“子进，你居然还会梦到男人啊！”绯绡指着他大笑不止，“估计是你八字太轻，感受到了楼中的妖气，就看到了过去的片段。”

“这样啊？”王子进摸了摸下巴，“不如我再睡一会儿，或许就能看到真相了。”

“等你梦到事情的经过，不知要猴年马月，还不如我自己找来得痛快！”绯绡讪笑一声，走出了茶室。

他信步而行，不过一会儿工夫，又在走廊尽头发现了一个藏画的房间。那房间窗户朝北，终日不见阳光，一进门就令人脊背发凉。宽敞通风的房中放了十几个酸枝木画架，每个架子上，都摞着上百卷画。

离门最近的画架格外凌乱，有几卷画落在地上，根本无人收拾。

·八·

王子进步入室内，捡起了画，打开一看，上面画着一个舞剑的美人。美人仅着贴身内衣，但她手中的剑光舞成一道道光练，仿佛银色的盔甲般遮蔽了她周身羞处，让这幅画柔中带刚，美艳中透着肃杀之气。

“我知道这位美人，她是舞剑的三娘子，据说被胭脂斋画过之后名声大噪，已经嫁人从良了。”王子进借着昏暗的光线欣赏着画，心旌神摇，“真的是很美啊……”

他恋恋不舍地将画卷整理好，再看向一地狼藉，脑中电光石火般闪现出郭生的面孔。他曾说过画是从一个蟊贼手中买的，看来这里就是被盗现场。

“真呛人啊，怎么全是亡灵的气息！”绯绡探头看了一眼地上的美人图，打了个大喷嚏，“你们怎么觉得这是美人？明明就是一堆腐肉！”

王子进知他审美异于常人，不去理他，又拿起了一卷画，这次他只看了一眼画，就吓得脸色惨白。

因为这幅画竟然就是迷得郭生和他失魂落魄的《美人春睡图》，画中美人仍生动娇俏地斜倚在花丛中，媚眼如丝，芳华绝代，跟在郭生家中所见一模一样。

“这、这幅画怎么在此处？难道是胭脂斋派人拿回来的？放火的也是他们？”王子进吓得一把丢下了画，前几日还迷得他神魂颠倒的美人，此时看来简直与蛇蝎无异。

“都说了这些美人图都是引诱人类魂魄的诱饵，难看又难闻，却总有色迷心窍的男人，为她们丢了性命。”绯绡不以为意地拿起画卷，简单扫了一眼，就丢在了一边。

他挨个画架看过去，看到第三个画架上的画时，突然愣住了，精致完美的脸颊变得如玉雕般冷硬，似乎内心极为震撼。

王子进平日只见他游刃有余，潇洒自如，哪见过他失态的模样，忙凑头过去看。哪知不看还好，一看之下，立刻将他也吓了一跳。因为这画上画的既不是美人，也不是山水，而是一副没有皮肉的骷髅。

白骨摆出了拈花微笑的姿态，越发令人毛骨悚然。

绯绡又展开了另外一幅画卷，这次画卷上同样画着一副骷髅，森森白骨躺在地上，舒展着四肢。王子进也忍不住翻看了几幅画，都是姿态各异的骨骼，一路看下来，越看越是心惊，脚底都发凉。

风中又飘来甜香惑人的桂花香油味，王子进恍恍惚惚地站在这一地美人白骨间，只觉自己似陷身于一个恐怖的噩梦之中。偏偏这梦还千变万化，让人根本猜不到梦境的终点潜伏着什么。

风铃悠扬，楼上的兽首都看向同一个方向。楼下的回廊中，一个庞大的黑影缓缓掠过了花窗，庭院中几只休憩的鸟被惊醒，发出呀呀尖叫，振翅遁入夜空。

夜色如墨，宛如暴风雨前夕的怒海，静谧之中，隐含惊涛骇浪。

“胭脂？”绯绡拿过他手中的画，指着角落里的一处小篆落款，“难道这是胭脂斋的旧作？”

“他不是专画美人吗？怎么画起骷髅来了？真是太瘆人了！”王子进再也不敢看那幅画，赶紧绕到最后一个画架前，抽出了一幅画，鼓起全部勇气才敢打开。

出乎意料，画中的居然是青山绿水的优美景色。笔触朴素无华，甚至有些笨拙，一看就是开蒙之作，而这幅画之下，同样写着“胭脂”二字。

“看来这画室中收藏的是胭脂斋所有的画，连这些久远的练笔之作都留了下来……”王子进一张张地翻着画，越来越迷惑，“不过看画的内容，从山水到骷髅，再到美人，他到底经历了什么，画风才有如此剧变？”

“人们都说，一个画师，他真正生活的地方，并非世间，而是他的画中……”绯绡的手轻轻拂过一排排画架，红唇轻吟，似念起了古老的咒语，“让我来看看，这些画里承载着最多思念的是哪幅？”

画架中传来轻响，一张纸片像是鸟一般朝绯绡飞了过来，准确地停在了他修长的手指上。王子进忙好奇地跑过去，只见画只有巴掌大小，所用的纸也是最便宜的草纸，早已残破不堪。

寥寥炭笔，勾勒出一片茂密如海洋的草地，萱草之中，只有一个少女窈窕的背影。

她衣着朴素，腰如裹素，即便看不到脸，也能猜到是位清秀佳人。这张画也并未落款，只在侧面提了一行小字。

“记得绿萝裙，处处怜芳草。”绯绡皱了皱眉，轻轻地念道，“这画上有很悲伤的感情，不知从何而来。”

“估计是收集时不小心混进来的，这绝不是胭脂斋的笔触，画得也太差了。”王子进嫌弃地看了那张画一眼，又转身去翻画架，这次他找到了几本画集，作者都是一位姓钟，名仙渡的人。

他从未听说过这位画师，估计名不见经传，就随手将画集丢在了一边。

“看来收获不大，我们去别的地方再找找……”他说罢就要走出这间藏画室，画架上一卷卷的白骨画，让他毛骨悚然，只想尽快远离。

可他刚刚踏出了房间，便听窗外传来了风铃的响声，风中满是桂花香油味，甜腻入骨，几乎令他喘不过气来。

王子进心中一凛，脚步不由得慢了几分，就是这么一迟疑，只见一个巨大的黑影从走廊上蜿蜒而来。

那是条巨蟒，足有两人合抱那么粗，而且周身布满了黑色的鳞片，每一枚鳞片都有碗口般大小，在夜色中散发着森冷的光。而且蛇头上还长了个拳头似的红色肉瘤，怎么看也不像是凡间之物，倒像是从壁画中跑出来的妖怪。

“绯、绯绡……”他腿一软，就跌坐在地，一步也动不了。

还好绯绡手快，立刻接住了他，将他拖到了画室中，边拖还边埋怨他越来越重，平时吃得太多。

“你天天带我吃鸡，我怎么可能清减……”王子进连滚带爬地躲在了一个高大的画架后，轻声问向他，“那是什么？怎么会在此地出现？”

“看也知道啦，当然是幻化的妖怪！它早就在附近徘徊，只是我没说出来而已。”绯绡不以为意，凤眼仍含着笑意。

“你为何不早说？那样我们还来得及逃命，不会被困在这屋中。”王子进眼见头长肉瘤的巨蟒吐着血红的芯子，缓缓游进了画室，牙关不受控制地连连打战。

“我第一次救你，干掉巡夜人时就已经被发现了，所以对方才派出了个怪物对付我。”绯绡悄悄地对他耳语，轻笑道，“若是我早早告诉你，你还敢跟我夜探这琉璃楼吗？”

王子进见他眼底闪烁着狡黠的光芒，知道自己永远都被他牵着鼻子走，越发气闷。

“不过这怪物没什么可怕，只要不发出声音，它根本就看不到我们！”绯绡将他脖颈上的扇子又按了按，确保它不会掉下来。

王子进摸着扇子，总算安了点心。

·九·

怪蛇在画室中游走，鳞片摩擦地面，发出尖锐的响声，传入耳中，仿佛有人用锉刀打磨着他脑中的神经。它很快就游到了二人的藏身之处，似乎察觉到了什么，恰好停在了王子进的面前。

王子进只见它铜铃般的大眼左右瞧了瞧，吐出的芯子几乎就要舔在自己脸上，差点就要坚持不住晕倒。

还好绯绡始终伸手托着他的背，才没让瘫坐在地的他倒下。

怪蛇停了一会儿，没察觉到任何异状，又蠕动着全身的鳞片，缓缓离开了。直至它那漆黑的尾巴尖也远离了自己，王子进才悄悄松了口气。

它蜿蜒着转了两圈后，仍然没有发现，就向大门的方向爬去。王子进连忙在心中求神拜佛，把太上老君到观音菩萨都念叨了一遍，只希望它快点离开。

哪知他一抬头，视线刚好落在了墙上的一幅画上。

之前他跟绯绡一进门就被散落在地上的画卷吸引，根本没发现，原来这画室的墙上还挂着几幅画。画上同样布满积灰，毫不惹眼。但偏偏有一幅画，像是刚刚画完一样光鲜靓丽。

那也是一张美人春宫图，画中美人赤裸上身，只着纱裙，站在春日的丛林中。而她的肩头蹲踞一只白色孔雀，孔雀的长长的尾羽，恰到好处地遮挡了她高耸的胸脯。

整张画香艳入骨，又毫无猥亵之感，令人目眩神迷。

可王子进看到这张画，立刻如遭雷击。因为这画中美人不是别人，正是如意，她依旧高傲冷艳，但是跟白日里不同的是，眼底蕴含着一抹忧伤。

如意为何会在画中？为什么只有画着如意的画如此光鲜？她滑腻的手，她冰冷的肌肤，她飞快跃动的手指，仿佛在他的手掌中留下了深深的刻痕，根本无法磨灭。

“如意！”王子进看着墙上的画，失魂落魄地站了起来，而插在他后颈的扇子吧嗒一声，跌落在地。

“啊！你这个笨蛋！”绯绡剑眉紧蹙，忍不住咒骂。

几乎在他骂声响起的同时，一股腥风排山倒海般扑面而来，王子进被风吹得扑通一下跌坐在地。

只见刚刚离开的巨蟒正昂着脖子立在他面前，足足有一人多高，周身鳞片全部竖起，连头上的肉瘤都比刚才更红更亮，在黑暗中看来，宛如红灯笼一般。

“哇！”他被吓得大叫出声。

怪蛇张开血盆大口，一口就向他咬来。

在这千钧一发之际，他手腕一紧，随即双脚离地，宛如羽毛般轻盈地滑出了画室。只见绯绡口中默念着咒语，手指捏了个法诀，正带着他飞在半空中。而被他们踩在脚下，驮着他们御风而行的居然是两幅画。

画像是被赋予了生命，如鸟一般，拼命挥动着双翅，疾速飞行。

蛇好不容易才发现猎物，哪肯放过他们，扭动着庞大的身体，锲而不舍地紧追在后。它口中红芯不断伸缩，甚至有几次都舔在了王子进的脸上，令他连连尖叫，吓得几乎要昏厥过去。

“窗！我们快从窗户飞出去！”一扇花窗近在眼前，他拼命朝绯绡叫道。

“事情还没办完，怎么能这么快离开？”可绯绡玉手轻扬，两人脚下踏着的画卷猛地改变方向，居然沿着楼梯下到了一层。

追逐着二人身影的怪蛇，也飞快地甩头摆尾，追到了一层。

“这种紧要关头，还有什么事要做啊？”

“我看玄关处还有几幅画，想亲自去看看……”绯绡气定神闲地答，“对了，三层胭脂斋作画的画室没看，等会儿还要折回去！”

“你还不如一刀杀了我更痛快一些！”王子进撕心裂肺地喊。

绯绡手臂轻扬，衣袖随风飘舞，两人脚下的画卷立刻变换了方向，居然载着他们脱离了地面，沿着墙壁滑行。

王子进叫声更高，但他的双脚宛如被捆在了画纸上，即便身体歪斜得跟地面平行，也始终没有从半空中掉落。

墙上挂着的十几幅画被两人飞速滑行的疾风鼓荡而起，上面的陈年积灰瞬间掉落，露出了本来面目。绯绡拉着他从画中穿行，飞快地扫了一眼所有翻飞的画。

眼见大门就在眼前，王子进紧紧抓着他的衣袖，说什么也不肯放手，哀求地看着他，只想立刻出去。

“真是的，今天本来不想再弄脏衣服的……”绯绡摇头叹息，手指微动，捏了个法诀，如飞鸟般的画卷突然跌落在地，又变成了两张死物。

“快跑啊，怎么不跑了呢？”王子进双脚一沾地，就朝大门扑去，可奇怪的是门并没有锁，但他使尽全力也推不开。

怪蛇见两人停下，咆哮着就朝他们扑来，它使尽了全身的力气，激荡而起的飓风几乎令王子进睁不开眼睛。

但绯绡却不躲不避，白衣黑发在风中飘扬，宛如玉树临风般傲然而立。

蛇口瞬间变大，好似一个无底深井，就要将他吞下去。

“蠢货！自找死路！”绯绡瞪圆了凤眼，红唇边浮现出一丝戏谑嘲讽的笑，衣袖轻扬，手中已经多了一根碧绿玉笛。

几乎在蛇的毒牙要咬到他身上的同时，玉笛化作一把血红色妖刀。绯绡只是握着刀，并未挥起，但变幻的一刻妖刀迸发出刚猛的杀气，如千万把刀同时出鞘，瞬间就将蛇头撕得粉碎。

只在呼吸之间，就决定了胜负。

王子进只觉眼前红光一闪，根本没看清怎么回事，怪蛇就消失了。取而代之的，则是漫天飞雨，无数稀稀拉拉的雨滴从天而降，落到了他的身上。跟普通的雨不一样，这些雨滴是全黑的，倒像是墨水化作。

“唉，到底还是弄脏了衣服。”绯绡的白衣上也沾染了点点墨痕，他手一翻，刀已经再次变成了根玉笛。

而他轻轻一推，大门就缓缓打开，夜风挟着秋雨的气息，奔涌而入。王子进贪婪地呼吸着这清冷新鲜的空气，像是从地狱中爬出，再次找到了通往人间的路。

“明天你去探查一下胭脂斋的画室吧。”绯绡皱眉抖了抖自己的白绫长袍，“这鬼东西怎么总是如此肮脏。”

“啊？明天还让我去啊？”王子进几乎要哭出来，“我看它完全不是你的对手，何不今晚就将它解决？”

“因为今夜出来对付我们的，都是这幕后鬼怪派出来的喽啰，自然没什么力量，只有找到真身，此局才能解开，现在它两度受挫，定不肯轻易现身。”绯绡笑眯眯地拍了拍他的肩膀，“子进，难道你不想救郭生了吗？”

“当然不是！”

“所以必须揪出躲在这蜃楼中的怪物，投鼠忌器，不能硬来，否则稍有不慎，会让郭生的魂魄烟消云散。”绯绡望着这别致精美的小楼，“而且有些事我仍然想不通，得再琢磨一下。”

王子进听他这么说，心中登时一冷，声音都带着哭腔：“你、你这是要走了吗？”

“子进，不要怕，雪奴会帮你的！明日你只需见机行事就好！”绯绡朝他粲然一笑，色如春花。

说罢他转了个圈，从俊美少年变成了只毛色光亮的白狐，几个起落就消失在假山之后。只留下王子进一人，欲哭无泪地站在萧瑟夜风之中。

·十·

“见机行事？说来轻巧，估计真发生什么事，我的小命早已不保。”他双腿发软，一路向客房摸去，走到荷花池边时，却见不远处有朦胧灯火，宛如萤火微光。

灯火越来越近，待到跟前才看清，原来是个身穿青衣的书童提着个白色灯笼。书童面上堆笑，正是一直殷勤接待他的湖颖。

“王公子，如此深夜，为何还在游园？”

“我、我睡不着，出来赏月……”王子进刚说了一半，就见天空中乌云密布，哪里有什么月影？只能窘迫地闭上了嘴。

“小的听到楼中有声音，就来看看……”湖颖压低声音问，“公子一直在园中，难道没听到吗？”

王子进连连摇头，装作毫不知情。

“我不可能听错，定是楼中又闹鬼了……”小书童脸色惨白，但仍好心地送王子进回到了客房。一路上不断絮絮叨叨地说着小楼闹鬼的往事，显然吓得不轻。

王子进安慰了他几句，又问了问他从何时开始跟随胭脂斋，湖颖只答自己从小就被胭脂斋收留，还说这些婢女奴仆，都被胭脂斋的才华折服，跟随了他多年。

但他想再问些别的事情，比如胭脂斋的年龄相貌，这小书童就说什么也不答了。

这晚他又惊又累，回到房间后就早早躺下，雪奴过来看他，见他只是受了惊，身上并无伤痕，才安心回到自己的房间。

窗外冷风渐起，裹着濡湿潮意，预示着一场大雨将至。

王子进听着树枝轻响，渐渐进入了梦乡。梦中他又看到了身穿灰衣的英挺青年，这次他换了件翠色锦衣，只见他身材消瘦，眉宇间隐含着几分狠辣，怎么看都不是寻常人物。而且他的锦衣以白色裘皮镶边，显得野性不羁。

他端坐在小楼的茶室中，悠闲地品茶。跟上次一样，同样有个人坐在他的对面，只是花窗半掩，恰到好处地挡住了那人的脸。

“虽然跟袁兄探讨画技多日，可是我画的人物，总是觉得缺了点什么。”对面的人为他斟上一杯茶，恭敬地请教。

“你的画美虽美，却没有灵魂。”锦衣人随手展开了一幅画，点评道。

王子进将脖子抻了抻，画清晰地呈现在他面前，果然，纸上画着一个美人肖像，虽然画工繁复精致，但怎么看都觉得呆板，美人的眼珠宛如死鱼一般，毫无顾盼生辉之感。

“因为你的经历太少了，也没见过几个真实的女人，对女人一无所知，怎能画好美人？”锦衣人嫌弃地继续说，“唉，如果让我来画这画，定然比你画得生动，可惜我却没有这么好的画工。”

“看来只能让袁兄继续讲些你经历过的风流韵事了，毕竟我这样的人，有几个女人会喜欢呢……”鸦青色衣服的书生沮丧地垂下了头，“毕竟我无名无才，又出身贫寒……”

“也不必如此麻烦，我能立刻让你成名。”白衣人不以为然地笑，“只是若是用了这法子，以后会发生什么，我就不知道了，毕竟从未试过。”

“请袁兄务必出手相助，如有任何后果，在下一人承担。”青衣人匍匐在地，跟叩拜无异。

“你我相识多年，何必如此？”锦衣青年将手指凑到了唇边，以尖利的牙齿咬破，鲜血立刻顺着他的指尖流了下来。

浓腥的血，滴在画布上，像是在美人的衣裙上画下了点点梅花，丝毫没有污浊之感。

刹那之间，画上的美人活了过来，她呆滞的双眼变得灵动娇俏，微张的嘴唇如花瓣般丰满，似有无数情话要说。而且不只是表情，连她的衣裙都变得熠熠生辉，每根发丝都散发着迷人的魅力。

她俏生生地立在春风中，不再是一幅画，简直就是个活人。

“啊！”青衣人见状失声惊呼，与此同时，王子进也大叫一声，从梦中惊醒。

但见窗外秋雨淋漓，曚昽的阳光透过层层乌云，宛如云雾般飘浮在庭院中，照亮了荷花池，以及近在咫尺的琉璃楼。王子进抬头看到烟雨中的小楼，心不由得一沉。

新的一天，已经到来。

细雨纷飞中，湖颖与婢女为二人送来餐食，伺候雪奴梳洗打扮。

经过昨晚，王子进心中恐惧更盛，食不知味。雪奴依旧清冷疏离，谁也不知道她在想什么。只是她脸色比昨日好些，穿上婢女准备的白色绣金菊长裙，显得越发剔透美丽。

一行人走在雨中，沉默无言，凄冷的雨滴，仿佛都落在了王子进心里，让他沉郁寡言。

琉璃楼下，细雨之中，他突然想到了昨晚看到的画，看向湖颖，“有件事小生一直困惑不解，不知当不当问？”

“公子请说。”湖颖仍笑眯眯的，稚嫩的脸庞在冷雨中冻得青白。

“入了画的女子们，是如何离开这里的？”

“当然是由小的们亲自送出去的，可惜她们名声大噪后，从来没有回来感谢过我们，真是凉薄。”小书童提及此事，连连摇头。

王子进想起了昨晚看到的孔雀美人图，心中越发困惑，“那如意呢？她为何留在楼中，她不是……”

“王公子居然还惦记小女，小女真是感激万分！”他话未说完，身后就传来个娇俏的声音。

只见如意手持着盏荷花灯笼，秀发高绾，身穿红色襦裙，好似一朵雨中盛放的虞美人，高傲地站在门边。她一出现，王子进一肚子的话只能生生憋了回去，总不好当着人家的面打探隐私。

而一干书童婢女，见如意现身接应，也很快离开小楼，身影消失在蒙蒙雨幕中。

楼中光线昏暗，如意却并不掌灯，只提着灯笼婀娜行走，高大的梁柱，幽森的冷风，将她的身影衬托得既诡异又香艳。

一进门，王子进就心虚地看着墙上的画，只见十几幅画都挂得俨然有序，仿佛昨晚的一场恶战根本都没发生过。

他还想问如意为何要向自己求救，却始终也找不到机会开口。倒是雪奴轻轻地拉了拉他的衣袖，唇边带笑，似在让他放心。

跟昨日一样，三人来到了位于二楼的胭脂斋的画室。王子进这才发现，画室的对面就是藏画的房间，他想到了画上一个个形态各异的白骨，越发害怕，连看都不敢看藏画室一眼。

由于天气阴沉，光线昏暗，画室中也点了两盏小灯。烛火在轻纱中摇曳，照亮了坐在重重纱幔中的胭脂斋的身影，令这个传奇的画师显得更加神秘。

随即胭脂斋指挥如意拿来了十几根白烛，在雪奴周围点燃，烛光明亮，照亮了她洁白无瑕的面孔，清冷动人。

“先生要作画了，请公子回避。”纱幔落下，遮蔽了雪奴的身影，王子进探头探脑地还想再看，就被如意请了出去。

他假意去书房中休息，可是只待了片刻，他就蹑手蹑脚地溜了出去。

走廊中空无一人，只有冷风穿堂而过，带来透体阴寒。他悄悄地走到了一层，想去看看挂在门前的画。

毕竟绯绡特意绕过去看，其中定然藏着玄机。

·十一·

跟楼上不同，门厅里更加凄冷，雨声淅淅沥沥，像是在这肃杀的秋日中，奏响了一曲悲歌。

他站在门廊前，端详着墙上的挂画。画一共有十几幅，每幅内容不同，又相互连贯，似在讲述一个故事。

第一幅画上画着一位骑着骏马的将军，身后跟着兵马无数，正在远征途中；第二幅画中，将军的身边多了一位娇弱的美人，两人相拥着赏月，但帐篷外却多了一张偷窥的脸；第三幅画中，美人被妖怪掳走，终日以泪洗面。

王子进平素爱看些怪谈传奇，只看了一半，就看出这是唐代的传奇故事《白猿传》，讲的是将军欧阳纥携妻出征，而妻子却被怪物白猿所劫的故事。在故事的结尾，欧阳纥力排万难，斩杀白猿，救回了娇妻。

这十几幅画运笔粗糙，用色艳俗，看着就像在东京夜市上半贯钱就能买十张的货色。他不看还好，越看越是迷惑，实在想不通胭脂斋这样的画中大手，为何会将这种粗俗的画挂在门厅中？

他依序看下去，才发现《白猿传》的故事只画到了白猿化身为美男，被众多美人簇拥的情节就戛然而止了，后面的画则是另外一个故事。

画中出现了一个身穿儒生衣衫的青年，他身后跟着个书童，正在为一位端坐在凉亭中的贵妇作画。

三人的衣饰打扮都跟本朝十分相似，面容栩栩如生，贵妇悠闲，画师专注，递笔研磨的书童有些沮丧，似乎刚刚挨了训。

“这幅画还不错，起码颜色没那么刺眼。”王子进边看边评头论足，被画中情节吸引，连害怕都忘了。

第二幅画则出现了一位身穿锦衣的青年，跟画中的书生一起在月下鉴赏着美人图册，两人坐在荒野中，投入地翻看一个个美人，浑然忘我。

他看到了这两个青年，心中登时一紧，这画中内容，竟跟他梦中所见一样。

他慌忙往下看，果然，画中接下来全是这两位青年结伴而行的身影，他们赏剑舞，看歌姬弹琴，过得逍遥快活，跟绯绡和自己倒有些相似。

但唯一不同的，是青衣书生的眼中始终有抑郁之色，似乎颇不得志。

不过十几张画，他很快就看完了，可是他始终觉得有哪里不对劲，想要从头再看一遍。

然而就在这时，一只冰冷的手一把就抓住了他的手腕。他毫无准备，登时被吓得“哇”地大叫出声，可那只手又捂住了他的嘴，冰冷滑腻，宛如游蛇。

王子进只觉鼻翼间皆是甜腻的桂花香，再一回头，才看清站在他身后的竟是如意。

窗外阴云密布，晦涩的阳光透过花窗，游魂般飘进了楼内，缥缈而稀薄。

如意并未提着她那盏美丽的荷花灯，也不再骄傲冷艳，她面色苍白，唇色如血，眼底满是惶恐，似十分恐惧。

“如意姑娘……”

“嘘！我们去那边说。”

如意蹑手蹑脚地将他带到了厅堂的一处暗角，角落不见阳光，在雨天里简直跟夜晚无异。

“王公子，求你一定要帮帮我。”如意恳切地看着他，紧张地搓手，声音微颤，“接下来我说的话会很离奇，但是千万不要以为我是在胡言乱语。”

“姑娘可是有什么难处？”王子进低声安抚她，“不要紧，慢慢讲，只要小生能帮得上忙，定然不会袖手旁观。”

“说来你可能不信……”如意捋了捋鬓边散落的秀发，苦笑着说，“我已经很久没有离开过这栋小楼了，我记得自己刚来时，是荷花盛开的时节，如今荷塘枯萎，我却仍徘徊在楼中，找不到出路。”

“那、那足有一个月了！”

王子进又惊又骇，而他话音刚落，就听到天边传来滚滚雷声，仿佛有千军万马咆哮着从天宫中奔跃而出。雨势骤急，狂风吹开了花窗，吹得墙上的画翻飞不止，画上的人物像是活了一般，在肆虐的风中跳着狂乱的舞。

风雨交加，豆大的雨点砸到窗棂上，发出噼里啪啦的脆响，令王子进本就慌张的心更添烦躁，宛如乱麻般毫无头绪。

“我是为了段郎才来的，他是个卖字画的画师，虽然科举落榜，却很有才气，我想多赚点钱，好资助他继续科考，才找到这里的……”如意眨了眨美丽的大眼睛，泪水悄无声息地流下脸颊，“不知道我这么久没回去，段郎会不会担心？早知如此，还不如在品香楼中卖酒度日。”

“姑娘莫怕，我有个朋友极有手段，定能助你脱困。”王子进忙以衣袖为她拭泪，“可是你说从未出去过，为何我晚上来过两次，却未曾见过你？”

“我也不清楚，胭脂斋用了三天画我，第一天画‘骨’，第二天画‘肉’，第三天画‘皮’。可是到了第三日，我就浑浑噩噩，什么都不知道了……”如意红着眼眶，细细描述，“再醒来时，就只有我一人在楼中，即便门开着，我也无法出去。而且我时而清醒，时而昏沉，在这里除了胭脂斋，就从未见过别人，他会跟我说话，说只要我听话就会放我出去。可是这么久了，我也没有踏出过这琉璃楼……”

王子进听到此处，心中登时一惊，“糟糕，我妹子怎么办？胭脂斋正在为她画像。”

“所以千万不能让他画完。”如意擦干眼泪，捋了捋秀发，勉强让自己变成平日里高贵冷艳的样子，“王公子，你跟雪姑娘是我这么久以来第一次见到的外人，即便你无法救我出去，也希望你们能够平安……”

她说到一半，突然失声痛哭，泪水再次流下，“如果我真出不去，请你给在东京安康坊卖画的段郎捎个信，说、说如意对不起他，只能来生再跟他做夫妻了……”

她的哭声在风雨中飘散，令人闻之心酸。

“如意姑娘，你先别哭了，告诉我胭脂斋是个怎样的人？”王子进忙打断了她，问起至关重要的问题。

“我从来没有见过他啊，从来的第一天，他就躲在纱幔后，不肯见人。”如意边说边擦眼泪。

“怎么会这样……”王子进一时不知该如何是好。

他想到了厅堂中的画，想到了自己在这里做的古怪的梦，梦中那如好友般的白衣人和青衣人，心中已经有了定夺。胭脂斋，必然是两人中的一个。而他们之间到底又发生了什么事，才无法以真面目示人？

·十二·

风疾雨大，他心中的困惑却比天边的乌云还要浓重几分。他还想多问如意几句，却听楼上传来当的一声轻响。如意像是受惊的兔子，提着裙子慌慌张张地跑上了楼。王子进心中一颤，也跟在她身后，向楼上冲去。

三楼仍然空无一人，只有冷风在空荡荡的走廊上游走。王子进和如意相继跑进了画室，只见雪奴双眸紧闭，晕倒在地。

她的脸不再莹亮洁白，像是蒙尘的瓷器，变成了灰蒙蒙的青，漂亮的双眼紧合，琥珀色的长发散落在肩头，憔悴无依，躺在棕黑色的地板上，好似个破碎的人偶娃娃。

王子进见状立刻怒从心来，虽然雪奴并非人类，但从进入这庄园以来，处处守护着他，如今看她晕倒，他怎能坐视不理？

“浑蛋，一切都是你躲在背后搞的鬼！今天我一定要把你揪出来！”他气急败坏，一头就冲进了纱帐中。

“王公子，危险！”如意忙伸手阻拦，可她力气微弱，根本就拦不住王子进。

纱幔遮蔽了他的视线，但一盏朦胧烛火，照亮了胭脂斋的身影，让他轻而易举地找到了他的位置。他恨得牙痒痒，一头就撞到了神秘的名画师身上。

可奇怪的是，他的肩膀空荡荡的毫无着力之处，仿佛撞进了一片虚空之中。

只听哐当一声脆响，胭脂斋所坐的椅子被他掀翻，木桌也被撞歪，笔墨纸砚撒落一地，蜡烛同时熄灭。

柔软的纱缠住了王子进的手，待他好不容易爬起来，才发现木椅摔得四分五裂，而椅子上根本没有人，只有一件灰色的锦袍。锦缎布料微微有些发黄，领口绲着兽毛边，刺绣精致，一看就是曾被人长久地穿着。

“怎、怎么没人？胭脂斋呢？”他惶恐地拿着衣袍，左右打量。

室内光线晦暗，纱帐随风轻舞，仿佛一个个飘摇的鬼魂。而重重纱影下，似藏着无数秘密。他连连后退，想起了昨日第一次见胭脂斋，那沙哑苍老的声音，还有今天听他吩咐如意掌灯照明，虽然从不露面，但怎么看也是个如假包换的活人。

可为何一转眼间，这人就不见了，端坐在纱幔后的，竟然是一袭旧衣？

他越想越心惊，飞快地丢下了手中的衣袍，仿佛怕灼伤了自己的手，但他的视线很快就落在了散落在地的画上。朦胧的光线下，只见画上沾满了墨迹，可上面根本没有什么美人，而是一具扭捏作态的骷髅。

白骨身披轻纱，黑洞洞的眼眶直直地望着他，狰狞可怖。

“啊！”王子进登时双腿发软，吓得高叫一声，连滚带爬地出了纱幔。

雪奴已经醒来，见他受惊，忙来扶他。

“没、没人……”他吓得语无伦次，结结巴巴地说，“画、画上的，只有白骨。”

“王公子，莫要慌张，这里有古怪，我们得快点离开，有话出去再说……”雪奴一把将他扶起来，向画室外走去。

而在他们身后，如意也不甘心地跑进了纱幔中，探看里面的情况，随即她尖锐的叫声便在房中响起，惊恐中还夹杂着几分凄厉。

王子进靠在雪奴身上，她的肩膀虽然消瘦，却充满了力量，让他惊惶不安的心也平静了下来。

“方才你为何会晕倒？”两人站在回廊中，他关切地问。

“不清楚，画到一半的时候，我突然觉得头晕。”雪奴摇了摇头，“仿佛有人在一点点抽走绯绡公子留给我的一缕精魂，但是王公子你闯进去之后，我就突然有了力量。”说罢她焦急地看着王子进，“此地不宜久留，我们快点走吧。”

“不行，我得带如意一起走，她说被困在楼中几个月，怎么也走不出去，实在太可怜了……”

王子进话音刚落，如意已经跑了出来。她乌发蓬乱，发钗歪斜，只穿着一件红色襦裙，露出雪白的肩膀和手臂，口中还连连喊着：“不可能……不可能……”

“如意姑娘，这世上根本没有胭脂斋，什么绝世名画，跟我们一起走吧！”王子进见她神态癫狂，忙拉住了她。

可如意却一把甩开了他的手，跑进了画卷如山的藏画室，“他明明为我画了画的，我不能就这样一走了之，只有卖了那幅画，我才能有钱赎身，跟段郎过上好日子。”

她疯狂地在画架上翻找，似乎神志已经失常，连头撞在坚硬的木框上都毫不知痛。

“这张不是我的！”她拿起一幅画，看了一眼就丢在一边，随即又拿起另一幅，可连着看了几卷画，也没有找到画着她的那张。

“如意姑娘，你的画在这里……”王子进见她疯癫的样子实在可怜，指着墙壁上的美人孔雀图。

如意猛地抬起头，看着墙上的画，突然愣住了，随即她又笑了起来，“你在开玩笑吗？这哪里是为我画的画？”

王子进忙看向墙上的画，只见画中仍然有着静谧的树林、华丽的白孔雀，但画中的美人却不见了，仿佛她轻移莲步，从画中走出来一样。

王子进看了看慌乱的如意，又看了看墙上的画，突然明白了什么，浑身的血液一点点凝固。

然而就在这时，窗外狂风大作，藏画室的窗户发出砰的一声轻响，被风雨吹开。雨挟着风势，卷进了室内，打湿了地面。一张纸飘飘荡荡地飞了进来，纸像是被赋予了灵魂，鸟一般挥动着双翼，在室内绕了一圈，停在了王子进手上。

“是绯绡公子的口信！”雪奴惊喜地低呼，推着王子进的胳膊，“快打开看看。”

不用她说，王子进也急于打开，只是他因恐惧而双手发抖，试了两次才终于将纸展平。那是一张粗劣的草纸，纸面上被人以炭笔画了个小人。小人身穿长袍，发束金环，眼睛是丹凤形，寥寥几笔，就描绘出了绯绡的神韵。

“子进，我已经明白了这琉璃楼中的玄机。”纸上的绯绡嘴巴微动，说话的声音竟跟他本人一模一样。

“那我要怎么办啊？”王子进病急乱投医，向纸上的小人求助。

“你莫要慌张，装出镇定自若的样子，走出琉璃楼。”小人一本正经地叮嘱，“出门时一定要对所有人说，你已经发现了这楼中的秘密。”

“啊？我不擅撒谎啊！”

“如果有人问你发现了什么，你只要说‘夜半三更，窗前鬼脸，就是这楼中最大的秘密’即可。”纸上的小人笑了笑，狡黠机灵，“一定要演得像真的一样，这样到了晚上，我们才能有好戏看。”

随即纸上的墨越来越淡，小人消失了，王子进的手中只有一张被雨打风吹，变得宛如泥浆的草纸。

·十 三·

“喂，你就这么跑了？怎么不来救我？我有危险啊！是谁说走到哪里都会守护我的？骗子！”王子进气急败坏，不断叫嚷，可纸在他手中变成了一摊黏糊糊的纸屑，哪里会回答他。

“既然如此，我们就依照绯绡公子的安排行事吧。”雪奴有些焦虑，慌忙拉着他走出了藏画室，“王公子，别再耽搁了，快点离开这里。”

王子进看了看墙上失去了美人的《孔雀美人图》，又看着疯疯癫癫、忙着翻画的如意，一时之间，竟不知这冷艳的美女是人是鬼。

他越想越害怕，忙跟上雪奴的脚步，掉头就走。两人一路小跑着走下楼梯，来到了一楼厅堂，推开大门，一头冲进了雨幕之中。

天色渐晚，本就满布乌云的天空更加阴沉，宛如个浅灰色的盖子般遮蔽了广袤大地。墙外的青翠山峦，园中的假山，在大雨中都变成了虚影，连着这整个世界都变得分外不真实。

雪奴和王子进搀扶着向客房走去，刚走到荷花池畔，就遇到了一个身穿樱红色裙子的小婢女。她打着伞在池边流连，看到两人吃了一惊。

“我、我……”王子进想到绯绡的叮嘱，想要跟她说出准备好的话，可是谎话到了嘴边，却无论如何也说不出口。

“我们发现琉璃楼中的秘密了。”雪奴冷静地看着小婢女，一字一句地说。

“什么？楼中有何秘密？”少女强自镇定地笑了笑，眼底却有掩不住的惊惶。

“就是琉璃楼为何会亮……”王子进接过话茬继续说，“还有闹鬼的秘密。”

小婢女不说话了，轻轻垂下头，握着伞的手指指节变得青白。

“夜半三更，窗前鬼脸，就是这其中最关键的玄机！”王子进见她被唬住，再也不紧张了，添油加醋地说了一番。

雪奴怕他说多了漏嘴，忙打断他的话头，拉着他回到了客房。可是直至两人关上了客房的门，穿樱红色裙子的少女仍站在荷花池边，她打着伞，似乎在思索什么。

当傍晚时分，雨势渐歇之时，池边只有一柄慌乱中被抛下的伞，小婢女早已不见了。

细雨淋漓，似美人多情的泪，悄无声息地自窗檐下滴落。

王子进连湿衣服都没脱，在房中转来转去，等待着接下来发生的事情。他明明按照绯绡所说，散布了谣言，可这庄园中始终静谧安宁，根本没有什么好戏上演，只有雨落在树叶间发出的沙沙声在檐下回荡，令这份静谧更添寂寥。

渐渐夜幕低垂，雨丝细得如同牛毛，风也渐歇，王子进和雪奴仍没有等来任何人。

烛影飘摇，王子进既紧张又担忧，只能枯坐在灯下，细细回想着下午的所见。那袭锦袍他总觉得眼熟，似乎就是出现在他梦中，以及门厅前的画中的白衣青年的，看来他就是真正的胭脂斋。

可这人为何不肯露面，只留下一件衣服摆在椅子上，愚弄世人呢？

他越想越是迷惑，突然见到坐在对面的雪奴猛然抬起了头，她仰着尖削的下颌，琥珀色的眼珠中满是惊喜，看向了琉璃楼，“我感受到了郭公子的气息，这次非常强烈。”

“真的吗？是郭兄？难道他出来了？”王子进也坐不住了，忙要再去琉璃楼中一探究竟。

当他走到门前，刚刚要拉门把手，门外就响起了敲门声，笃笃的声音在房间中回荡，令两人都是一惊。王子进看了雪奴一眼，深深吸了口气，打开了大门。

只见门外站着一位穿樱红色襦裙的小婢女，正是他们午后在荷花池边见到的那位。她的头发濡湿，裙角也是湿的，手提一盏白色灯笼，似冒雨而来。

“王公子，明日美人图即将完工，我家主人请您和雪姑娘去楼中一叙。”她说罢哧哧一笑，娇憨可爱，“我叫绛云，雨天路滑，是特意为公子和姑娘带路的。”

王子进又喜又怕，喜的是终于等来了绯绡所说的好戏，怕的是不知楼中到底藏着什么洪水猛兽，自己此去，不知能否平安归来。

可他想到了被困在楼中的郭生，仍然鼓足勇气，跟在绛云身后，走出了客房。

三人踏着濡湿的秋草，很快来到了琉璃楼前。跟前两次不同，这次小楼的门大敞四开，仿佛里面坐着个殷勤的主人，在等待着客人的到来。

绛云弯腰低头，提着灯笼，带二人走到了二楼。

今晚下了一天的雨，星月无光，楼中更是漆黑一片，唯一的亮处，就是绛云手中的灯笼。灯光缥缈而微弱，在偌大的楼中飘荡，像是冬夜里阑珊的星子。

“不知胭脂斋先生在哪里等着我们？”王子进在二楼绕了一圈，终于按捺不住，“而且楼中昏暗若此，怎么不掌灯？”

“先生就在茶室中恭候二位。”绛云带他们来到了茶室，正是前一晚他跟绯绡探查过的那间，凌乱的茶具被摆放整齐，积灰更是不知所踪。

王子进和雪奴刚刚走进茶室，便听身后传来哐当一声轻响，门竟然被紧紧关上了。

“公子方才问过我，这楼中为何不掌灯？”门缝里露出绛云一只阴惨惨的眼，她悠悠地说，“因为……死人是不需要灯的……”

王子进心中一紧，忙用力拍门，可门被铁链从外面锁住，哪能轻易打开。

就在这时，浓郁的桂花香蹿入了他的鼻翼，茶案上的茶杯再次变得凌乱，布满了灰尘。窗棂轻颤，发出阵阵轻响，悠扬的风铃声在夜风中回荡。

一切的变化都跟昨晚一模一样，王子进忙从门缝中往外看，只见绛云提着灯笼快步跑远，而走廊的另一边，则传来吱呀轻响，似乎有什么东西在缓缓靠近。

“王公子，我们得快点离开！”雪奴纤指微动，将衣带从门缝中送出去，轻而易举地打开了门锁。

王子进推开房门，拉着她就向楼下跑。然而还是来不及了，一个黑色的影子正踏着楼梯，缓缓走上来，刚好跟要离开的绛云迎面撞上。

木质楼梯上，躲无可躲，避无可避。

绛云提着灯笼，不知是不是吓得呆住，连逃跑都忘了。

“快逃呀！”王子进焦急万分，忍不住叫道。

可终究慢了一步，身穿斗篷的人衣袖轻扬，遮蔽了灯笼的微光，绛云连喊都来不及喊一声，人就软软地瘫在了台阶上。

她本就消瘦的身体变得越来越细小，最终化为一摊浓墨。

·十 四·

“原来这小婢女竟是墨水化作……”雪奴抓紧了王子进的手，她的手像是玉，温柔冰冷，偏偏又能给人勇气。

王子进反握住她的指尖，跟她对视了一眼，她琥珀色的眼珠中没有丝毫恐惧，甚至还藏着几分从容。

他突然也不怕了，拉着她就向楼上跑去。既然绯绡提过夜半三更，窗前鬼脸，他索性就去鬼脸出现的房间一探究竟。

身后传来了隆隆巨响，无数鬼怪从怪人的斗篷下钻出来，有狰狞的白骨巨鸟，有周身黑色鳞片的大蛇，还有瞪着铜铃大眼的斑纹老虎，更有一些奇形怪状，他叫不出名字的怪兽。

它们同时向两人扑来，速度如风一般迅捷。

眼看王子进就要被怪兽们撕烂，雪奴突然一甩衣袖，长袖卷住了高高的房梁，带着他飞到了半空中，怪兽们咬了个空，纷纷跌落，砸在楼梯上，发出轰隆巨响，激起一片烟尘。

雪奴轻盈地落在了三楼，像是一朵雪花般毫无重量。

“王公子，认识你真的很好。”她朝王子进笑了笑，莹白的脸上迸发出夺目的光华，宛如雪光初绽。

“不要耽搁了，我们一起去杂物房，看看到底有何古怪？”王子进就要拉她疾奔。

雪奴却纹丝不动，脚下似生了根般站在原地，朝王子进福了一福，“小女这就要跟公子作别了。”

“你、你在说什么啊……”王子进看着她如月光般澄净洁白的身影，心中浮起了不祥的预感。

“小女的生命只有三日，而今晚，刚好是大限之时。”雪奴从回廊的窗户中看了看广袤的天幕，微笑着说，“虽然生命短暂，我却觉得十分充实。王公子从未将我当异类看待，对我呵护有加，让我觉得十分温暖……”

“雪奴……”王子进知道到了两人分别的时候，鼻中不由得一酸。

“我这辈子，都从未感受到暖呢……”雪奴伸出手，抚摸了一下他的脸颊，无限眷恋，“郭公子的魂魄，就藏在那房间的某处，仔细寻找，定会发现。抱歉，小女不能陪公子走到最后了。”

她说罢挥起洁白的衣袖，一股清凉宜人的风从袖底卷起，直扑向王子进面门。王子进只觉风似一只手，稳稳地托着他向前飞去。而在他身后，猛兽的咆哮声骤起，无数狰狞诡异的影子从楼下蹿出来，吞噬了留在回廊上的如冰似雪的少女。

怪兽们转眼撕碎了她的身体，还发出不满的叫声，似乎在抱怨猎物的不可口。

王子进心如刀割，不忍回头，任由风径直将他送到了那间闹鬼的杂物室门外，可是门却紧紧锁住，根本打不开。

怪物们排山倒海地扑来，獠牙森森，利爪如刀，卷起的腥风就几乎将他吹倒。

事已至此，他唯有闭目等死。然而就在这时，便听耳边传来一声轻吟："骨龙！"

刹那间，刚猛飓风从他身边卷过，一下就吹飞了他的纱帽。

"绯绡！"他又惊又喜，忙睁开了眼睛，果然见绯绡白衣翩然地站在他的身边。

他的衣襟随风飞舞，宛如挥舞的双翅，绸缎般的长发被吹散，垂在脸颊两侧，令他玲珑精致的五官现出一种肃杀的美。

他衣袖轻扬，玉笛指点处，一条巨龙将二人紧紧缠绕。龙全是白骨化作，骨头在黑暗中散发着莹莹绿光，但却丝毫不让人觉得恐惧。

"杀了它们！"绯绡红唇微启，凤眼中皆是肃杀。

龙昂首咆哮，如离弦之箭般冲向了妖魔，风平地而起，让王子进站立不稳，勉力扶住了绯绡，才不至于倒下。骨龙扬起利爪，甩起巨尾，几个起落便将那些奇形怪状的妖魔撕得粉碎。

随即它打了个旋，得意地飞回了绯绡身边。绯绡手指微动，巨大的龙已经消失，取而代之的，则是一串缠在他手腕上的白色砗磲珠串。

只是珠串上沾了些许墨点，不再洁白无瑕。

"这是在庙里偷的，施了点变幻咒，果然好用。"绯绡笑吟吟地将珠串收入了衣袖中，赞许地看着王子进，"子进，干得不错，没想到你真的能引出那藏在这园中作怪的人。"

"咦，是人吗？难道不是妖怪？"

"我开始也以为是妖怪作祟，但是一想到这房中的景象，就全明白了。"绯绡轻轻一推，那扇王子进怎么也打不开的门就缓缓开启。

房中依旧尘灰满布，跟两人上次来的时候一样。

王子进跟他走入了室内，转了一圈也看不出有什么名堂。而绯绡一进门就将门紧紧关上，以方才化身为龙的珠串锁住，几乎在他落下锁的同时，一个人影猛地扑到了门上，用力拍打着房门。

那人怎么也打不开门，又唤出了妖魔，一个个怪物轮流撞门，撞得尘灰簌簌而落，但看似脆弱易断的珠串却宛如铜铸的巨锁般坚固，门始终没有被撞开。

“子进，你有没有想过，为什么这小楼中会有闹鬼的传说呢？”绯绡轻轻抬手，袖底卷起了罡风，将所有的杂物都堆到了房间中央，只露出了遍布抓痕的墙壁。

“因为它就是闹鬼啊！”王子进高叫着答，几近崩溃。

“不，这些鬼怪都是人为地制造出来的，就是为了让人不要接近这座小楼。”绯绡伸出了手，让他看清自己指腹上的黑痕，“你看，这是什么？”

王子进摸了摸，又嗅了嗅，言之凿凿地说：“是墨！”

“没错，这是以妖怪的鲜血研磨而成的墨，可以将自己的画变得生动美丽，更能夺人魂魄。”

王子进不由得一愣，想起了自己梦中所见，锦衣青年曾咬破手指，将血滴在了画上，画上的美人登时变得灵动可人，还有挂在玄关处的画，那状似好友的两个青年，他一直以为躲在纱幔后的胭脂斋是锦衣的英俊青年，现在看来并非如此。

他想到了凌乱的茶室，那身穿鸦青色衣服的人永远藏在阴影后的脸，越想越是心惊。那人到底是谁，为何会做出如此残忍之事？

·十五·

怪兽们还在不停地撞门，让王子进心惊肉跳，生怕那薄薄的门板被它们撞破。

绯绡依旧气定神闲地对他娓娓道来：“有人用邪法关起了妖怪，利用妖怪的毛发制笔，用它的血研磨，画出来的画栩栩如生，但每个入画的美人，都为此付出了惨痛的代价。”

“什么代价？”王子进好奇地问，眼前又浮现出如意痛哭流涕的脸。

“这几日我在外面打听过，被他画过的美人都不知所踪，所谓的飞黄腾达，都是坊间谣言。是有人故意放出这种谣言，才令他的画越来越神秘，吸引美人过来求画，不断攫取人类的灵魂。”绯绡冷笑了一声，继续道，“至于他为何画春宫图，就是因为春宫只能在私密处欣赏，如果有人对画中的美人动了心，魂魄自然也落入了他的手中。”

“所以美人们……都香消玉殒了？”

“失去灵魂的人，只有死路一条，只是时间缓慢……”绯绡提醒他，“我想美人们的埋骨之处，多半就是那永远都不清理的荷塘。”

王子进想到荷塘上宛如枯骨的残荷，忍不住打了个冷战。

“幸好郭生让我去看了美人图，否则没人管他，他定然会被认为是得了失心风，流浪而死……”可他又有些事想不通，连连抓头，“这个人要这么多人的魂魄干吗呢？”

“当然是供养妖怪，被他关住的妖怪，现在仍然活着，他只能以人类的魂魄喂养妖怪，好为他提供新鲜的血液。”绯绡环顾四周，缓缓道，“而这个房间，就是妖怪的牢笼。”

王子进心中一惊，忍不住后退了一步，却听绯绡继续说：“至于窗前出现的鬼脸，就是取妖怪血的人，他为了掩人耳目，才扮成了鬼怪。”

“这么说……”王子进压低声音，战战兢兢地问，“这里有隔间？而妖怪就被关在里面？”

“没错……”绯绡走向了位于窗前的一面墙壁，上面挂着一幅画，他轻轻拉了拉画上的绳结，画就一下卷了起来，露出了一扇小小暗门。

暗门上贴了张黄色符咒，以鲜血写就。因为年代日久，血已经凝固，变成了深紫色，让人一见之下，就觉得压抑恐怖。

“王公子，快开开门啊……我是雪奴，你忘了我吗？”门外的妖魔突然平静下来，取而代之的，则是一个窈窕的身影，轻轻地拍着门，声音跟雪奴一模一样。

王子进想到雪奴被妖魔吞噬的惨状，心中悲愤，再次听到她的声音，不由得心神激荡，恍恍惚惚地就要去开门。

他刚走了两步，就被绯绡一把拉住，“子进，不要去，那是迷惑人心的幻术，你还有更重要的事情做！”

“什么事？雪奴回来了，我要去见她……”王子进想到雪奴清丽高洁的样子，她临死前悲伤的笑容，眼泪忍不住夺眶而出。

“当然是破坏这个符咒，这东西是专门对付鬼怪的，只有人类才能破坏它！”绯绡将他拉到了暗门前，指着那咒符道，“而且还得尽快，砗磲只能挡他一时，这是他的领地，如果再耽搁下去，难保那人不会做出更疯狂的事情！”

王子进紧张地面对着那窄小暗门，不知该如何是好。暗门上有数个小孔，是呼吸用的。而稍大的孔洞边缘变成了绛紫色，显然是采血之处。

他战战兢兢将眼睛凑到孔中，只见里面漆黑一片，什么也看不到。

“我、我要怎样做，才能破坏这个符咒啊？”

“设下咒符的人掺杂了沉重的念力在里面，那是人类才能理解的感情，只有以同一种感情念出咒语，才能破坏掉它。”绯绡站在他的身后，冷峻地凝视着他，“子进，我不是人类，无法感同身受，所以只有你才能做到。”

“啊？我怎么知道那家伙施咒时在想什么啊？”

“没时间了。”绯绡一把抓起他的手，向符咒伸去，“跟着我念咒语，如果失败了，我们都会葬身于此。”

门外雪奴的身影也消失了，房梁发出咯吱轻响，地板在微微颤动，整栋小楼在不停地扭曲变化。这让王子进想到第一晚潜入这里时，下楼的台阶也是毫无预兆地消失。

“快点，这家伙想把我们活活弄死在这里！”绯绡红唇微动，念出了一串古怪的咒语。

“喂！多给点提示啊！这庄园的主人是谁你查清了吗？”灰尘簌簌而落，天花板越来越低。

“是一位姓钟的画师。”墙壁不断向内挤压，花窗发出咔嚓一声巨响，被挤得变形。

“姓钟？这个姓好熟悉啊……”王子进仍然犹豫不决，可时间不等人，只能先依照绯绡的提示想下去，一位画美人的画师，在机缘巧合下，认识了同样爱慕美色的妖怪，两人引为知己。

可是后来呢？到底发生了什么，让他们反目成仇？

他刚刚开始设想画师的心境，地板就发出轰然巨响，居然带着整个房间直直跌落下去，掉下来的房梁差点就砸到了他的头上。小楼在飞速崩塌，房檐上装饰的青铜怪兽依次掉落，本没有风，风铃却发出聒噪的响声。

一个影子朝二人飞过来，绯绡眼明手快，一下就把它打碎，却是掉落的窗框。

“应该是憎恶，大多数人害人时都心怀怨恨！”绯绡抓住了王子进的手，就要撕掉符咒，“子进，没时间了，快跟我念咒语！”

王子进心怀恨意，跟着绯绡轻吟起了古老的咒语，黄纸一点点地被从暗门上揭开，绯绡的凤眼中，终于现出了一丝清浅的笑意。

王子进却觉得哪里不对劲，电光石火间，他的眼前闪现出了几本画册，作者正是一位叫“钟仙渡”的人，暗室中，足足几个画架的白骨图；简陋草纸上的，以炭笔勾勒的少女的背影；挂在玄关处的，描绘两人友情的画，那难以察觉的不协调。

轰隆隆，可绯绡的笑尚未荡漾到眼底，更大的崩塌到来，两人转眼就被瓦片房梁掩埋，整个房顶掉落，砸到了他们身上。幸而他及时变身，化作一只白色狐狸，蹲在了王子进的肩头，如毛茸茸的软垫般替他挡下了重压，才没有将王子进砸死。

“绯绡！咒语再说一次！”王子进突然想通了什么，眼含精光，高声对绯绡说。

“你们不可能猜对的，因为，没人知道我是谁……”夜风里，尘灰中，飘来了一个尖细得意的声音，“他注定会被困在里面，一生一世，供我差遣。而你们，都要给他陪葬！”

“我知道你是谁！”王子进毫不畏惧，朗声回答。

白狐似感应到了他的信心，伸出爪子，按在他的手上，吟唱出了玄妙的咒语。王子进跟着白狐一起吟诵，掀起了符咒。那张之前粘得又牢又紧的纸，变得如即将离枝的落叶般脆弱，轻飘飘地从暗门上脱落。

王子进的手，就是冷飒的秋风，枯叶在风中枯萎离枝，黄纸在他的手中，碎成了几十片。

崩塌停止，所有的杂物都飘浮在半空中，迅速回归了原位。

暗门发出咔嚓一声轻响，从里面被推开，一只手缓缓伸了出来。

这是一个浓黑的雨夜，本没有光，王子进却仿佛从门中看到了黎明最耀眼的晨曦，让他难以睁眼。

·十六·

不过瞬息之间，小楼又变得整齐精致，仿佛方才的塌陷是个午夜的噩梦，而且楼中的每一个瓦片，每一根梁柱都散发着七彩光辉，房檐上的兽形装饰变得晶莹剔透，宛若琉璃。

“琉璃楼。”绯绡摇身一变，又成了个优雅精致的美少年，他环顾四周，轻轻地感叹，“没想到竟然这么美。”

“原来传说中的琉璃楼，是妖怪的杰作吗？”

房门吱呀一声打开，现出了走廊中的人，他不再威风凛凛，而是跪趴在地，浑身颤抖，根本看不清面容。

暗室里的手仍然在不断向外伸展，很快露出了半个肩膀，肩膀之后是头。

随着这人被慢慢释放，伏在廊中之人的伪装，被一点点剥夺，披风消失，风帽不见，手上的利爪退去，露出了细瘦的手指。妖怪的血赋予的魔力，正在一点点地从他身上被剥夺。

汹涌的杀气在风中奔涌，暗室中的人已经完全爬出来，他周身遍布尘灰，佝偻而肮脏，蓬乱的长发垂到腰际，遮住了面容，十足十就是个怪物。

“绯绡……”王子进拉了拉绯绡的衣袖，害怕地后退了两步。

“不要怕，子进，他被关了那么久，虚弱至极，伤不到你。”绯绡上前一步，将王子进挡在了身后。

怪物双眼冒出幽幽的绿光，在两人身上扫了扫，最终停到了绯绡身上，冷笑道：“原来是你把我放出来的，怪不得，你确实有这种力量。可你是太寂寞了吗？居然跟人类做起了朋友，真是找死。”

“放你出来的是子进，如果没有他，我也会被困在楼中。”绯绡仍笑吟吟的，俊美翩然，不见慌乱。

“嘿嘿嘿，走着瞧，我就是相信了人类的谎言，才落到了这种地步……”怪物瞪着王子进，声音沙哑地说，“你早晚也会被自己的欲望吞噬，出手害人的。妖和人，根本就无法共存。”

“是因为，你也没有把他当知己吧？”王子进壮着胆子说，“你总觉得自己高人一等，跟他相处就是施舍，怀着这样的心态，怎么能让人真诚以待？”

怪物愣了一下，房中陷入了一片死寂，只有小楼中的灯光，照得窗外的淋漓雨丝如金线般耀目。随即风中响起了呜咽的哭声，而哭声的来处，正是那个俯趴在地上，不敢以真面目示人的人。

“因为方才我掀开咒符时，想到的是怀才不遇的悲伤，每个落魄的学子都会有这样的情绪，尤其是身边还一直有人鄙夷打压时，就会更伤心……”王子进缓缓走到那个人面前，低低地问，“是吧？湖颖。”

那人抬起头来，琉璃灯光照亮了他的脸，苍老而疲惫，他看起来年逾五旬，皮肤漆黑，脸上遍布皱纹，宛如干枯的橘皮，只能从他的五官上，依稀还能看到小书童清秀伶俐的样子。

王子进吓了一跳，连连后退。绯绡拍了拍他的肩膀，示意他安心，悄悄道：“他本来没这么老的，可一直偷窃妖怪的力量，损耗了太多的生命，估计也命不久矣。”

湖颖捂着苍老的脸，号啕大哭，哭了一会儿，疑惑地看向王子进，“你这小子，说的话倒是有几分道理，但是我不懂，你怎么能猜到是我？”

“因为玄关的墙上所挂的画，第一张画中还有个书童，可是从锦衣人出现后，书童就不见了。我看时以为跟妖怪结交的是画师，可方才才想明白，妖怪的朋友竟是书童，他长大了，成了个画师，可是从头到尾，我都没在画中见你笑过。”

“没错，我就是那个书童，钟仙渡的徒儿，他连给我起名都随随便便，而且只教我画白骨，从未教我如何画人像。”回想往事，湖颖咬牙切齿，充满了恨意，他恶狠狠地盯着王子进和绯绡身后的怪物，“至于他！我跟他是在河边看美人时结识的，他起初并没告诉我自己是妖怪，因为他对美人图有独到见解，即便发现他是异类，我也真心待他。可是他从未夸过我的画，只有讥讽打压。即便用妖力助我，也不让我把画好的画出售……”

“哼，那画一旦流入了市面，不知会令多少人失魂落魄。”怪物冷笑着说，“自己心怀恶意，就不要找这么多借口了。”

“可是胭脂呢？你明明知道我喜欢胭脂，她要嫁给别人了，我只有卖掉画，才能换了银子娶她。”湖颖猛地站起来，一把推开了王子进，扑到了那怪物般的人身前，咬牙切齿地说，“可是美人图却在一夜间全变成了白骨，胭脂也远嫁他乡，不过一年就郁郁而终，从那天起，我就开始想办法对付你了。”

“不是你的画，你却想以自己的名字出售，真是好厚的脸皮。”怪物一把抓住湖颖的手臂，阴森地说，“所以在喝茶的时候给我下药，所以在房中画好了咒符囚禁我？这庄园被我买下后，小楼全赖我的力量才能如此金碧辉煌，要不是怕这偌大的庄园毁掉，只怕你早就已经将我杀了！”

他佝偻的身体突然变高，袖底鼓出罡风，刹那间就变成了一个英伟的青年。剑眉星目，猿臂蜂腰，身披一件绲着毛边的蓝色锦袍，比画上的还要英姿勃发。

他长臂一挥，瞬间就掐住了湖颖的脖颈，湖颖脸色青紫，呼吸困难，似乎就要断气了。

然而就在这时，一条白骨巨龙从斜里蹿出，一口咬住了白衣青年的手臂。他吃了痛，手指一松，放开了湖颖的脖颈，湖颖砰的一声跌倒在地，抽搐了几下，跟死了没什么两样。

可饶是如此，骨龙仍紧紧地咬着他的手臂，丝毫没有松口的意思。他挣了几下，完全挣脱不开，回头就朝绯绡咆哮，“别多管闲事！”

他不再英伟俊美，双目中遍布血丝，口中露出森森獠牙，跟野兽无异。

“我并没有多管闲事啊，你好像欠着我们东西没还，我才不介意这个男人的死活，只想要回自己的东西。”绯绡长身玉立，仍笑吟吟的，骨龙只有上半身变化，下半身仍是砗磲珠串的样子，缠在他的皓腕间。

他气定神闲，显然没有尽全力。

“我第一次见你，怎么会欠你东西？”锦衣青年仍怒吼着，但听着倒像是虚张声势。

“人类的灵魂……你该不会如此健忘吧。”绯绡轻轻地晃了晃手腕，骨龙脱手而出，幻化成一条庞大的巨龙，将他牢牢缠住。

骨龙咬住了他的手臂，浑身骨节发出咔嚓轻响，似乎稍一用力，就会将他活活缠死。

锦衣青年怒视着绯绡，过了一会儿，口一张，吐出了两只白色的圆球。圆球如鸡子大小，飘浮在空中，像是一团团凝固的雾。绯绡红唇含笑，满意地点了点头，随即手指微动，骨龙终于松开了口，将全部的圆球吞入了口中，一摆尾就回到了绯绡身边，将他和王子进妥善保护。

"还没被我消化的只有这两个了，全都给你！臭狐狸，今天我力量不足，暂且放你一马，待下次见面，就是你的死期！"锦衣青年怒瞪双眼，但脸上渐渐长出了毛发。

几乎在眨眼间，就变成了一只一人高的白猿，白猿一拳打碎了窗户，跃窗而出，几个起落便消失在斜风细雨中。

王子进望着这一幕，忍不住扼腕叹息。在他的哀叹声中，整栋小楼飞快衰败了，窗棂裂开，房梁墙壁遍布霉斑，他后退一步，却一脚踏碎了地板，只见地板腐朽不堪，早已被虫子蛀烂。

不只如此，连窗外的景致也随之而变，亭台楼榭被荒草和密林取代，遍布残荷的荷花池，也成了一摊长满了绿藻的臭水，露出了藏尸池下的森森白骨。

仿佛有一个高明的画师躲在雨中，寥寥几笔，就将清雅别致的庄园，换作一片废墟。

·十七·

"绯绡，这是怎么回事啊？"王子进将脚从腐烂的地板中拔出来，惊惶地打望着四周。

"支撑整个庄园的妖力完全消失了，从来没有什么琉璃楼，只有虚伪的假象。"绯绡看向窗外，凤眼中似有无限沧桑，"最可怕的不是被人骗，而是自欺欺人。"

他说罢放出了骨龙，骨龙口衔魂珠，冲破屋顶，绕着小楼盘旋了一圈，腾空而去。白色的身影好似一缕缥缈的烟，很快消失在雨夜中。

"它这是去了哪里？"王子进看着屋顶被冲破的大洞问。

"把被妖怪夺走的两个魂魄还回去，肉身没死的，应该会恢复如初。"绯绡说罢，朝王子进得意地笑，"子进，这次你可以放心了吧。"

"多谢多谢！小生在此有礼啦！"王子进笑嘻嘻地朝他行礼作揖，夸张得好似戏台上的伶人。

“咳咳咳……”两人正在笑闹，却听身后传来一阵干咳，只见湖颖从地上坐了起来。

不过这么一会儿工夫，他变得更老了，方才还乌黑的头发，已经变得雪白。他跪坐在地上，目光空洞茫然，仿佛灵魂已经脱离身体，去了遥远的地方。

“这可怎么办？”王子进看着湖颖，小声问绯绡。

“他没多少时候可活了，大限就是今晚……”

他们刚说了两句，只见湖颖眼珠微动，视线落在了二人身上。

“我今年……不过而立……”他哆哆嗦嗦地说，每说一个字，都吐出了一口鲜血。

王子进看他的惨状，诡异中透着悲凉，连心底那点对他的厌恶都消失了。

“可是……我不后悔……”他用手背抹去嘴角的血，居然笑了，“因为胭脂……当年我是书童，她是婢女，每次见面，她都会对着我笑……从胭脂死去的那天，我就不再把他当朋友了！我让他也尝到了生不如死的滋味，自己也攀到了人生顶峰……我有什么可后悔？”

绯绡冷漠地看着他，眼神中没有一丝温度。

“我听说，高明的画家，画人会先从骨画起，骨头的走向画对了，画也就差不到哪儿去。”他薄唇微启，惋惜地说，“你的师父未必在骗你，如果你多些耐心，或许不会有如此结局。可惜你对人总是充满恶意，最终这恨，只吞噬了自己。”

老人愣住了，他看着绯绡，眼神中突然有一瞬的清明，他的思绪似飘到了很久之前，那无人能触及的，岁月的远方。

一丝微笑，浮现在他的嘴边，随即他一头就栽倒在地，再也没有了呼吸。而至死之时，他的双眼也并未合上。

绯绡手指微动，一张残破不堪的画从废墟中飘飘然飞了出来，落在了他的尸体上。泛黄的草纸上画着一位少女，少女身穿绿裙，端坐在春天的萱草中，像是坐在青春最好的时光里。

“就让他这辈子唯一的一点爱意，送他最后一程吧。”夜风传来了绯绡清朗的声音。

很快小楼残破不堪，像是一副孤零零的骨架，立在荒野之中。雨过天晴，明月在乌云后露出了脸，月光如水般倾泻而下，照亮了每一处暗角。

从此之后，再也没有美人，在寂夜中叹息。

次日当王子进回到了客房，发现郭生正在酣睡，醒来后仿佛得了一场大病，浑浑噩噩，几天后才恢复了正常。但他绝口不再提胭脂斋的画，甚至路过书画店，也远远绕开，仿佛在害怕什么似的。

东京城喧嚣热闹，异彩纷呈。人们很快就忘记了那个专画春宫图的画家，更不记得他的美人。

新的怪谈再次在街头巷尾流传，这次大家传的是品香楼的花魁如意突然落魄地回来了，据她说自己被困在一栋华丽的小楼中，终日浑浑噩噩，而当她清醒之时，才发现竟然躺在一片废墟里。

昔日的美人消瘦疲惫，仿佛挨了很久的饿。

之后她就从了良籍，嫁给了个卖画为生的穷画师，令众人惊叹不已。百姓纷纷传是有鬼魂附在如意身上，她才做出如此荒唐的决定，又有人说穷画师会邪法，才勾走了这美人的魂。

当这个离奇的故事传到王子进耳中时，他正坐在窗下，满怀心事地端详着一块暖玉。

玉是个平安扣，温润而有光泽，他回到客栈更衣时才从袖中掉出来，想必是雪奴临死前悄悄塞到他身上的。

他睹物思人，一见到这玉扣，眼眶就有些微红。

“绯绡，雪奴到底是什么变的呢？她最后对我说的话，是发自肺腑，还是为了安慰我？”王子进看绯绡坐在桌边喝着葡萄美酒，一副毫无心肝的样子，七分伤感也变成了十分。

绯绡并不答，过了一会儿，手持夜光杯，坐到了他的身边。

“伸出手。”

王子进不明所以，摊开了手掌。

“闭上眼。”

他依言行事，很快就感觉到掌心一凉，仿佛有两根冰冷温软的手指搭在了他的手心，那感觉跟雪奴握手时一模一样。

“雪奴！”他兴奋地睁开了眼，只见掌心中只有两块碎冰，哪里有什么佳人的柔荑。

“明白了吗？所以不要再伤心了，不论精魅、妖怪，还是人类，都是向死而生，只是她走得比我们快一些。”绯绡拉住他的手，让他握紧碎冰，冰在他温热的掌心融化，水一滴滴地流下来，恰似雪奴临别时的眼泪。

王子进呆呆地望着手掌，突然懂了雪奴临别时说的话。

“她是寒冰化作，温暖只会加速她的死亡，可是子进你却给了她一种不会让她消亡的温暖，这对只拥有短暂生命的她，是莫大的幸福。”绯绡斜睨了他一眼，“精魅和人的体验完全不同，所谓夏虫不可语冰，你何必为了她的喜悦而悲伤。”

王子进终于释怀，握紧了手中的玉扣，脸色渐渐变得平和。

“可是还有一件事我不明白……”王子进看着绯绡如雕似琢的精致面孔，满怀困惑地抓了抓头，“你很少大发善心，怎么会在猿猴精要杀死湖颖的时候出手？”

绯绡愣了一下，随即云淡风轻地说：“没什么，只是碰巧。”

“但那猿猴精恨上你了，以后估计还会来找麻烦，你不会没想到吧？”

“一时冲动，我也很后悔呀……”绯绡摇了摇头，喝光了杯中的葡萄美酒，一抹红云，浮上了他的玉颜。

“我想了半天，觉得你是不想让我失望，所以才出手阻止，因为不想让我看到跟妖怪结交的人类，死于妖怪之手。”王子进几乎要把头抓破，才试探地问，“你怕我从此会害怕你，是吗？”

绯绡不置可否，他放下酒杯，欣赏着窗外的秋色，看北雁南飞，看黄叶曼舞，看枫叶露出了冶艳的一抹红痕，看秋阳在檐下敛尽了最后一丝光华。

但就是不看王子进。

王子进却一直盯着他，似乎要从他完美无瑕的脸上，看出自己想要的答案。可最终，他仍然什么也没看出来，绯绡仍然美丽如昔，疏离如昔，或许这样也好，反正无论如何，他也是自己生命中最美好的风景。

所谓风景，只要看过，就应满足，又有谁能将旷世美景据为己有？

他想到这里，又满足地笑了。

第五夜 · 耳中人

秋天的夜空，辽阔而静美，点点寒星璀璨闪亮，像是在丝绒般的天幕中撒下了一把碎钻。

旷野之中，蟋蟀奏响了生命中最后的鸣音，虫鸣声在萧瑟草木，凄寒冷风中回荡，怎么听都透着几分凄凉，不似夏夜里听来热闹喧嚣。

几只野狗在荒草中撕咬，犬吠声大作，搅乱了这静美的秋夜。

其中一只黄色的狗并未加入战团，时而汪汪叫两声，似在隔岸观火。但每当它的叫声响起，野狗们撕咬就更凶狠几分，很快就有两只狗被咬得头破血流。

沙沙沙——长草中传来轻柔细响，似乎有人在靠近。野狗们终于停止了争斗，都竖起耳朵，警惕地看着如涛似海，连绵到山脚的荒草，浑身肌肉紧绷。秋风中送来肃杀之气，来者并非善类。

黄狗瞪圆了黑亮的眼睛，夹起尾巴就跑，但它刚跑了几步，就撞在了一个人身上。

那是个身穿锦缎绲毛皮边长袍的青年，他英伟高大，也算是个俊美的男子，可是由于眉毛太浓，又重重地压在眼上，让他的眼神显得乖戾暴躁。

黄狗看了他一眼，吓得瘫坐在地。

“有趣，没想到会碰上你这个小东西。”青年一把揪起了黄狗的脖颈，仔细打量，颇为惊喜，“去帮我做点小事，否则我就杀了你。”

黄狗吓得哆嗦，发出了呜咽悲鸣。其余的野狗见了，纷纷夹着尾巴四散逃走。

青年将黄狗丢在地上，后者在草中打了个滚，只能垂头丧气地跟上了他的脚步。一人一狗，踏着荒草，向远处灯火通明的城市走去。

“过去的那个小书童叫我‘袁公’，可惜那个书童想要的太多，否则我们一起看个美人，画个画，估计现在仍过得逍遥快活。”青年边走边自言自语，“可是人类太麻烦，总放不下那所谓的‘爱’，虚无的感情，最终又大多自食苦果。”

黄狗叫了两声，似在附和他。

“你叫我‘袁君子’吧，我在书上读过，是品性高洁之人的称呼。”

汪汪汪——狗发出欢叫声，似乎很喜欢这个名字。

“你当狗还当上瘾了！”青年抬起一脚，踢到了狗屁股上，“跟着我，你再也不用附在狗身上，先替我报个仇，之后我们可能会夺下整个江山呢！”

黄狗被他踢得打了个滚，随即爬起来，又撒欢地朝这位一点也不“君子”的君子拼命摇尾巴。

青年鄙夷地看了它一眼，迈着大步向灯光璀璨之处走去。

那高高的城墙中，就是东京城，富庶辉煌的天下之都。每天从各国各地往来的商人有几千人之多，而这人多繁杂的城市，也为黑暗的滋生，提供了土壤。

贪心、嫉妒、算计、报复，这些恨意多多少少地会藏在每颗心的暗处，只需一点引子，就会点燃罪恶之火。

• 一 •

火树银花合，星桥铁锁开。暗尘随马去，明月逐人来。

王子进一边摇头晃脑地念诗，一边走在人群熙攘的夜市之中。跟夏日的绚丽多姿不同，秋天的夜市宛如一位成熟的贵妇，别有一番风韵。

卖酒的姑娘们都换上了厚重的锦裙，裙摆上绣着金色的菊花；新收的瓜果堆满了果农的摊子；裁缝铺子外也挂上了新裁的秋装；勾栏的伶人们，唱词中又多了科考和金榜题名的内容。

整个城中都流露着富庶、繁华，和欲望的气息。

尤其是漂亮的姑娘们，她们换上了新妆，梳上时新的发型，更引得王子进挪不开眼睛，一会儿看看这个，过一会儿又看看那个，目不暇接。可他看了半晌，发现自己周围的姑娘格外多，时而还有几人会朝他抛个媚眼。

他越发心花怒放，幸福感在这个秋夜达到了巅峰，直到他看到两个姑娘手拉着手，穿过了两条街，特意跑到自己身边，才觉得不对劲了。

两名少女脸色绯红地望着他的身后，眼中含水，娇羞可爱。他忙回过头去，只见绯绡手持折扇，站在一盏灯下，朦胧的灯光照亮了他的白色锦衣，黑色长发，以及玲珑精致的五官，俊美如谪仙下凡。

女人们不断地在他身边走来走去，一会儿掉个锦帕，一会儿丢个玉佩，有的已经走了几个来回也不嫌烦，大有走一晚上的趋势。

而不论身边有多少佳人往来，绯绡始终面若冰霜，他一会儿看看灯，一会儿又看看天上明月，一会儿又低垂眼帘沉思，就是不看她们一眼。

可他这冷漠疏离、目中无人的高傲模样，令她们更喜欢了，恨不得常驻在这美貌少年身边，说什么也不愿回家。

“绯绡，你可记得前几日你说过的，卖麻油鸡的摊子？”王子进妒心大盛，笑嘻嘻地跑过去说，“我昨日去尝过，肉丝松软，麻油喷香，吃一口舌头都要化了……”

他话未说完，就见绯绡双颊绯红，目光灼灼地盯着他，哪里还是什么冰山公子？

“子进，你怎么不早说，快带我去。”他连一刻也不肯停留，拉着王子进就向卖小吃的地方走去。

而在他们身后，不知多少颗芳心悄无声息地破碎在冷风里，少女纷纷惋惜，想不到这漂亮可人的美貌少年，竟然有断袖分桃之癖，真是可惜了一副好相貌。

王子进带着绯绡在人群中穿梭，很快就来到了卖麻油鸡的摊位，遥见不大的摊位前排了一条人龙，看样子这鸡果然味道不凡。

灯下一个妇人，布衣荆钗，生得皮肤白嫩，颇有几分姿色，正在埋头做菜。

只见她熟稔地将一只炖得脱骨的鸡在冷水中浸了浸，飞快撕碎。鸡肉在她纷飞的十指中如同被施了魔法，骨肉剥离，很快就变成了一盆细碎的银丝，随即又淋上麻油佐料，轻轻在盘中拌了拌，递到了客人手中。

鸡肉洁白松软，好似堆雪，而麻油漆黑油亮，恰如雪中乌炭，黑白分明中又点缀了青翠的青菜香料，光是看了几眼，就令人食指大动。

“子进！我要五份！”绯绡肚中立刻咕咕作响，差点就要将尾巴从袍底露出来摇一摇。

翩翩佳公子刹那间就成了个贪吃鬼，再也没有路过的姑娘痴迷地看他，王子进站在排队的长龙中，忍不住窃喜。

而一轮到他们，绯绡再也把持不住，一口气就吃光了一整盘，可他哪肯罢休，赖在摊子前说什么也不肯走，吃个没完。而排在他身后的人只有叹息摇头的份儿，知道今晚这鸡是吃不成了。

绯绡吃了五份还不肯离开，守在这妇人的摊位前死活不走，引得不少客人对他怒目以对。

王子进怕影响了妇人的生意，连连道歉。

“不要紧，这位公子长得俊美，也算是为我做了个活招牌。”这天她的鸡卖得格外快，她微笑着擦了擦手，准备收摊了，“如果公子常来就好了，我也能卖光鸡肉，早些回家。”

是啊，他一个人就能吃几个人的分量，你确实卖得快！王子进忍不住在心中腹诽，拉着绯绡就要走。

“这位娘子，家住何处？一般何时出来啊？”可哪想绯绡一步都不肯动，拉着妇人的衣袖问个不停，眼神中满含倾慕，仿佛站在他面前的，根本不是布衣荆钗的妇人，而是天底下一等一的绝色。

“我家住在安宁里，夜市刚开张时我就来了。”她将锅碗放入了挑筐中，热情地答，“公子明日一定要再来。”

“盈月，回家了！”就在这时，王子进身后冷不丁地响起一个粗犷的声音，将他吓了一跳。

只见一个身材魁梧的汉子正站在自己的身边，灯光之下，可见他左脸上有一大块乌青，似乎是天生的胎记，令人望而生畏。

“相公！”妇人见到他立刻满脸笑容。

汉子推开王子进，颇有深意地看了他跟绯绡一眼，帮妻子挑起了箩筐，夫妻俩结伴离开。而绯绡仍恋恋不舍，即便王子进拉着他，他仍一步三回首地看着妇人的背影。

灯光映在这对纯朴夫妻的身上，将他们的身影拉得很长。

而回到客栈之中，绯绡仍对那妇人的好手艺念念不忘，仿佛害了相思病一般，不停念叨着王子进明天早早替他买鸡，好解他馋嘴之苦。

可是他有所不知的是，城市的另一边，盈月夫妇也在谈论着他。

“今天辛苦啦，没想到鸡这么快就卖完了……”街巷之中，王芾拉起了妻子的手，笑着说，“油灯的销路也好，只要再忙上一年，就能租个铺面了。”

他脸上满是幸福，连狰狞的暗青色胎记都变得柔和。

“希望那位公子天天都来，他出手阔绰，又生得俊美，应该能带来不少生意。”盈月充满向往地看了看头顶一轮圆月，仿佛看到了两人的美好生活。

“你居然希望他天天来……”王芾低低地说着，语气阴郁。他因为貌丑，一直觉得配不上年轻漂亮的盈月，每当听她谈论别的男子，就醋意大发。

“他来了鸡可以卖得快一些，你不要多想。”盈月见他不快，连忙安抚。

王芾听着她的柔声细语，醋意渐消，牵着妻子的手，细细低语着向家中走去。

两人正走着，从暗处突然蹿出了一条黄狗，朝盈月身上扑去。王芾生怕妻子受伤，忙挡在她身前，飞起一脚，踢开了黄狗。狗被踢得在半空中翻了个跟头，重重跌在地上，吓得夹着尾巴跑开。

而在不远处，一个身穿白色衣袍的高大青年，将这一切收入眼中，他轻轻点了点头，似乎很满意看到的一切。

·二·

月辉如银，洒满了一间位于安宁里的陋室。

狭窄的床上，一对恩爱夫妻相拥而眠。可在这寂静宁憩的夜里，却响起了一串细碎的低语，仿佛有人蹲在他们家的窗下讲闲话一般。

“那美貌少年赖在你妻子的摊位边不走，一看就是没安好心。”“就是，明明鸡都已经卖完了，岂有不走的道理？”“我看她今晚朝他抛了好几个媚眼，一个巴掌拍不响，如果没有她的暗示，那少年怎能如此放肆？”

流言蜚语无止无休，但见夫妻俩睡得香沉，窗外只有月光照亮篱笆，哪里有半个人影？

王芾皱了皱眉，啪的一声打死了一只叮在他脸上的蚊子，不耐烦地翻了个身。

次日一大早，绯绡就急得团团转，迫不及待地要去吃鸡，王子进陪他尝了两家馆子，都不符合他的口味。结果当天傍晚，天边刚现出彤云，他就被绯绡撵出了客栈，手里还拎着只硕大无比的食盒。

“到了今日，才明白什么叫自作自受……”他一路向夜市小跑而去，满腹懊悔，“如果没带他去吃那劳什子的鸡，就不会有这些麻烦事。”

因为绯绡嫌排队辛苦，很影响他的食欲，就差遣他来买鸡。他根本拗不过他，只能硬着头皮出门，一副半死不活的样子，来到了盈月的摊位前。

“这位公子又来啦？怎么不见昨日那位身穿白衣的小少爷？”盈月知道他是大主顾，忙笑脸相迎。

“他今日有点事，来不了了。十份凉拌鸡，把这个食盒装满。”王子进给了她半吊钱，百无聊赖地坐在摊位旁，看着来来往往的行人。

盈月将钱仔细收好，笑眯眯地撕鸡做菜。她那位高大魁梧的丈夫王芾，不知何时，悄无声息地出现在王子进身边，他不再像昨晚那样体贴妻子，而是阴沉着脸，定定地看着面容清秀、举止文雅的王子进。

“看，她又勾搭了个小白脸，定是嫌你长相丑陋，行止粗鄙。”凉爽的秋风拂过，送来细碎的耳语，王芾额头青筋暴起，紧紧握住了拳头。

不过一炷香的工夫，王子进就拎着装满了鸡的食盒快步离开，欣喜地向客栈赶去，完全没有留意，身后正跟着一个身材高大、凶神恶煞般的人物。

“绯绡，我回来啦！”他跑到客栈楼下，兴奋地晃了晃手中的食盒，以期得到绯绡的赞扬。

可是他话音未落，一个坛钵大的拳头就向他砸来。他还没等反应过来怎么回事，左眼已经挨了一拳，重重跌坐在地。

只见王芾脸色涨红地站在他面前，双眼中满布血丝，发髻散乱，宛如被恶鬼附身。王子进被他打得泪水横流，想了半天才想起他是那个卖凉拌鸡的妇人的丈夫。

“死小白脸，叫你勾引我家娘子！”王芾哇哇怪叫，抡起拳头又向他砸来。

“是不是有误会啊！”王子进哀叫一声，紧紧抱住了头。

可他没等来预期中的疼痛，却见几片黄叶飘然而下，那些叶子一落到地上，立刻变成了青衫书生，他们都容貌清秀，头戴黑色纱帽，跟王子进长得一模一样。

王芾一拳就砸向了离他最近的一个书生，书生笑嘻嘻的，仿佛不怕痛，摔倒在地又爬了起来。

王子进见有人解围，哪敢停留，抱起食盒，连滚带爬地跑回了客栈。

而王芾仍东一拳，西一脚，癫狂地跟这些书生缠斗。

“呜呜呜，吓死我了，怎么买个鸡还会挨揍？”一回到房间，他就跟绯绡哭诉。

绯绡正长身玉立，站在窗后，看着楼下疯魔般的王芾，眼底凝着淡淡寒霜。随即他轻轻打了个响指，所有的青衫书生同时消失，变成了一片片黄叶，在秋风中飘零。

王芾面色阴郁地打量着街道，仿佛有一腔怒火无从发泄。只见他魁梧的身影在客栈门口转了半天，才心不甘情不愿地愤恨离去。

“奇怪，这种东西怎么会在城里出现？”绯绡偏着脑袋目送王芾的背影，喃喃自语。

“什么东西啊？他为何说我勾引他妻子？我虽然爱看美人，但对别人的娘子，可是一点兴趣都没有……”王子进捂着肿成核桃大小的眼睛，呜呜呼痛。

绯绡也不答话，接过他手中的食盒，就着早已热好的菊花酒，大吃特吃，满满的一盒鸡丝，转眼就被一扫而光。

“哎，看来为了这好吃的鸡，我还得管这桩闲事。”他伸出舌头，意犹未尽地舔了舔嘴唇，狡黠地笑了，“只是此事蹊跷，背后必有人作怪，我们得连那人一起揪出来才行。”

“你到底在说什么？没头没脑的！”

“子进，你想不想亲自降妖伏魔？”

王子进先是雀跃地点了点头，随手拿起个杯子放在左眼冷敷，又飞快摇头。他这副手无缚鸡之力的熊样，去给妖魔当甜点还差不多。

“不用亲自动手，只需……”绯绡笑嘻嘻地看着他道，“动动你的舌头……”

“还、还是算了……”王子进的脸登时涨得通红，也不知想到哪儿去了。

“喜欢说人闲话吗？”

“啊？”王子进正用瓷杯的杯底揉着肿痛的眼睛，听他这么一问，杯子差点跌落。

“每个人都喜欢吧，谁家娘子总是倚门而望，谁家相公又幽会情人，谁家孩子得了阴病。古往今来，人类总是喜欢窥视别人的隐私，哪怕对自己毫无益处，也喜欢听一听，再散布出去，就是为了满足口舌之快。”

“你还挺了解的。”王子进不好意思地笑，“不过我毕竟是读过书的，所谓静坐常思己过，闲谈莫论人非，不似街头巷尾的三姑六婆，每日除了说闲话就没有别的事干。”

“可是，现在就有一件事，需要你去编派谎话，才能解决。”绯绡凤眼含精，紧紧地看着他，红唇边挂着不怀好意的笑。

王子进看他狐狸般的表情，凭空打了个冷战。

王芾晃悠悠地离开了客栈，正是华灯初上的夜晚，街边的灯光将他孤零零的身影照得宛如神魔。他来到了一家茶馆中，用两个钱买了杯茶喝，听坐在中央的说书人口沫横飞地讲着离奇的故事。

他勤勉肯干，因为貌丑，也不爱理人，每天站在西市，默默地卖着油灯，从来不出去玩乐。

可今日不知为什么，他竟忍不住走进了茶馆消磨时光，一边听书，一边听着周围的闲言碎语。

“你知道吗？住在安定坊的漂亮寡妇孙氏，竟然嫁给了城外付家村一位八旬老汉，据说那老汉最近发了大财。”“卖肉的张屠子的婆娘总是生病，估计定是她夫君干了不少以次充好的事，报应在她身上。”低低的耳语，像是潮水般涌入他的耳中，令他无比受用。

“再多讲一些啊……”他眼神木然，喃喃自语，嘴唇一张一合，坐在喧嚣躁动的人群中，好似一条搁浅在泥滩上的，濒死的鱼。

·三·

盈月最近有心事，连麻油鸡都拌不好了，不是忘了加盐就是多放了麻油，甚至有一天挑着担子来到夜市，却发现没带香料。

原本主顾众多的摊位，变得人气寥寥，甚至连王子进都不来了。她望着盆中剩着的鸡，愁眉紧锁，泪水盈盈，泪光中浮现出了丈夫丑陋的脸。

两人生长在同一个小镇中，王芾因为貌丑，自小就受到大家的排挤。盈月起初对他也很害怕，尤其是他脸上那块青黑色的胎记，更是让人望而生畏，导致她偶遇王芾时，都刻意离他远远的。

可是在一个春寒料峭的清晨，她洗衣时衣服顺水而下，她慌忙中去捡衣服，却不小心跌入了水中。

恰好王芾在附近捡柴，跳入水中将她救起，之后她发了风寒，他时常来她家中送些山珍野味。

她这一病就病了半年多，连定好亲的人家都嫌她久病不愈退了亲，待到秋天她病情好转时，人已经瘦得跟骷髅无异。

当日清晨，她推开了窗，就见王芾背着满满的一筐枯柴，大步流星地向自家走来，披着金甲般的晨曦，好似天神降临。

她虽然病着，但不瞎不聋，王芾对自己的心意怎能不知晓，于是在一个秋月澄明的夜晚，两人互订了终身。

小镇上最美的姑娘，居然嫁给了整个镇最丑的男人！他们一成婚，立刻被流言蜚语包围，邻居们不是说她病傻了，就是说王芾有妖法，还有人说盈月必定有难言之隐，否则怎么会嫁给如此貌丑的王芾，甚至还有人爬到她家墙头偷看。

两家人被这些流言搅和得没有宁日，每天磨破嘴皮去跟邻里们解释，可无根闲语如雨后春笋，一茬接一茬地生出来。

小两口被逼无奈，只能离开小镇，来东京城中谋生。这里没人认识他们，而且商户较多，大家碌碌不停，谁也没耐心天天讨论家长里短。

可是好景不长，就在前两日，一贯对她体贴有加、温柔憨厚的王芾，却突然像是变成了另外一个人。他先是阴沉着脸坐在家中，她换件衣服都要被盘问半天，也不再做生意，每天就跟在她的身后。

今早更是差点将她的摊子砸烂，他站在院子里打砸家什时凶狠残暴，简直像是被恶鬼附身。

有几名好心的邻居赶来相劝，却都被他骂走，而且骂人的话难以入耳，居然说人家是被盈月的姿色迷惑，才来管闲事，甚至扬言要加高墙壁，省得关不住盈月的春色。

劝架的是几个在坊里中颇有威望的老者，都头发花白，齿落眼花，莫名被扣了个淫贼的名号，气得胡须乱颤，差点倒在地上起不来。

直到王芾离开，她才敢挑着担子出来做生意，可是即便站在闹市中，她也悲伤得不能自已，看到年轻的小夫妇牵手经过，更是愣愣地流下泪来。

“子进，即便如此，你也不肯帮忙吗？”灯火阑珊处，绯绡一袭白衣，芝兰玉树地立在辉光中，遥指着远处失魂落魄的盈月。

王子进本是惜花爱花之人，此时看前几日还满面红光的盈月，如今变得如同枯萎的落花般憔悴，哪里还能坐视不理。

他捂着肿胀的眼睛，急忙看向绯绡，“快点告诉我，要怎样才能帮得上她？是说闲话吗？我去翻翻书，定能编出几个好故事。”

“不是让你说故事！”绯绡凤眼一瞥，白了他一眼，随即在他耳边低语了几句。

王子进表情凝重，连连点头。

秋风乍起，吹起了他的宽袍大袖，像是拉开了一场闹剧的帷幕。

从那晚开始，东京城的流言蜚语突然多了起来，流言听着就荒谬，但不知为何，却随着乍凉的秋风越传越盛。

王芾已经禁止盈月出门了，他每天一旦离开，就将盈月锁在家中，盈月终日以泪洗面，越发憔悴。他自己却经常在河边、茶舍、酒馆附近流连，直至天色擦黑之时才回来。

而且最近王芾越发暴躁，他甚至整夜不睡，坐在桌边，定定地望着窗外的月色。他已经很久没有理须梳头，脸上还长着青黑色的胎记，乍一看简直都不像个人。

“听说张家的老二是个贼，邻里丢的值钱物事，都是他偷的。”“谁说的，明明是赵家的老三干的。”“你见没见过盛家娘子，听说她过去是个花娘，前几年入了良籍，真有手段。”

木窗开着一条窄缝，凉爽的夜风丝丝吹入，安静宁憩，王芾却竖着耳朵听着风声，仿佛能从风里听到窃窃耳语。他越听越兴奋，索性将窗户打开，赤膊站在秋风中。

盈月蜷缩在被子里，看着行为乖戾的丈夫，吓得一动都不敢动，只能以泪洗面。

·四·

随着流言越传越盛，王芾终于坐不住了，他再也顾不上管妻子，一大早就跑到另一条街上的张家去骂，硬说张家老二是个贼，坊里间丢的东西都是他偷的。张家老二早已成家，搬离了东京，老大和父母被他气个半死，差点跟他打起来。

到了午后，他又跑到了赵家老汉家中，非说老头是个采花大盗。可怜赵家老汉瘸了一条腿，不要说采花，连走路都费劲，几乎被他骂得背过气去。

不过半天，他就搅得四邻不安，大家见他生得魁梧，又不敢拿他怎么办，只能默默忍耐。

可他刚一骂完，新的流言蜚语又起，这次又说钱家的女儿和刘家的女儿有私情，传得像煞有介事。

“真是不要脸，没出阁的女子，就跟别人眉来眼去，家里人也不知管管。”“那孙家的儿子竟日日跟地痞混在一起，不学无术，定是他勾引那小娘子的。”

次日天刚刚亮出了鱼肚白，王芾就叉着腰去孙家多管闲事。一通口沫横飞后，孙家人连连告饶，说家里只有两个闺女，早已出阁，不知他是在哪里听到的流言。

王芾像是得了失心风，每听到风吹草动就去管闲事，连卖油灯的生意都搁下不做。

原本宁静的里坊，几十户人家相处得其乐融融，这几日就像是被一杯水泼到了滚油里，炸得噼里啪啦，每天都有新的热闹可看。

这晚月色朦胧，王芾去街角听闲话未归，久未出门的盈月，悄悄披上衣服，遮住头面，溜出了家门。

今日午时，一只纸鹤居然像是有生命般振翅飞来，落在她的手中。她惊讶之余，展开了纸鹤，发现上面竟然写了几个小字：欲救夫君，亥时后巷无人处。

虽然又惊又怕，但为了王芾，她还是鼓起勇气，来到了信中所说的地点。

后巷昏暗，污水横流，遥遥可见，一个身穿白衣的美貌少年正负手站在月光下。他眼波如水，唇边似蕴着一丝笑意，一副轻松自在的模样，正是过去总光顾她摊子的白衣公子。

“公子说有办法救我官人，可是当真？”盈月看到绯绡，心中恐惧登时一扫而光，几乎要落下泪来。

“虽然我经常撒谎，可是为了那么好吃的鸡，也不能骗你啊。”绯绡轻轻地说，声音笃定沉稳，显然有十分把握，他掏出一个纸包，递给了她，“这里是朱砂，明晚你想办法将你家官人灌醉，但你千万不可睡着，到了子时，如果有人从他耳朵里爬出来，就将辟邪的朱砂撒在他的周围。”

“人？从耳朵里爬出来？”盈月讶异不已，声音都吓得微颤。

“没错，你记得要装睡，千万不要被识破。”绯绡拉起她的手，将纸包放入她的掌心，“他能否得救，就在此一举！”

盈月握紧纸包，像是握住了一个希望，刚想朝绯绡施礼道谢。却见眼前只有树影轻摇，月辉如银，哪里还有白衣美少年的影子？

流言越传越盛，王芾也闹得越来越凶，搅得四邻不安，鸡飞狗跳。坊里间的住户终于觉得不对劲，开始追查流言的源头，有人说这些都是听茶馆附近的一个书生说的，那书生鬼鬼祟祟，一只眼睛被打得乌青，一看就不是什么好人。

邻里们冲到茶舍中去围堵书生，可是忙活了一天，也没有看到他的影子。

当晚天色阴沉，乌云蔽月，王芾面色阴郁地坐在家中喝闷酒。他难得没有跑出去，因为今天竟然一整日没有流言蜚语可听。盈月小心翼翼地为他斟酒，手却轻轻颤抖，心跳得飞快，如奔马般难以平息。

很快王芾就喝得迷迷糊糊，倒头就睡，盈月握紧了手里的纸包，听着他的鼾声，紧张地等待着子时的到来。

莹白的月影，渐渐爬上了天心，一丝几乎轻不可闻的私语，随着夜风从窗缝中飘进来。

“你听说了吗？近日要有大事发生……”声音说到一半，突然不说了，十分吊人胃口。

盈月手心出汗，这声音在夜半听来，显得诡异可怕。

“听闻那卖油郎的娘子，实在受不了她得了疯病的官人，要跟人私奔了。”声音刻意压低，却盖过了王芾如雷的鼾声，清晰地传到了房中。

“是谣言，好想听啊，可是这蠢货睡得如同死猪，真是急煞我了！”一个细小的声音从王芾的耳中传来。

盈月紧紧地闭紧双眼，吓得一动也不敢动。

“没办法，只能自己走出去听了，反正只有一时片刻，应该不会坏事……”

盈月悄悄睁开眼睛，只见黑暗中，一个尾指大的小人，悄无声息地从王芾的耳中爬了出来。他敏捷得像个跳蚤，几下就蹦下床，钻出了窗缝。

她想到绯绡的叮嘱，一刻也不敢耽误，拿起朱砂就在王芾身边画了一个圈。

而在窗外，王子进正蹲在她家的墙根下，捏着鼻子说闲话，他边说边仔细观察墙头。只见一个极小的影子从墙头跳了下来，他忙扬起早已准备好的网兜，兜头就朝那小小黑影上蒙去。

“哇，有埋伏！”哪想到小人竟然十分灵敏，飞快地躲开了。

他几下就翻过院墙，钻进了王芾的睡房，想要再躲进王芾的耳中，可此时王芾身边全是朱砂，他再也回不去了。慌乱中他抬头望向盈月，哪知盈月双手抱头，将耳朵牢牢堵住。

“浑蛋，是谁在算计小爷？”他终于发现不对劲了，飞快钻出窗缝，翻过院墙，朝王子进扑去，那是他唯一的活路。

王子进正拿着网兜在墙下等他，见他跳下来，兜头就网。哪知小人一落地，骤然变大，居然变成了个小山般高大的巨人。

巨人浑身长着红毛，双眼大如红灯，一只脚都有一丈来长，匍匐在街上，将宽敞的街道都衬托得如同蚯蚓般细小。

王子进吓得目瞪口呆，手一抖，网兜跌落在地。

·五·

“怎么跟说好的不一样？不是个不到三寸的小人吗？”王子进眼眶乌青，两股战战。他觉得这次不光是挨揍那么简单了，可能连小命都会不保。

“谁说我小的？让你这呆子看看我的厉害！”巨人怒吼着一巴掌朝他拍去。

王子进只见一个磨盘大小的手掌当头压来，根本躲闪不及，只能抱头等死。哪想到等了半天没等到预料中的重击，却等来了一阵轻蔑的笑声。

只见绯绡正站在自己身后，手持玉笛，轻而易举地顶住了如小山般的手掌。

他一袭白衣在夜风中招展，宛如白鸟般轻盈飘逸。一张俊美的脸上尽是得色，仿佛站在面前的不是庞大魔怪，而是蜉蝣小虫。

“雕虫小技！也敢在本公子面前卖弄！”他飞快地旋转玉笛，转出了一个真空的旋涡。

巨人瞬间被卷入旋涡中，哀叫连连，身体飞快缩小，不过眨眼工夫，就变成了一个小人，瘫坐在绯绡的手掌中。只见他不过半寸大小，身穿一件小褂，表情沮丧，居然是个袖珍男童。

“这是个什么妖怪？”王子进见这小童有趣，也凑过来看热闹。

“是‘耳中人’，寄生在人类和动物的耳朵中，以流言蜚语为食物的妖怪，经常在野外出现，市井中也有，但他会导致被寄生的人精神失常。”绯绡伸出长指，捅了捅掌心中的小童，“因为凡被他寄生的宿主，为了制造更多的流言，没事就找别人麻烦。”

“哦，这么说他虽然小，却是个大祸害？”王子进只见小童眼眶微红，似要哭出来。

“没错……还擅长挑拨离间。”

“这位公子，听我说一句……”绯绡话音未落，只见小童指着王子进道，“这呆书生很倾慕你，很想跟你云游四方，更是羡慕你的长生不老，别看他喜欢美女，其实他……”

小童刚说了一半，绯绡长指一弹，就将他弹了个跟头。

“你离开宿主，一炷香的工夫就会死吧？死到临头还在胡说八道！”绯绡红唇微翘，冷笑着道。

“你我无冤无仇，何必要逼我到绝境？”小童果然不再说是非，他阴沉着脸，表情变得狠辣，居然跟疯病发作时的王芾一模一样。

“那要问你自己了，好好地在野外过逍遥日子不好吗？非来这闹市中蹚浑水！”绯绡说着，五指一紧，就要将他活活捏死。

“不要！”王子进于心不忍，忙要阻拦。

可就在这时，他只见一个黑影如跳蚤般敏捷，飞快地钻出了绯绡的指缝，疾向他面门扑来。他要躲避已经来不及，只觉耳朵一痒，似乎有什么东西要钻进去。

绯绡冷哼了一声，手指在袖底微动。只见王子进的耳朵中骤然长出了两蓬白色的密密实实的毛发，堵死了耳孔。

“浑蛋，你居然在他耳中事先放了狐毛！”小童大叫一声，气急败坏地从王子进肩上跳下来。

他环顾了一下四周，突然在墙壁间纵跃，猛地扑到了一个阴暗的角落。

随即只听暗影中传来了一声惊呼，一个高大身影从巷子里惊慌地跑出来，那人英姿勃发，穿着件坠着皮草的锦袍，使劲地挖着自己的耳朵。

“哇！怎么是你？”王子进一见到他，立刻躲到了绯绡身后，因为这人不是别人，正是他们在琉璃楼的密室中放出来的白猿妖怪。

绯绡得意地捋了捋绸缎般的长发，凤眼中满含狡黠，“怎么样？尝到了自作自受的滋味了？这种妖怪很少在市井出现，早就猜到是有人将他带入了城中，现在你也享受一下被流言蜚语包围的感觉吧。”

“浑蛋！我们之间的账，等以后再算！”青年恶狠狠地丢下一句话，身影轻轻一晃，就消失在夜风中。

“想跟我作对，也不掂量自己几斤几两！”绯绡看着他消失的地方，冷笑着说，“怪不得会被个书童算计，想不到竟笨成了这样！”

身后传来吱呀一声轻响，王子进回头看去，只见盈月满脸泪水，打开了自家房门。她趔趔趄趄地跑到两人面前，对他们盈盈一拜。

而随后一个高壮的影子蹒跚着走出来，他头发蓬乱，衣着肮脏，朦胧月光下，脸上一个青黑色的胎记清晰可见。可是他双目澄明，面容平静，紧紧握着双拳，似乎心怀愧疚。

正是方才还失心风一般的王芾。

“谢谢二位恩公……”王芾走到二人面前，扑通一声跪在了地上，堂堂七尺男儿，竟然眼含泪光，“其实我一直觉得自己貌丑，配不上盈月，所以一受妖怪挑拨，就按捺不住自己的心性了。”

“相公，我从未嫌过你啊，更没觉得你配不上我！”盈月激动地抱住了丈夫，“只要你清醒了便好，之前发疯的时候，我还以为你心中不再有我。”

两夫妻抱头痛哭，绯绡却长长打了个哈欠，显然是困了。他活了千年，早就看惯了生离死别，这种鼻涕一把泪一把的戏码，只会让他觉得厌烦。

“这位娘子，有句话，不知小生当不当说。”王子进见夫妻二人哭个没完，忍不住插嘴。

“公子是我们的恩人，有话尽管说。”盈月擦了擦泪水，抽噎着答。

“你相公之所以发疯，虽是受了妖怪的挑拨，但更主要的，还是因为实在太看重你了。”他摇头晃脑，颇有经验地说，“所谓爱是恨的来处，他如果不是爱你入骨，怎会有疯癫痴狂？”

两人愣了一下，随即王芾拼命点头。

“而且只有在真心喜欢的人面前，才会觉得自卑，在我看来，这位大哥身材魁梧，伟岸可靠得很啊！何必在意别人的说法？”他滔滔不绝，看着王芾道，“而且你发失心风的时候，人不人，鬼不鬼，你家娘子也半分没有嫌你，不离不弃，可见她对你用情至深，根本不会在意你面容如何。”

王芾愣了一下，感动地看向妻子，紧紧地握住了盈月的手。

“所谓众口铄金，积毁销骨。流言可畏，积非成是。生活是自己过的，如果活在流言之中，才真正可悲。”

眼见两夫妻和好，王子进觉得颇有成就感，得意地挺起了胸脯。

“子进，想不到你还是当和事佬的一把好手。”绯绡则懒洋洋地倚在墙边，眼角带风地看着手拉着手，互相擦眼泪的一对夫妻，“我只想知道，明天凉拌鸡的摊子，还会不会出？”

盈月破涕为笑，连连点头。王子进则摇头叹息，觉得他简直是块冷硬的石头，不解风情。

从此东京城中再也没有了古怪的流言蜚语，王芾恢复了正常，又变成了昔日辛勤劳作、心疼妻子的汉子，而且两夫妻更加恩爱，他的脸上时常挂着爽朗的笑容，连那块丑陋的胎记都变得不那么刺眼了。

盈月的凉拌鸡摊位前又变得客流如云，每天晚上，都有王子进拎着大食盒，在人群中排队的身影。

“你跟他们都混得那么熟了，就不能让她相公把鸡送到咱们住的客栈吗？”到了第七天，站得腰酸腿疼的王子进，终于忍不住抱怨。

“因为排队，可是吃鸡的乐趣之一啊！”绯绡拿出早已温好的菊花酒，宛如狐狸般眯着双眼笑。

“可排队的是我！”王子进朝他咆哮。

“所以我才说是乐趣嘛！”

“啊啊啊——”秋日澄明的夜空中，一个凄厉的声音冲破云霄，直达天际，是王子进绝望的哀号。

第六夜 ◆ 花非花

春月朦胧，春水涌动。

一座破败的小庙，坐落在芳草深处。月光好似碎银，照亮了庙宇残缺的瓦片和斑驳的墙壁。

庙中的摆设也凌乱破败，无处不散发着寒酸之气。

蛛网密布的佛堂中，供着一尊泥金观音雕像，菩萨身上的漆彩剥落，只有面目平和从容，慈悲如昔。

“菩萨啊，求求你保佑我，心想事成……”一个瘦弱的身影跪在蒲团上，低声许愿。

那是一个梳着同心髻的少女，衣饰廉价而艳俗，做花娘打扮。她面容清瘦白皙，一双大眼睛深深地陷在眼窝中，漆黑幽森，宛如两口深井。

“我近日遇到了万家公子，祖上是做木料生意的，可我从未告诉他，我是烟花女子。如果不是家道中落，我也不会流落风尘……”她咬了一下嘴唇，继续说，“明明我跟万郎很匹配的，却不知该如何跟他开口坦白……”

夜风平地而起，吹得庙门咯吱作响，吹得草屑纷飞，让她几乎睁不开眼睛。

一个黑影，悄无声息地出现在了庙门前。

“如果，能完全抛弃这低贱的身份就好了……”小花娘完全没留意到门旁的影子，仍虔诚地对着菩萨磕头，“求您让我能嫁给万郎吧，这是我这辈子最后的机会，让我付出任何代价都可以……”

“你说的是真的吗？”黑暗中响起了一个沙哑低沉的声音。

少女吓得浑身一僵，忙回过头，只见庙门口正站着个衣衫褴褛的和尚。他头戴斗笠，遮住了面容，手托着个化缘的铜钵，听声辨形，似是个年迈的老僧。

“我问你，你说的付出任何代价也可以，是真的吗？”老僧敲了敲铜钵，声音中有金石之音，尖锐刺耳。

“是、是的，我不会后悔！”她双眸中隐含坚毅，咬了咬嘴唇，“只要能完全抛弃这低贱的、不堪回首的过去，一丝也不留！”

“我可以帮你……”老僧缓缓向她走来，从怀中掏出一个物事，递到她的面前，“拿着它，仔细收好，你的愿望会成真的。”

少女后退了两步，根本不敢接。

“嘿嘿嘿，如果你不想办法搏一搏，余生就只能在泥泞中挣扎。”

那是比死更可怕的处境，恐惧被更大的恐惧战胜，她打了个寒战，扑过去接过了老僧手中的物事，完全没细想，一个出家人为何会说出恫吓的话。

“我、我需要做什么吗？”她近乎急切地问。

“你只需把它放在枕边，每天子时，心中想着自己的愿望，慢慢就会发生变化。”老僧干笑了两声，“很快，你会连自己是谁都忘了，包括我们今晚的邂逅。”

“那报酬呢？不要报酬吗？”

“好好保管我给你的物事，至于报酬……”他朝少女扬了扬斗笠，任风吹起破败肥大的僧衣，“待合适的时机，我自会来取！记得，千万不要把它弄丢了！”

说罢他踏出了庙门，身影如夜雾般化入清风，只有明媚春月探出林梢，洒下淡淡月光，好似他从未出现过一般。

少女浑身虚脱地倚在门框上，过了许久，才慢慢离去。她脚步趔趄，在杂草里摔了几个跟头，但手中却始终紧攥着老僧送给她的物事，仿佛抓着的是个珍贵至极的希望。

林中很快恢复了寂静，破庙中再也没有虔诚跪拜的人，只有夜风呜咽。而神龛上的菩萨，纵然残破狼狈，脸上仍挂着一丝若有若无的微笑，宽容而慈悲。

· 一 ·

恍然之间，深秋已至，枫叶染上白霜，清冽的冷风中，已经能感受到冬的气息。

东京城中日趋冷清，连集市上的人都少了许多。而喜欢看美人的王子进，也难得地坐在房中，烘着暖炉，抱书苦读。

可不读还好，翻了几页书，他才发现，经过一年玩乐，他竟把之前背过的书忘了个精光。以他现在的这点墨水，不要说三年，估计再考三十年，榜单上也不会有他的名字。

“唉，真是的……”他不耐烦地抓头，看向躺在暖炉边，边烤鸡腿边吃的绯绡，

“你说我如此爱游山玩水，喜欢佳人，是不是小时候的错？”

“说来听听！”绯绡优雅地吃掉了一条鸡肉，懒洋洋地答。

“先说我父亲，我开蒙之时，他没送我去私塾念书，后来进了书院，也跟不上先生的讲授。我自小玩惯了，哪里坐得住板凳，就越来越散漫。”王子进像煞有介事地在屋中转来转去，边回想边说，“还有书院的对面就是个卖字画的，天天在门口挂些美人图诱惑我们这些学子，我忍不住就买了一些，结果越看越入迷，变得如此喜欢美人。”他说罢连连叹息，“如果能把这些经历从生命中剔除，搞不好我也会变成个闻名一方的才子。”

绯绡冷笑了一声，瞥了他一眼，“真是有趣！我活了这么久，只见过人类将过错推给别人，还从未见过像你这样，将过错推给过去的自己的。”

王子进不好意思地笑了笑，好奇地问：“绯绡，你有没有一种药，可以把我的过去抹杀，让我变成一个没有过去的人，重新开始呢？”

“有啊……”绯绡眼风如刀，轻轻地答，“再投一次胎就可以了。”

王子进默不作声，老老实实地坐回桌前，拿起书认真翻看，一个下午都没再说过胡话。

绯绡则钻进了厚厚的被子中，陷入了沉睡，睡颜英俊中透着秀美，纯良无害，哪里还有冷酷薄情的模样。

晚秋的夜总是来得格外早，申时刚过，天幕就宛如被水墨晕染，飞快地变成了蒙蒙的黑。街灯一盏盏被点亮，城中华灯初上，像是将整个星空搬到了人间。

王子进正专心读书，闻听耳边传来阵阵叩门声，他好奇地跑去开门，可一打开大门，脸色就吓得惨白。因为门外站着一个身穿青色衣袍，秀发披肩的俊美男子，而且还有一个梳着丫髻的女童，正扁着嘴跟在他的身后。

这美男子不是别人，正是每次出现都会带来麻烦的惹祸精青绫，而跟他不离不弃的女童，则是个有个苍老灵魂、永远不老不死的怪物六月。

“绯、绯绡，青绫来了！”王子进一见到他们，立刻头大如斗，但仍挤出虚伪微笑，呼唤绯绡。

“怎么不提前说一声再来？”绯绡也披着白衣，迎了出来，但即便蠢笨如王子进，也看出他眼底毫无笑意。

青绫一把推开王子进，姿态优雅地走进了房中，笑眯眯地答："如果提前通报，你会老老实实地在这里等我？"

"是啊，青绫还刻意隐藏了妖气，就是怕被你发现。"六月蹦蹦跳跳地跟在青绫身后，"这是我的主意，怎么样，还不错吧？"

绯绡但笑不语，只为他们倒了两杯茶水。

青绫接过茶并不喝，将水泼到地上，香茗一倒出杯子，瞬间就变成了两条白色的肉虫，好似春蚕。

"这不是害人的，只是想让你们睡个好觉。"绯绡见下咒被拆穿，居然仍面带微笑，脸皮奇厚。

"算了，上次你骗我的事情，从此一笔勾销，谁让我宽宏大量呢。"青绫摆了摆手，似乎不以为意。

王子进瞪圆了眼睛，绕着他转了两圈，仿佛第一次认识他似的。青绫一贯贪财，对于别人亏欠他的，不十倍讨还绝不会善罢甘休。上次绯绡以狐毛代替梦魂草摆了他一道，居然就这样轻描淡写地过去了，简直难以置信。

"你真的是青绫吗？是不是被什么附身了？"

"谁敢附我的身呢？你这书呆子，再多嘴就把你变成只猪卖了！"

王子进吓得把嘴闭得紧紧的，捧着书本躲到了墙角，唯恐真会被变成一只猪。

"你口中的'一笔勾销'，是指遇到了什么棘手的事，让我帮个忙，顶替了上次的事吧？"果然还是绯绡了解同类，一语道破了他的心事。

六月偏着脑袋，瞪着水汪汪的大眼睛，走到绯绡身边，抓着他的袍角哀求："绯绡，帮帮我们吧，这事十分难懂，我们想了很久也想不出原委，才来找你。毕竟狐狸里面，你是最聪明的一个！"

所谓千穿万穿，马屁不穿。绯绡没说答应，却不自觉地昂起了胸膛，扬扬自得。

"你们俩到底又遇上什么事了？说来听听。"王子进抱着书凑过来，毫无趋吉避凶的意识。

六月爬到了青绫身边，倚在他的身上，心情沉重地说出了最近两人的奇遇。原来月余前，扬州有个木材商家的主人生了病，高价悬赏能治病的名医，出的价钱能令世间所有人心动。

一贯对金钱敏感的青绫自然也听到了风声，带着六月赶到了扬州，可是没想到两人查了很久也没查出什么，那位主人只是单纯地陷入了沉眠，毫无妖怪作祟的迹象。

名医来了一茬又一茬，也找不出任何病患。唯一的欣慰是，悬赏的金额水涨船高，只要谁能令这位主人醒来，就能大发一笔横财。

“如果解决了，我们平分吧！”绯绡听六月说完，凤眼带笑，看向青绫，显然也对这件怪事产生了兴趣。

“四六，你四我六，毕竟是我带来的消息！”青绫跟他讲价。

“就这样吧，看在上次那桩事的分儿上。”两人很快达成了一致。

灯光下，他们不约而同地笑了笑，眼睛微弯，像两只狡猾的狐狸。

“小六月，我想跟你打听一下，这家里面可有佳人？”王子进悄悄问向六月。

“当然有，据说这家主人生病，就是因为家里的长孙执意要娶一位身份低贱的花娘，那位女郎貌若天仙，可美得很呀！”六月生怕他不心动，还眨巴着眼睛补充，“而且扬州除了富人，最著名的就是美女了。二十四桥明月夜下，随处可见貌美的玉人。”

“绯绡，我也去！”王子进一把丢掉书本，凛然道，“所谓读万卷书不如行万里路，我不能总是死读书，得跟你们去长长见识。”

各怀心事的一行四人难得达成一致，决定明日就起程，前往扬州。

·二·

次日阴雨绵绵，冷风凄人。四人来到了汴河码头，乘上了青绫以低廉的价格包来的船。

船篷四面漏风，驶到河心处，恰逢大雨，浇得四人皆成了落汤鸡。

热爱享受的绯绡长发尽湿，脸色越来越冷，如果不是在运河之上，怕是就要跟青绫动手打架。

青绫对他刀风般的目光视而不见，时而望望天，时而看看河水，更多的时候，则是掏出了钱袋子，掂了又掂。

所幸船顺水南下，天气转暖，当和煦的阳光照亮了乌篷船，人心底的阴郁也一扫而光。

渐渐河中出现了画舫游船；岸边的柳堤下，有窈窕的女子结伴赏秋；微凉的风中，偶尔也夹杂着一两句婉转柔媚的歌声。

王子进兴奋地站在船头眺望，知道扬州就要到了。

当日傍晚，小船就抵达了扬州城，即便即将入夜，码头上仍喧嚣熙攘。

随处可见金发碧眼的胡商和皮肤黝黑的昆仑奴，跟东京城带着严谨和秩序的热闹不同，这里的气氛更绚烂奢华，无处不流露着金钱的气息。

王子进一双眼睛像是不够使，跟在绯绡和青绫身后，拉着六月的手，向木材商家中走去。

据青绫说，这户人家姓万，祖上出身北地，以伐木工起家。后来在扬州开了家木料厂，生意越做越大，将木头制品通过运河运向了四面八方，不过短短十几年，就几乎垄断了整个扬州的木料市场。

如今主事的主人突然病倒，家里家外都乱成了一团糟，已经有竞争对手开始拉拢子孙辈，怂恿他们趁机分家自立，好瓦解万家。

“所以万家才肯出高价让人来为家主医病，皆是因为形势已经失控。”青绫兴奋地搓着手，“最好再乱一些，悬赏的价格还能往上提。”

“可是发生这种事，难道不该尽力隐瞒？怎么会宣告得路人皆知呢？”绯绡仍有些不解。

“听说起初也瞒过，可不知是谁走漏了风声，再也瞒不住了。既然如此，还不如高价悬赏，搞不好还能有一线生机，总比之前偷偷摸摸地找郎中看病的好。”青绫说着，脚步不停，一路带着他们走到了上城。

跟罗城的人来人往不同，上城的宅邸明显大了许多，路面宽敞干净，可行人却稀稀拉拉，甚至一路走来，竟然能够看到价格昂贵的马车。

王子进跟在这两位美少年的身后，很快就来到了一户大宅前。远远望去，只见宅院门口围了几名江湖术士，院内更是冒出一股香烛味，哪里像户富贵人家，倒像是到了座庙前。

青绫上前跟守门的说了两句，显然跟这家人混得极熟，守门人连通报都没通报，就让绯绡等人走进了宅院。

出乎意料，院子里的陈设极为简单，只有奇花异草，在秋风中争相绽放着最后的光华。根本没看到富人家惯有的亭台楼榭、假山珊瑚，一路上只看到了几处木质景观。

“这家的主人不喜奢华，但是出手却极为大方。”青绫为他们解释，“而且近日因人员繁杂，女眷都搬离了主屋，进出才如此容易。”

四人刚刚走入内院，就有一位身着仆人衣服的中年管家来替他们引路，青绫一路对绯绡大加赞赏，管家却愁眉紧锁，连乐都乐不出来，显然已经绝望。

院子里有道士焚香画符，有和尚在念经祝祷，还有巫师在跳舞驱邪，比夜市里的杂耍还热闹几分。

管家详细地跟绯绡讲解了主人家的病情，丝毫没有怠慢。

听他说来，主人发病的前一晚，跟长孙吵了一架，因为年少气盛的万公子非要娶一位身份低贱的绣娘为妻。

如果光是如此就也罢了，更气人的是，有人经多方打听，那绣娘根本就是个风尘女子，是遇到了万公子后才想办法脱离了贱籍的。

可万公子从小养尊处优，心思单纯、任家人们说破了嘴皮，也不相信自己的心上人是个流莺歌女，跟自己的家人据理力争，结果一番大闹后，就将万家的顶梁柱气病了。

王子进转了半天也没看到一个佳人，听他们说得无聊，百无聊赖地打了个哈欠。

“这位公子，此处就是主人的卧房，最好越少的人进去越好，免得叨扰。”管家谨慎万分，连说话的声音都压低了。

“绯绡，你跟子进进去看看吧，我跟六月之前进去过。”青绫拍了拍绯绡的肩膀，俊脸上满是凝重，再也没有了平时的嬉皮笑脸。

“我是不是可以不进去啊？我只是来帮忙的，进去了也没用……”王子进一想到里面躺着的是个将死的病人，就开始打退堂鼓，他来扬州是看美人的，谁要看什么活死人？

可他话刚说了一半，就被绯绡提着脖颈拎进了房中。

一进房间，扑面而来就是一股药香，只见卧房中的陈设皆是名贵楠木或者酸枝木制成，几个婢女小童正忙着熬药，看样子是打算以药气为自家主人做熏蒸。

药气萦绕中，可见那些木头摆设颇为有趣，靠在墙边的貌不起眼的五斗橱，一拉开门，竟然四面展开，变成了个能装上百个药瓶的隔箱。

条桌也暗藏玄机，一个婢女见桌上已经摆满了药材，轻轻一拉，从桌面下又拉出来了一截，变成了个圆桌。

王子进看得颇为惊异，终于明白，这万家的木材制品为何会垄断扬州，全靠这些心思巧妙的设计。

他跟在绯绡身后，来到了床榻前。只见重重锦被中，正躺着一个形容枯朽的人。那人双颊塌陷，脸色蜡黄，显然已经病了许久，几乎就是个骷髅了。

王子进只看了一眼，就别过了头，不想再看。

倒是绯绡仔细地端详着这位濒死的病人，剑眉微蹙，漂亮的丹凤眼中满含专注，似乎想要找出蛛丝马迹。

屋子里闷热而潮湿，药气蹿入鼻翼，让他几乎无法呼吸。王子进待了一会儿，就觉得气闷难挨，几乎要晕倒在地。

他忙跌跌撞撞地向门口走去，临出门前，似乎听到绯绡轻轻说了一句：“奇怪，怎么会有这种东西？”

他刚想问是什么，脚下就被门槛一绊，重重跌出了卧房。

·三·

“呀，子进，何必向我行如此隆重的大礼？”他扑通一声趴在走廊上，正摔在青绫面前，青绫扶了他一把，调侃地笑。

可他不笑还好，一笑起来院子里满院子的巫师僧侣都看向他的所在。此时王子进摔得浑身灰土，头巾掉了一半，好似只斗败的公鸡，格外狼狈不堪。那些人碍于主人家的悲惨处境，只能拼命忍笑，憋得脸色涨红，滑稽无比。

王子进手忙脚乱地爬起来，看他们怪异的表情，登时羞得无地自容，这比被骂一顿更让他难受。

他脸色通红，结结巴巴地说了句“告辞”，拔腿就向后院跑去。

不知跑了多久，他才停了下来，只见自己已经跑出了万家大宅，正站在后门的小街上。此时天色方晚，月影刚刚爬上林梢，灰蓝色的天空中，点缀着几枚碎钻般的星子，而西边的天空中，还有一抹紫红色的瑰丽霞光，依依不舍地挂在天边。

此时并非白日，也并非黑夜，让他恍然有一种身处时空边界的错觉。

“这正像是现在的我……”他望着东边月影，西边晚霞，不无感慨。他跟绯绡结为好友，岂不正是游走于人妖两界之间?

“嘻嘻嘻，真是有趣！”

他正在感怀心事，却听不远处传来娇俏的笑声，只见一个圆圆的小脑袋从对面街的墙角探了出来，又飞快消失了。

王子进愣了一下，随即拔脚追了过去，可到了跟前，那人已经不见了，高墙与高墙中，传来了细碎的脚步声，显然还没走远。他循声而去，很快就走到了死胡同里，仍然没有看到任何人。

他打量了一下周围，只见右侧的墙边放着几个装杂物的竹筐，似乎是哪家的园丁扔出来的。他眼珠一转，蹑手蹑脚地走到了一个筐前，一把掀开，只见里面正蹲坐着一个身穿桃红色襦裙、淡蓝色上衣的少女。

“呀，被你发现啦！真不好玩。”少女吐了吐舌头，一点也不害怕，站起来扑了扑裙子上的尘土，转身欲走。

“等等！”王子进忙叫住她，“我有事问你。”

少女驻足停步，瞪着一双乌溜溜的大眼睛，偏着脑袋看他，似乎十分诧异。

“你、你为什么要笑我……”王子进想到万家院子里那些人忍俊不禁的样子，越发自卑，“我、我真的那么好笑吗？明明不认识，你也笑我。”

“没有啊，我笑的不是你，是我自己！”她笑着回答，“刚才看你怅然若失的样子，跟我的心情不谋而合，所以才笑出来了。”

“你是什么心情啊？”

“跟你的一样啊！”她仍面带微笑，迈着欢快的步伐，走出了巷中。

此时天已经完全黑了，秋夜广阔深邃，星月争辉，似乎多看几眼，连人的灵魂都会被吸进去。王子进不愿回到万家大宅受人讥笑，在扬州又没有落脚之处，站在街头徘徊，不知该去往何处。

“喂，请我喝杯酒吧，我叫花蕊。”本已走远的少女又折了回来，俏生生地站在高墙下，笑看着他。

王子进阅美无数，可此时流落在异乡街头，形单影只，竟恍然觉得这少女的笑容美艳不可方物。

她虽不是绝色，但浑身散发着勃勃生机，笑起来也不似其他女人般以袖掩嘴，露出雪白的编贝细齿，如初升的晨晖般绚丽夺目。

“好呀！”他点了点头，跟在花蕊身后，“我叫王子进，你叫我子进便可。”

“子进啊，好名字！取名的人是要你天天上进吗？”花蕊又开他玩笑。

“惭愧、惭愧，小生太过贪玩，辜负了家人的期盼，一点也不上进。”王子进不好意思地挠着脑袋。

花蕊脚步轻捷地走在前面，她对扬州城似乎十分熟悉，七拐八拐就带他离开上城，走上了一条青石板路。扬州临水而建，城中水道交错，石板路的一边是沿河而居的住家，而另一侧就是曲折的河道。

有窈窕的女子在河中洗衣，还有人乘船悠悠荡过。月光水影交相辉映，宛如水墨画般静谧迷人。

“王公子，我们去船上喝酒如何？”花蕊见一个艄公撑着长杆缓缓驶过，也不待王子进同意，就招了招手。

王子进还有些犹豫，但看她一个姑娘家都对自己毫无戒心，如果自己处处多疑，未免显得小气，只能提着袍子，跟在花蕊身后，坐进了小船。

船上有简单酒菜，两人点了一坛女儿红，就着天上明月，潺潺流水，对饮起来。

“其实，我守在万家门外，是为了等人的。”两杯暖酒入喉，花蕊面色绯红，轻轻地说。

王子进见她神色哀伤，不便多问，只为她将空了的酒杯斟满。

“公子如何不问，我等的是谁？”她眨巴着大眼睛，好奇王子进的沉默。

“因为你心中苦闷，只想找人倾诉，偏巧遇到了素不相识的我。”王子进喝了杯酒，微笑着答，“即便说出再多的心事，也不会妨碍你的生活，我又何必多嘴？反正放下酒杯，走出这小船，你我又是天涯陌路人。”

“陌路人吗？说得好！”花蕊轻轻拊掌，拍手笑道，“我等的就是万家的公子，名唤万云骏的那位，我们是在一个下雨天，因借伞相识。后来又见了几次面，聊得十分投机，可是近日他却不来我们约会的地方找我，我实在等不及了，才来万家日日守候。”

“姑娘是担心万公子会变心？”王子进听她说了一半，就已猜到她的身份，想必她正是万家长孙极力要迎娶的绣娘，“姑娘尽可放心，万家主人最近卧病不起，家中乱成一团，等他处理完家务事，自会来找你。”

“是吗？我还以为他是嫌我身份低贱……”花蕊叹息一声，轻轻把玩着酒杯。

酒色染红了她白皙饱满的脸庞，好似两朵彤云，衬得她容光艳丽，眸色更深，几乎可以算得上是个美人了。

王子进看着她的容颜，不由得愣了一下。他时至今日，才终于明白，美人之所以美，在于内心的百转千回，愁绪万结。

毫无经历的女人，即便再美，也如浮光掠影，令人转眼即忘。

“王公子，我再告诉你一个秘密。”花蕊喝了两杯酒，话更多了，“其实我骗了万郎，只说自己出身贫苦，却没有告诉他，其实我是个卖酒的花娘。”

“他不会介意的。”王子进听人讲起万云骏大闹家门的壮举，连连摇头。

“还有，我无论如何想不起自己住在哪里。”

“啊？”这次王子进笑不出来了，端起酒杯的手也僵在半空。

河中波光粼粼，河边花影摇动，有歌女倚在桥栏，柔声软语，唱出离别的曲调。王子进愣愣地看着花蕊明媚的容颜，竟觉乱花迷眼，不知这少女究竟藏了多少秘密。

·四·

万家大宅中，绯绡快步走出了病人的房间，到处找不到王子进的踪影。他闻着王子进的味道，追到了后院，却见青绫也正在月下徘徊。

“哎呀，子进不见了，我看他红着脸跑到后院，还以为他是怕人，一会儿就会回来。”青绫抱歉地看着绯绡，“不过他应该走不远，很容易就能将他找回来。”

“好吧，刚巧我也要出去找个东西。”绯绡皱着眉道，“如果没猜错，万家主人的病因，就在于此。”

“这是什么？”青绫十分讶异，他全部心思只在昏睡的病人身上，根本没留意别的。

绯绡伸出手掌，只见他掌中托着一个三寸见方的盒子，盒子边缘磨得变成了淡淡的黑色，显然经常被人把玩。

“这是……”青绫奇怪地问。

绯绡打开了盒盖，只见盒子中空无一物。青绫想了一会儿，突然像是明白了什么，眼中现出慌乱神色。

“必须尽快找到，否则万家主人必死无疑。”绯绡似看透他的心事，点了点头，语气凝重。

两个美少年再也不敢耽搁，青绫衣袖一展，袖底翩然飞出一只白色纸鹤。纸鹤飞速变大，很快就如同一艘小船般大，青绫和绯绡跳上纸鹤的脊背，青绫一声呼啸，纸鹤振翅而飞，载着他们缓缓飞了起来。

它越飞越快，眨眼间就冲上云霄，消失在扬州城清辉万里的夜色中。

夜色渐浓，月光越发明亮，正如诗人所说，“天下三分明月夜，二分无赖是扬州。”月辉下的扬州，比白日的纸醉金迷更添了几分神秘，街边灯光闪烁，火树银花，拱桥上有少女身姿翩然地走过，宛如仙子夜游。

王子进坐在小舟中，顺水而下，却无心欣赏着这月下美景，皱眉看着花蕊，不知该如何是好。

“王公子，别那样看我。”花蕊倒了杯酒，跟他手中的酒杯碰了碰，将杯中酒一仰而尽，失望地说，“你我萍水相逢，本是缘分，所以我才将真话说给你听，想不到你竟然会怕我……”

“姑娘喝多了。”王子进也喝了口酒，只觉舌尖苦涩，欲哭无泪。

他在如此良辰美景下，偶遇佳人，本以为会有场艳遇。哪想到这姑娘不仅是万家公子的未婚妻，脑子还不灵光，看来他果然是八字不好，遇到的美女都没有正常的。

“所以我才说王公子像我啊，刚刚你站在街上，那种怅然若失的样子，简直跟我一模一样。”花蕊喝多了，话也多了起来。

“明明一点也不像！起码我还记得家在哪里！”

“其实我还有一个最大的秘密。”花蕊笑嘻嘻地看着他，“你想不想听？”

“一点也不想！”王子进立刻觉得头大如斗，连连摆手，“姑娘累了，我们快回去吧。”

“等我想清楚了才能回去呀……”她迷迷糊糊地一把抓住了王子进的衣袖，“不然你带我回万家吧，我正好去找万云骏问个清楚。”

王子进忙吩咐艄公靠岸停下，掏出身上所有的银子付了船资和酒菜钱，跌跌撞撞地扶着她走到了街上。

青石板路沿河而造，曲折蜿蜒，走着不少夜游玩乐的人，他们看到王子进和花蕊相互依偎的样子，都不约而同地掩嘴微笑。

花前月下，少年和少女情到浓处，难免会有失礼节。可是他们看起来丝毫没有猥琐，只令人觉得青春美好。

“不！不是你们想的那样！我真的跟她不熟啊！”他看着路人们暧昧的眼光，恨不得立刻跟这个头脑混乱的醉酒少女撇清关系。

而就在这时，风中传来了叮当叮当的轻响，是化缘的僧人在敲着铜钵。

王子进回头看去，只见一个衣衫褴褛的老僧，正在挨个向路上的行人讨饭化缘。在东京城的夜市中，也时常有僧侣出没，他见怪不怪，不以为意，只想如何摆脱花蕊。

“嘻嘻嘻，我没说的秘密，你真的不想知道吗？”花蕊抱着他的胳膊，根本不肯撒手，娇滴滴地问。

“说吧，说吧……”王子进只能哄她，“说完了，我就把你送到万家怎样？我让绯绡把万云骏弄出来见你，他那么有办法，一定会让你们见上面的。”

摆脱一个烫手山芋的最好办法，就是将它甩给别人！这是他自小就懂得的道理。

“那个秘密就是，一直有个和尚跟踪我，我走到哪里，他就跟到哪里，他是不是为我动了凡心呢……”她像只偷了灯油的小老鼠，边说边不好意思地咯咯笑起来。

王子进面色一僵，指着在他们身后化缘的老僧，“你说的，该不会就是他吧？”

花蕊眯着迷离醉眼打量了一下老僧，他那肮脏的僧袍，掩藏在斗笠下的面容，肯定地点了点头，“没错，就是他！”

“你确定他会为你动凡心？”王子进白了她一眼，“看他那把年纪，估计已近古稀，心还能跳几年都不知道。”

“刚巧你陪着我，他不能拿我怎样，我倒要问问，他总是出现在本姑娘的周围干吗？”

花蕊说罢，叉着腰就向老僧走去，挺胸昂首，气势宛如一只赌场上的斗鸡。王子进想要拦她，却根本拉不住，她三步两步就走到了老僧面前。

老僧不再化缘了，他将铜钵放进宽大的僧袍中，伫立在路中央，衣襟在夜风中飘飞。

青石板路在月色辉映下，发出水色般的光芒，像是一条河从他脚下蜿蜒流过，而他则像是河流中亘古不倒的礁石，浑身都散发着坚毅肃杀的气息。

“喂！别去啊……”王子进见老僧举止不凡，心中隐隐觉得不妙，就要拉住花蕊的衣袖。

花蕊却脚步轻捷地跑到了老僧的面前，纱衣在王子进指间一荡而过，她叉着腰，横眉怒目看着年迈的僧人，“快说，你每天鬼鬼祟祟，跟着本姑娘干吗？”

老僧并不回答，仍微微低着头，站在路中央，只有僧袍随风舞动。

“你是哑巴吗？我倒要看看，你到底是个真和尚还是假和尚。”花蕊说罢，就要去掀他的斗笠。

刹那之间，王子进看到老僧藏在斗笠下的脸动了动，好像是在笑，似乎十分期待着花蕊的接近。

“小心啊！”他心底涌起了一丝不祥的预感，使尽全身的力气，扑向了花蕊。

此情此景，让他想起了跟雪奴分别的时候，老僧的笑容，竟然跟吞噬掉雪奴的妖魔们一模一样。

一阵阴风从二人的头顶刮过，王子进抱着花蕊在地上打了两个滚，才看到那是老僧手中的佛杖。之前他把这沉重武器藏在了僧衣下，趁花蕊不备，才出手攻击。

“你这和尚，也忒狠毒，居然对一个小姑娘下此毒手！”温文尔雅如王子进，也忍不住破口大骂。

老僧恍若未闻，举起禅杖，再次向花蕊打来。王子进翻了个身，用自己的身体护住了娇弱的少女。

就在这时，只听人群中起了喧哗，随即平地卷起一阵飓风，吹得禅杖偏离了半分，发出当的一声巨响，滑过王子进的肩膀，重重砸在了地面上。

坚硬的石板路被砸出了个大坑，王子进吓得拉着花蕊爬起来。只见一只巨大的白鸟落在二人身边，而方才那阵风正是白鸟挥动双翼而起。

鸟背上端坐着两个美貌少年，一个身穿白色绫纱长袍，一个着青色锦衣。白衣的英俊中透着秀美，青衣的则显得更加年长沉稳一些，正是绯绡和青绫及时赶到。

王子进死里逃生，见到他们又惊又喜，几乎就要落下泪来。

·五·

青绫手指微动，白鸟长鸣一声，将二人送下鸟背，随即振翅飞上高空。不过一会儿，已经变成了一个巴掌大小的纸鹤，飘飘荡荡地落入了青绫的手中。

此举立刻引来围观路人的一片哗然，甚至有人还情不自禁地鼓起掌来，这些人只是寻常百姓，哪见过狐妖施法，还以为是哪家的杂耍班子在街头表演。

老僧丝毫不为所动，举起禅杖，再次向花蕊砸来。

绯绡身影微动，伸出玉笛，轻轻巧巧地托住了重达千钧的铜杖，似乎不费吹灰之力。

“这和尚是疯了吗？居然敢当街打人！”花蕊瞪圆了眼睛，竟然毫不畏惧，还要冲上去跟他理论。

王子进见她不知死活，一把抱住她的纤腰。

“子进，带着这姑娘快走．千万不要被和尚缠上。”绯绡朝他使了个眼色，眼底竟有几分担忧。

“我们为什么要逃啊？我看你明明占了上风……”王子进困惑地问，他话音未落，老僧已经将沉重的禅杖抡成一个满月，第三次砸向花蕊头顶。

王子进身后就是河水，根本躲无可躲，避无可避，眼看只能硬生生地挨下这一杖。

可就在这千钧一发之际，绯绡扬起衣袖，袖底起了一阵风，平平地托着他们二人飞向河面。

两人被飓风包裹，好似离枝的黄叶般轻盈，在月光水影中翩然飘飞。

老僧的法杖哐当一声砸上了桥栏，青石栏杆登时塌了一截。他见王子进带着花蕊离开，也不再跟绯绡和青绫缠斗，斗篷一扬，将禅杖收起，顺着河沿，向王子进的方向跑去。

“子进，我对付这老家伙虽然容易，可这少女必须要想起自己是谁，才能解决这一切。这是她自己的业障，别人无法帮她。”

秋风中，绯绡面如冠玉，轻轻地对着王子进的方向说，他的声音很轻，近似喃喃低语，却一丝不落地全部送到了王子进的耳边。

“佛曰：种如是因，收如是果，一切唯心造。如果她最终收了个恶果，也怪不得别人。”

说罢他拾起一片掉落在地上的黄叶，手指微弹，黄叶翩然飘飞，准确地落入河中，化为一叶扁舟，稳稳地接住了下坠的王子进和花蕊。

王子进掉落在船上，眼见绯绡的身影越来越远，那抹象征着希望的白色，像是随波逐流的花瓣，渐行渐远。

“绯绡，不要抛下我啊！”他急切地喊，可是绯绡仿佛没听到一般，眺望着他的所在，过了一会儿，转身离去。

这是他跟绯绡相识以来，第一次被绯绡远远推走，心中酸涩难过，又有百种凄凉，仿佛孤零零地被丢入了荒无人烟的沙漠。

“你的朋友好厉害啊……”花蕊跌入船中，似摔到了腰，艰难地爬起来，突然看到了王子进哭丧的脸，“你怎么这么伤心，是因为跟他分开了吗？”

“才不是。”王子进揉了揉发酸的鼻子，不好意思地否认。

“可是人生就是这样啊，人们都是因缘起而聚，缘尽而散。”花蕊的酒似乎醒了，说的话也不再语无伦次，她扁着小嘴，认真地说，“就像‘明月隐高树，长河没晓天。悠悠洛阳道，此会在何年？’这首诗所流露的意境，是我最喜欢的。明明说的是别离，却毫不悲伤，因为每次分离，都是团聚的伏笔。”

王子进听她吟诗，竟满腹疑惑，这些颇有道理的话，怎么看也不像出自一个小小花娘之口。

“你之前读过书啊？没记错的话，这是陈子昂的《春夜别友人》。”他忘记了悲伤，坐在花蕊身边，好奇地问。

“是吗？我只是刚刚跟你聊着聊着，觉得这首诗就在嘴边，就随口说了出来。”她也很困惑，可是还没等想起什么，就慌张地看向周围，“我们到底是在哪里？”

只见河道越来越宽广，河水如绸缎般蜿蜒到远方，岸边的景色越来越荒芜，灯光稀稀拉拉，连熙攘的行人都消失不见。这条小船竟然在不知不觉间，顺水漂出了扬州城。

“不是说扬州很大的吗？怎么才说了几句话，就到了这种地方？”王子进发现周围的变化，也吓了一跳。

“而且扬州城中河道是相通的，如果我们没出城门，只会在城内的河流中转圈，根本不会来到郊外。”花蕊趴在船舷，细细地观察水流。

她白皙美丽的脸映在河水中，碎了又聚，像是水中月、镜中花般缥缈而难以捉摸。

而小船的船头悄无声息地掉了个方向，船上并没有艄公，甚至连船桨都没有一柄。可它却像是被赋予了生命，轻捷无声，而又义无反顾地，奔向了命定的终点。

就像每一条注定要流入大海的河流。

“让子进这么走了，你真的放心吗？”扬州城的月光下，青绫和绯绡并肩漫步，他好奇地问，“你不怕他们遇到危险？毕竟那怪物也在追他们。”

“船是我变化出来的，既然是无中生有之物，必然有其缺陷。”绯绡看向桥下的潺潺河水，“它的航向由意志坚强的人带领，如果那少女的意志强于子进，就会带他们去她曾留下最多感情的地方，反之亦然……”

“哎……”青绫听他说了一半，只觉额上冒汗，“你是想看看子进是不是会想你吗？我可以告诉你，他估计跟那位小美人多说两句话，就会将你忘个精光。”

绯绡俊脸一沉，面含霜雪，冷冷地瞪了青绫一眼。

但随即他抬起了手，只见他尾指上正缠绕着一根白色的，若有若无的丝线，丝线绵延到河道上，顺水而下，在黑夜里格外显眼。

“你以为我是白痴吗？我当然了解那个呆子，所以在他落入河中的一瞬，抽取了他的思绪，只要他不停思考，这根线就不会断，我们自然可以找到他们……”

他刚说到一半，丝线就随风晃了一晃，居然凭空断了，只剩下一小截寸许长的线头，留在他青葱般的玉指上。

“你不是白痴，奈何要追踪的人却是白痴啊！”青绫忍俊不禁，捂着肚子笑了起来，几乎没法站直。

绯绡愤怒地揪下了手指上的线头，一掌重重拍在了栏杆上，他望着纵横交错，好似蛛网般的河道，漂亮的丹凤眼中满含焦虑，似在为王子进叵测未知的前途担忧。

小船之上，王子进确实没法思考了，水流越来越急，船上颠簸不停，吃下去的酒菜如翻江倒海般在肚中翻滚，在经过一个狭湾时，他终于再也忍不住了，趴在船舷上呕吐不停。

“你怎么吐成这样啊？”花蕊一边为他拍背，一边面露嫌弃。

“小生、小生很少坐船啊，麻烦姑娘了……”他刚说了一句，又一口酸水奔涌而出。

花蕊忙一把将他的脑袋推向了河水，“哎呀，千万别吐在船里，脏死了。”

“你、你真是没同情心，亏我还请你喝酒吃菜……”

“哼，想请我喝酒的人太多了，毕竟我也是出身于名门望户，提亲的人差点踏破门槛。”花蕊眯着眼睛，笑嘻嘻地炫耀，语气颇为自得。

她脸上在笑，眼底却满蕴悲伤，望着洒满月光的河道，视线仿佛顺着江天流水，看到了那遥远的，无法企及的过往。

·六·

“谁知道你是说真的还是吹牛……”王子进根本没把她说的话当真，毕竟她连自己住在哪里都不知道，怎么能记得这么久远的事情。

她气不过，叉着腰站起来，漂亮的大眼睛瞪得好似铜铃，“我才没吹牛，我十岁那年生了场大病，差点死掉，病愈之后，我娘还出巨资修缮了镇上的观音堂。”

“是吗？反正几乎每个小镇都有观音祠堂，谁也无法追查，你说有就有吧……”王子进说完，又扑到船舷上吐个不停。

河流越来越宽，水波渐缓，小船稳稳地顺水而下，总算不再颠簸。王子进终于停止呕吐，他浑身瘫软地倚在船舷上，只见小船竟然越驶越慢，最终停泊在一个简陋的木质码头前。

“我们上前看看，这里好像有点眼熟。”花蕊毫不畏惧，提着裙子跳上了木板，咯吱咯吱地走到了岸边。

王子进见她胡闹乱走，只能爬起来追上她，边跑还边叫：“你是吃什么长大的？难道不懂害怕的吗？”

“如果对什么都畏手畏脚，那人活着还有什么意思？”她高声回答他，“就算我在花楼中干的是卖酒的苦差事，也从来没放弃过对生活的希望呀。”

他本想反驳，可细细想来，她说的胡话竟有几分道理，而自己也是因为不甘于平庸，才跟着绯绡踏上了与妖共舞的冒险之旅。

生命的精彩就在于它的纷繁广阔，而并非一成不变。

他看着花蕊窈窕的背影，轻快的步伐，终于明白那万云骏为何宁可跟家里闹翻，也坚持要娶她了。

码头旁就有一条宽敞的路，直通向一个临水的小镇，一棵参天大树下立着块青石，上书“临江镇”三个大字。

“看，我方才说的，就是这个镇。”花蕊喜不自胜，轻轻拍手。星光下，她神采飞扬，连那身桃红色的襦裙都变得飘逸可人，不再那么俗气刺眼。

她蹦蹦跳跳地沿着路走下去，果然很快就看到了一个小镇。

此时刚过亥时，尚有几户人家亮着灯；一个小酒保正在收幌子关门；还有个卖扁食的老汉，挑着担子挨家叫卖；时而还有几声鸡鸣狗吠响起，镇上一幅静谧安宁的景象。

花蕊似乎十分熟悉小镇上的道路，带着王子进在一户有院子的人家停下。那户人家的围墙皆由青砖砌就，大门包铁，檐下的瓦片都是簇新的红瓦，显然是个颇有财势的人家。

她站在院外，看着墙上一簇晚开的蔷薇娇羞地探出了头，满怀眷恋地踮起脚，朝着花开的方向轻轻嗅了嗅。

“你……该不会是真的想起了自己的住处了吧？”王子进看她这陶醉的样子，怎么也不像在撒谎，小心翼翼地问。

“坐上小船顺水而下的时候，很多画面就出现在我的脑海中。”花蕊伸出双臂，在墙外转了两圈，微笑道，“没错，这就是我的家，我就住在这里。我一定是被人拐卖了，才沦落风尘，我终于找回来了！”

她越说越激动，跑过去就要敲门。

“等等，莫急！”王子进隐隐觉得不对，上前一步去阻拦她，可是花蕊性子很急，已经叩响了门环。

悠扬的叩门声在夜风中回荡，仿佛一声声充满期盼的呼唤。

天边云丝恍如愁绪，越聚越多，吞噬了月影，遮蔽了星子，铺撒了整个天幕。凉风乍起，一场秋雨欲来。

“绯绡，你在找什么啊？”青绫坐在灯下，好奇地看着绯绡在一堆纸中翻来翻去。

他们失去了王子进的踪迹，回到了万家。一贯最讨厌读书念字的绯绡，却找到管家要来了自万家家主生病后一个月以来的荐函。这些人有的是名医，有的是颇有名望的僧人，还有些是巫术高强的巫师巫女。

他挨个翻看，专注而认真，十分有耐心。

“这些人除了郎中外，都是骗子啦！”青绫不耐烦地挖了挖耳朵，撇着嘴说，“明明有两只狐妖进门，他们居然毫无察觉，个个都是睁眼瞎。”

“是啊，有这工夫，还不如去找子进呢。”六月也无法理解他，偏着脑袋看热闹。

“差不多了！”绯绡突然放下了手中所有的信件，将它们堆成了一座小山，“我刚才在信上做了标记，看看能不能找出特别的那封。”

他说罢掏出玉笛，轻轻敲了敲纸山。

所有的信都飘飘然然地飞到了半空中，在屋中旋转飞翔，它们越飞越快，渐渐生出一根根丝线来。宽敞明亮的客房，刹那间就遍布银丝，好似蜘蛛的巢穴。

银丝在灯光下熠熠生辉，流光溢彩般美丽。

“你是在找人的思绪啊！”青绫此时才明白他的用意。

“正如你所说，没人会停止思考。这些人大多数都是骗子，写这些毛遂自荐的信的时候，必然绞尽脑汁，所以上面都寄托了写信人的思绪。”绯绡伸出手，将一根根银丝缠在指间，信一封封被他拽到手中，他红唇微翘，志在必得地说，“即便是名医，也会琢磨病人的病情。那么，没有任何思绪的就十分奇怪了……”

“没错，写信人怎么会什么都不想？”

几乎所有的信都被绯绡收回来，只有一张写在油纸上的信，仍飘飞在半空中。信纸上没有任何丝线，黄色的油纸信封折得紧紧的，像是一张沉默的、紧闭的嘴。

“看来我们这次的敌人，有点棘手啊！”绯绡看着信，感慨地说，“果然，有奇怪的家伙混了进来。”

“会是谁？”六月也坐不住了，她踩在椅子上，一伸手将信拿了下来，灵巧的小手飞快将它展开。

只见上面写的，居然是一个名不见经传的寺庙，而信中自荐人的法号，叫作“释空”。

“是和尚！”青绫立刻明白了，眼前浮现出一个身穿肮脏僧袍、头戴斗笠的老僧，“原来那和尚也来万家送过拜帖。”

“没错，他才是这一切的始作俑者。”绯绡微笑着将信接过来，在灯下点燃，“虽然没有留下任何思绪，但是只要他接触过信，我们就能将他找出来。”

“他正在追踪女孩，我们盯上他，自然也能找到子进他们！”

青绫话音刚落，信纸已经烧成了灰烬。飞灰化为一只灰色的老鹰，在屋中盘旋了一圈，振翅向窗外飞去。

“绯绡，你这次施了很重的咒语呀，连追踪的鸟都如此迅猛，是不是很担心子进？”六月看着雄鹰矫健的身影，不无感慨地说。

“闭嘴！哪有时间说这些？它飞得越快，证明那人离我们越远！”他眼风如刀，白了一眼六月，纵身跃出了窗外。

而青绫也跟着他跑出去，再次召唤出了白鸟，白鸟盘旋低飞，转瞬就将他们驮在了背上。两人跟在雄鹰身后，飞向了乌云密布的天空。

“死狐狸，真是别扭。”六月仍双手托腮，趴在窗前，望着远去的白鸟，百无聊赖地打了个哈欠，“所以我喜欢青绫，他赤裸裸地爱钱，从不口是心非。”

·七·

敲门声在空寂的夜色中回响，不过片刻，门里传来簌簌轻响，大门被打开了一条缝，露出了看门人一张苍老的脸。他犹疑地打量着站在门外的花蕊和王子进，眼中满含迷惑。

“你们是哪里来的？要找谁？”他警惕地问。

“请问这家姓秦吗？我是花蕊啊，我回来了！”花蕊激动得热泪盈眶，就要冲进门中，“快让我见见爹娘，他们一定想我想得紧。”

可门里的老人一把关上了门，将她挡在了门外，过了一会儿门中才传来了他苍老而冰冷的声音：“秦家？自从一把火烧了他们的仓库，将价值千金的绸缎都烧光之后，秦老爷就将房子抵给了我们家老爷，没多久他就急火攻心病逝了。”

“秦夫人呢？她怎么样了？”

“谁知道呢？听说不久后也死了，其他的事，我也不清楚。”老人不耐烦地答道，门里又传来簌簌轻响，显然是他要回房休息了。

“我不相信！让我进去！”花蕊用力拍打着大门，根本不肯善罢甘休。

“你若是再闹下去，我就要报官了！”老人愤怒地吼道。

王子进忙半拖半拽地将她带离了那户人家，只觉尴尬至极，他根本就不该相信这小姑娘的胡言乱语，她显然在幻想中迷了路，忘记了现实。

“对了，还有观音祠堂，我娘捐钱修缮观音堂的时候，还刻下过字。”她挣扎着挣脱了王子进的手，不依不饶地还要去寻找自己的身世。

王子进看她泪水涟涟、脆弱无依的模样，也心生怜悯，掏出了个手帕递给她，“算了，擦擦脸，我们再去你说的观音堂看看。反正绯绡说过，要让你想起自己是谁，才能解决这一切。”

“是吗……”花蕊擦干眼泪鼻涕，将他的手帕放入腰间的锦囊中，低低地说，“子进，你人真的很好。”

“什么……”王子进简直不敢相信自己的耳朵，吓得汗毛倒竖。

“我叫你‘子进’啊。”她仍然笑嘻嘻的，毫不觉得害羞，“刚见面的时候，你不是让我这样叫你吗？我又不傻，看得出来你嫌弃我记性不好，可即便如此，你还是陪着我没有离开。”

因为我不知该如何回去啊！他有苦难言。

“是不是因为我们很相像呢？”她又开始套近乎。

“明明一点也不像！”一贯温文尔雅的王子进，被她逼得几近失控。

花蕊捂着嘴巴，眼中含笑，用余光偷偷地瞄着他，“谁说的，我一看你就知道你是个不守规矩、喜欢冒险的人，偏偏我也是。而且你很迷茫，急于寻找自己的位置，或者证明自己，这点我们也很像啊。”

王子进听她胡言乱语，欲哭无泪，半晌才哭丧着脸挤出了几个字：“求你了，别说了……”

可他的话还未说完，便见花蕊愣了一下，随即提着裙子跑了起来。

他这才发现，两人竟然走出了小镇，来到了位于河边的一处树林中，苍翠的树林中，露出了屋檐的一角，似乎藏着一座简陋的小庙。

乌云越积越多，宛如一座庞大的城池，重重压在天空上，吞噬了辉光，似乎一场骤雨欲来。林木在乍起的夜风中飘摇，好似汹涌的海涛，将花蕊的身影映衬得更加娇小。

她停住脚步，站在树林前，廉价鲜艳的裙子随风飘荡，使她看起来像极了一只简陋的风筝，在风中舞动。

“就是那里！”她回过头，指着树林中的屋檐，笑着对王子进说，“我娘修葺过的观音堂。”

“喂，你先别过去，一会儿就要下雨了！”

他喊声未落，雨滴已经落了下来。而花蕊也像之前一样，从不听他的劝阻，快步跑进了树林中。于是飘零的风筝晃了一晃，就消失在漫天阴云中，不见影踪。

“这个笨蛋！”王子进低低地骂了一声，一咬牙，也追了进去。

扬州城上空，白鸟迎着风雨振翅翱翔，追逐着前方雄鹰的影子。鹰击长空，在云中翻飞，很快就将白鸟甩到了身后。

“你让它快点飞啊！”雨幕中，绯绡被淋得浑身净湿，俏脸含霜，瞪着青绫。

“它是纸变的，没破就已经不错了。”青绫不耐烦地答道，“如果不是你弄出那么条破船，哪有这么多麻烦？”

“你不会念‘避水咒’吗？”

“那很耗费精力的，我是在帮你找子进，凭什么要我出力……”青绫刚说了一半，白鸟一只被雨水打湿的翅膀就耷拉下去，再也挥舞不动了。

鸟身体一偏，晃了两圈，一头就朝下冲去，绯绡和青绫不得不紧紧抓住了鸟翼，才没被甩落。

“这种时候你还如此计较？”绯绡被他气得凤眼倒竖，红唇微动，念起了咒语。而随着咒语声响起，落在他们身上的雨水飘飘洒洒地浮到了半空中，两人的秀发和衣服又变得整洁飘逸，白鸟的翅膀也再次变得干爽有力，轻轻一挥，就再次回到了半空中。

眼见雄鹰越飞越远，竟然飞出了扬州城，青绫万分诧异，“老和尚怎么跑出去这么远？那个女孩的执念竟如此之强，这么快就到了城外？”

绯绡忙着念咒，瞪了他一眼，没空理他。白鸟周身的水雾干透，发出一声愉悦的清鸣，载着他们冲上云霄。

河沿上，一个老僧在疾步前行，他的僧衣宛如旌旗般在风雨中飘摇，雨水沿着宽大的竹篾斗笠淋漓滑落，可他好似完全不畏惧风雨，走得又快又稳，竟像是马车般迅疾。

而且每走几步，他就拿起坛钵中的东西吃掉，晦暗的光线下，只见他的铜钵中竟然装了几十个铜钱，正是他几日来化的缘。

“就要吃到了，等了这么久才等来的，美味的食物……”他迫不及待地说着，口气中充满欲望，一点也不像个出家人。

斗笠下，他露出一张宽嘴，微微一张，长舌一卷，又吃掉了一枚铜钱。坚硬的铜钱在他口中好似糕点般软绵，只咀嚼了几下，就被吞入了肚中。

小树林中，王子进很快找到了花蕊。只见她脚步轻盈，踏着潮湿的长草，东绕西绕就来到了一处小庙前。

小庙墙面斑驳，遍布瓦砾，连庙顶都塌了一块，简直就像个迟暮的老人，似乎随时都能倒在地上，变成一摊白骨。

“就是这里……”花蕊紧张地看向跟在自己身边的王子进，不由自主地抓住了他的手，“我的记忆是不是真的，马上就能验证了？”

王子进并未甩脱她的手，直定定地望着小庙。

淋漓雨幕中，庙门掉了半扇，却散发着一种温暖柔和的气息，仿佛有人住在里面，静静地等待着远行的家人的归来。

·八·

雨如银丝，在风中跳着妖冶的舞。

王子进和花蕊手拉着手，走进了破庙中。

尘土的气息扑面而来，庙顶虽破，却也为他们遮蔽了雨水。只见庙堂中供奉着一尊漆彩观音佛像，观音手持净瓶柳枝，表情慈悲温柔，让人一见之下，心就渐渐安定下来。

只是小庙年久失修，无人管理，佛像身上的镀金都被人一块块刮了下来，显得狼狈而寒酸。

“就是这尊观音像……”花蕊看到佛像，一把甩开了王子进的手，扑到了佛龛前，“这上面的金箔，都是我娘为了我祈福而镀上去的，怎么现在全没了？”

“看这庙的破败程度，似乎不是荒废几年而已啊……”王子进打量着房梁下密布的蛛网，屋顶上的大洞，和佛龛上腐朽的木头，满心怀疑。

“怎么可能？我不会记错的！”花蕊转到了佛像后，以衣袖擦去了观音莲花座下的尘灰，“我记得这上面有字，是母亲捐金身的时候刻上去的。”

积灰和淤泥被擦去，果然露出了一行刻字，上书十几个篆字，如笔走龙蛇，但部分已经模糊不清，只隐约能认出“信女陈氏于咸平四年”几个字。

花蕊手指微颤，在字上一个个摸过去，突然浑身虚软，扑通一声坐在了地上。

“咸平四年，距今已经四十余年……那年我还没出生呢，听说那是百年不遇的灾年。天子为求风调雨顺，大赦天下，还免除了不少赋税，才有了之后的十年大治……”王子进看着花蕊稚嫩的脸庞，满怀怜悯，“估计你只是小时候偶然来过这个观音堂，看到过上面的刻字，才错当成了自己的记忆。”

花蕊不发一言，扑倒在佛龛前，肩膀微耸，似在哭泣。

“别哭了，你想不起来就想不起来吧，不如等雨停了，我请你喝酒？”王子进见她可怜，连忙安慰，“你不要怕臭和尚，绯绡轻而易举就能将他打败，我还能带你去万家见万云骏。如果他变了心，你还可以跟我和绯绡一起去游山玩水。毕竟人生中，比来处更重要的，是未来的去处啊。”

“没有，我只是有点累了。”花蕊缓缓站起来，可见她眼中并无泪光，唇边挂着一抹苦涩的笑，“其实我何必妄想，看我这身廉价的打扮，就可知自己是个卖笑的花娘……”她说罢还轻轻地笑了一声，“可笑我见万云骏的时候，每次都换上最好的一套衣裙，幻想着自己是个小户之女……”

冷风挟着雨丝，席卷而入，带来透体阴寒，令他们的心底也变得濡湿寒冷。

“既然来了，我们在这里避避雨吧。”雨落阶下，发出沙沙细响，花蕊索性抱膝坐在佛龛旁歇息。

王子进看了一眼外面阴沉的天色，也坐在了她的身边，点了点头道：“也好，只是不知这雨会下到什么时候。”

佛龛旁干燥温暖，没有一丝冷风，像是有一双看不见的大手，将他们笼在掌心。

两个人背靠着背，看破庙外雨丝飞扬，树影飘摇，格外不真实，仿佛身处梦境一般。

“这雨是‘时雨’，很快就会停的，正如陶潜写的，‘神萍写时雨，晨色奏景风’。”花蕊看着飘飘洒洒的落雨，目光平静而坚定，“人生有时也会遇到时雨，落雨的时候，只要坚持下去，总会遇到好天气。”

王子进讶异地盯着她年轻丰盈的脸庞，不敢相信这话竟出自她口中。

“子进，你刚才说得没错，比来处更重要的，是人生的去处。”她转脸迎上了王子进的目光，粲然一笑，“看，之前我只有万云骏一个去处，因为遇上了你，现在又多了一个，也算不虚此行。”

“姑娘所言甚是！”王子进终于明白，她为何如此迷人，与大家闺秀和轻浮少女不同的是，她有一个不肯妥协的灵魂，周身充满着蓬勃的生命力。

就像荒野中蔓生的草，即便被冰雪覆盖，但当春风乍起，它们又会在冰层下吐出新绿。

叮当——叮当——风里传来了细碎的金属撞击声，尖锐而刺耳。

王子进和花蕊听到这声音，心中俱是一紧，不约而同地握住了彼此的手。他们的手都在微微颤抖，手心中全是黏腻湿冷的汗。

风雨之中，一个身影出现在了庙门口。那人头戴斗笠，手持铜钵，宽大的僧袍随夜风飘舞，正是一直追逐着他们的老僧。

“藏在哪里啦？快出来吧……”他终于说话了，用哄孩子的语气，只是声音沙哑低沉，更令人感到毛骨悚然。

花蕊看了王子进一眼，急忙屏住了呼吸。王子进头也不抬，回手抱紧了她，两人蜷缩在佛龛旁的阴影中，大气都不敢喘一下。

“之前你都在闹市活动，我不能将你怎样……”老僧缓缓地在狭窄的庙堂中转悠，“现在不怕了，快点现身吧，反正你的生命也是我创造的，本该由我亲自终结。”

王子进只觉怀中的花蕊浑身一震，似乎受了极大的惊吓。

老僧越走越近，很快来到了佛龛之前，王子进起初是看到他的一双破草鞋，随即是那件肮脏潮湿的僧袍，而两人身前毫无遮挡，只要他再走一步，就会发现他们的存在。

在这生死攸关之时，花蕊突然转过头，朝他微微一笑。

与之前的笑容不同，她的眼中有决绝，有不舍，还有其他一些他无法读懂的感情。

刹那之间，王子进明白了她的意图，他臂上加力，将她死死地抱在怀中，让她连动都无法动一下。

老僧停在了他们的面前，僧袍的下摆离王子进还不到一寸，他甚至可以闻到他身上酸臭腐败的气息。

可奇怪的是，他打量了一下周围，居然毫无知觉地走开了，仿佛他们根本不存在一般。

王子进壮着胆子抬起了头，刚好看到了老僧的侧脸，从下面看来，能看到他藏在斗笠下的大半边脸。只见他脸是灰褐色的，长满了树皮般的纹路，鼻子极其塌扁，也没有鼻翼，鼻孔像是直接在脸上挖了两个洞。

然而最奇怪的，是他的一张大得过分的嘴，阔而薄，似乎轻轻一动，就能咧到耳根。

“真累啊，使用力量就饿得特别快……”他转了两圈，坐在了地上，从坛钵里翻出了一点米粒大的碎银，塞进了口中，用力咀嚼起来。

外面雨声渐歇，只有牙齿咬断金属发出的嘎嘣声在暗夜中回荡，听得王子进和花蕊都汗毛倒竖。

然而就在这时，空中突然响起了一声长唳，像是猛禽的叫声。如此雨夜，天空黑如墨锭，本不该有鸟，老僧立刻警惕地站起来，几乎在他起身的同时，一只雄鹰飞快掠进了庙门，它在空中盘旋了一圈，便飞向了老僧。

“谁在追踪我！”他僧袍下翻出一阵罡风，随即乌光一闪，一根禅杖猛地击中了雄鹰。

鹰尖叫一声，萎顿在地，变成了一张黄色的信笺。

“是绯绡！”王子进见救兵来临，喜不自胜，忍不住高呼。

他话音未落，便觉一阵劲风来袭，一根沉重的铜杖迎面向他砸来。他吓得忙伸手格挡，但有一只手比他的更快，那只手修长而莹白，宛如玉雕，一把就接住了蕴含了千钧之力的禅杖。

“还不快走？”绯绡冷冷地瞥了他一眼。

王子进哪敢耽搁，拉着花蕊就跑出了小庙，正如花蕊所说，雨果然是时雨，雨几乎停了。两人跑了一段路，就见眼前出现一条宽阔的河流，一艘小船正停在岸边，正是他们来时乘坐的那条。

·九·

“我们快点上船！”花蕊提着裙子，纵身跳上了船。

可王子进却犹犹豫豫，不愿上船，一则他怕极了这条会自己乱跑的小船；二则绯绡就在身后，他想等等他，不愿离开。

“快点啊！万一老和尚追来，我们还能顺水逃走。你这般犹豫，如果不小心被他打死，就全完了。”花蕊急得脸色煞白，嘴唇都在不断轻颤。

这话点醒了王子进，他像是只逃命的兔子般惊惶，利落地跳上了船。

“绯绡，绯绡快点来啊……”他靠在船舷上，不断在心底默念。所幸河面波平如镜，小船稳稳地靠在岸边，轻轻晃动着，像只稳妥的摇篮，让他暗地里松了口气。

花蕊又冷又怕，坐在他身边，不断地搓着手，好奇地问：“你听那和尚在庙中说什么了没有？他竟然说我的生命是他创造出来的，他为什么会说那种话？”

“对哦，他是个和尚，也不可能是你爹……”王子进也困惑地挠了挠脑袋，“再说年龄也不对……”

他话未说完，便见花蕊怒目瞪着他，本就大而圆的双眼，简直与铜铃无异。他也知道自己说错了话，将脑袋缩进了脖子里，好似只害怕的鹌鹑。

“我再多想想，好像又有新的记忆了……”花蕊心思刚动，小船就晃了一下。

“哇，姑奶奶，你别想了，你那些所谓的记忆全是幻想，你就去嫁万云骏吧。他为了你跟家族闹翻，一定不会抛弃你的。”王子进一见她冥思就吓得七魂丢了六魄，哀叫连连，“最不济你就跟我和绯绡走吧！”

“我卖过的酒叫作‘醉花荫’，扬州城中，只有少数几家花楼有卖……”她边说边回忆，身边已经响起了潺潺水声，小船不知不觉再次启动，就要逆水而上。

“绯绡，我要等绯绡！”王子进拼命大喊。

他话一出口，小船船头一掉，在河心转了个圈，又回到了岸边停泊。

“花楼的位置，就在河道旁边……”花蕊喃喃自语，小船又缓缓驶向河心。

“不许走，我不要离开！”船飞快打转，又靠岸了。

小船随着他们的思绪，不断地掉头转圈，一会儿向河心驶去，一会儿又回到了岸边，好似个陀螺般在河中转个不停。不知转了多少圈，它终于停了下来，随即稳稳地破水前进，逆流而上。

船中花蕊托腮凝神，想着自己的心事，而在她身后，王子进正趴在船舷上呕吐。

他脸色煞白，目光呆滞，仿佛连七魂六魄都一起吐了出去，不要说想绯绡，估计连自己是谁都忘了。

树林之中，老僧跟绯绡和青绫缠斗了一会儿，找了个空隙，转身便跑。他将禅杖在地上一撑，身体猛然拔高了三丈，竟然像是鸟一般跃到了半空中。

“给我站住！”青绫一想到这家伙也送过拜帖，是跟自己竞争高额赏金的对手，立刻气不打一处来，顺手抓住了身旁一棵大树的树枝。

他将树枝拉成弓形，双脚一蹬，借着回弹的力量也飞到了半空中，一把就抓住了老僧的脚踝。

老僧被他拽得大叫一声，就跌落在灌木中。

绯绡见状，忙要去帮青绫，可还未等来到灌木前，便听寂夜中传来了一声凄惨的尖叫，听来正是青绫发出的。

随即一个蝙蝠般的身影跃出了灌木，他在树枝间辗转腾挪，很快就消失在潮湿的夜风中。

绯绡惦记青绫，不敢贸然去追，慌忙向灌木跑去，只见青绫正脸色青白地躺在矮树中，浑身发抖，显然受到了极大的惊吓。

“怎么了？”绯绡忙伸手去扶他，一扶之下，只见他的袍子后露出了条毛茸茸的棕色尾巴，就差没变成狐狸了。

“太可怕了……”青绫抖了抖身上的枯枝树叶，薄薄的嘴唇都没了血色，哆哆嗦嗦地道，“他的嘴，竟然有那么大，好像轻易就能将我整个吞进去……”

“所以我才不跟他缠斗。”绯绡替他摘掉了头上的枯叶，“虽然他打不过我们，但是论吃我们只有甘拜下风。”

青绫将尾巴收回到了袍中，理了理衣襟，突然惶恐地摸向了自己的腰间，随即细长的双眼几乎倒竖起来，目光灼灼如雷电。

绯绡被他吓了一跳，忍不住后退了两步。

“浑蛋！他偷了我的钱袋！连我的钱都敢偷，我一定要叫他生不如死！”

尖锐的咒骂声在林中回荡，但很快就被夜风吹散。

濡湿的空气中，老僧再次沿着河床疾步而行，跟来时一样，他边走边从一个靛青色的绣云纹香囊中掏出银锭，放入口中，用力咀嚼。

王子进迷迷糊糊地躺在小船中，顺水而上，他吐得七荤八素，浑然忘了时间空间，待清醒时只见一轮红日挂在西天，天边云蒸霞蔚，金紫色的晚霞将河流染成了一片金红。

“这、这是哪里啊？”他挣扎了半晌才坐起来，只见眼前水道纵横，岸边小楼林立，时而还传来袅袅歌声，小桥之上，有手持紫竹伞的少女婀娜地走过。

“是扬州城啊……”花蕊叹息般说，“我记得自己也是在这样一个午后被卖到黄婆的手中的，她给我梳妆打扮，还教我弹唱，可是我装得什么都学不会，最后只能卖酒去了。”

她看着天边日头西斜，思绪仿佛又飘到了遥远的、无法企及的所在。

小船似懂得她的心思，顺水而行，只见河两岸越来越热闹，树上都装点着彩色丝绸，一个个窈窕美丽的少女凭栏而望，妩媚多情，让人忍不住驻足停留。

王子进难得地没有再跟她唱反调，目不暇接地欣赏着岸边的美女。

夜色渐浓，灯光更盛，将一栋栋小楼装点得似金碧辉煌的宫殿；丝竹之声越来越响，歌女们婉转清越的歌声也越来越清晰；再往前一些，风中甚至送来几缕脂粉香气，浓郁销魂。

有几艘小船跟他们擦肩而过，船上坐着的都是妙龄少女，穿着廉价而鲜艳的衣服，可却散发着连粗陋脂粉都遮掩不住的青春气息。

她们朝来往的船只轻笑，唱出一段段软糯的词，叫卖着新酿的菊花酒。

“就在这附近！我好像马上就要找到自己的住处了。”花蕊激动地看着卖酒的花娘，临风站在船头。

“是吗，那太好了……”王子进支吾着答，并不抱希望。他忧虑地看着她翻飞的衣裙，娇小的身躯，仿佛她随时都能化为蝴蝶，振翅飞走一般。

“嗯，这次不会错，就是那座酒楼！”她指向了河边灯火最盛，客人最热闹的一座三层小楼。楼外的河中、路边，都站着打扮光鲜靓丽的花娘，有的在招揽客人，有的在叫卖酒水，煞是热闹。

仿佛是听到了她迫不及待的心声，小船驶得越来越快，在来往船只中穿梭，很快就来到了酒楼前。

“这里是‘玉春楼’吗？”花蕊拉住一个卖酒的小花娘，急切地问。

小花娘容貌稚嫩，看起来不过十三四岁的模样，她扁了扁嘴，连连摇头，“姐姐你找错了，这是‘金谷园’，是咱们扬州城最大的花楼。”

“‘玉春楼’？那是很久以前的名字了吧？”站在她身边的，年纪稍长的花娘接过了话茬，“这栋楼到现在，已经易了三次主，如今叫‘金谷园’，取的跟什么朝代的销金窟一样的名字……”

“不可能、不可能……”花蕊一把接过她手中的酒坛，拍开了上面的泥封，闻了又闻，“不对，这不是‘醉花荫’的味道，你们现在不卖醉花荫了吗？”

“我就没听过那种酒的名字，现在这酒是上等的女儿红，销路可好了。”年长的花娘朝王子进抛了个媚眼，“怎么样，这位小公子，要不要尝一尝呢？”

花蕊捧着酒坛，愣愣地站在船头，过了半晌才突然想起什么似的继续问：“黄婆呢？专门养女孩子卖的黄婆现在在哪里？”

“哟，她好像倒是还活着，只是现在年逾古稀，早就走不动了。”花娘的眼滴溜溜地在王子进身上转了一圈，“我说，你们到底买不买酒？费了我这么多口舌。”

王子进从怀中掏出了点铜钱，塞到了花娘手中，她立刻满脸堆笑地说了个地方。

几乎在她话音出口的同时，小船就飞快向前驶去，王子进站立不稳，扑通一声跌坐在船板上。

他揉了揉屁股，呜呜呼痛，可才叫了两声就闭上了嘴，死死盯着岸边一个疾速移动的影子。那是一个身穿宽大衣袍的僧人，他走路的速度极快，僧袍在夜色中翻飞，好似一只迅疾的猎隼。

·十·

万家大宅中，六月孤身一人坐在灯下，盯着面前摆着的一碗莲子羹。羹是孩子们最喜欢的甜羹，厨娘特意为她煮的，就是怕她哭闹。可六月早就不是小孩子了，此时她更想吃些炙羊肉排解孤独。

烛影摇动，她刚刚打了个哈欠，便听院子里传来杂乱的声音，似乎有人在奔走呼号。她推开了客房的门，只见那些作法的道士、跳舞的巫师、念经的和尚全都慌成了一团。

郎中们提着药箱，慌慌张张地跑进了主宅中。不到一会儿，管家就出来了，偷偷地吩咐下人去拿什么东西。

“糟了，多半是撑不住了……”六月焦急地看向院门，可大敞四开的门中只有下人们穿梭奔忙的身影，哪里有绯绡和青绫？

她如葡萄般黑亮的大眼睛转了转，从怀中掏出了一簇棕色的狐毛，放在灯火中点燃。狐毛一下就烧起来，火苗如指节般长，无论风如何吹，火光只飘向一个方向。

而且那一小撮狐毛烧了一会儿，居然一点也未见短。

“人命关天，看来只能我去找他们了。”六月无可奈何地摇头，跟着火苗的指引，走出了客房。

万家已经乱成了一团，谁也没有留意到这个小小女童的身影。她孤身一人走出了万家，走在上城宽敞的街道上，马车在她身边疾驰而过，卷起疾风阵阵，却无法撼动她手中的火焰。

她跟随着火光而去，弱小的身影，很快便消失在扬州城的万家灯火中。

“哇，鬼和尚又追来啦！”王子进在船上吓得哇哇大叫，“希望这船能驶得再快一些。”

小船似能听懂他的话，明明没有风却突然加速，连站在船头的花蕊都扑通跌倒，两人紧紧扶着船舷，才没有被甩出去。

船像是一条游鱼，在河流中穿梭疾驰，溅起的水花迎面洒来，令人连眼睛都睁不开。

两人躲在船中，紧紧闭着双眼，只知小船飞快地拐了几个弯，不断激起周围人的惊呼，过了一炷香的工夫，才逐渐平稳。

而跟方才的暗香袭人不同，风中竟夹杂着一股酸臭腐败的气息。

王子进从船中探出了头，才看了一眼周围，就吓了一跳。只见河道窄而弯曲，河中遍布垃圾，两边的住宅也不是青瓦房和小楼了，变成了残破狭窄的砖房。

再也没有了婀娜少女们的身影，取而代之的，则是流浪的黄狗，和一晃而过的野猫。

“这是哪里啊？我们还在扬州吗？”王子进战战兢兢地问，他虽是平民出身，但也从未见过如此破败的地方。

“是扬州的下城，也是最底层的穷人住的地方。”花蕊平静地说，“我的记忆中有这样的景象，黄婆就住在这附近，小的时候，我就经常被她罚在大冬天里洗衣服。”

失去了缤纷光辉笼罩的花蕊也显得憔悴了一些，她鬓发蓬乱，丝丝缕缕的碎发散在脸庞，显得她下巴更尖，眼睛更大，散发着一种脆弱无依的美。

小船很快靠岸，她提着裙子走上了河堤，沿着遍布泥水的窄路行走。

王子进跟在她身后，眼见她在黑暗的小巷中穿行，身影娇小而单薄，似乎随时都能被浓黑的夜色吞噬，化为乌有。

他心中一紧，快走两步，跟她并肩走在了一起。

“冬天的水很冷，洗衣服的时候总是夜晚，有时我望着那漆黑的结了薄冰的水，恨不得一头扎进去淹死。”她自顾自地诉说，也不在意王子进是否会倾听。

“夏天的时候，房间中又闷又热，彻夜难眠，白日里还要被她带去花楼中谈价钱，脂粉不够，就用炭灰画眉，花瓣染唇，像个货物似的被挑来拣去。可那样我都坚持活下去了，因为只要活着，就总有出头之日。”

她说罢长长地叹息，“或许是老天怜悯我，让我遇到了万家公子，而且更幸运的是，竟然又遇到了你……”

她转过头，眼中满含情意，看向王子进。她的话只说了一半，但那双明亮的眼睛，已经替她说完了剩下的那一半。

王子进犹豫了一下，走到了她的身边，低头看着臭水横流的泥路，“如果你愿意的话，就跟我走吧……”

月亮偷偷从云中探出了脸，洒下漫天辉光，将这对少年男女的身影拉得很长。他们的影子渐渐会聚成了一个。许久之后，徘徊的夜风中，才传来了一声低喃：“一言为定哦。”

月光如雪，照亮了晦暗的树林，成群的蝙蝠飞出来觅食，在夜空中曼舞。随即一只巨大的白鸟掠过林间，朝扬州城飞去，刹那间就将蝙蝠冲得四散逃窜。

“死和尚，我饶不了你！”鸟背上坐着暴跳如雷的青绫，他英俊文雅的脸变得扭曲如恶鬼，转头又朝坐在他身边的绯绡咆哮，“喂，你找到那秃驴了吗？”

“只要他没丢下你的钱袋，找他岂不是小事一桩？毕竟钱袋是寄托你最多思绪的地方！”

绯绡扬了扬纤长的手指，指间正夹着一缕银白色的丝线，正是他从青绫的脑中抽出来的思绪，强大到刚刚成形就自动跟丢失的钱包连接上了。

“哼！看我的！”青绫薄唇微动，喃喃念咒，白鸟的翅膀瞬间又暴长了一丈，挥动之间激起阵阵飓风，恍如《逍遥游》中描绘的鹏鸟。

绯绡坐在鸟背上，紧紧抓住了它的绒羽，才牢牢坐稳，他凤眼微斜，白了青绫一眼，“之前怎么不见你如此卖力？”

“废话，钱袋里是我跟六月半年的盘缠，怎么能被他祸害了？”青绫咬牙切齿，鸟似通晓他的心意，掠过苍穹，直飞向灯火繁盛的不夜城。

孤身走在上城的六月打了个喷嚏，她揉了揉发痛的脚底，叹息地摇了摇头，这个长不大的身体力气太小，根本无法长途跋涉。

她眼珠一转，看向了一辆送香烛米面的车，那车正停在一户人家的门外，两个小贩在卖力地搬运货物，车旁还坐着一个抱着婴儿的妇人。

“这位娘子，我迷了路，我家住在罗城，能带我一程吗？”六月走到妇人身边，扁着小嘴，可怜兮兮地说。

手中的火焰将她的小脸映得近乎透明，一双大眼睛黑而亮，像是只迷途的猫咪般楚楚可怜。

“你还记得家在哪里吗？可怜的孩子，幸好遇到了我，否则万一被拐了可怎么办？”妇人心软，几乎立刻就点头答应了。

半个时辰后，车卸完了货，辘辘前行，离开了上城。六月蜷膝坐在车后，定定地望着手中的火苗，火光跳跃，似蕴藏着无限希望。

万家大宅中，床上的老人突然剧烈地咳嗽，吐出口浓痰，终于缓过了口气，几名郎中忙过来施针的施针，熏药的熏药，生怕这位贵人再晕死过去。

云丝遮住了月影，一直沿着河岸疾驰的老僧，驻足停在了遍布泥水的道路上，他望着前方残破的土房，焦虑地吞下了一块碎金，顺手将青绫空空如也的钱袋丢在了地上。

“来不及了，如果被她想起来，一切就都完了……”吃掉了金子，他再次充满了力量，拔足狂奔而去。

·十一·

花蕊依照记忆，走走停停，终于来到了一个残破的瓦房前。房子歪歪斜斜地立在黑暗中，像是个佝偻的老人，连窗纸都破破烂烂。

“就是这里了。”花蕊看了王子进一眼，眼中既含着期待，也藏着恐惧。

“别怕，我们去看看。”王子进拉起她的手，走向了门前，轻轻敲了敲门。

敲门声在寂夜中回荡，许久之后，门内才响起了一阵轻响。

破门板被搬开，露出了一张干瘪苍老的脸，她稀疏的白发拢在脑后，眼窝凹陷，衣服也松松垮垮地挂在身上，根本不像个活人，倒像一摊白骨成了精。

“请、请问，黄婆是住在这里吗？”花蕊也被这恐怖的老妪吓到，小心翼翼地问。

“黄婆？好久没听过这名字了……”老妪颤巍巍地走出来，坐在了门口的木桩上，咧着嘴笑了，“我就是啊，可惜现在的人都不这么叫我了，他们都骂我是个老不死的，可我偏偏就要活下去给他们看……”

“不、不，你不是黄婆！”花蕊又惊又惧，连连摇头，“我明明记得她只有四十余岁，风韵尚存，平时爱穿鲜艳的衣服。”

老妪打量了她一会儿，突然像是想起了什么，点了点头，“你这小丫头，看起来倒有点面熟。”

王子进脊背一冷，心底涌出不祥的预感。

“你见过我？我像谁呢？”花蕊不再后退了，小心翼翼地问。

“是个叫‘花蕊’的小丫头，她可不一般呢……”黄婆眯着昏花的老眼，仔细地回忆。

“哦？她如何不一般？黄婆是不是记错了？”王子进上前一步，挡在了花蕊身前。不知道为什么，他竟有种预感，只要花蕊想起了过去，自己就会失去她。

“不会记错的……花蕊是四十年前，我亲手送到‘玉春楼’的……”黄婆咧了咧没牙的嘴，挤出一个怪异的笑，“她刻意装得驽笨，不学讨好客人的手段，只做卖酒的粗活，可是却心机极深，竟然攀上了万家的公子……”

王子进松了口气，这跟花蕊自己说的一模一样。

“然后呢？”花蕊小声问。

“她在一个冬天，投水而死。”

王子进浑身僵硬，连动都不敢动一下，额上渗出了细密的汗珠。如果黄婆口中投河而死的花蕊，真的是眼前的少女，那么她是什么？是人，是鬼，还是一缕精魂？

“现在你明白了吗？她根本就不是人！”一个苍老的声音在他们身后响起，只见一个头戴斗笠的僧人，正站在河堤上。他的僧袍随风飘舞，像是一个张牙舞爪的魔怪。

“不、不可能的，我明明活生生的，怎么会不是人呢？”花蕊再也顾不上害怕，冲上去一把抓住了黄婆的手，“你是不是在骗我？你摸我的脸，我的手，这么柔软温暖，怎么就不是人了呢？”

黄婆愣愣地看着花蕊年轻丰盈的脸，许久之后，才叹了口气，“那毕竟是发生在四十年前的事情，细节我也记不清了，如果不是这小丫头死得刚烈，我怕连她都忘了。只是有一点很奇怪……”

“闭嘴！”老僧突然手臂暴长，向黄婆抓去。

可就在这时，原本柔和的夜风，突然变成了飓风，吹起漫天沙石，令人睁不开眼睛。一只白鸟从天而降，它翅膀足有两丈长，羽翼直垂天际。只见它清鸣一声，就抓着老僧的后背，将他带到了半空中。

“快说吧，将你方才想说的话全都说出来。”白鸟飞走，风渐渐平息，一个美貌的白衣少年踏着浓黑的夜色出现，他衣袂翩然，黑发雪肤，一双丹凤眼中，似藏着无穷的智慧。

如此紧张的情势下，他仍镇定自若，似成竹在胸。

“你、你们到底是谁？”黄婆吓得想从树桩上站起来，奈何年纪大了，试了几次都没成功。

“追究过去的人……”绯绡伸出长指，红唇含笑，在她额上一点，“别怕，说出你的心里话，你多年来的困惑。”

黄婆在绯绡的凝视下，表情变得安详，缓缓闭上了双眼，像是睡着了一般，瘫倒在树桩上。

“她怎么了？你不是子进的朋友吗，对她做了什么？”花蕊又惊又气，忙去扶晕倒的黄婆。

“那天……我听说有人跳河，就去运河边看热闹……”可她刚刚一搀起老妪，就见她像是梦呓般轻轻地倾诉起来。

“之后呢？死的到底是谁？”王子进知是绯绡施了法术，迫不及待地问。

“我没看到尸体，就看到了一双鞋，和丢在岸边的棉衣……”黄婆喃喃低语，面容现出困惑，“衣服我瞧着眼熟，可是偏想不起来，直到有人说玉春楼有个叫花蕊的小姑娘失踪了，我才想起那确实是花蕊的衣服……”

花蕊屏住呼吸，黑亮的大眼睛中似蕴着一层寒冰，紧张地听她诉说。

“可是有件事却很奇怪……”黄婆话题一转，皱了皱眉，“事后不久，我居然在街上见到了花蕊，那孩子跟了我三年多，我万万不会认错。”

她这话一出口，吓得王子进倒吸了一口凉气。

“说下去。”绯绡轻轻地说，他的声音清朗动听，宛如清泉潺潺流过山涧，让人的心也不觉安静下来。

花蕊脸色白得近似失血，她慌张地将头埋在了王子进的怀中，根本不敢面对现实。

“是、是死而复生吗？”王子进颤抖地问。

“不，我也不知道，而且更离奇的是，五年后上巳节游春，我竟然又见到了她。这次她坐在肩舆上，身后仆从如云，摇身一变，竟成了万家的女主人……”黄婆的表情越来越痛苦，“我特意打听，人说万家的夫人虽出身小户，却绝不是风尘女子……我还去万家附近堵过她，可她似乎将过去全忘了，看我真如陌生人一般……”

“那什么时候的事？”

“咸平年间，距今快四十年了。”

“不，我还没决定嫁给云骏，你说的一定是假的。”花蕊捂着耳朵，怎么也不相信她的话。

“云骏？是万家的老爷吗？他早在三年前就过世了啊，死时是天命之年，办的葬礼极为盛大，我不会记错的……”黄婆闭着眼，梦呓般接下了她的话。

“啊啊啊——”花蕊听到这里，再也抵受不住，她一把推开王子进，捂着耳朵夺路奔逃。她窈窕的背影慌张而惊恐，很快就消失在迷离的夜色中。

这次王子进没敢去追她，他愣愣地看向绯绡，不知道发生了什么。他只觉心中空落落的，似破了个洞，冰冷的夜风从洞中吹过，一点点地带走了心底所有的暖意。

“一会儿你就会知道一切了。”绯绡看出他的伤心，轻轻拍了拍他的肩膀，“快点追吧，她好像想起来了，千万不能再出差错。”

·十二·

“不可能，那都是假的，都是假的！”花蕊提着裙子，在遍布淤泥的道路上疾奔，她眼神涣散，从未如此慌张。

记忆如奔涌的浪潮，排山倒海般涌入了她的脑海。

她看到了万云骏，他年轻俊朗，在灯下掀起了她的红盖头；过了一会儿，她又看到了他们的孩子出生，而为了庆祝，万家特别推出了新的木质水车；最后她看到了一个垂垂老矣的老人，拉着她的手，咽下了最后一口气。

“我到底是谁？我又该去哪里？为何说我已经死了，我不相信！”她边跑边凄厉地哭号，秀发散落，再也不复之前的勇敢无畏。

她说人生都会遇到时雨，终有雨过天晴之时，可如今看来，雨云仍在她周围盘亘不去。她哭得上气不接下气，泪水涟涟中，出现了一个青衣书生年少清秀的脸，书生的笑容温暖而灿烂，驱散了压抑的阴霾。

“对了，子进！我怎么这么傻呢？我要去找子进！”万云骏对她来说只是个缥缈的幻影，但王子进却是真实的。

他会在她害怕时拉住她的手，更会在危险时挡在她的面前。

她想到他，就像是看到了乌云后的金光，他一定会帮她想办法，带她离开这在雨中徘徊的人生。

可当她驻足停步，却见淡蓝色的夜雾中，现出了一个诡异的人影。那人身穿宽大的灰色僧衣，头戴斗笠，手持沉重的精铜禅杖，每动一下，杖上的铜环就发出叮当轻响，好似勾魂的魔音。

“你、你不是被鸟捉走了吗？”花蕊见他突然出现，又惊又惧。

“小小幻术，怎么能骗得了我？”老僧摊开手掌，借着晦涩的月光，只见掌心中正有一团被揉碎的白纸。

“为、为什么要杀我？”花蕊见无路可逃，颤抖地问，“还有你说我是你创造出来的，又是什么意思？”

“因为你本来就是不该存在在这个世上的，不是人，也不是鬼，而是被人厌弃的、不堪回首的过去……”老僧冷笑了两声，语气满含轻蔑，“就跟垃圾一样，根本见不得光，可是我千算万算，没想到你居然受到外界刺激，自成人形地离开了主人，给我添了这么多麻烦。”

“主人？我的主人是谁？”花蕊嘴上虽问着，一个可怕的答案已经在脑中呼之欲出。

“当然就是万家现在的家主吕夫人！她多年前曾跟我做了交易，要完全抛弃她沦落风尘时的记忆和身份。我给她施了个小法术，做出了傀儡，承载了她全部的过去，但让她将傀儡带在身边，日夜祈祷。”老僧得意地讲述，“时日一久，周围的人慢慢就忘记了打探她的出身，而她本人在假死之后，也完全将自己的过去忘记了，真以为自己是个身家清白的小户之女，跟万云骏过起了美满的日子。”

“不！你骗人！我明明是活生生的人，再说傀儡怎么会变得跟人一样！”

“因为你承载了她想要遗忘的那部分人生，所以也有了精魂。我本想过一段日子再收回你，哪想到万家的长孙跟他的爷爷当年一样，为了一个出身平凡的女子跟家中大闹，这事刺激了吕夫人，更刺激了你。这两件事太过巧合，让你陷入了迷乱，居然以为自己是个活生生的人，从万家跑了出来，而吕夫人失去了一部分灵魂，至此昏睡不醒。”

“我不信！你这妖僧，定然是胡言乱语。”花蕊捂着耳朵，无论如何也不敢相信他的话。

“嘿嘿嘿，那么你有没有想过，为什么你顺着自己的记忆寻找，印证的都是发生在四十年之前的往事？”老僧挥了挥手中的禅杖，阴森地笑了，“快点来受死吧，只有你死了，吕夫人才能复原，我才能拿到大笔赏金。”

他说罢舞动禅杖，挟着势不可当的劲力，向花蕊砸去。

然而就在这千钧一发之际，一个白色的身影如风一般掠过，从不可能之处飞快转身，轻而易举地抱走了花蕊。

禅杖落了空，重重砸在地上，激得泥沙飞溅。

花蕊只觉自己落入了一个坚强温暖的怀抱中，再一睁眼，正好对上了绯绡的美目。他一双凤眼微眯，眸光灿如寒星，也如冬天的星子般伶仃冰冷。

花蕊在他目光笼罩下，凭空打了个哆嗦，连忙溜走，躲到了赶来的王子进身后。

“又是你这家伙！给我让开，她是我一手创造，理应由我收回！”老僧怒发冲冠，浑身都在颤抖，禅杖上的铜环叮叮当当响个不停，令人听了毛骨悚然。

“何必说得如此冠冕堂皇呢？当她还是个落魄少女时，你就看出她有发达的可能，才埋下这个种子的吧？”绯绡毫不畏惧，红唇含笑，似看穿了他的心事，“可惜，你虽然能看到财富的脉络，却无法揣摩人性。本想等时机成熟时，悄悄带走傀儡，就能大大敲诈一笔，哪想到傀儡竟然变成了人，擅自出走了。”

“万事都有风险，但这对我来说算不了什么，只要干掉碍事的人就行了。”老僧冷笑一声，挥起禅杖，又当头砸向了绯绡。

绯绡仍笑意吟吟，负手站在夜色中，不躲也不避，仿佛一点都不害怕似的。

“绯绡，小心！”王子进见状，忙推开怀中的少女，要去帮他。

可有人比他更快，一阵青风似旋风般卷来，差点将王子进撞了个跟头。

他不去救绯绡，手持一柄长长的竹箫，当头就向老僧的头上砸去。老僧措手不及，慌忙闪避，手中沉重的铜杖当的一声，再次砸到了地上。

老僧的斗笠被打掉，露出了一张怪异的脸，只见他眼如铜铃，是奇异的蓝绿色，好似那些跳舞卖酒的胡姬。鼻子塌而扁，头上光秃秃的，没有几根毛发，最古怪的就是他那张硕大的嘴，几乎占了脸的一半，似乎一张开就能咧到耳根。

“你这怪物，还我的钱来！”青绫气得面色涨红，再次扬起了竹箫，箫影一闪，骤然暴长，竟然变成了一条青竹柄长剑，疾向这怪人的头上刺去。

怪物忙举起禅杖格挡，两人瞬间就打成了一团，棍来剑往，搅得尘土飞扬，甚至连附近的居民都从破房子里走出来看热闹。

王子进见状，悄悄走到绯绡身边，拉了拉他的衣袖，“喂，你快想想办法，帮青绫一下也好，不然等看热闹的人多了，怕是不妙。”

“我有个好办法，不战就能将他赶走。”绯绡依旧嬉皮笑脸，从衣袖中掏出了一只青绿色的钱袋。

“这是做什么用的？”王子进挠着脑袋，不明所以。

但见绯绡踏上一步，朝那怪物扬了扬手中的钱袋，“喂，你是不是吃过这钱袋中的银两？”

怪物愣了一下，而青绫看到空空如也的袋子更加愤怒，双眸充血，将长棍舞得滴水不漏，就要跟这怪人拼命。

“这里面的金银，都被我下了诅咒，我劝你不要再缠斗下去，赶快找个地方去解咒吧。”

绯绡玉指微动，钱袋在他手中飞快变化，竟然成了一个浑身长满红疙瘩的蟾蜍，令人一看就觉得浑身发毛。

蟾蜍从他掌中蹦出，跳到地上，阔嘴一张就吐出了两条黑色的虫子。

花蕊吓得连忙抓住了王子进的衣袖，王子进也忙别过了头，只觉周身的皮肤都麻麻的，似有无数条虫子在身上爬。

“浑蛋，没想到着了你的道道。这笔横财就让给你们了，可你们能下手杀了她吗？不杀她的话，当她想起了所有的事，完全变成了一个有血有肉的人时，就是万家家主的命尽之时。”怪物突然甩下了僧衣，四脚着地，头上生出了两只角，变成了一个丈许长的、浑身长满了毛的怪兽。

它纵身一跃就突破了青绫密不透风的棍影，几个起落就消失在夜雾中。

“哇，这是什么妖怪，怎么如此可怕？”王子进被这变化惊得哇哇大叫。

“是食金兽，也叫‘貔貅’，因为是以钱为食物的妖怪，拥有预见财富的能力。”绯绡看向王子进，为他解释，“它早在四十年前就看到了这姑娘有发达的可能，就预先布置了一切，想在她变成富人时敲诈一笔，可惜却没有吃到这顿大餐。”

“浑蛋，还是被它跑了！”青绫身体轻盈一转，长剑再次化为竹箫，被他潇洒地插在了腰带中，他颇为心痛地走到了蟾蜍前，将它捉在手中，“不过绯绡，你是什么时候在我的钱袋上下了诅咒？我怎么不知道？”

“所谓诅咒，信则灵，不信则不灵。”绯绡接过蟾蜍，轻轻一捏，蟾蜍再次变成了一只漂亮的织锦袋子，“在它相信我的话时，诅咒就被施下了。”

“说白了还不是骗人？”王子进立刻拆穿他，对他的谎话嗤之以鼻。

绯绡凤目含威，瞪了他一眼，刚要出言反驳，却见一个小小的身影沿着河堤走了过来。她像是夏日里的萤火，走到哪里，就将一簇微弱的光亮带到哪里，仿佛踏着流逝的光阴缓缓而来。

青绫一看到她，立刻迎了上去，“六月，你怎么来了？不是让你好好地在万家等我们回来吗？”

“时间不等人了……”六月吹熄了手中的火焰，焦急地说，“万家的主人命悬一线，你们找到灵药了吗？我们得快点回去。”

绯绡闻听此言，轻轻地转过头，看向了躲在王子进身后的花蕊。王子进见他黑眸中似蕴着一层薄冰，心中登时一寒，忙将花蕊紧紧藏在了身后。

·十 三·

“你要躲到几时呢？”绯绡薄唇微启，叹息般说，“你应该已经想起了一切，仍然不想面对吗？”

“绯绡，不要杀她……”王子进伸手挡住了他，哀求道，“你看她就是个如假包换的人，不要听怪物的胡言乱语……”

绯绡眸光似冰，冷静地看着他，“子进，我不会杀她，而且杀了她万家主人也会失去一魂一魄，即使醒过来也会变成痴呆。”

花蕊轻盈地转身，从王子进的庇佑下走出来。月光似破碎的光阴，洒在她如玉的面庞上，为她的眼角眉梢，平添了岁月的斑驳。

她的身体不受控制地轻颤着，显然十分恐惧，但仍坚定地看向了绯绡，“这位公子，那请问你要花蕊做什么？”

绯绡沉吟了一会儿，冰冷地答：“很简单，做个选择。”

所有人都沉默了，每个人都知道她要做的选择，但没人愿意说出口。

“选择作为一个傀儡活下去，还是将你的魂魄和记忆完全交还给万家主人。”最终绯绡清冷的声音打破了寂静，像是冰镐打破了冰封的湖面，“如果你不交还，万家主人会死，而你会代替她活下去。但时间会凝固在你身上，永远不流逝，你不算个人，也不是妖怪，只是个承载灵魂的器物，等到你现在的傀儡身体磨损殆尽，就是你命尽之时。”

“交还了，我会怎样呢？”花蕊不再颤抖了，她的大眼睛黑而深沉，像是诞生了一个坚毅的灵魂。

“你会消失，彻彻底底地从这个世界上消失，留不下一丝痕迹。”

“不，这跟死了有什么分别？”王子进鼻中一酸，向他哀求道，“绯绡，你一定有两全其美的办法的，她说过要跟我们一起游山玩水的，她还那样年轻美丽，怎么能像露水一样消失呢？”

绯绡精致的面容宛如玉雕，一点表情也无，过了一会儿，方缓缓摇了摇头，“子进，我无能为力。”

王子进知道绯绡神通广大，既然连他都这么说，定然是没有别的法子。他心死如灰，颓然地倚在了河堤上，只见水光之中，花蕊的身影临风而立，碎了又聚，聚了又碎，恰似镜花水月般缥缈虚无。

“真是很难的选择啊。”花蕊低头沉思了一会儿，随即抬起头，微笑着看向王子进，“子进，我一时做不了决定，能陪我转转吗？我想好好在城中玩一玩。”

“好。”王子进见她可怜，再也不避讳男女大防，主动拉起了她的手。

“再耽搁一会儿，就怕万家主人会驾鹤西去……”青绫焦急地说，想要阻止他们。

“无妨，让他们去吧。”绯绡伸出玉笛，拦住了青绫，望着两人渐行渐远的背影，沉静地说，“她一定会回来的，我们去万家等她就好。”

“你怎么如此笃定？万一她跑了，我们岂不是白忙了一场？”

“不，从她对子进生出情愫来看，她已经是个人了。”绯绡坚定地回答，“她不会冷漠地看着一条生命，因自己而离去。”

青绫还是不放心，但看到绯绡平静从容的表情，最终也只能长叹一声，又唤出了一只纸鹤，带着六月乘风离去。

绯绡一袭素衣，好似披着一身霜雪，站在夜风中，定定地看着王子进和花蕊的背影，他红唇微抿，明眸中暗含悲伤，似看到了这对少年男女的最终结局。

花蕊和王子进沿着河堤漫步，刚到桥下，就见一条小船顺水而来，仿佛通晓他们心意一般，乖巧地停在了岸边。

两人对视一笑，相互扶持着走上了小船。这次他们再也没有争执，小船平稳舒缓地顺河流离开了下城。

岸边的景色越来越繁华，灯火璀璨，将这晚秋的夜晚映得恍如白昼。两人一会儿看舞姬在画舫上翩翩起舞，一会儿又看到杂耍艺人在桥上表演踢碟子，还有伶人们在岸边搭了大戏台，唱着最时新的戏文。

路过夜市时，王子进在一个卖花姑娘的船上买了一簇新鲜的红色蔷薇，将这浓艳动人的花插在了花蕊的发髻上。鲜花配美人，将花蕊的脸庞衬得更加明艳，正是人比花娇。

水中照出两人相依相偎的身影，一个是斯文少年，一个是如花少女，怎么看都是一对璧人。

“如今想来，在破旧的观音堂中，怪物并未发现我们，是不是母亲化身为观音在保护我们？其实我也不是一无所有嘛。”她转过头，轻轻地在王子进颊边印上了一个吻，“子进，对于一段被抛弃的灵魂的我来说，万云骏只是个虚幻的影子，我喜欢的只有你。”

王子进心中难过，抓住她的手，眼眶微红，不知该如何是好。他多么想劝花蕊留下来，可是想到那形似骷髅、躺在床上的病人，却无论如何也无法启齿。

两人拥抱着彼此，乘着小船顺水而行，只希望这朗朗秋月永不沉堕，花开不败，有情人长相厮守，时光永远驻足在这美好的一刻。

小船在河中漂漂荡荡，不知不觉，岸边不再热闹，变得安静了下来。

“子进，我到了……”花蕊从王子进的怀中起身，看向堤岸上高大富丽的宅院，“从这里上岸，再走过两个路口，就是万家。这对于一个跟风一样轻盈的灵魂来说，是很近的距离。”

“花蕊……”王子进拉着她的柔荑，知道了她的选择，已经泣不成声。

“虽然我的生命短暂，只有月余，可是却遇到了子进，真是太幸福了。”她笑中带泪，恋恋不舍地看着王子进清秀文静的脸，“我是一段不堪回首的记忆化成，如果没有你，可能得知真相后会满含怨恨吧，可是我现在心中只有感激……”

“不、不要说了。”王子进激动地紧握她的手，无论如何也不愿放开。

“正因为这样，我才能遇到子进，让我像个人一样，有了一段刻骨铭心的爱恋……”花蕊用手抚摸着王子进的脸，泪水打湿了双眼，“虽然只有两天，但我也满足了。谢谢你，让我被落雨笼罩的人生，有了阳光……”

她轻轻地闭上眼睛，吻上了王子进的嘴唇。

王子进只觉唇上一片温软湿冷，再睁开眼时，娇俏美丽的少女已经消失了。他握在手中的，只是一个残破的，身穿花色衣裙的傀儡娃娃。娃娃已经很残旧了，显然承载了多年的岁月风霜。

她面孔平平，眉眼嘴巴皆是黑线绣成，可是那张嘴微微上翘，怎么看都是在笑。

“啊啊啊——”王子进握着这小小傀儡，再也忍不住伤心，失声痛哭起来。有风，从河面上轻盈吹过，像是少女轻捷优美的脚步，又像是情人柔软缱绻的手臂，带走了他的眼泪。

明月缺了一角，高悬天际，银白色的光辉，将扬州城镀上一层银辉，照亮了这世上的悲欢离合，欢笑与无奈。

·十 四·

万家重病了一个月的家主，在一夕之间痊愈了，而治好了这位贵人的病的，据说是一位风姿俊朗、喜穿青衣的美貌少年。

这消息像是风一般传遍了扬州城时，王子进正郁郁寡欢地坐在万家喝酒。

他从未见过，也不想去见病愈的万家家主，在他看来，心爱的女孩正是因此人而死。

秋风秋雨更添愁绪，他只能借这一杯薄酒，才能在蒙眬醉眼中，看到那消失在凄凉晚秋中的少女。

十日之后，秋意更浓，连扬州的风都透着几分入骨阴寒。万家的主人完全恢复了健康，绯绡也换上了厚重的白色锦袍，带来了要离开的消息。

他似乎看出了王子进的伤心，索性不提花蕊，只跟他说万家主人性格坚毅，聪明无比，虽为女流，却一点也不输于男人。

王子进知他是要自己放心，以她的个性，无论处于怎样的逆境都不会服输。可他握紧了酒杯，只当没有听到。

离开的那天是个阴霾的早晨，万家为他们准备了一条舒服而宽大的船，还有仆从随行，跟来时不可同日而语。

秋雨霏霏，王子进跟在绯绡和青绫身后，站在码头，等待登船。

但见如丝如絮的雨雾中，一顶软轿从码头的另一端缓缓而来。软轿停在了离他们数丈远的地方，一个跟在轿边的小婢女走到他们面前，微微一福，脆生生地问：“请问哪位是王公子，我家主人有请。”

王子进愣住了，不知该如何是好，倒是绯绡轻轻推了他一把，他才脚步虚浮地跟在婢女身后，来到了轿子前。

轿上的帘子是细密的竹篾织就，别致而不过分奢华，露出了一个女人的侧影。她已年过五旬，鬓发斑白，发髻上戴着珠玉头冠，虽然隔着薄薄的轿帘，也可见她风度卓然。

“子进，好久不见……”轿中响起了一个低沉苍老的声音，语气中却隐含深情，“我想起了所有，包括被自己刻意遗忘的过去，和跟你共度的美好时光。”

“小生……拜见夫人……”王子进听到这熟悉的语调，不由得哽咽，朝她深深鞠了一躬。

只是一转身间，他们就已隔着四十载的悠悠岁月，是终其一生都无法跨越的天堑屏障。

时光，最是温柔，也最是残忍。

“此去经年，后会无期，望王公子保重，老身也会在扬州城中，为公子祈福祝祷。”轿中的老人充满感慨地低吟，“明月隐高树，长河没晓天。悠悠洛阳道，此会在何年。”

“小生……也很喜欢这首诗……”王子进听她说完，泪水终于不受控制地落了下来。

他朝轿中人三拜而别，转身离开，踏上了离别的客船。

江水悠悠，千百年来，不知送走了多少离人。绯绡临风而立，站在船头，又吹起了一曲《春江花月夜》。

王子进一直站在船尾，眺望着立在码头的一顶软轿，直至它变成了一个小小黑点。

悠悠洛阳道，此会在何年？

古来人生有七苦，唯有离别，最是断肠。

第七夜 ◆ 绮罗香

蓬门未识绮罗香，拟托良媒益自伤。谁爱风流高格调，共怜时世俭梳妆。

窗外鹅毛般的落雪漫天飞舞，窗内暖炉生烟，温暖如春，一扇精致的雕花木窗，似隔绝了两个世界。

身穿朱红纱衣的女人端坐在窗前对镜梳妆，她的背影曼妙婀娜，腰细得不盈一握，露出的一截皓腕上戴着个盈盈如水的碧绿玉镯，更衬得她的肌肤柔滑莹白，宛如上等的羊脂。

“郎君，我美不美？”女人回过了头，她秀发高绾，鬓边插着金凤步摇，一张鸡心般的小脸，却恰好被香炉中缥缈的烟雾遮住了。

她身后坐着一位年轻的男子，做文人打扮，听她呼唤，从书卷中抬起了头。他目光迷离，陶醉地望着被如丝如絮的烟气包裹的女人，仿佛连魂魄都被眼前倾世的美色勾走了。

“美，真的太美了……”他痴迷地答。“我们永远相厮相守好不好？”美女袅袅婷婷地站起来，缓步走到他面前，伏在了他的膝上。

她乌蓬蓬的秀发，像是潮水，又像是绵绵不尽的情意，在他指间缠绕。他抚摸着女人纤细的腰肢，沉醉地享受着这美好如梦境般的午后。

烟气萦绕，好似一个个白色的精灵，在他们身边跳出妖艳的舞蹈，蛊惑人心。

男人沉浸在温柔乡中，瞳仁涣散，唇边挂着满足的微笑，恍如行尸走肉。

屋檐下，一蓬积雪吧嗒一声掉落在地上，遮蔽了窗下的黑色的泥土。雪更大了，压低了屋檐，也覆盖了那些不为人知的，发生在黑暗世界的秘密。

• 一 •

几场雨雪过后，东京城就入了冬，转眼就到了滴水成冰的季节。

王子进从扬州回来之后就郁郁寡欢，没事喜欢去找郭生喝酒。郭生忙于教书育人，早已将几个月前美人图的怪事抛到了脑后。

“如果总是留恋旧时光，又怎会领略明朝的快乐？与其庸人自扰，不如速速忘记。”郭生见他憔悴无神的模样，就知他这个多情种子又被哪位佳人抛弃了，在酒桌上不停开解他。

如此畅饮了几日，他抑郁的心情总算稍减。

当看到积雪在阳光下消融，只觉人和人之间的缘分也正像这漫天飞雪一般，会随着时间的推移化为乌有，可正因为必然消逝才显得分外珍贵。

曾经拥有，总好过不曾相遇。

这晚他又多喝了几杯，深一脚浅一脚地走在结了薄冰的青石板路上，为了快点回客舍，还特意挑了一条近路。小巷中阴暗崎岖，只有淡淡月光从天心挥洒而下，照得布满积雪的小路好似一条闪光的白练。

晚风凄寒，从巷中呼啸而过，仿佛将天空的明月、星子都一并冻凝。

王子进裹紧了棉衣，一路小跑，就在即将走出小巷时，冷风中送来了几缕若有若无的香气。

香气格外芬芳馥郁，比茉莉更清幽，比乳香更甜腻，像是春天初绽的丁香的暗香，又像是情人唇边残留的胭脂气味，宛如一只看不见的手，轻易就攫住了他的灵魂。

他情不自禁地顺着香味走去，只见一个人正匍匐在巷口，而勾魂摄魄的香气，正是从那人身上散发出来的。

“这位兄台，可是也喝多了？”王子进好奇地走进，才看清这人头戴幞头，身穿靛蓝色棉大氅，竟然是个年轻的男人。

可男人并不回答他，仍蜷缩在冰冷的雪地中，像是一只首尾相接的虾。

他惯来心善，就要扶这青年起来，哪知他一碰到青年的肩膀，立刻觉得触手黏腻温热，竟然沾了满手鲜血。

“救命啊——”小巷中传来了他凄厉的呼叫。

天寒路滑，几名捕头正在巡街，突然听到了这撕心裂肺的叫声，忙提灯过来查看。当他们赶到时，只见一个周身是血的青年瘫坐在小巷中，他双眸微张，气若游丝，显然是受了极重的伤。

而不远处一个模糊的人影正在跌跌撞撞地奔逃，捕头们见凶犯还未跑远，忙出刀追了上去。纷乱的脚步声，呼喝叫喊声，在小巷中回荡，打碎了宁静的寂夜。一团白色的狐毛随风飘起，裹着碎雪，飞到了半空中。

风吹起细碎的积雪，在黑暗中撒下了一片银白色的雪雾，迷乱了时间和空间。温暖的客栈中，几片雪花从窗缝溜进来，落在了烛台上，灯火烧焦了雪中裹着的狐毛，啪地爆出个闪亮的灯花，惊动了坐在窗边赏雪喝酒的白衣少年。

他剑眉微蹙，凤眼中满含嫌弃，望向了窗外苍茫的夜色，仿佛窥到了藏在这华美夜色后的邪恶之事。

“这个子进，真是爱惹麻烦。”他长叹口气，放下酒杯，竟然推开窗，径直走了出去。

客舍位于二楼，可飞舞在半空的积雪自动变成了一条银白色的路，铺在了他的脚下。他走到哪里，雪就飞舞到哪里，而当他抬起脚步，身后的雪又变得柔软而脆弱，挥挥洒洒地从半空中飘下。

他踏雪而行，走得缓慢悠闲，但速度却十分迅捷，身影很快就消失在寒冷的冬夜中。

当晚王子进似做了个噩梦，急得他满头大汗。

梦里有个濒死的男人，看起来刚过而立之年，浑身浴血地歪靠在冰冷的墙壁上。他脸如金纸，眼窝铁青，一双瞳仁涣散的眼，紧紧地盯着他。

“别看我了，也不是我害的你！我这就去帮你找郎中。”男人的目光散发着浓郁的死亡气息，令他头皮发麻，一跤就跌倒在雪地上。

青年的嘴一张一合，似乎说了些什么。

“你想告诉我什么啊？再大声一些。”他焦急地问。

可青年的头一歪，斜倚在墙上，再也没有了声息。他壮着胆子探了探青年的鼻息，只觉他气若游丝，心口冰冷，似乎就要断气了。

他吓得惊慌失措，不知该如何是好，可就在他慌张无措之际，却见巷口有灯火闪烁，向自己慢慢靠近。

来人是三个壮汉，走起路来稳健迅捷，全都穿着捕快的衣服，提着衙门的黄灯，他方明白，是自己的那声惊叫引来了捕快。

虽然没有做亏心事，可他仍吓得掉头便跑。捕快们很快发现了他，提着刀追在他的身后。

刀光映雪，寒气逼人，他惊恐地在狭小的巷子中奔跑，酒吓醒了一大半。可他怎么跑也找不到出路，像是只没头苍蝇般在巷子里乱转。

“在那边！”然而最悲惨的是，一路乱闯的他很快就跑进了一个死胡同中，身后传来了巡捕们的声音，甚至灯笼的灯光都将他的影子映在了墙上。

“怎么办啊？”王子进急得团团乱转，蹬着腿就要爬墙，可是墙壁结满了冰，又冷又滑，他试了两下都又跌了下来。

然而就在这时，一只冰冷的手按在了他的后颈上，他吓得凭空打了个激灵，忙回头看去。

只见积雪中正站着一个白衣少年，他的白衣脱尘出俗，比雪还要更白几分。而最动人的，是他微微上翘、眸光晶亮的丹凤眼，和那好似永远含着笑的、从容而多情的红唇。

“绯绡！你可算来啦，我又撞上怪事了！”他一看到这美少年，像是见到了救星，立刻就扑了上去。

“嘘，不要说话……”绯绡拉过他的手，飞快地在他手心上写了个“隐”字。

随即手掌覆上他的掌心，两人双手紧握，并着肩、踮着脚，紧紧贴着墙壁站定。

不过一会儿工夫，灯笼的光芒越来越亮，巡捕们已经追了过来。他们提着灯笼在窄巷中转了两圈，也没有找到任何人影。可他却吓得半死，因为捕快们腰际的刀鞘，好几次都差点撞上他的膝盖，他们手中的灯笼，更是屡次在他眼前晃过。

“还是被那小子跑了！”“回去查查伤者，一定会找出蛛丝马迹，定不会让他逃之夭夭。”

三名捕快愤恨地边说边走，离开了窄巷。

而他则似耗尽了所有的力气，一下就瘫坐在地上，绯绡松开了他的手，月影西斜，辉光洒落，也再次映照出了他的身影。

“这是怎么回事？”他好奇地问绯绡，可他刚要回头，就觉得后脑一痛，眼前的世界变成一片漆黑，噩梦也戛然而止。

·二·

火盆中烧着上好的银丝炭，盆上还架着一副铁架子，烤着只肥腻的鸡腿。鸡腿上的油滋滋作响，掉落在盆中，火苗立刻蹿了几蹿，发出噼啪轻响。喷香的味道蹿入了王子进的鼻翼，他深深地嗅了几下，总算睁开了眼睛。

他环顾四周，在看到暖棕色的帷帐，熟悉的摆设，尤其是那只香气四溢的鸡腿后，终于长长地舒了口气。

原来昨晚的经历，真的只是南柯一梦。

“子进，你终于睡醒啦？快点去给我买酒。”一只玉手拿起了烤得喷香的鸡腿，装在盘中，那手指竟然比瓷盘还要白上几分，正是绯绡的手。

“哎，我刚刚做了个噩梦，头好痛……”王子进哀哀哭叫，摸着涨痛的后脑，哪知竟然摸到了个鸡蛋大小的血包，“怎么回事？我脑后竟然真的有个包？难道昨晚不是在做梦？那些事都真实地发生过？”

“庄生晓梦迷蝴蝶，是梦境还是真实，有那么重要吗？关键是你现在平安无事。”绯绡轻盈地撕掉了一丝鸡肉，塞入口中，朝他挑了一下剑眉。

王子进回想梦中的惊险经历，越想越觉得后怕，也不想再追究，索性去帮绯绡买酒。

当他裹着厚棉衣走出客栈时，已是天光大亮的午时，和煦温暖的冬阳驱散了午夜的阴霾，昨晚那可怕的梦境，好似露水般在阳光下蒸发了。

他踩着消融的积雪，脚步越来越轻快，待走到人群熙攘的闹市时，早已将噩梦抛到了脑后。

路上的姑娘们都穿上了厚重的大氅棉袍，只露出一张张冻得通红的小脸，王子进一路看过去，没看到几个美女，颇为遗憾地钻进了酒楼。

冬日一到，绯绡就喜欢点名要喝这家酒楼中的绍兴黄，配上整只烤鸡，就能让他变成白狐，蜷缩在炭盆旁，舒舒服服地待上一天。

“你听说了吗？昨晚在崇文坊发生了怪事。”严寒的冬季，喝黄酒取暖的人很多，排队的人闲极无聊，又说起了近日的怪谈。王子进昨晚酒醉后路过的小巷就在崇文坊，他忍不住竖起耳朵，认真地倾听。

“什么怪事？”

“听说昨晚有人在崇文坊的小巷里被害，捕快们为了抓到凶手，就将受伤的人抬回了衙门。”

“那又有何奇怪？”

“可是听说伤者本被安置得好好的，来诊治的郎中还在路上，他竟然就凭空消失了，棉被上只有一摊鲜血！”说话的男人压低了声音，“衙门里的人都说，这人多半是妖孽变作，搞不好他就在东京城里乱晃呢，所以最近千万不要晚上出门……”

两人絮絮低语，后面的话再也听不到，王子进却觉得自己浑身血液凝固，大脑变成一片空白。

他们说的显然是自己昨晚发现的受伤青年，看来那根本不是梦境，是真实发生的事情。

他犹记得那男人苍白失血的脸，唇边修剪细致的胡须，显然是个出身良好的文人。还有他对自己竭力说话的样子，他身上温热的鲜血，怎么看都是个活生生的人，而并非什么妖魔鬼怪。

可是这样一个大活人，怎么会凭空消失呢？

他再也顾不上买酒，连打酒的坛子都忘在了酒家，一路跑回了客栈。一推门，便见绯绡正伏在窗边的矮榻上，眯着眼睛晒太阳，自从入冬之后，他就变得越来越懒，那眯眼微笑的模样，怎么看都更像只狐狸。

“绯绡，不好了啊！”王子进见他如此悠闲，越发紧张，“听说昨晚受伤的男人竟然消失了，都说他会在东京城里四处游走，他是不是心怀怨恨……”他越想越害怕，结结巴巴地问，“他、他搞不好还会来找我，因为我跟他见过面……”

“哦？这倒有趣？难得你开始想男人了……”绯绡从榻上坐起来，居然没有追究酒的事，“快点说来听听。”

王子进忙将在酒馆中听到的话一一说给他听，绯绡听他绘声绘色地描述，始终薄唇微抿，没有做任何猜测。

“他对你说的那些话，你还记得是什么吗？”

“不记得了……我当时喝得迷迷糊糊，又受到了惊吓，脑子乱成一团，怎么能记得住呢？”王子进拼命抓挠着脑袋，“而且他说的，好像是些非常容易忘记的话。”

“哦？那就麻烦了……”绯绡摸了摸下巴，又问道，“他身上就没有任何特点吗？”

王子进微眯着双眼，望着窗外的青天白日，思索了一会儿，鼻翼间似乎又萦绕起诱人的香气，“有……他的身上格外地香。”

“是麝香还是檀香？”

“都不是，我从未闻过那么好闻的香味，我也是被香气吸引，才发现他的……”王子进充满向往地说，“我开始还以为是美人身上的香味，可是看到是个男人后，居然也不觉得厌恶，真是太奇妙了。”

“看来只能去香料铺子中找找了。”绯绡沉吟了一会儿，但凭着这点蛛丝般的线索，也想不出更好的办法。

两人当天便裹上了厚重的衣服，走出了客栈。绯绡使出缩地之法，只用了一炷香的工夫，就来到了东京城集市上的香料市场。

这条街上香料铺子一家连着一家，鳞次栉比，卖香料的有金发碧眼的胡女，也有生得高大魁梧的昆仑奴，虽是寒冷的冬日，仍然人来人往，摩肩接踵。

在这里可以找到任何想要的香料，不论是珍贵的瑞龙脑，开窍消肿的茵犀香，还是百洗仍浓郁不散的百濯香，都有店铺在售卖。王子进每看到一家店铺就闻个遍，几个时辰下来，闻了不下千种香料。

他被或浓郁或清雅或刺鼻醒脑的香气熏得头昏脑涨，几欲作呕，可直至转到日薄西山，也没有找到昨晚闻过的，那缕令他魂牵梦萦的香气。

冬天的夜晚来得格外地早，两人疲惫而失望地在夜色中穿行，走出了香料市场，来到了一家小酒馆中喝酒暖身。

几杯黄酒下肚，王子进总算有了点精神。

“就这么点线索，想要找到真相，无异于大海捞针。”绯绡飞快地喝了两碗鸡汤，满足地抹了抹嘴，“不如我们回去歇息，将此事放一放，反正死去的青年也跟我们无关。”

“不行……”王子进想到男人青白的脸，绝望的眼神，又起了侠义心肠，“如果就这样让他蒙冤而死，我心中过意不去。”

绯绡早已习惯了他烂好人般的心肠，凤眼一瞥，也不想再跟他多费口舌。

“尤其是他的尸体还消失了，我总觉得这里面有阴谋。”王子进又喝了两杯酒，更加义愤填膺。

“废话，是个人都能看得出来，不过除非你能提供新的线索，否则我们毫无头绪。”

王子进醉眼蒙眬，看着绯绡冷淡高傲的脸，他葱管般的鼻子，红色的嘴唇，乌黑的长发，在雪光的映衬下显得更加高贵俊美，给人一种无法企及的疏离感。

“我想起来了！”他握紧了筷子，猛地站起来，兴奋地说。

“想起什么来了？大呼小叫，吓了我一跳。”

“他对我说的是一首诗！”王子进激动地说，“怪不得我转头就忘，因为那是一首很常见的诗。”

绯绡不耐烦地喝着暖酒，等待他继续说下去。

“蓬门未识绮罗香，拟托良媒益自伤。谁爱风流高格调，共怜时世俭梳妆……”王子进摇头晃脑地吟道，“这是一个女人对爱慕的人求之不得，自伤身世的诗，所以这件事里面，应该有个女人。”

绯绡轻旋着指间的酒杯，沉默不言，可他黑眸中精光闪烁，似乎已经有了主意。

·三·

回到客栈后，他就将窗户大敞四开，北风挟着积雪灌了进来，将王子进冻得裹着棉被蜷缩在床上。

“你在干什么啊？”他连打了两个喷嚏，实在耐受不住了，“快把窗子关上吧，这么冷招魂都招不来的。”

“唉，冬天就是这点麻烦，连搜集消息的虫子都无法驱使，我只能想办法找个老朋友来帮忙。”绯绡哪肯听他的话，居然临窗吹起了玉笛，笛声顺着风飘飘洒洒，悦耳的宫商之音在雪花间跳跃，像是一个个精灵，将讯息送到了远方。

满腹怨言的王子进，在听到这美妙的笛音后也闭上了嘴，凝神静静欣赏。

然而这笛曲正奏到美妙处，竟然掺杂了喵的一声猫叫，王子进听到这声猫叫，立刻吓得汗毛倒竖。

他永远也忘不了春天的雨夜，在临时搭起来的小黑屋中，一个脸上长满了金色毛发的少女向他扑过来的惊悚一幕。

最糟糕的是，他的恐惧很快就成了真，一只金色的断尾猫嗖的一声从暗处跃出来，脊背一弓，就钻进了房中。

"哇！"王子进大叫一声，整个人都缩进了棉被中。

"好久不见啊，王公子还是如此胆小呢。"猫就地一滚，变成了个窈窕美丽的少女，过了半年，她看起来丰硕明丽了许多，连衣饰都换成了胡姬们喜欢的绣着金线的红衣彩裙。

"不用理他，我是有事求你。"绯绡笑眯眯地拉起了少女的手，"看样子你最近过得不错啊。"

"是啊，我如今住在一个珠宝商家中，波斯人都喜欢猫，我在他的家中，简直是贵族般的待遇。"她红舌一伸，在白森森的獠牙上舔了一下，满足地笑了。

"我遇到点麻烦事，得找你帮点小忙。"

"如果是别人开口我就不帮了，可既然是连你都摆不平的麻烦，我倒有兴趣试一试。"少女说罢又变成了猫，纵身一跃，跳到了窗前，朝他喵喵轻叫。

"去帮我搜集东京城中这一年来所有的怪事，尤其是跟香料或者是女人有关的……"绯绡轻轻地抚摸着猫的脊背，好似对情人般温柔多情，"记住，越快越好，我怕夜长梦多。"

猫轻声叫了两声，优雅地纵身一跃，金色的影子如一道美妙弧光，消失在冬夜中。

待它走远，王子进才战战兢兢地钻出了棉被，好奇地问："你让它去打探，能查出来吗？毕竟不是每家都养猫。"

"言之有理，可是你别忘了，虽然猫不常见，老鼠却无处不在……"绯绡得意地挑了挑眉毛，俊脸上满是骄傲，"而猫，偏偏是老鼠的克星。"

王子进立刻恍然大悟，对绯绡佩服得五体投地，大展马屁神功，还为他揉肩捶背，将绯绡哄得惬意无比，变成只白狐舒舒服服地接受他的按摩。

而金华猫也不负他们所望，在次日清晨就带来了消息。

喵喵喵——晨雾未散，金色的猫就出现在窗前，轻轻地叫了起来。它的声音时高时低，时而悠长，时而短促，倒像是人说话一般，而绯绡则认真地伏在窗前，任长发如瀑布般披散在肩头，美不胜收。

猫每叫一声，他就点一下头，有时还会皱下眉，似乎听懂了它的每一声轻叫。

猫又叫了一会儿，像是在细细叮嘱什么，之后转身跃下了窗沿，姿态轻盈敏捷，十分迷人。

“它说了什么？”王子进待它走远，才敢从棉被中钻出来，好奇地问。

“一年之间，发生的跟女人和熏香有关的怪事确实有几件，第一件是个客栈老板杀人劫财，将尸体埋在了后院，用熏香掩盖尸臭；另外一件是胡商的妻子跟人偷情，卷走了铺子里价值千金的香料……”

“就是这桩！受伤的男人一定是情夫！否则一个大男人，为何将自己熏得如此香？”他刚说了一半，王子进就激动地打断了他。

“子进，还不只如此……”绯绡将长发拢在脑后，有条不紊地穿起了锦缎白袍，显然是要出门了，“还有一个裁缝铺中的女子，据说貌若天仙，十分喜欢熏香，还有一个跟她定了亲的男人。”

“这有何稀奇的？男大当婚女大当嫁，再说稍有些钱的小户女子都会熏香，何况是个手艺好的裁缝。”王子进连连撇嘴，“绯绡，我们今天就去胡商家里问问吧，一定是他嫉恨心起，才出手害人！”

“听说裁缝铺的主人，是位美女哦……”绯绡放缓了语速，朝他抛了个眼风。

“我去裁缝铺，你去胡商家中，咱们分头行动，还能节省时间。”王子进飞快丢下一句话，掀起箱笼找起了衣裳。

绯绡见他忙着更衣梳洗，眼中有了神采，似乎已经忘记了在扬州城的秋夜凋零的花，心中暗自松了口气。

他惯来最讨厌管闲事，之所以追查这桩怪事，是因为也想分散王子进的悲伤，让他快点振作起来。

见此举行之有效，微笑再次荡漾在他的唇边。

王子进脚步匆匆地离开了客舍，最妙的是今天竟然成功地支开了绯绡，没有他做对比，自己也堪称风度翩翩，一表人才，没准会遇到佳人芳心暗许。

他越想越雀跃，连清晨的冷风吹在脸上也不觉得痛，脚步轻快地向东京城的西市走去。据绯绡说那裁缝铺叫作花琴坊，就在西市的一条小街上。

他边走边找，在集市中转了两圈，却发现这条小街上根本没有一家裁缝铺，倒是有家卖猪肉的店面客如云来。

屠夫在寒冷的冬日仍打着赤膊，手持砍肉刀，正在将一只处理好的猪大卸八块。

"请问这街上可有一家名唤'花琴坊'的店？"他在旁边看了半晌，方鼓足勇气，问向手持砍刀的屠夫。

"花琴坊？早就不干了！"屠夫瞪了他一眼，不耐烦地答，"那家娘子将店铺盘给我，已有一年之久。"

"可是我听说……"

"买不买肉？不买肉别耽误我的生意！"屠夫不耐烦地瞪了他一眼，"客人们早就等急了！你还在这里啰里吧唆个没完。"

王子进的心凉了半截，可他仍抱着一丝希望，又去别的店铺打听，大家都对花琴坊记忆犹深，异口同声地说那家裁缝铺中做出来的衣服飘逸美丽，每日贵客如云，但不知为什么，突然在一个夏夜关了门。

店铺在短短几日内被盘出，谁也不知那名唤"花琴"的漂亮娘子去了哪里。

王子进走街串巷，脸被冷风吹得几近麻木，才终于明白绯绡为何坏笑着任自己离开，原来这家伙早知道此行是白忙一场。

可奇怪的是，这些人口中的花琴都各不相同，有人说那是个爱笑的圆脸少女，还有人说她冷艳如霜雪，更奇怪的是，连年纪也不一致。从年方及笄到年过韶华，跨度竟足有二十年。

他越想越是困惑，索性找了一家茶舍休息。

冬天的茶舍挤满了人，火盆中的炭烧得极旺，驱散了严寒。他坐了半晌，才觉得被冻僵的脑袋又渐渐活跃了起来。茶是甜香的桂花红枣茶，窗外被落雪覆盖的建筑映在樱红色的茶水中，宛如仙境般美丽。

他实在是不懂，为什么绯绡会说这倒闭了一年的花琴坊会跟小巷中受伤的男人扯上关系。

茶舍中污浊的气息令他头昏脑涨，迷迷糊糊中，他的眼前出现了一个头戴幞头，白中泛青的男人的脸。

“蓬门未识绮罗香……绮罗香……”男人浑身鲜血，倚在冰冷的墙壁上，呻吟着说。

啪的一声轻响，王子进的手一抖，将茶杯摔到了地上。他突然想通了什么，疲惫全消，仿佛被人当头淋了一盆冰水，脊背上渗出丝丝冷汗。

·四·

他再也坐不住，一路小跑着回到了客栈，此时太阳方有些西斜，绯绡不知去了哪里游荡，竟然还未回来。他急得抓耳挠腮，恨不得立刻跟人分享自己的发现，可直至天色昏暗，华灯初上之时，绯绡才以白狐的形态从门缝钻进来。

“绯绡，绯绡！小巷中的男人，是不是跟那位叫花琴的少女有关？两人相爱了，门第却相差太远，那首诗是花琴心声的写照。后来因花琴纠缠不休，男人为了摆脱这段感情害死了她，店铺才突然关门。哪想到一年之后，却被她的鬼魂报复，所以那个负心人才受伤倒在了小巷中？”他一把抓住白狐毛茸茸的尾巴，问个不停。

“子进，你让我歇息一下好不好？”狐狸白了他一眼，摇着尾巴钻进内室沐浴更衣。待房门再打开时，站在他面前的已是一个目如朗星、眉目如画的美貌少年。

“一天没吃鸡，真是生无可恋……”绯绡懒洋洋地躺在床上，又卖起了关子。

王子进立刻掏出早已准备好的烤鸡，抛到他的面前。

“如果再有点美酒就更好了……”

王子进不顾疲惫，跑到楼下，为他买了坛好酒。

绯绡见有烧鸡美酒，风卷残云般将鸡啃得只剩骨架，酒也喝得见底。他满足地舒了口气，朝王子进点了点头，“不错，子进你确是我的知己。”

“不要说这些啊，快点告诉我真相！男人到底为何受伤，裁缝店的娘子怎么会突然消失？”

可绯绡仍拖拉了半晌，才终于肯告诉他自己的行踪，原来他今日并未去胡商的家中，而是变作白狐，从后院钻进了衙门中，去探听那晚发生的怪事。而且运气非常好，居然恰好遇到了那消失的男人的老母在衙门口啼哭大闹。

原来消失的男人身份几乎可以确定，是尚岳书院的学子，名唤顾岩，家人见他两日都没回家，来到官府报官。可哪想到会遇到这种活不见人死不见尸的事，因为顾岩最后是在衙门中消失的，他那年迈的老母天天来衙门前要人，这两日闹得鸡犬不宁。

“可怜我的儿，就要投奔到夫子张慕华门下，怎么就出了这种事？”老婆婆一边哭，一边倾诉。

“真是可惜，听说拜张慕华为师，只需得到他的提点，轻易就可科举高中。可他收徒甚少，三年才收一个徒弟。”王子进听他转述，忍不住扼腕叹息，“希望他能有一线生机，活着回来。”

“不可能了，他早就死了。”绯绡看着王子进，眼底像是蕴着薄冰，“因为他根本不是消失，而是被黑暗中的妖怪吃掉了。”

“你怎么如此笃定？我最后见他也只是受了伤，虽是重伤，但救治及时的话也能活命。”王子进实在不愿相信顾岩就会这么死了，连连摇头。

“因为我闻到了那香气……”绯绡眯着凤眼回忆，他午后找到了顾岩消失时睡的被褥，果然上面仍留着一股蚀骨销魂的残香，“太好闻了，千年之间，我从未闻过这么好闻的味道。那根本不是属于人间的气味，只有用了邪法才能研制出那种香料。”

“哈哈哈，别说笑了，香料再好，也不过能熏衣驱虫，谁会费心研究它呢？”王子进干笑了两声，仍不信他的话。

“好的香料，能令人平添风华，过目难忘，用邪法加持的还可勾魂摄魄，迷人心智。据说当初李夫人就是用邪香迷惑汉武帝的，不但用来沐浴，还用它熏衣，令原本就貌美的自己变得倾国倾城。”

“听你这么说，似乎都是好处，跟顾岩的消失又有何干系？”

“香气对人类有勾魂般的魔力，对异界的妖物也同样如此。”绯绡眸光流转，意味深长地看向王子进，“否则你以为李夫人为何突然生病，病后还不敢面圣。这种香料只需沾上一点血，就能令血腥的气息更加诱人，召来黑暗中的魔物，将其分而食之……”

王子进想到无数妖怪从黑夜的暗影中走出来，将人生吞活剥的一幕，吓得面色惨白，忍不住打了个冷战。

“所以是有人将他刻意刺伤，又涂了异香丢在暗巷中，就是要神不知鬼不觉地除掉他，可惜却被你撞破……”

“怎么这种事都被我遇上了……”王子进欲哭无泪。

绯绡得意地扬眉浅笑，“而且他更想不到的是，你的身后还有我，以为自己能逍遥法外。”

王子进看着他精致美丽的脸，唇边洞悉一切的笑容，立刻恍然大悟，“啊，怪不得你会特别在意裁缝铺的事，邻人口中的女郎形象各异，定然有玄机。”

“没错，因为每个人看到的都不是真正的她，而是受到香气迷惑，自己脑海中的幻觉，才有这种千面娇娃。”绯绡点了点头，肯定了他的猜测，“我今日去衙门，就是想闻闻香气，确定这件事。”

“但花琴为何会杀顾岩呢？他们怎么会认识？”

“那就要找她亲自问一问了。”绯绡略一沉吟，“你别忘了，这位千面女郎的身边，可是有一位情人的。”

王子进突然像是想到了什么，立刻拍起了巴掌，“没错，她的情人就是顾岩，顾岩拜名师为徒，即将飞黄腾达，要与她决裂，她由爱生恨，设计杀了他。”

绯绡见他目光炯炯地推测，笑着叹了口气，“你真是满脑子男欢女爱，真相是什么，待我们明日问过了那位面容千变万化的女郎再说吧。”

“怎么？你已经找到她了吗？她现在在干什么？到底长得美不美？是不是那种蛇蝎美人？”

王子进再次围着他问个不停，可绯绡仍然像是平日一样卖着关子，为了逃避他的追问，又变成了白狐，蜷缩成一团，窝在了窗边。

日头早已沉下山巅，云层如海涛般奔涌，淹没了天幕，也遮蔽了星月光辉。寒风乍起，吹掉了树上残存的枯叶。一场风雪，即将到来。

·五·

天色阴沉，像是张含冤带恨的晚娘脸，灰扑扑的，将整个东京城都映得暗淡无光。

冷风凄然，一个布衣荆钗，身穿笨重棉裙的少女正站在东市的街角卖手帕。

她绣工极好，手帕上的翠鸟栩栩如生，振翅欲飞，可惜再好的手艺也无法吸引几个买主，因为她相貌平平，像是只灰头土脸的鹌鹑，让人不自觉地想避而远之。

她疲惫地坐在街边，叹了口气，空茫的双眼望向繁华的都城，似乎看到了自己拥有“魔力”的那段好日子。

那时所有人都围着她转，一大早还没等开门，就有贵人家的奴婢等在门外，来替主人取最时新的衣裙。

她在街上走过，邻里们都注视着她的身影，甚至买布料和食物，店家也会少收她的钱，而且几乎每日都会收到求爱的花笺信物，向她求亲的青年才俊能站满整条小街。

可是如今，那些美好的日子都像是泡沫般在阳光下消失了，她被打回了原形，因为经历过高高在上的日子，过得比之前更加痛苦。

她感怀着身世，望着人来人往的街道，只见灰蒙蒙的人群中出现了一抹亮色。那是一个身穿白色锦袍、头戴金冠的美少年，他黑发如墨，肤色胜雪，翩翩然走在人群中，似一只白鸟穿透阴霾，朝她飞来。

少年的身后还跟着个书生打扮的人，不过二十出头的年纪，身穿低调的淡蓝色棉袍，生得文静清秀，长相喜人。

她看到了书生，心底突然一痛，像是被一根看不见的针，悄悄刺了一下。

“你就是花琴？”绯绡驻足停步，站在她面前，拿起了她竹篮中的绢帕。

“不，公子认错人了……”她低低地垂下了头，脸红得似滴血。

“怎么会呢？我明明闻到了异香的味道……”他见她否认，长指缓缓拂过了手帕，手帕上的翠鸟登时活了过来，振翅而飞，在灰蓝的天空下盘旋了一圈才慢慢远去。

少女目瞪口呆地看着这个容貌俊美、凤眼微挑的美少年，知道今日是遇到了异人。

她关了裁缝铺的一年间，做过帮佣，又卖过杂货，失去香气加持，容貌无法引人注目，从未有人认出她，没想到却被这少年轻而易举地找到。

“公子说得没错，小女正是花琴。”不得已中，她只能垂首承认，声音却有些哽咽。

“那……你认识顾岩吗？”王子进看着这形容憔悴，脸上有几粒雀斑的女孩，怎么也不信她会是心狠手辣之人，只小心翼翼地问。

“顾岩？那是谁？我如今在帮一位绣娘打下手，闲时卖些手帕丝带，只希望快点攒够回家的路费，哪里还认识什么人呢？”

王子进听了不由得愣住，他的猜测被推翻，不知该如何是好。

“是吗？那听说你昔日有个定亲的人，不知现在在哪里？”绯绡似已料到了一切，继续盘问。

“小女早已抛弃过去，连店都关了，过往的恩爱更是不再留恋。而且昔日追求我的人数不胜数，更不知公子说的是哪位？”花琴冷漠地回答，眸中毫无神采，仿佛行尸走肉一般。

绯绡见她这模样，知道再问也问不出什么，也没提到顾岩的离奇死亡，只给了她些碎银子，骗她说有人还在惦念她。

两人刚刚离开东市，雪花便飘飘洒洒地纷扬落下，好似鹅毛，又似柳絮，模糊了前方的道路，令这桩怪事显得越发扑朔迷离。

王子进见线索中断，十分低落，一回到客舍就喝闷酒。

而绯绡也没想到从花琴口中竟然什么都问不出，连爱吃的鸡都忘了，站在窗前，望着落雪渐渐覆盖了整个城市，不知在思索着什么。

“蓬门未识绮罗香，拟托良媒益自伤。谁爱风流高格调，共怜时事俭梳妆。”王子进一边喝酒，一边念着那晚顾岩最后说的诗。

会念出如此卑微哀伤的诗的，除了待嫁的贫女，还会有谁呢？

他又喝了两口暖酒，脑中突然灵光一现，想起了什么。他跌跌撞撞地跑向绯绡，连鞋都顾不上穿。

绯绡正在凝神思考，登时被他冒失的举动吓了一跳。

“绯绡，我知道凶手是谁了！”王子进激动万分，结结巴巴地说，“是个男人，而且是个怀才不遇的书生！花琴对我们说了谎，她确实有个情人，而那个男人多半是个读书人。”

“如此甚好，我也猜到那女孩在说谎，正想着用什么方法调出她脑中的记忆，现在就简单了。”绯绡也很开心，不断颔首微笑，“只需跟街坊邻居打听一下，经常出入花琴坊的书生是谁就行了。他应该从未用过异香，面容身份都是真实的。”

“他应该跟顾岩是竞争关系，我这就去尚岳书院问问，应该也能得到些线索。”眼见真相即将水落石出，王子进激动得连连搓手。

他披上棉袍，就迎着风雪走出客栈，连一贯怕冷的绯绡，也随后变成白狐跃下小窗。

雪飘洒飞扬，很快就将狐狸走过的梅花般的脚印掩盖，好似那些被时光抹去的，不为人知的秘闻。

虽然今日下了雪，没有卖出半块绣工，花琴还是很开心，因为这偌大的东京城中，竟然有人还惦记着她。

窗外冷风舞细雪，细雪唱轻吟，她坐在暖炉旁，埋头刺绣。红红的炭火忽明忽灭，照得她年轻圆润的脸也红扑扑的，她从这温暖的火光中，又看到了昔日的美好时光。

她曾为一位波斯胡商做过绣工，胡商来了东京城不久就染了恶疾离世，临死前给她留了一小盒香料，嘱咐她一定要善加利用。香料盒子十分朴素，是个简单的木盒，可一打开盖就异香扑鼻，令人沉醉。

在三月三上巳节那天，她才拿出这珍贵的香料，擦了一点出去踏青。

哪想到在诸多争芳斗艳的少女中，她竟然成了最受瞩目的一个。她的裙子是不起眼的淡青色，衣裳也是粗布裁就，可是不论男女老少，都目不转睛地盯着她，像是要将她装在眼睛中带走一般。

她从小到大，从未受过如此对待，还没有走到河边，就羞红着脸跑回了雇主的家。

开始她还以为是自己日益成熟，变得妩媚动人了，可是之后她无论作何打扮，周围的人都不再多看她一眼。

第二次使用香料的时候，是她去买布料的日子，结果跟上次一样，她再次成为人群中的焦点。她这才明白是香料的魔力，而且奇怪的是香气只对别人有影响，并不会令自己心神混乱。

她十分聪明，利用手艺开了家裁缝铺，只要以香料熏之，再普通的衣服也会得到人们的喜爱。

这家名叫“花琴坊”的店在她的经营下，很快就声名鹊起，贵客如云。

就在她的人生鼎盛之时，她遇到了沈陌汐。那是个苍白文雅的书生，在两年前的一个雪天晕倒在裁缝铺门外。当时他冻得脸色发紫，几近昏厥，她施他以热粥，赐他以寒衣，更因欣赏他的才气，资助他去东京城最好的书院读书。

“花琴，待我科举高中，定然会迎娶你。”沈陌汐聪明体贴，早就猜到了这美丽女子的心思，对她许下了誓言。

花琴第一次见他时，就觉得他长相文秀，周身流露着儒士的气息，早已对他芳心暗许，当即答应了。

两人从此恩爱地住在花琴坊中，她裁制华服，他替她打下手；他彻夜苦读，她为他红袖添香。

那是一段神仙般快活的日子，如果说她这一生是一匹灰扑扑的、廉价的布料，那段时光就是这布料上唯一的刺绣。

鲜艳、精致、明亮，让人小心翼翼又爱不释手，让她觉得自己终于活得像个人了。

可是好景不长，她赖以生存的香料很快就用完了。魔力消失，她被打回了原形，店里售卖的衣服再也没人光顾，甚至走在街上，都没人多看她一眼。

众人认识的，只是那个香气袭人、姿容美丽的女子，而并非姿色平庸的她。

为了生存，也为了不被心上人拆穿，她匆忙关了店，又变成了昔日那个贫苦无依的少女。

·六·

“蓬门未识绮罗香，拟托良媒益自伤……”坐在火盆前，她的眼眶渐渐红了，但仍含泪绣着绢布上的接天荷叶。

这首诗是沈陌汐过去经常念的，她不明白什么意思，只知道每次念起来，心中都会涌起悲伤的感觉。

她总觉得这诗中描述的就是自己，既自卑又骄傲，当香料用完的那个清晨，她连告别都没说，就离开了心爱的情郎，只为了保护这段美好感情。

窗边有呼啸的夜风刮过，她眼中的泪水，在这个寒冷的冬夜，滴到了绣了一半的锦帕上。水珠在栩栩如生的芙蕖荷叶上转了一圈，洇湿了一片锦缎，绢上的花开得再艳也终究是假的，轻易被现实拆穿。

雪越下越大，木窗砰的一声被吹开，烛火晃了两晃，也被吹灭。

花琴慌忙抬起头，只见陋室中竟凭空多了一个白衣胜雪的美貌少年，而在他的身后，一个书生浑身裹着雪花，像是个雪人般趴在窗框上。

“绯绡，下次你就不能换个方式过来吗？什么‘踏雪寻人’，说得好听，就是在风雪中走路，我以后再也不相信你了……”书生吐出了一口雪，哀叫连连。

“你们到底是什么人？怎么总是缠着我不放？”花琴见他们正是白日里见过的人，忙拭干了泪水，警惕地躲在了墙角。

“不要怕，我们不是坏人。”王子进抖了抖衣袍上的雪，笑眯眯地说，“只是来问你些事情，千万别叫，吵醒人就不好了。”

可是他这强挤出来的笑在雪夜中看来显得僵硬可怖，花琴越发害怕，嘴巴微启，一声尖叫在喉中酝酿。

“沈陌汐。”然而面如霜雪的绯绡，轻轻说出了一个名字。

花琴立刻闭上了嘴，她平庸得毫不起眼的脸上浮现出幸福的神采，连眉眼都变得生动媚人。随即泪水再次涌上了眼眶，她激动地看向绯绡，“是他叫你来的吗？他果然还记得我，可是我这副样子，要如何跟他相见呢……”

她慌慌张张地抚摸着自己的脸庞，又扯了扯粗布裙子，努力让它看起来整洁一些，既紧张又期待着。

“不，他早忘了你了。我只是来问问，是不是他从你手中偷走了香料？”绯绡的声音却如同冷硬的玄铁，轻易击碎了少女的绮梦。

花琴愣住了，笑容僵在了脸上，但她仍不愿相信，怒目瞪着绯绡，“我不信！他怎么会忘了我？毕竟我们昔日如此恩爱。”

“既然恩爱，为什么你失踪了一年他都不曾寻找，甚至偷走了你赖以生存的蘅芜香呢？”绯绡毫不在意她满怀仇恨的目光，轻描淡写地说着，但每句话都像是锋利的刀子，轻易刺破人心，“而且他是个聪明人，每天只偷一点点香料，让你无法察觉。”

花琴没有辩驳，她扭着手指，垂首回忆着那些色彩斑斓，幸福得近乎虚幻的时光。确实，自从认识了沈陌汐，香料的消耗变得飞快，即便她再节省，也在短短一年间被用光了。

她的指节扭得青白，心中酸涩痛苦，空荡荡的似破了个洞。回想往事，那些想不通的疑点，像是退潮之后的礁石般露出了水面，让她无法不相信。

“你不要害怕，我们只是来跟你确定这些事情。”王子进见她面如死灰，怜悯地说，“今日午后我见到了他，他在一年内平步青云，进入了东京最好的书院，甚至要拜名师为徒，行为举止有嵇康的风度。但即便如此，他也始终没想过要找你……”

花琴听到此处，终于瘫软在地，哀哀痛哭起来。

“所以你也不要傻傻地思念他了，此人……并非良人。”王子进不忍看下去，拉着绯绡要走。

然而花琴却眼中含泪，困惑地看着他们，“为什么？我对他这么好，他却如此算计我，难道从未真心喜欢过我吗？”

“连以真面目示人都不敢的人，怎能得到他人的真情？”绯绡却看都没看她一眼，带着王子进跃出窗外，消失在风雪中。

雪席天幕地，在风中跳着狂乱的舞蹈，淹没了两个人的身影，也掩盖了那个少女悔恨万分的哭声。

雪过天晴，东京城一夜之间就变得银装素裹，好似琼楼玉宇。而待到了傍晚，华灯初上，缤纷的光芒更将这雪中胜景映得宛如玉雕，行人们走在街上，似在天宫中漫步，被这美到虚幻的景色陶醉，不知归路。

一个衣袂翩翩、风采斐然的书生从书院中走出来。

他身穿一件普通的青灰色棉袍，是最常见的款式，可是这朴素的衣服穿在他身上就散发着熠熠光华，像是缀了珠玉，缝了金线一般亮丽耀眼。

他的面孔白而秀美，带着几分女相，双瞳乌黑，深不见底，即便是走在东京城熙攘的街道上，也十分出挑，一路上吸引了无数路人的目光。

在众人的瞩目中，他装作宠辱不惊的模样，低头看着遍布积雪的道路，可心底却似开出了一蓬蓬的鲜花，喜不自胜。

他的心情从未这么好过，自从得到了那盒奇异的香，他崎岖的人生之路就变成了处处充满光明的坦途。

在惑人香气的帮助下，他轻易就得到了同窗的喜爱，夫子的关照，甚至得到了贵妇的青睐，资助他读书。

名满东京城的夫子张慕华要收徒，他不费吹灰之力，就成了候选人之一。

他永远也忘不了被选中的那天，张慕华称赞了他的文章，其余的学子都对他投以艳羡的目光，初秋的阳光透过树荫洒在书院的屋檐下，像是金色的猫须。

他透过那华丽的光线，仿佛看到了存在于不远处的未来中的，那鲜花着锦，烈火烹油的美好时光。

可是就在他最癫狂得意的时候，顾岩出现了。他长得平庸无奇，年纪也比他大许多，但是当顾岩呈上文章后，张慕华就再也没有点评自己的文笔。当天晚上，就传出了消息，说顾岩可能会是名师的唯一之选。

即便他刻意在墨汁中掺了香料，耗尽毕生所学，写出来的文章，仍然轻易就败给了顾岩的连篇妙语。在对方碾压般的绝对优势下，奇异的香料也无法让他胜出半分。

不过还好他很聪明，既然香料能放大美好，当然也会令邪恶变得更加可怖。

他想方设法地接触顾岩，终于在短短月余成了他的朋友，在前几晚约他出去喝酒时，趁他酒醉时重重捅了他一刀。

当在顾岩血流不止的伤口上涂抹香料时，他的手毫不颤抖，非常平静，仿佛做的是一件再寻常不过的事。

可没想到那香料的效果竟然那样好，他本以为顾岩会中毒而死，哪知他竟然尸骨无存，连点证据都没有留下。

真是好用啊！轻松就替他扫清了晋升路上的障碍。还得感谢那个资助自己的丫头，如果没有她，他还不知世间有如此异宝。

“她可真傻……”他想到花琴，唇边荡漾出鄙夷的笑，“难道不知道每次约会，自己的面容都会随着我的心情变化而变化吗？”

不过也幸亏她傻，才被他钻了空子。

·七·

他脚步轻快，姿态潇洒地离开了人群，拐入了里坊间的一条小路。

今晚张慕华要为他这个得意弟子引荐一名贵人，为了给别人留下好印象，他特意在衣饰和肌肤上涂了浓郁的熏香。

明月皎皎，在瑞雪的映衬下宛如一枚晶莹明亮的宝石，高挂在天际。月光冰冷，将这繁华的城市都照得生出了几分肃杀之气，幽森的小巷中，黑暗的阴影中，似藏着无数蠢蠢欲动的魑魅魍魉。

“蓬门未识绮罗香，拟托良媒益自伤……”寂静的小巷中，传来男人清朗的低吟。

沈陌汐停住了脚步，心不由得一紧，这一年来他过得太顺太得意了，连警惕都忘记了。

“沈陌汐？”夜色中传来簌簌的踏雪声，一个身穿蓝色棉袍、头戴纱帽、面容清秀的书生从暗处走了出来，停在了他的面前。

“你是谁？我不认识你……”他依旧保持着风度和微笑。

“顾岩是不是你害死的？”王子进看着这个处变不惊、气质高洁的英俊青年，不敢相信他真的就是杀人凶手。可是他身上飘散着的浓郁的、勾魂摄魄的香气，却跟那晚他在顾岩身上闻到的一模一样。

“素不相识，你在信口胡说什么？”沈陌汐按住了衣袖，那里有他藏着的一把匕首。

“绮罗香……”

王子进刚刚说了三个字，就见沈陌汐面色阴冷，猛地一低头就向自己撞来。他宽大的衣袍中裹着一道寒光，散发着森森死气。

可一道白影比刀刃的光芒更快，从斜里冲出来，如流星破空般迅捷，一口就咬破了沈陌汐的手腕。

血混着香气在夜风中弥漫，变成了另一种蚀骨销魂的香气。

“不！”他惊恐地捂住了手腕的伤口，伤口虽不大，却咬得十分精准，温热的血汩汩涌出，根本就止不住。

香气越来越盛，暗巷的角落中，已经出现了几个狰狞的影子。王子进也忍不住以袖掩鼻，这味道比那晚他在顾岩身上闻到的更浓烈，激发了他潜藏在心底的兽性。

“不、不要……”沈陌汐绝望地高叫，拔脚便跑。

可他刚刚跑了几步，就被什么东西绊了一跤，重重跌在了地上。

无数张牙舞爪的影子扑到了他的身上，不成形的妖怪们纷涌而出，将挣扎不休的他拉进了小巷中。黑暗中不断传来怪物嚼食发出的咯吱声，和微弱的呻吟声。

王子进被这恐怖的一幕吓得牙关打战，忙别过了头。

可白狐却十分满意，它在地上打了个滚，变成了个白衣黑发的美貌少年。少年黑眸如漆，唇边含笑，望着阴暗的小巷，似看透了比夜更黑暗的人心。

不过一会儿工夫，冷风卷起细雪，黑雾随风消散，狭窄的小街再次恢复了平静。绯绡信步走到暗巷前，看了看里面的情况，朝王子进招了招手。

王子进提心吊胆地走过去，只见巷中只有淡淡月光，照亮了雪地上的一摊浓腥血痕，以及被抛在旁边的一个小小木盒。

“游走在黑暗边缘的人，注定会被黑暗吞噬。”绯绡捡起木盒，轻轻打开，只见盒子里装了一半香膏，异香扑鼻，勾魂摄魄。

·八·

东京城中很快恢复了平静，人们早已忘记了那平白无故消失的受伤男人，张慕华两名爱徒失踪，新的学子纷涌而上，不过三五天就补了位置。

守在街边卖手帕的花琴，仍然裹着粗笨的棉裙坐在寒风中，可她蜡黄的脸上浮现出幸福的笑容，看着对面街道上的一位雕花匠人。

雪光映照在她年轻的脸庞上，为她朴素的容颜增添了几许辉光。

年轻的匠人朝她笑了笑，脚步轻快地跑过来，两人一起谈论起了花样和雕花。

她丝毫不为脸上的雀斑自卑，直视着匠人爱慕的眼光，这次她不再伪装也不再欺骗，终于换来对方的真心以待。

而此时绯绡和王子进正坐在街边的酒馆中，一边喝着烈性的烧刀子，一边看着这温馨的一幕。

“真好啊，可惜我没有那样的缘分……”王子进想到了在扬州城变成老妪的花蕊，感慨地说。

“哼，什么真心假意，在急急流年，滔滔逝水中，不过是尘埃一片。”绯绡冷哼了一声，骄傲地抬起了下巴，似乎对这种人类的小情小爱十分鄙视。

“我多么想浑身都是尘埃啊……”王子进哭丧着脸说，但他很快就觉得不对劲了，好奇地看着绯绡，“咦？我记得你很讨厌管闲事的，这次怎么如此积极？难道是为了那奇怪的香料？你已经这么美了，再熏香变得更美那还了得？”

“子进，我告诉你一个秘密，附耳过来。”绯绡朝王子进勾了勾手指，凤眼眯成了两条线，恰似只狡猾的狐狸。

王子进好奇地凑过去，充满期待。

“据说将香料抹在烧鸡上，鸡肉会变得更香哦……”

王子进听到此处，愤怒地拂袖而去，决定再也不搭理这只死狐狸。

远处红梅映雪，松柏挺拔，正是一年中最寒冷的季节，可风中却已送来春日的清香。

第八夜 ◆ 蜘蛛丝

江南小镇中，晨雾弥漫，像是一匹广袤无边的白纱，笼罩了红墙绿瓦。这里的冬天跟北方不同，没有漫天飞雪，只有寒霜冻雨，像是个柔情似水的佳人，永远看不到她严酷苛责的面容。

一个身穿绿色锦衣的英俊男人，缓步踏过潮湿的石板路，停在了一座小庙前。庙前有流水潺潺，绿竹晏晏，想来如果正值春日，当有鲜花盛开，蜂蝶环绕，定是一番美不胜收的景色。

此时虽是清晨，但已有信徒背着香袋，早早来上香。男人跟在这些人身后，信步走入了庙宇。

庙中供奉的是地藏菩萨，佛堂中灯火通明，一尊高高在上的佛祖金身享受着众人的膜拜，供案上放着这个季节少有的鲜花和瓜果。

几个小沙弥在庙中忙来忙去，根本没人发现灰衣男人的到来。

“安忍不动，犹如大地。静虑深密，犹如秘藏。”他望着菩萨宝相庄严的脸，轻轻地吟诵着佛典中的文字，浓眉下的双眼闪烁着阴戾的光。

菩萨双眉低垂，面带慈悲，似满含怜悯地望着这个不敬者。

“听说你誓要度空地狱？不如借我件物事，助我一臂之力。”锦衣男子轻轻一招手，一根闪亮的银丝就从房梁上垂了下来。

那是一根蜘蛛丝，随着晨风轻摆，若隐若现，像是美人飘忽游离的眼波，又似一缕将散未散的烟气。

男人满意地伸出手指，将蛛丝缠在了指间。

菩萨慈悲的面容突然变得愤怒，一双低垂的眼仿佛也睁开了一些。寒风骤起，院子里一个扫地的小沙弥突然留意到了男人的存在，厉声喝道：“什么人？”

所有的和尚和香客都被惊动了，他们都好奇地看着这个身材颀长、伟岸不凡的男人，看他样子完全不是个信徒。

“退下！”一个高大的胖和尚从禅房中走出来，他僧袍迎风飘舞，双手一抖，展开了一卷经文，向男人走去。

男人笑了笑，身影一晃，竟然凭空消失了。佛堂中只有烟气萦绕，烛光飘摇，仿佛他从未来过一般。

“妖怪呀！”几名胆小的香客纷纷奔逃。

“看看丢了什么没有？此等魔物敢擅闯佛门，定是有什么目的。”胖和尚收起了那卷辟邪的《金刚经》，吩咐小沙弥们。

小和尚们忙来忙去，清点庙中的物品，却意外地发现，整座庙宇中，居然连个蜡烛头都没有少。

寺庙中很快就恢复了平静，到了午时，香客们接踵而来，早已没有人记得这桩发生在清晨的怪事。

只有一只黑色的蜘蛛，缓缓从房梁上爬过，它迅速地移动着毛茸茸的节肢，吐出一道道银丝，缠绕在屋檐下。

丝丝缕缕，纠缠不尽，好似命运密不透风的网。

· 一 ·

隆冬已至，瑞雪皑皑。北风在城中呼啸奔走，卷起细碎的积雪吹在头脸上，像是刀割一般地痛。

在这柄利刀的肆虐下，城中罕有人迹，瓦肆中的卖艺人都缩到了屋檐下，买一壶劣酒就能坐一天，勾栏戏院中的炭盆倒是烧得暖暖的，可是往往戏还没开始，就早已座无虚席。

“梅落繁枝千万片，犹自多情，学雪随风转……”王子进坐在温暖的客房中，拿着一枝红梅，摇头晃脑地念，“昨夜笙歌容易散，酒醒添得愁无限。”

念罢他眯着双眼，看着窗外回风舞细雪，喃喃地说：“昨夜那个美貌伶人唱得真好，雪中一别，以红梅相赠，而这段爱情也跟这梅花一样，渐渐凋零。不知今夜又有怎样的精彩戏文？”

“咳……”绯绡从隔壁的房间中走来，轻咳着提醒他，“那伶人是个少年，就算再貌美也是男的。”

仿佛美梦被点醒，王子进懊恼地放下梅枝，又坐回桌前，埋头苦读。

绯绡却走过来，围着他转了两个圈，一双漂亮的凤眼中满含好奇，看着他似在看什么珍稀的美人。

要知道绯绡平时最喜欢霸占一个房间，跟人刻意地保持距离，除非有鸡有酒，否则轻易不肯跟人接近。

王子进被他看得浑身发毛，再也看不下书，好奇地问：“你看我干吗？”

“子进，我之前怎么没发现，你印堂发黑呀。”他凑到王子进面前，伸指点了点他的眉心，红唇微翘，“好像最近会有倒霉的事情。”

王子进愣了一下，随即一把打下他的手指，不满地嘟囔：“喂，就算有倒霉的事情，你也不用笑成这样吧？”

“我没笑呀！”绯绡连忙矢口否认，但嘴角仍是翘着的，显然是在幸灾乐祸。

王子进气不打一处来，刚想跟他理论，却听门外传来了小厮殷勤的敲门声。他连忙跑去开门，很快就拿了一封信回来，原来是他那远在南方的母亲给他写的家书到了。

绯绡一看到这封信，笑容更盛，连眉眼都弯成了两道月牙。

“快过年了，定是我娘唤我回家。”王子进欣喜地打开了信，但只看了两眼，脸色就瞬间变得惨白。

原来这并不是叫他回家的信，而是他那已近耄耋之年的祖母写给他的劝学信。信中一字一句都流露着恨铁不成钢的意味，让他不要到处游山玩水，珍惜大好时光，找个书院去进修一下，为下次科考做准备。

“哎哟？你的祖母还活着呀？”绯绡从他身后探出头来，笑嘻嘻地问。

“她今年已至花甲……”王子进欲哭无泪，看着笔力刚劲的劝学信，沮丧地说，“你看这笔锋、这口气，她再活个二十年都是轻而易举。”

他说罢抖了抖信封，看里面会不会有点交子盘缠之类的，哪知抖了两下，里面果然飘出来一张硬硬的纸片。

“是封荐函！”绯绡眼尖，一把接住，递到了他的面前，“是松阳书院的，让你入学读书。”

王子进看着白纸黑字的荐函，眼白一翻，登时就要晕过去。

当晚他夜不能寐，因为还有三日，他就要进那个以严苛出名的松阳书院读书了。

松阳书院建在东京城外几里地中的山里，夫子们都对学生要求极高，据说每年都有人忍受不住压力而悬梁自尽。

饶是如此仍年年有人慕名前往，捐赠大笔银两也要进去读书，只因这所书院中鸿儒辈出，经常有学子科举高中。

而他手中这张薄薄的荐函，想都不用想，定然是对他抱以厚望的祖母想办法弄来的。

“奶奶……”王子进咬着被角，默默流泪，心情比这凛然寒冬更冷几分，“隔了这么远，你也不肯放过我吗？”

窗外雪打窗沿，发出簌簌轻响，在黑夜中听来，仿佛有一只看不见的手，在抓挠他的心脏，让他郁闷难耐。

他的思绪仿佛随着纷飞的大雪，穿过悠长的时间，回到了十几年前。

那时他刚刚五六岁，进书院开蒙，因为年幼时总是跟在父亲身边嬉戏玩耍，识字太少，经常被夫子责骂。

有一天他的手掌被打得通红，肿胀如馒头，回家连碗都端不起来，想在母亲怀中撒撒娇求得些安慰，却被祖母发现了。

祖母出身大户人家，从小饱读诗书，对人对己都要求极高。她看到不争气的孙子，二话没说，罚他抄写整篇《三字经》。

可怜王子进连笔都拿不稳，哭得抽搐，足足折腾了一晚，才完成了祖母对他的责罚。

从此那个永远一丝不苟、腰杆笔直的老妪就成了他的噩梦，只要远远看到祖母的身影，他就慌不择路地逃开。

而且不知是不是祖母对他要求太高，他反而越来越吊儿郎当，到了十五六岁更是长成了镇上远近闻名的花痴。

有时为了等一位美人经过，就能在桥头上呆坐一天，引得众人围观。

后来祖母的身体越来越不好，虔诚礼佛，索性住在了小镇附近的尼姑庵中，每日对着青灯古佛，很少跟家里人联络。

少了祖母的督促，王子进总算过了几年逍遥日子，惜哉文章也如江河日下，一天比一天拿不出手。

有时祖母还会回家中小住，那几天往往就是他的噩梦，这个精神越来越矍铄的老太太，视线像是银钩般锋利尖锐，他想偷点懒或者开点小差，永远都逃不过她的眼睛。

“子进，你的书还没念完，怎么就睡了？”“子进，这幅美人图是不是你偷着买回来的？”“子进，快点把新写的文章送去给夫子看看！”“你怎么整天想着玩乐，我为何会有你这么不争气的孙子？”

迷迷糊糊中，王子进耳边又响起了祖母的责骂声。她满含怒火的双眼、细密的皱纹、冷厉而下垂的嘴角，灰白色的鬓发，仿佛历历在目。

“啊！”他大叫一声，从床上坐起来，才发现晨光如猫须般穿透窗棂，洒下淡淡辉光，雪早已停了，只有冷风依旧，带来刺骨阴寒。

“子进，别赖床了。”卧房的门被推开，风吹在身上，像是被迎面泼了一盆冷水。只见绯绡身穿雪白狐裘，黑发绾在脑后，以一枚金色发环束起，越发显得五官玲珑精致，神采奕奕。

“为何我要这么早起啊？”王子进慌张地披上了棉衣，怕他有什么急事。

“当然是为了你进书院做准备啊！”绯绡红唇微翘，眼含笑意地说。

“你又在幸灾乐祸了！”

“没有呀。”

“你的嘴角从昨天起就是翘着的。”

“可能是受凉了，脸有些抽搐，过些日子就好了。”

“骗人！你巴不得我去书院受罪是不是？我看了那封信，落款的日期是七日前，这么快就送来，定是有你一份功劳！”

王子进跟绯绡一边收拾，一边拌嘴，可是他再舌尖嘴利，也改变不了即将到来的悲惨命运。

·二·

南方的小镇中，雨丝细如牛毛，挥挥洒洒在天地间洒下一片水雾。这阴冷的雨气无孔不入，润湿了哪里，就将寒冷带到了哪里。

太阳躲在乌云后，像是只毛茸茸的球，暗淡地挂在天边，将原本清秀明丽的小镇，添了几分灰头土脸的意味。

一个头发花白的老妪倚坐在窗边，看着窗外灰蒙蒙的天色，沉重地喘息着。她费尽心力，又捐了银两，才为孙子谋到了个去松阳书院读书的机会，不知那傻孩子会不会珍惜。

今年一入冬她就得了风寒，如果这次挺不过去，可能就再也看不到明年的春天了。

“子进啊，是不是我那次对你太严厉，才让你如此厌学呢……”她浑浊的老眼中含着泪水，似在天边水墨晕染般的微弱光线中，看到了孙子清秀文雅的脸，“如果能重来一次，我一定耐心地教你，不再严苛对你……”

她话还未说完，喉中就涌起一阵干咳。她越咳越厉害，连气都喘不过来，脸也变成了可怕的绛紫色。

“快来人啊，老夫人又犯病了！”伺候她的小婢女惊慌失措地跑出去叫郎中。

老妪头一歪，就晕倒在了窗边，似乎没了声息。

一只停在树梢上的寒鸦发出轻鸣，突然振翅而飞，黑色的身影在天幕下画出了诡异而不祥的弧线。

东京城中，寅时刚过，王子进就从床上起身，收拾好行李，绝望地看着窗外黑漆漆的天色。

天寒地冻，夜色绵长，天边几枚星子伶仃地挂在一弯弦月旁，仿佛也在呼啸的北风中瑟瑟发抖。

“绯绡，我要走了。”他背起行囊，走出自己的房间，轻轻叩响了绯绡的房门，祈望得到他的挽留，“我走了之后，就再也没人陪你喝酒吃鸡，没人跟你一起胡闹玩耍了……”

“千百年来我都是一个人过的，你只去几十天，不妨事的。”房中传来绯绡懒洋洋的回答。

“你真的不会想我吗？”王子进还抱着最后一丝希望。

“大男人怎么如此婆婆妈妈的？想什么想？”

“既然如此，小生就此告别了，若是有缘，此生定能再见！”话虽如此，可他抱着绯绡房门的门框，说什么也不愿离开。

片刻之后，只听门中传来簌簌轻响，似有人在靠近，王子进立刻来了精神，似在墨黑的前途中看到了一丝微光。

可哪知门只开了一条缝，一个纸片裁就的小人，被缓缓从门缝中塞了出来。

小人只有巴掌大，四肢和头一应俱全，脸的位置却被人以饱蘸了浓墨的笔写了个“叁”字。

“忘了件事，你八字不好，容易引来灾祸，这个你随身带着挡灾。”绯绡躲在门后，又打了个哈欠，“快走吧，我都听到辘辘车轮声了，接你的车就要来了。”

王子进见他连面都不露，登时心如死灰，只能将小纸人塞到怀中，孤身来到客栈下等车。

夜黑风寒，雪落如花，不过片刻长街上就响起了悠悠的铃声，风灯的光划破黑暗，一辆马车缓缓而来，停在了他的面前。

他走上了车，最后回望了客栈一眼，只见绯绡的窗口仍黑漆漆的，像是一只毫无光彩的眼，才失望地放下了厚重的车帘。

车夫吆喝了一声，马儿四蹄踏雪，很快便消失在夜色中。

而在客栈的二楼，一扇小窗轻开了一条缝隙，遥遥注视着马车消失的方向。窗后的人玉面如雕如琢，凤眼迷离惑人，正是一直不肯露面的绯绡。

王子进抱着包袱，在车上颠得七荤八素，才在城门大开时离开了东京城。马车走上了一条盘山小路，向远在深山中的书院前进，周围只有山风呼啸，再无人声，百无聊赖中，车夫开始跟他攀谈起来。

“哎，这松阳书院盛名在外，其实里面凶险得紧。”车夫斗笠和蓑衣上满是积雪，慢悠悠地说，“可是架不住学子们想要争强好胜的心，每年都有人前仆后继地赶去送死。”

“哈哈哈，我才不信，每个书院都有这种传说，怎能当真……”王子进干笑着答，可脸却越发青白了。

“得了吧，这家书院闹鬼可是我亲眼所见。”车夫压低声音，阴惨惨地说，“那次有一个学生上吊了，衙役的人唤我来跟他们收尸，可尸体的手指抓在脖子上都抓出了血，说明他根本不想死……”

王子进听得脊背发冷，冷风幽魂般从车帘的缝隙里钻进来，吓得他把身体蜷成一团，一动也不敢动。

“而且听说他死的当晚整个学堂都没见到一个人，院门紧锁，你说这是不是闹鬼？”

“子、子不语怪力乱神……”

他结结巴巴地答，觉得自己的八字真是烂到了极点，去书院念个书都能遇上鬼怪作祟。

没空给他反悔了，颠簸不休的马车突然停了下来，车夫大声吆喝了一声“到了”。

王子进只能背着行囊，走下马车。

此时晨光初霁，棉絮般的朝阳染青了半边天空，眼前就是一片树林，林中矗立着一座俨然有序的庄园，看样子正是个书院。

“年轻人，多保重啊！”车夫见他下了车，慌忙驱使着骏马，快马加鞭地逃走了，似不想在这里多停留一刻。

王子进无处可去，只能硬着头皮走向那座清幽的庄园，心底暗暗祈祷自己能被夫子拒之门外。

庄园大门微敞，门上挂着一幅朴实无华的匾额，上书“松阳书院”四个大字，整个门廊建得极为端庄大气。

“有人吗？”他推开大门，探头探脑地走进去，只见庭院中只有青松映雪，连个看门的杂役都看不到。

他的声音在空旷的院子里回响，像是孤魂般寂寥。

“这里有人吗？”他好奇地又喊了一声，这次只见一道影子一闪而过，飞快地跑进了内院。

人影踏着纷叠细碎的晨光，脚步轻盈，依稀是个身穿蓝紫色袄裙的少女。她身量矮小，穿过重重树影，好似蝴蝶在花间掠过。

“书院中怎么会有这么小的少女？”王子进挠了挠脑袋，不明所以，也走进了她消失的那道门廊。

穿过一个月亮门，可见一座可容纳几十人的学堂，从里面传来琅琅书声，在内院中回荡不休。

“不愧是松阳书院，这么早就上早课了。”王子进念叨了一句，慌慌张张地跑入学堂。

里面坐着八九个学子，见他闯进来，大家立刻停止了念书，目光都齐刷刷地停在了他的身上。

“夫子，小生王子进，是由钱大人引荐，来书院进修的。”课堂正中站着一位夫子模样的人，他连忙躬身递上了荐函。

夫子面容清瘦，脸色有些苍白，看到王子进的一瞬眼中立刻闪烁出讶异神色，似看到了什么出世人才一般。

但这惊艳般的目光转瞬即逝，很快他就又变成了一副疲惫憔悴的模样，指了个座位让他坐下。

王子进见周围的同窗都在念《大学》，也拿出了本《大学》，摊在桌上跟他们一起念起来。

“定而后能静，静而后能安，安而后能虑，虑而后能得……”他起初还念得起劲，但很快就哈欠连天，因为这是最初级的书，就算草包如他也能倒背如流。

他本以为松阳书院盛名在外，夫子们一定对这种典籍有新的解释，哪想到竟跟名不见经传的小书院一样，只知道叫学生背书。

百无聊赖间，他开始左顾右盼，只见同窗们丝毫没有懈怠，个个认真苦读。

而就在这时，窗外响起了一阵银铃般的笑声，一个蓝紫色的身影一闪即过，很快消失不见。

·三·

上完了早课，王子进拿着书去请教夫子，夫子姓言，年纪刚逾不惑，总是一副无精打采的疲惫模样。

“下午的课中，我们要念这本书，你先看一下。”言夫子疲惫地塞给他一个薄薄的课本，就匆匆离开了，根本没时间回答他的问题。

同窗的几位青年都好奇地看着他，他尴尬地朝他们一笑，只见这些学生共有八人，年龄差距极大，有的头发花白，眼神浑浊；有的看起来才十几岁，脸上还带着几分童稚。

穿衣打扮也各有差异，有的穿着锦缎料子，有的只着布衣，更有一位二十余岁的青年竟然在这严寒天气中穿了件盛夏才穿的轻薄外袍。

“小生王子进，江淮人士，不知诸位如何称呼？”沉默了半晌，王子进朝同窗们鞠了一躬，礼貌地介绍自己。

可几个人都冷漠地看了他一眼，陆续离开了课室，没有一个跟他说话。王子进不知如何是好，手足无措地站在原地。

“他们一直这样，不是针对你，请王兄不要介意。”学子们只有那个年纪最小的少年留了下来，他恭敬地向王子进回了个礼，“在下姓习，名智，王兄叫我习智即可。”

王子进总算在这冷冰冰的书院中找到了些许温暖，拉着习智问个不停。而习智年纪虽小，举手投足却跟大人无异，他带着王子进在书院中逛了一圈，为他一一介绍藏书室、后花园、温课所和住处。

王子进见他身穿一件青灰色绣墨竹的对襟棉衣，头戴同色棉帽，走路的步态也沉稳有力，怎么看也不像个少年。

“王兄是觉得我少年老成？”习智跟他在后院中坐下，从随身的书包中掏出了两张肉饼，递给了他一张。

王子进接过了饼，连连点头。

“家父对我的要求很严，我几乎是在书院中长大，一家接着一家念，只为了金榜题名。”他小嘴一扁，苦涩地笑了笑，“如果明年的科考不中，家里人一定十分失望。”

“所谓文无第一、武无第二，能不能中有时也要看运气，何必将科举看得如此重要？”

“可如果没有功名，再有钱也是末流，王兄不见白衣出身的人，连亲事都很难说成。”

这话戳痛了王子进的心，因为他家境一般，又无功名，他娘费尽心思也说不到什么门当户对的亲事，想要迎娶天仙美人更是梦想。

王子进只觉肉饼卡在喉咙中，欲哭无泪。

“王兄是不是觉得这书院中人太少了？”习智见他面色沉郁，笑眯眯地转换了话题。

“没错，松阳书院远近闻名，我看这庄园也修建得十分完备，怎么只有这几名学生？”

“因为临近年关，大部分学子都返乡回家了，前几天还有九人，昨晚过去就又少了一个。”少年依旧笑眯眯地答。

“哦，这里可有一位身穿蓝紫色袄裙，年方豆蔻的少女？”王子进想到那总是一晃而过的翩然身影，好奇地问。

“什么少女？我从未见过。”习智惊诧万分，但随即年幼的脸庞上闪现出一丝惊惶，像是冰封的河面上裂了一条缝隙。

他不再镇定自若，露出了符合年龄的慌张。

王子进还想再问，却听风中传来了悠扬的钟声，下午的课要开始了。两人再也无话，匆匆来到了课室，只见言夫子早已端坐在椅子上，等待着学生的到来。

他依旧神态颓然，青白的脸色上、凌乱的胡须间、揉皱的衣褶里，无一不藏着难以言说的疲惫。

“无上甚深微妙法，百千万劫难遭遇。我今见闻得受持，愿解如来真实义。”冬日的暖阳中，王子进摇头晃脑地念起了言夫子的书。

他刚念了两句，就觉得不对劲，这哪里是什么文章，分明就是一篇经文。他慌张地偷看身边的同窗，只见几个人念得十分起劲，连习智都是一副乐在其中的样子。

他再也不敢说话，将满腹疑惑吞入肚中，埋头念经。

日头渐渐西沉，霞光宛如金红色的锦缎，将天幕点缀得瑰丽旖旎。言夫子终于在琅琅诵经声中抬起头，宣布下午的课到此结束。

他并没有教文章的写法，也没有说四书五经的解释，可学子们仿佛毫无异议，个个拎着书袋，缓慢离开。

“夫、夫子，什么时候能讲些写文章的技巧啊？”王子进生平最擅写的就是情书，对文章一窍不通，他花了大价钱来此读书，怎能轻易回去？

“你叫王子进？”言夫子抬了抬眼皮，费力地看了他一眼，似乎这一眼已经使尽了他所有的力气。

“正是小生。”

“你的食宿由我特别安排，最好单独住一间房……”言夫子用比课堂上严肃了好几分的语气叮嘱他，“记住，无论晚上听到什么，都不要出门。”

王子进看着他青中透白的脸色，不由得吓得咽了口口水，轻轻点了点头。

傍晚时分他跟言夫子一起用餐，晚餐极为简单，不过是一碗以热汤泡软了的碎饼，这让平时跟绯绡吃惯了山珍海味的他简直难以下咽。

他捏着鼻子吃了半碗，就逃一般地回到了自己的房间。

单间里只有一床一桌一椅，还有几根发了霉的蜡烛，越发不像个远近闻名的书院。王子进边骂这松阳书院黑心骗钱，边将那炭盆中的半盆乌炭点燃。

当火光升腾而起，他仿佛在跳跃的火焰中看到了绯绡一人逍遥快乐的样子，心中越发凄苦难受。

收拾好房间已经是亥时，他刚刚坐在烛光下摊开书本，便听木窗发出咔嚓一声轻响，一只雪白的小手从窗缝中伸了进来。

“哇！”王子进大叫一声，吓得从椅子上跌下来。

那只手仿佛也受到了惊吓，飞快地缩了回去。木窗咔嚓一声，又关得严丝合缝。

王子进战战兢兢地爬起来，推开了残破的木窗。只见夜色苍茫，弦月似一只精雕细琢的玉盏，高挂天上，倾倒出万顷银辉，照亮了夜晚的书院。

一个身穿蓝紫色袄裙，梳着丫髻的少女，正踏着积雪，跌跌撞撞地奔跑。

王子进一见是这小姑娘在恶作剧，立刻气不打一处来，从窗口翻出去追她，早已把言夫子的叮嘱忘到了脑后。

少女身量矮小，脚程也短，他不过追了几丈远就抓住了她。

这小小女孩看起来不过十一二岁，正是豆蔻梢头二月初的年纪，她被王子进一把拉住，居然毫不害怕，笑嘻嘻地看着他。

"你到底是谁？为何三番五次地吓我？"王子进见她天真无邪，又瞧着面善，气消了一半，却越发好奇起来。

"我叫明依呀，喜欢在书院旁听。"少女掩嘴偷笑，"我见到你觉得很亲切，就偷着来瞧你。"

"你家里人呢？大晚上怎么还不回家，我这就送你回去。"王子进拉着她的手就向书院的大门走去，想来这少女是附近人家的女儿，因为喜欢读书才来书院偷听。

"我好不容易从家中偷跑出来，怎能回去？"提到回家，明依挣扎不休，要甩开他的手，"我要找一个极重要的物事，不找到我绝不回去！"

王子进哪里肯信她的鬼话，决定先把她送到言夫子面前，让他来做决断。

一见王子进不再向大门走，明依果然不闹了，乖乖地跟在王子进身后。夜色如涛似海，淹没了整座书院，翘角飞檐的藏书阁，宽敞的课室都笼罩在黑暗中，散发着神秘幽深的气息。

他刚刚走到白日里念书的课室旁，就听里面传来咣当一声轻响。这声音在寂夜中听来格外清晰，引得他不由自主地看向课室中。

哪知不看还好，一看之下他三魂七魄立刻吓掉了一半，只见课室中央正吊着一个飘荡的影子，人影衣袍宽大，头发高绾，依稀是个书生。

·四·

夜色渐浓，弦月隐入云层，像是不忍看到这发生在世间的惨事，只有寒星闪烁不停，仿佛缀在丝绒上的钻石，散发着冰冷的光芒。

一个白色的身影，如絮如雾，悄然出现在崎岖的盘山路上。他凤眼微眯，看着在山中赶路的一行人。

夜黑风高，天寒路滑，这些人偏偏毫不畏惧，一个挨一个地向山上挤。有的人跌倒了又爬起来，有的一把推开了别人，抢到了前面。

“有趣，果然有趣……”白衣美少年轻轻笑了笑，在脚下放了一个陀螺。

说来奇怪，山路布满积雪，陀螺一落地却立刻飞快地转个不停，激得雪花飞溅。白衣少年满意地点了点头，身影一晃，如薄雾般消失在夜幕中。

赶路的人走到了陀螺前，突然失去了方向，一个个原地打起转来。他们跌跌撞撞地原路返回，走到一半觉得不对劲，又再次爬上了山。

来回往复，仿佛在一个看不见的透明廊道中徘徊。

王子进扒在窗外，看着悬挂在课堂中的，如枯叶般的学子，连叫都叫不出来，像是只被掐住脖颈的鸭子般，徒然张着大嘴。

吊在房梁上的人他认识，正是今天跟他一起念书的同窗之一，他只记得这人面色萎黄，一副闷闷不乐的样子，没想到今晚他就寻了短见。

“是有好玩的事情吗？”明依也踮起脚要看。

“什、什么也没有，我们快去找夫子。”王子进胆子再大也不敢独自将悬梁自尽的人放下来，拉着明依就跑。

明依不知发生了什么，瞪着圆圆的大眼，跌跌撞撞地跟在王子进身后。

“言夫子，有人自杀了！你快来看看啊！”他匆忙来到后院，焦急地拍着言夫子所住房间的门。

可奇怪的是，无论他怎么叫嚷，门中都毫无声息，而且不仅如此，连学生所住的客舍中也没有一丝动静。

风悄然而过，带来刺骨阴寒。

王子进只觉这天地间仿佛变成了个密闭的匣子，静得可怕，只有他和明依能发出声音。

“那个人是你要找的夫子吗？”明依眼尖，指向了一个一闪而过的人影。

只见那人身披一件深色的棉布斗篷，乍一看似与夜色融为一体，他从一处灌木中闪出来，匆匆跑向了前院。

看他疲惫的脚步，微驼的后背，似乎正是言夫子。

王子进不知他葫芦中卖的什么药，拉起明依的小手，悄悄跟了上去。

言夫子来到前院，站在了课堂门前，打量了一下四周，身影一闪就钻了进去。

“估计他一会儿就会被吓出来了。”王子进不愿靠近有尸体的课堂，索性站在不远处等他。

可哪知他一进去就再也不出来了，甚至连惊恐的叫声都没听到。

王子进只觉被一团浓雾包裹，越想越是困惑，被强烈的好奇心驱使，慢慢靠近了课堂，从窗缝中向内看去。

只见言夫子盘膝坐在悬吊的尸体下，轻轻吟诵着什么，光线昏暗，根本无法看清他的表情。

他的语调低沉而缓慢，让人听了几句就觉得心平气静，仿佛随时都能进入梦乡。

如果不是房梁下悬吊着一具尸体，王子进一定会觉得夜色静谧，平和喜乐。

他念了一会儿，终于闭上了嘴，起身朝吊在房梁下的男人行了三个大礼。随即奇怪的事情发生了，死去的男人似轻轻点了点头，身影像是雾一般消失了。

而且连挂在房梁上的麻绳也一并不见，空荡荡的课室中，只有夜风缓缓游荡。

“啊！”这比看到自杀的学子更骇人，王子进再也忍不住，终于叫出了声。

言夫子迅速转过头看向他的所在，他立刻明白自己闯了大祸，忙抱起明依就逃向自己的住处。

明依身材矮小，根本没看到里面发生了什么，懂事地紧紧搂住了王子进的脖颈，连问都不问一句。

王子进连滚带爬地跑回了房间，用桌椅将房门紧紧顶住，生怕那鬼鬼祟祟的言夫子再追过来。他还从包袱里翻出来一把匕首，抓在手中，在脑海中演练了无数次跟夫子近身肉搏的场面。

但他等了很久，门外仍寂静无声。过了一会儿，明依倚在床上，打起了呼噜。

“喂，外面有人在追杀我们啊！”他推了推明依，可她依旧睡得酣甜，小嘴微张，还流了几滴口水。

仿佛是为了嘲笑他的担忧一般，门外寂静无声，只有山风呼啸。王子进紧紧攥着小匕首，满眼血丝地盯着大门，不知过了多久，意识也渐渐陷入了混沌。

次日天气晴好，他昨晚又惊又惧，竟然睡到了日上三竿才起来。醒来只见房门微敞，日光似瀑布般倾泻而入，而明依也不知何时不见了。

“糟糕！我得赶快离开这里。”他连行李都顾不上收拾，三步并作两步，慌慌张张地跑出了住处。

只见书院中一片寂静祥和，楼舍俨然，青松映雪，凉亭屋顶都被白雪覆盖，似披了一层缥缈洁白的轻纱，素雅动人。

冷风轻抚，像一只看不见的手，送来了琅琅读书声。他听到这声音，不由得慢下了脚步。只见偌大的课舍中，窗几明亮，学子们摇头晃脑地拿着书大声朗读，仿佛什么都没有发生过一般。

“王子进，你要去哪里？”课舍中传来一声呼唤，只见言夫子拿着一卷书，懒洋洋地倚坐在椅子中，正疲惫地看着他。

他眼眶发青，面颊消瘦，连唇边的胡须都耷拉着，看起来比昨天又憔悴了几分。

“我、我想回家……”他结结巴巴地答。

“那也要等车来，山中路滑，孤身行走十分危险。”言夫子指了指空着的座位，“不急这一天两天，快些读书。”

可是我很急啊！王子进哭丧着脸找了个空位坐下，跟着大家一起朗读，脑中却在不停地回忆昨晚的经历。

看言夫子的表现，似乎完全没发现昨晚在窗外偷窥的是他，难道那在黑夜中发生的一切，都是他的幻觉？

他打量着课室中的学子，心跳突然漏了一拍。昨日还有八个学生，今天竟然只剩下七人了。

而少了的那个，正是昨晚自尽的，面色萎黄的中年人。

“子进，你怎么心不在焉的？”习智竖起书挡在面前，悄声问他。

“怎么少了个人？”王子进哆哆嗦嗦地说。

“你是指董生？应该回家了吧？”

“可夫子方才还说大雪封山，让我不要轻易离开。”

“或许是他家人将他连夜接了回去。”习智却觉得没什么值得大惊小怪，“临近年关，有学子回家过年，本是寻常。”

王子进看着他犹带着童稚的脸庞，不知该不该把昨夜所见告诉他。就在他犹豫不决之时，突然觉得脖颈一凉，竟然从窗外抛进来一个雪球，径直落入了他的衣领中。

只见微敞的木窗外，露出了明依天真无邪的笑脸。

·五·

盘山路上，陀螺仍在飞快旋转，阳光透过层层林木，照在雪地上，反射出晶莹如钻石的光辉。

昨晚赶路的人全部消失不见，积雪上只有一地凌乱的脚印。

一个身穿锦衣裘袍的英挺男人从一棵高大的松柏后绕出来，停在了陀螺之前。他饶有兴致地看着飞速旋转的陀螺，轻轻伸出两指，想要捏住它。

陀螺发出尖锐的呼啸，转速骤然加快，一下就刺破了他的手指。

“真麻烦！我好不容易才找到了个报复的机会，怎么能被搞砸？”他皱眉从手指上挤出两滴血，用力一甩。

两滴鲜血立刻化为一道血线，一下就将陀螺劈成了两半。

就在陀螺被破坏的同时，山风骤起，吹起了满地积雪。雪粒飞扬中，一串串脚印出现在了雪路上。

它们一个挨着一个，仿佛有一行人同时赶路一般。可阳光下的树林中，只有草木萧萧，枯枝摇曳，哪见半个人影?

课堂中的王子进，只能跟言夫子谎称自己闹肚子才偷偷溜了出来。只见明依仍梳着丫髻，穿着厚厚的蓝紫色棉裙，站在雪中笑嘻嘻地看着他。

“姑奶奶，求求你快回家吧，不要在这鬼地方乱转了。”王子进一见到她头就有两个大，连连哀求。

“为什么是鬼地方啊？这里不是挺好的？我可喜欢读书了。”明依摇了摇头，遗憾地说，“可惜女子不能参加科考，否则我一定要高中状元。”

王子进这才想起她尚未成年，身材矮小，昨晚根本没看到课室内发生的事，忙紧紧闭上了嘴。

“对了，我想起自己来此地找什么了。”

“是什么啊？”

“是个小孩子，五六岁，如果你看到他，记得告诉我。”她似乎很开心，连连拍手。

“书院中都是准备参加科考的学子，怎么可能会有那么小的孩子啊？”王子进又觉得额角发痛，“求你别在这地方乱转了。”

他话音刚落，便听身后传来了一声呼唤，原来已经下课了，习智出来找他。

“子进，你在这里做什么？”习智快步跑来，疑惑地问。

“你来得正好，快点帮我劝一劝这小姑娘，让她早点回家。”王子进忙向他求援。

哪知习智瞪圆了眼睛，像是见到了鬼一般看着他，结结巴巴地说：“哪里有什么小姑娘，我一过来就见你正对着空气自言自语。”

“她穿着蓝紫色绣花袄裙，梳着丫髻，不过十岁出头，眼睛圆圆的……”他刚说了一半，便见习智惊恐地看着他，仿佛在看什么骇人的鬼怪。

他缓缓转过头，只见身后只有冷风涤荡，细雪飞扬，哪里还有明依小巧玲珑的身影。

“啊啊啊——”惊恐的尖叫声在书院中回荡，震落了树梢上晶莹的积雪。

下午的课上，言夫子再次让大家温习经文，只是这次不再是念，而是在纸上誊写。王子进抓着笔的手不断颤抖，耳边回响的都是午休时习智对他说的话。

彼时他拉着自己一路狂奔，直奔到藏书阁无人之处，才压低声音，惊恐无比地说出了这书院的秘密。

“每年书院里都会死一学子，而且都是上吊而死。学生们都流传有恶鬼徘徊在这里，专门吃人生魂。”

他的小脸吓得苍白，站在书架的阴影中，似乎十分害怕。王子进想起了昨晚半夜所见，心立刻提到了嗓子眼，难道那董生就是被鬼怪引诱，才悬梁自尽？

可言夫子呢？他孤身来到董生的尸身前，一点也不畏惧，似乎早就知道了他的死亡。

“没人见过那鬼怪长什么样，只有人在发现自杀学生的尸体时，听到过小孩子的笑声，所以王兄一定要小心小孩子……”

习智说到这里就闭口不言，王子进也已经被他吓得失魂落魄，连怎么回到客舍都忘记了。

“若有众生，作如是罪，当堕入无间地狱，求暂停苦无一念而不得。”王子进写完了这句话，墨汁滴到了宣纸上，洇成了一朵不祥的、黑色的花。

夜半上吊的学子，令尸体消失的夫子，只有他能看到的少女明依，小孩子的笑声。这些诡异的事件在他脑海中不停打转，仿佛浓厚的迷雾，将他团团困住。

不知不觉夕阳西下，天色变成了雾蒙蒙的黑，窗外传来了夜枭的长唳，夜的脚步，渐行渐近。

“子进，跟我来一下。”他看着越来越黑的天色，正惶恐不安地坐在座位上，就见言夫子向他走来，敲了敲他的桌子。

“夫子，我肚子疼……”他僵硬地笑，只想躲回自己的住处。

“那刚好今晚我熬了白粥，一起吃吧。”言夫子根本不理会他的推拒，仍坚持让他去自己的房间。

他穿过庭院，带着王子进一起回房，从煤炉上端下一个砂锅，舀出一碗白粥递给了他。

王子进只能硬着头皮喝下去，打量着灯光下的言夫子，但见他鬓边已生出白发，眉心的川字纹如刀刻般深邃明显，仿佛有一腔愁绪无处倾诉。

但他根本不敢多问，像是完成任务般飞快喝完了粥，匆匆逃离了他的住处。

“晚上千万不要出门，哪怕听到任何声音。”临走时，言夫子像是昨晚一样幽幽地叮嘱他。

只是今夜听来，这语调中似暗藏着几分威吓。

经过了昨晚，就算他胆子再大也不敢到处乱闯，一回到房间就将门紧紧落上了锁。可当他点燃了残烛，看清房内情况，立刻被吓得大叫起来。

只见一个小小的身影正蜷缩在他的床铺上酣甜沉睡，她身穿蓝紫色棉裙，小嘴微张，竟然是今日午后消失的明依。

王子进吓得转身要跑，明依却被他的叫声吵醒，揉了揉眼睛从床上爬了起来。

“子进，你怎么才回来？”她迷迷糊糊地嘟囔着，语气亲昵，似跟他认识了很久一般。

“我、我去夫子住处吃了晚饭……”不知为何，王子进一听到她稚嫩的声音，恐惧登时烟消云散，也不再想着逃跑，好奇地问她，“倒是下午，你怎么突然不见了？”

“我听到有很多人上山了，就跑过去看看。”明依伸了个懒腰，笑眯眯地说，“倒是你跑得飞快，我刚想叫你同去，你就一溜烟没影啦。”

王子进想起午后他狼狈逃跑的样子，立刻羞红了脸，不好意思地挠了挠头。

“对了，你说的很多人上山，是怎么回事？”窘迫之中，他慌忙岔开话题。

“风里有脚步声，他们正在慢慢接近，这些人都是冲着书院来的，因为这里有他们向往的东西……”明依慌张地看着他，“子进，你不要在此久留，快快离开，如果被他们闯进来就糟糕了。”

王子进看着烛光下她稚嫩的面庞，明亮的双眼，心底升腾出一丝不祥的预感。

“你、你不是人吧？”过了一会儿，他战战兢兢地问。

“你才不是人，我的家中湿润多雨，每逢春天门口的山坡上就会开满杜鹃花，如果不是为了找丢失的东西，我才不会来到这鬼地方呢！”

明依又气又急，朝他嚷嚷个不停，可她话说了一半，却听空旷的寂夜中，接连传来咣当咣当的闷响。

声音跟王子进昨晚在课室门外听到的一模一样，他心中一紧，忙推开门看向庭院，只见夜色正浓，树海苍茫，偶尔传来几声猫头鹰的叫声，宛如鬼哭。

·六·

江南小镇中，一户人家已经乱成了一团，一个中年妇人和一个小小婢女正守在病榻前，焦虑地看着床上一位昏迷不醒的老妪。

老妪头发花白，脸上浮现着因高烧而产生的不正常的酡红，一个郎中提着药箱赶来，观察了一下她的情况，掏出银针在她人中处施了一针。

老妪颤抖了一下，轻轻吐了口浊气。

书院之中，王子进躲在门后，警惕地观察着外面的情况。夜已恢复了寂静。只有山风呼啸徘徊，仿佛方才接连不断的闷响是个错觉。

“不行，我还得去看看。”他心地善良，纵然害怕也无法袖手旁观，一咬牙就跑出了住处。

夜色苍茫，枯草绊脚，他深一脚浅一脚地穿过庭院，来到了位于前庭的课室。夜风呼啸，吹开了课室的长窗，他只往里看了一眼，就觉得头皮发麻。

只见高高的房梁上，竟然同时挂着几名书生，他们或发须皆白或风华正茂，衣饰年龄各不相同，可是王子进却一眼认出这些人正是跟他一同读书的同窗。

“来人啊！救人啊！”他再也顾不上害怕，慌忙冲进了课室，想要将这些人解救下来。

可他才跑了两步就被什么绊了一跤，重重跌在了地上。

他仔细打量，才发现地上横七竖八地放了很多歪倒的椅子，正是被这些悬梁自尽的学子蹬倒的。他这才明白，方才听到的几声闷响来自何处。

“你们快点下来啊！”王子进匆匆爬起来，走向这些高挂在房梁上的学子。

只见他们双眼圆睁，都看向他的所在，嘴巴一张一合，仿佛有一腔怨愤无处发泄。

“下来了，科考就能成功吗？”“文章写得那么差，被批评得无地自容，哪有脸活在这世上？”“盘缠都花光了，怎么回去见年迈的父母？”

呜咽声此起彼伏，似蜂鸣般蔓延，将他包围。梁上的学子们涕泗横流，似每个人都有无尽的感伤。

“那也不用自杀吧？只要活着，就有成功的机会，一旦死了就什么都没有了！”

“不，活着受人白眼，比死还要痛苦。”书生们连连摇头。

王子进望着这些执拗的人，心中越来越害怕，连连后退。吊了这么久，他们早就该气绝，怎么还能如此轻松地跟他对话？

他再也压抑不住内心的恐惧，大叫一声，跌跌撞撞地跑出了课室。

“有、有人上吊了……死人还会说话！”他吓得语无伦次，在庭院中慌不择路地乱跑，“不对，是闹鬼了啊！快来人啊！”

但他喊了半晌也没有一个人回答他，只有猫头鹰凄惨的叫声在夜幕下回荡。他越发惶恐，在树根上绊了一跤，就要跌倒。

眼见他就要摔个狗啃泥，斜里伸出了一只手臂，一把将他抱住，像是抱住个轻飘飘的纸人般轻松。

王子进站稳脚跟，才发现身边人一袭白衣，黑发如墨，笑靥如花，正是绯绡。

“吓死我了，快带我走！我不要在这个鬼地方待着了！”王子进一见到他心中立刻松了口气，语无伦次地说个不停。

“别怕，那些人无法伤你，只是一些附在这异界中的、不甘心的蜉蝣魂魄而已。”绯绡依旧气定神闲，微微地眯起了眼睛，“真正可怕的东西，还未到来。”

“什么？”王子进不敢相信自己的耳朵，“你管这里叫‘异界’？”

“是啊，有人在这里放了根‘蜘蛛丝’，让这书院变成了处于人间和地狱之间的异界，你肉体凡胎，只有通过蜘蛛丝，才能离开这里。离开后还需将蜘蛛丝弄断，才能让这个虚空中的书院消失。”

“这破地方那么多房梁角落，蜘蛛丝少说也有千千万万，难道我要连夜用扫帚扫房吗？”王子进面容凄苦，几乎要哭出来。

“很快你就知道‘蜘蛛丝’是什么了。”绯绡仰起头，看向天边一弯银钩般的明月，皱了皱眉。

“时间不多了，‘蜘蛛丝’是异界之物，传说只有菩萨心肠的人才能弄断，一切就看你了……”

他说完这句，白色的身影宛如夜雾般，缓缓消散在冷风中。只剩下王子进一人惊慌失措地站在庭院中，比方才更加害怕。

他不知该去向何处，更不知绯绡口中所说的“蜘蛛丝”是何物，在凄寒的风中站了半天，才缓缓向住处走去。

他刚刚穿过花园，便见明依蹑手蹑脚地蹲在一处干枯的灌木后，探着小脑袋，悄悄地打量着什么。

他忙屏住呼吸，顺着明依的视线看去，只见言夫子正怀抱着什么东西，脚步匆匆地贴着墙根向前院走去。

墙壁的阴影几乎让他跟黑夜融为一体，如果不是明依，他根本无法留意到他的经过。

“子进，你来了？”待言夫子走远，明依回过头，朝他粲然一笑，“我刚刚就听到你的脚步声，怕惊扰到他，才没敢说话。”

“你一直在跟踪他？”王子进忙矮下身，压低声音问。

“我看你匆忙跑去前院了，想到昨晚我们所见，就来后院他的房间门口守护。”明依狡猾地笑了笑，“果然，不到一会儿就见他出了门，我就一直跟他来到这里。”

王子进见她笑起来眉眼弯弯，像极了一个人，可忙乱之中，一时又想不起她到底像谁。

“刚好夫子不在，我们去看看他房中有什么古怪！”明依伸出小手，拉着他的衣袖，向言夫子的住处跑去。

王子进见她年纪虽小，行为举止却颇有主见，根本不似豆蔻少女，倒像个阅历丰富的成年女子。

两人悄悄潜入了言夫子的房间，点燃了一盏煤油灯，仔细寻找着端倪。王子进曾两次跟他在这狭窄的地方吃饭，只记得此处极为简陋，如果不是书架上摆满了各色书籍，简直跟用人房无异。

灯光微弱，在寂夜中摇摆不停，仿佛一只疲惫的眼，照亮了这小小陋室。

只见房间中除了一个巨大的书架，只有一床一桌一椅，跟他自己所住的房间摆设十分相似。床头堆满了书，桌上放着几张黄纸。

“咦？这是什么？”明依好奇地走过去，掀开黄纸，摸出了一个小小木盒。她小心地打开，只见里面装满了红色的粉末，在灯光下散发着微弱的光芒。

“是朱砂啊！”王子进以指蘸了一点，轻轻捻了捻，肯定地说。

“朱砂是做什么用的？”明依越发好奇。

“我只知道道士们画符用它，据说也辟邪……”王子进将朱砂盒放在桌上，在桌角又找到了个装订好的册子。

他翻看了一下，才发现里面密密麻麻写满了名字，竟然是松阳书院的学生名册。名册上记载的学生，足有百人之多，根本不止他所见的八个人。

他草草看了看，刚觉得乏味，视线就停留在了一个人名上。

他的脸立刻变得铁青，仿佛看到了在暗夜中徘徊的鬼怪。

·七·

月色朦胧，弯月斜斜地挂在天边，像是美人鬓边明亮的步摇，照亮了半边山色。风过林动，发出沙沙轻响，仿佛有妖怪躲在林中窃窃私语。

一行人步履蹒跚地踏破积雪，沿着山间小路，向书院走来。月光照在这些人的脸上，只见他们目光呆滞，脸色铁青，有的还断手断脚，简直跟僵尸无异。

“蜘蛛丝在这里吧？我闻到了味道……”“通往生人世界的，美好的气息。”“我还想活下去，地府又冷又黑，让我再见一次阳光吧！”

他们口中发出喃喃低语，越走越快，很快就来到了松阳书院门外。

一个白色的身影如轻烟般从天而降，衣袖一展，袖底生出一股劲风，一下就吹得为首的赶路人跌倒在地。

后面的人踏过他的身体，伸着僵硬的手，要抓这白衣美少年的身体，可他们还未靠近，只见红光一闪，手腕已经被齐刷刷切断。

这些人仿佛没有痛觉，也毫无畏惧之心，匆匆从地上爬起来，仍前仆后继要闯入门中。

“好烦啊！”绯绡眉头轻皱，不耐烦地从袖底抽出了一把血红色的长刀。他刀尖轻晃，勾起地上的积雪，如霰如雾的雪粒飞舞在半空中，突然如千万粒弹子般向这些怪物般的人射去。

他们发出哀鸣号叫，在深山中回荡，久久不绝。

凄厉的叫声也传到了王子进的耳中，他凭空打了个寒战，将名册装入怀中，拉起身边的明依便走。

“怎么了？你发现了什么？我们要去哪里？”明依小跑着跟在他身后，好奇地问。

“去找言夫子对质，他一定知道一切！”王子进匆匆向课室的方向走去，隐隐已经察觉到了藏在夜色中的真相。

墙外又传来一阵鬼哭，仿佛地狱之门洞开，无数魑魅魍魉从门中奔涌而出，甚至连风中都送来血腥的气息。

课室中再次恢复了寂静，吊在半空中的书生们停止了悲鸣。而一个身披斗篷的男人正端坐在他们的脚下，埋头吟诵着经文。

“愿以此功德，庄严佛净土。上报四重恩，下济三途苦。若有见闻者，悉发菩提心，尽此一报身，同生极乐国。”

“多谢了……听了你的诵经，心中舒服多了。”一名身材肥胖、衣饰华丽的书生松了口气，微微笑了笑，身影倏忽之间消失在夜色中。

其他的书生也纷纷道谢，有的还哭着跟他作别，不过一会儿工夫，房梁下就再也没有了悬挂的人影，只有清风涤荡如水，穿过了空荡荡的课室。

男人疲惫地站起来，他虚弱至极，要以手扶墙才不至于摔倒。月光照亮了他藏在斗篷下的脸，憔悴虚弱，几缕胡须无精打采地垂在唇边，赫然就是言夫子。

“王子进……”他看到了站在门外，沐浴着月光的王子进，似有些惊讶，“不是叮嘱过你晚上不要出门，怎么不守规矩？”

“因为夫子也未遵守规则。”

“居然敢顶嘴，罚你抄写文章三百遍！”言夫子眼中闪出几分不耐烦，就要推开他。

可一向文雅怯懦的王子进脚下像是生了根，牢牢地站在门前，堵住了他的去路。他目光炯炯，定定地看向言夫子，“是什么文章？超度亡灵用的《地藏经》吗？”

言夫子瞪大了双眼，后退了两步，惶恐而无措。

“子进，到底是怎么回事呀？”明依听不懂他们在说什么，拉了拉他的衣袖。

“你真的是夫子吗？否则怎么会让学子们吟诵眷写《地藏经》，如果不是，你在这书院中假扮夫子，所为何来？”

言夫子怒目盯着他，但王子进毫不畏惧，眸光清冷，直直地跟他对视。过了片刻，他终于垂下头，摆了摆手，似乎已经疲惫得无法站立。

“罢了，罢了，让你知道也无妨，我们坐下来慢慢说。”

他缓慢地转身，走回了课室，坐在了空荡荡的桌椅间。暗夜的阴影宛如潮水，淹没了他消瘦伶仃的身形。

他瘫坐在冰冷的椅子上，轻咳了两声，头软软地垂在一边，仿佛一具行将就木的骷髅。

书院门外，哀号声此起彼伏，千百万个幽魂聚集而来，跟绯绡酣战不休。绯绡的身影灵活敏捷，在这些死魂灵中穿梭，好似银鱼戏水，又像梨花舞风，可是任他本事再大，也架不住源源不断的幽魂前仆后继。

“封！”眼看这些死魂拥到了书院的门口，他玉指轻点，朝门闩上念了句咒语。

刹那间整个大门变成了一块坚不可摧的岩石，死魂们用尖锐的指甲用力抓挠，也只能在岩石上抓出道道浅痕。

“不甘心啊！”“蜘蛛丝就在里面，我还要回人世！”“呜呜呜，在黑暗中徘徊太冷了，让我爬上蜘蛛丝吧！”

死魂们同时发出悲鸣，如滚滚潮水般在深山中翻滚，震落了树上的积雪，惊飞了休憩的飞鸟。

绯绡收刀入袖，负手站在书院的高墙上，白衣随夜风翻飞，俊美的脸庞上显出几分倨傲和得意，如高高在上的谪仙般俯瞰着脚下纷涌的死魂。

然而就在这时，一个身穿锦袍的男人出现在了死魂之中。他低着头，将面容藏在阴影中，衣袖随风招展，从袖底飞出数十根松针。

那是他这两日在山中搜集的，每根松针的针尖上都沾了点他的血，具有些许灵力。

松针一落地，立刻变成了几十个灰白色的猿猴，它们机敏灵活，飞快地蹿到了树上，借着树枝的弹力，飞到半空中，接二连三地向站在高墙之上，迎风而立的绯绡扑去。

绯绡玉面一沉，眼中闪烁出愤怒的光芒，他的身形骤然变大，脸上也生出细细的绒毛。玉树临风的美少年消失，取而代之的则是一只巨大如山的白狐。

狐狸盘踞在书院门前，毛茸茸的尾巴似一条刚劲的银鞭，它轻轻一摆尾，就有几只猿猴被打得飞了出去，重重跌在地上，发出尖厉可怖的惨叫。

躲在死魂中的青年看着猿猴惨败的景象，唇边荡漾出一丝阴笑。他藏在袖底的手指微动，一个拳头大小的棕色小猴，悄无声息地从袖中爬了出来。

小猴并不纵跃攀缘，而是在人腿之间穿梭，好似老鼠般机灵而毫不起眼。它很快就来到了庞大白狐的身后，悄悄藏在了暗影中。

天色晦暗，银钩般的明月被云丝遮蔽，仿若美人遮住了皎洁的面孔，不忍再看这涂炭如地狱般的人间。

·八·

课室中，王子进拉着明依，看着坐在椅子上的言夫子。高墙外传来此起彼伏的悲鸣声，让明依十分紧张，她警惕地不断回首，似乎在提防什么。

“没想到，就差一点，还是被你发现了……”言夫子费力地说，他每说一句，就伴随着重重的喘息，听起来像是破旧的风箱发出的声音。

“到底是怎么回事？为何书院中的学生如此之少？”

“你且听我说完……”言夫子摆手打断了他，抬头看向课室中的房梁，“松阳书院治学严谨，夫子对学生要求一贯以严苛出名。有的学子文章退步，便会受到惩罚，要么是在雪中雨中背诗，要么是将写得不好的文章示众，还会给学子的家中寄去先生们的批评……”

王子进听他说出惩罚的方法，背后不由自主地冒出了一层冷汗。

“几年前，有个学生不堪折辱，悬梁自尽……”言夫子顿了一顿，继续说下去，“书院草草处理了这个学子的后事，可没想到至此之后，每年都有人自杀，一样是上吊，也同样是在最寒冷的冬月……”

“我知道了，定然是那名死去的学生化为厉鬼，在书院中引诱别人自尽。”明依有些害怕，抓紧了王子进的衣袖。

“不只如此，书院中还有学子在夜半时分，看到有人吊在房梁上。但当喊人过来后，尸体又毫无痕迹地消失了。”言夫子咳嗽了两声，“所以书院才特意请我过来，趁学子返家之际，让我来为这些徘徊不去的魂魄诵经超度……”

他还要继续说下去，却听庭院中传来沙沙的脚步声，似有人在慢慢接近。王子进忙回头看去，只见一个身材矮小的身影，正踏破月光，向他们走来。

来人身穿青灰色绣墨竹棉衣，打扮老成，一张脸却饱满稚嫩，眼睛圆而亮，正是跟王子进交好的习智。

“王兄。”习智看到他，热情地打招呼，“怎么如此深夜，还在外徘徊？”

“夜不能寐，出来吹吹冷风。”王子进拉住了明依的手，笑着答道。

他没有告诉这个少年方才自己看到的事，也不再惊慌失措，像是一切都没发生过般从容平静。

“课室中有什么吗？”习智看向他的身后。

可他什么都没看到，因为言夫子已经躲在了桌椅后，隐匿了身形。

“真是奇怪，我刚刚好像还听到你在跟谁说话。”习智挠了挠头，困惑地说。

“可能是听错了。”墙外的鬼哭声一浪一浪高涨，王子进好奇地问他，“你没有听到外面的声音吗？”

少年老成的习智摇了摇头。

“你能看到我身边的女孩吗？”

他再次摇了摇头。

“习智……”王子进满含悲哀地望着他，“不要撒谎了，你明明既能听到，也能看到，为何要骗我呢？”

习智抬起了头，他年少稚嫩的脸庞，在月光下现出冷酷的表情，一字一句道：“子进，这都是为了你能专心念书啊！你怎么能为这些事分心呢？奇怪的少女，鬼哭的声音，怎么比得上金榜题名的鞭炮声？包括我跟你说书院里闹鬼，也是想让你专心地坐在房间里念书，不要到处玩耍。”

他说这番话时，严肃而认真，比言夫子更像个夫子。

“如果我不想读书呢？”王子进将明依拉到了身后。

“那就别怪我不客气了……”习智低低一笑，轻轻从衣袖中拉出了一根银丝，丝线有拇指般粗，在黑夜中散发着莹莹光芒，像是上等的蚕丝织就。

“就是它，蜘蛛丝！”一直躲在王子进身后的明依突然蹿出来，大眼睛定定地望着他手中的银丝，“是它召唤我过来的，包括门外的那些鬼怪，也是为它而来！”

王子进看着他手中的银色绳子，怎么也看不出有什么特别。

“是地藏菩萨传说中的‘蜘蛛丝’吗？”他身后响起了一个疲惫的声音，只见言夫子扶着桌椅，缓缓走了出来，“传说菩萨为拯救地狱中的冤魂，垂下了一根蜘蛛丝到了地狱深处，可是鬼魂们互相争夺，争先恐后地要攀上蜘蛛丝。最后蜘蛛丝不堪重负，被他们弄断，而这些冤魂则堕入了更深一层的地狱。”

一幅冤魂争夺，业火烈烈的画面在王子进眼前浮现，他终于有些畏惧那根看起来银光闪闪的绳子了。

“是吗？可是我并不觉得这玩意很稀罕。”习智打量了一下手中的银丝，将它收入袖中，“比起书中的世界，人世没什么值得留恋。”

“习智，你醒醒吧。”王子进见他执迷不悟，再也忍不住，从怀中掏出了一本古旧的名册，“你已经死去多年了，这书院中夺人性命的妖怪就是你。”

他方才随手翻了翻名册，发现最后一页居然记载着几年书院中自杀的学生名单，而为首的一位，赫然就是习智。

习智愣了一下，但他少年般的脸上随即浮现出了老成的神色，轻轻点了点头。

“干得不错，省了我很多麻烦，那些人确实是我带走的，因为他们要么不上进，要么虚掷生命，当然还有一部分是遇到了挫折，有了轻生之念，我只是在背后悄悄推了他们一把。”

“为什么要这么做？”王子进见他小小年纪，如此狠心，不由得心底生寒。

“我说过了，从小我就是在书院中长大，家中的父母为了让我科举高中，付出了无数金钱和精力。”习智咬牙切齿地答，似回想起了过往痛苦的日子，“我没有别的选择，只有出人头地！可是过了乡试之后，我却再也写不出好文章，被家人送来了这所名满京城的书院读书。最终在一个冬夜，文思枯竭的我，选择了自尽。”

他说起自己悲惨的过往，仍冷酷无情，仿佛丝毫没有人类的感情。

“你的父母吗？他们不伤心吗？”明依小心翼翼地问。

“多年分离，我早已忘记他们的长相，估计在我死后就去培养弟弟了吧……”直至此时，他的语气才终于软了一些。

“他们从未爱过我……我只是个光宗耀祖的工具，来往书信中也只关心我的学业，从不提及其他。当我明白自己再也没有利用价值，只能选择了死亡。”习智冷冷地笑了，“甚至死后都无处可去，只能流连在这所书院中，寻找跟我一样的可怜人，拉他们跟我做伴。”

风呼啸而过，卷起细碎的积雪，仿佛也为这无依的少年掬了一把冰冷泪珠。

书院门外，小猴悄悄溜到了白狐身后，伸出一只毛茸茸的爪子，按在了被变成岩石的大门上。

它拳头大小的身影像是融化了一般，变成了一摊浓腥的血，慢慢渗入了岩石之中。岩石发出咔咔巨响，裂开了一条缝隙。

“不好！”白狐身影一晃，又变成了翩翩佳公子，他抽刀就要加固门上的法力。

可是已经来不及了，巨大的岩石轰隆隆裂成了两半，尘土飞扬中，魑魅魍魉潮涌般奔入了门中，发出欣喜的欢呼，直蹿入云霄。

·九·

“习智，事情没有你想的那么坏，你误会父母了……”王子进见他情绪激动，露出了一丝缝隙，忙规劝他，“来，快点将蜘蛛丝给我，我会告诉你真相。”

“什么真相？真相就是他们从未关心我、爱护我，比起什么亲情爱情，人类更爱的是功名利禄！我早已看破红尘，宁愿留在地狱中，也不想堕入轮回，再世为人！”

习智猛然昂起头，脸变成了失血的青白，嘴里也长出了森森獠牙。他纵身向王子进扑去，伸出利爪就掐向他的脖颈。

“人世苦厄，不如随我去无间世界！”

王子进没想到他突然会翻脸，一时躲避不开，眼看脖子上就要添两个血窟窿。就在这生死攸关之时，一个小小的身影扑出来，一下将他推开。

习智的利爪插在了他身后的门框上，登时将坚硬的木头撕成碎片，木屑纷飞。

“子进？你要不要紧？”王子进死里逃生，才发现推开自己的竟是明依。

晦暗的月光下，只见明依正关切地望着自己，她清秀的面容，明亮的眼睛，都让他觉得似曾相识。

“明依，你到底是谁？”他困惑地问。

明依张开了小嘴，刚要回答，便听到不远处传来了万马奔腾的声音，甚至连地面都微微颤抖。

“完了，鬼怪们闯进来了！”明依小脸一沉，慌忙拉起了王子进，“子进，我们快跑吧。”

可是两人刚刚爬起来要逃，习智却从门框中拔出了利爪，再次向两人袭来。

“哇，我跟你无冤无仇，至于要步步紧逼吗？”王子进抱着明依连连后退，明显不敌。

三人正厮打成一团，一页写着经文的黄纸骤然随风飘来，挡在了王子进身前。习智的手一遇到符纸，立刻冒出了一阵焦臭的烟气，逼得他吃痛地缩回了利爪。

他愤恨地回过头，只见言夫子正虚弱地扶着门，手中攥着一本经文。

“这是什么？你到底是谁？”

“是《地藏经》，专门超度流连不去的灵魂的。”言夫子悲怆地答，他一直疲惫不堪的双眼中，竟满含热泪，不知是谁触动了他的心弦。

王子进和明依死里逃生，还未等松口气，就有一只手攀上了他的肩膀。他吓了一跳，忙打开了那只手，哪知手竟然吧嗒一声掉到了雪地中，赫然是只断手。

“啊啊啊！”他再也压抑不住心中的恐惧，拔腿便跑。

可他刚跑了两步就站住了，只见身后黑压压的竟然站满了奇怪的人。他们或断头断脚，或不成人形，还夹杂着身体透明的灵体和生着双翼的怪鸟，仿佛地狱一倾而空，所有的魑魅魍魉都来到了这里。

“蜘蛛丝啊……”“让我们再见见太阳……”他们蜂拥着向习智扑去，将王子进和明依挤到了一边。

习智的利爪和獠牙，跟这些疯狂的鬼怪比起来简直就是小巫见大巫，眼看就要被他们撕得粉碎。

他终于露出了符合年纪的脆弱，一下就端坐在地上，惊恐地抱着头，闭眼等死。

可一本长长的经书从天而降，恰好围成了个圈，将习智围在了圆圈的中心。言夫子端坐在一边，口中微动，诵念着经文。

经书散发出柔和平静的光，方才还暴戾凶猛的鬼怪们似受到了安抚，平静地站在经文前，脸上现出陶醉的神色。

“王子进，我撑不了太久，你带着小丫头快跑吧。”言夫子轻轻地说，他话未说完，就吐出了一口鲜血，显然已经到了油尽灯枯之时。

“习智，快点将蜘蛛丝给我！”王子进想到绯绡的叮嘱，慌忙对被经文保护住的习智说。

习智犹豫了一下，一咬牙从袖中掏出了一卷银白色丝线，用力朝王子进掷去。所有平静下来的鬼怪刹那间同时动了，他们纷纷跃到了半空中，要抢夺蜘蛛丝。

王子进肉体凡胎，怎么也不如他们跳得高，眼看飞在半空中的蜘蛛丝就要落入一个青面獠牙，长着竹竿般长腿的怪物手中。

说时迟那时快，一个纸裁的小人飘乎乎地从王子进的怀中爬起来，随细雪逐风，飞到了半空，它在风中骤然变化，转瞬就变成了个金甲银盔，手持魔杖的巨人。

巨人伸出大手，一把就将蜘蛛丝抢走，抡圆了魔杖，打飞了几个跟他争夺的鬼怪。

“哇，绯绡的东西，终于有派上用场的时候了！”见这魔怪如此威武，王子进兴奋地拍手。

他刚嚷了一句，就觉得脑后一痛，耳边响起了熟悉的骂声：“谁说我的东西不管用了？你这个笨蛋，我费力拖延了这么久，你竟然还没有弄断蜘蛛丝。”

“绯绡！”王子进听到这声音，立刻将万千鬼怪置于脑后，一回头就紧紧抱住了那人的胳膊，“你总算来了。”

鼻翼中传来熟悉的芳草香气，那人凤眼含笑，面若桃花，果然就是绯绡。

高大的魔怪几步就走了回来，将蜘蛛丝递给了王子进。王子进接过了银色丝线，使尽全身力气，想要将它扯断。

可他试了几次，那看起来宛如丝絮般的细绳竟然怎么也弄不断。

群鬼见状，立刻又纷涌而来，要抢他手中的蜘蛛丝。绯绡一手拉着王子进，一手抱着明依，身影一晃，已经退到了几丈之外，只留下金甲力士一人抵挡鬼怪。

怪物们扑上来疯狂地啃噬力士，即便他高大威猛，也经不住这么多人同时袭击，很快就被怪物们撕得七零八落。

“怎么办啊？”王子进见状焦急地问。

“没事，它能变化三次，应该还能抵挡一阵。”绯绡的眼睛一瞥，看到了跟言夫子站在一起的习智，“他们是什么人？”

王子进将习智和言夫子的来历草草跟绯绡说了一遍，在叙述之间，只见金甲力士再爬起来时，已经变成了个瘦高的武士，武士一手持枪，一手持盾，再次跟鬼怪们酣战起来。

奇怪的是，绯绡并没有问明依是谁，他只扫了她一眼，仿佛心中已经了然。

“这样下去不是办法，得赶快把蜘蛛丝挂起来，再想办法弄断。”绯绡皱眉看着鬼怪们又一次将武士打倒，身影一晃，已经带着王子进和明依来到了课室门前。

言夫子和习智正站在课室门外，言夫子已经站立不稳，但仍手持经文，挡在习智身前。

而在他们身后，武士倒下的地方又出现了个人，这次这人居然是个文弱书生，五官跟王子进长得极为相似。

可惜他几乎在站起来的同时，就被几十个怪物瞬间扑倒。

“绯绡的东西，果然都靠不住……”王子进看出这纸人幻化的傀儡一次比一次弱，而当他看到它变成了自己时，更是欲哭无泪。

几乎在纸人消失的同时，绯绡一把夺过他手中的蜘蛛丝，手臂一扬，就将它稳稳地挂在了横梁上。

细绳垂落，随夜风微晃，散发着淡淡的光辉，宛如一只轻轻招摇的玉手。

说来奇怪，在它被挂上的刹那，王子进仿佛在黑暗中看到了鲜花飘洒，听到了仙乐绕梁，方才还漆黑一片的房梁上，竟然洒下了片片金光。

光温暖而平和，像是母亲慈爱的怀抱，又似情人甜蜜的亲吻，引得人不由自主地想走入那片光海之中。

·十·

这光令人痴迷而疯狂，鬼怪们完全丧失了理智，冲破了大门，争先恐后地向绳子上爬去，他们谁也不肯谦让，互相拉腿踩头，很快就爬到了绳子的中段。

王子进一手拉着绯绡，一手抱着明依，吓得大气都不敢喘，紧紧地贴在墙上。

“哎，跟传说中的景象一样啊……”言夫子望着这恐怖的场面，连连感慨，此时的他已经站不住了，只能歪坐在冷硬的石板上。

他话音刚落，为首的几十名鬼怪从蜘蛛丝上跌落。他们一落在地上，就立刻发出痛苦的哀号，青石地面竟然变成了烈烈火海，转瞬就将他们烧成了一片灰烬。

但随着灰烬消失，业火也随即熄灭，课室中再次恢复了平静，只有一根蜘蛛丝挂在房梁上，散发着惑人的光芒。

“让我去！我也要去啊！”“我要见见最爱的人，听说蜘蛛丝能到任何地方。”

鬼怪们毫不畏惧，再次成群结队地冲向了蜘蛛丝，但是跟上次一样，他们再次葬身在业火之中。

一批又一批的人跑过去，好似飞蛾扑火般毫无畏惧，可没有一个人成功地攀上了蜘蛛丝，都在争斗中坠落，在熊熊火焰中化为灰烬。

方才还嘈杂喧嚣的书院很快就变得寂静，几乎所有的妖怪都葬身火海，只有几个胆小的妖怪站在课室门外，探头探脑地瞧着那悬挂在半空中的蜘蛛丝，想接近又不敢，眼中满含渴望。

“喂，这个到底要怎么弄断啊？”王子进看着散发着银辉的蛛丝，苦恼地挠了挠头。

“不、不要弄断……”一直沉默不语的习智突然说话了，他仰望着那飘荡在半空中的银丝，眼中满含向往，“原来它能送我去任何想去的地方……我想再去见见自己的父母，这么久了，我仍然牵挂他们。到今天晚上，我才发觉原来我一点也不恨他们……”

他说罢唇边带着几分憧憬的笑容，一步步向蜘蛛丝走去，伸出手就要握住蛛丝。

再也没有人跟他争抢，温柔明澄的光芒照在他的脸上，像是清晨和煦的日光，又像是母亲抚摸他的双手。

“娘，我来了……”他笑着说。

可就在他的手即将握住蜘蛛丝的一瞬，王子进却冲上去，一把抱住了他的腰，两人扭打不休，重重摔在了地上。

“你这书生，怎么总是跟我过不去？我干什么你都要横加阻拦？”习智愤怒地抓住了王子进，露出獠牙就要向他咬去。

可是他刚一张嘴，就觉得口中多了个又冷又硬的东西，将嘴死死塞住。他再也顾不上王子进，连忙将嘴里的异物抠出来，却发现是块石头。

“小小年纪，打打杀杀成什么体统？”绯绡笑眯眯地走过来，一把将王子进从地上拽起来，“子进，你是有话要说吗？”

王子进连忙拉起习智的手，带他来到了几近虚脱的言夫子身前。言夫子连说话的力气都没有，但他的视线始终看着习智，像是蜘蛛丝般黏在这个少年身上。

“你根本不用通过蜘蛛丝去见父母……”王子进激动地翻开了名册，指着最后一页的名字，“这是你的名字，你且仔细看看。”

习智起初不屑，后来仍好奇地看了一眼，只见那泛黄的纸页上，为首的一个名字，赫然就是“言习智”。

他立刻如五雷轰顶，呆呆地看着气若游丝的言夫子。

“原来我姓言吗？我怎么跟他一个姓？不，这一定是巧合……”

“忘记父母的长相，当然也不会记得自己的姓氏。”绯绡也走了过来，他聪明至极，只听了几句就明白了一切，“这位言夫子，应该就是你的父亲。”

“是啊，他根本不是什么术士，只靠着一本经文和对儿子的爱，孤身到了这书院中，就为了超度自己迷途的儿子。”

“经、经书……是你母亲用血……混着朱砂……亲手誊写的……”言夫子断断续续地说，“我们……一直惦念你……”

他话未说完，两行浑浊的泪水，已经顺着脸颊流了下来。

“父亲……”习智扑通一声跪坐在地，抱着言夫子号啕大哭，似要将自己这短短一生的误会和遗憾，都通过泪水宣泄而出。

“我、我命不久矣……希望你能放下怨恨，早入轮回……”言夫子艰难地伸出手，放在儿子的头顶，“我跟你娘当初怕扰乱你的心神，才不敢处处表现出关心……没想到，却铸成大错……”

言夫子说罢，头越垂越低，仿佛已经耗尽了生命中最后一点力量。

“他要不行了！”绯绡一把抓住言夫子的手，急切地说，“快点，将他通过蜘蛛丝送入人间，或许还有救。”

“可他如此虚弱，根本无力攀爬啊！”王子进也急得抓耳挠腮。

“我送他上去！”习智抹干眼泪，站了起来，将父亲背在了背上，毫不犹豫地向蜘蛛丝走去。

“将他送走，你可能会堕入业火中烧死，不会害怕吗？”绯绡眯着眼睛，若有所思地问。

“不！今日我才知道，我求之不得的，原来早已拥有。生命完满若此，又有何畏惧？”

他说罢背着父亲，一步步走向了蜘蛛丝。他看起来只有十几岁，身量矮小，还未长成大人，可却似拥有无穷伟力，很快就沿着蜘蛛丝，攀到了房梁上的光芒中。

他将父亲单手举过头顶，言夫子的身影很快被光芒笼罩，变得越来越淡，最终如轻烟般消失。

习智送走了父亲，缓缓从蛛丝上滑下来，奇怪的是，这次并没有业火从地面升腾。他双脚踏在了冰冷的青石板上，安然无恙。

“王兄，多谢了，你让我明白，人生在世，重要的不是功名利禄，而是有人牵挂和惦念。此番恩德，只能来世再报！”他朝王子进深深地作了个揖，稚嫩的脸庞上现出了幸福的笑容。

他终于不再似大人般成熟稳重，举手投足都天真得像个孩子。只是他朝王子进挥了挥手，身体缓缓消散，最终化为一阵清风，卷起几缕尘灰，消失不见。

“他终于放下心结，堕入轮回了。”绯绡凝视着风起之处，感慨地说，“原来只有毫无私心的人，才能爬上蜘蛛丝，如果心中只想着自己，必然被业火吞噬。”

王子进目送习智消失，也觉得松了口气，可是他很快就发现不对劲了，因为周围安静得可怕，他身边竟少了个围着自己团团转的身影。

“明依呢！明依跑到哪里去了？”王子进焦急地嚷了起来。

“我在这里！”门外响起了明依欢快的叫声，只见小小少女提着裙子跑来，还拉着一个只有五六岁大的男孩。

男孩啃着手指，目光茫然，一看就不是很机灵。

“这到底是怎么了？我怎么看你们俩都如此眼熟？”王子进用力地抓头，可任他将头抓破，也想不出到底在哪里见过他们。

“你还记得我说过，自己是来这异界空间找人的吗？我终于找到了！”明依欢快地拍手，“这个孩子太笨了，他多年前因我的训斥离开，现在果然也被蜘蛛丝引了过来，只要将他带走，子进你的生命就完整了。”

“什么跟什么啊？我跟他有何干系？”

“这是你的孩子啊！”绯绡也来添乱，一把将小男孩塞到了王子进怀中，“快带他爬上蜘蛛丝！”

“我、我何时有孩子的？”

“等你上去了，一切就都会真相大白！”绯绡又抱起明依，也塞到了他的怀中，“快点快点，赶快将他们送上去，时间不等人！”

“她又是谁？”王子进还想再问，却被绯绡连推带赶来到了蛛丝之前。

他带着一肚子困惑，怀抱着小男孩，推着艰难爬行的明依，费尽全身力气，才爬到了蛛丝的顶端。

在光芒的笼罩下，他眼中的景象发生了变化，男孩的脸飞速成长，最终变成了跟他一模一样的脸。

他吓了一跳，急忙看向明依，可不看还好，一看之下差点魂飞魄散。只见明依清秀稚嫩的脸庞生出皱纹，鬓边白发丛生，变成了一个垂垂老矣的老妪。

而且这老妪竟然是个他极为熟悉的人，令他不由得失声尖叫：“祖母！你怎么会是我的祖母？”

“没错，就是我哦！”老妪朝他眨了眨眼，状似调皮。

他再也经受不住刺激，眼前一黑，堕入了无边黑暗。传说确实没错，每个攀爬蜘蛛丝的人，都会堕入地狱。

·十一·

不知过了多久，他才悠悠醒转，只见自己竟然正躺在一辆辘辘行驶的马车上，而绯绡正负手坐在车厢的角落，饶有意味地看着他。

“这是怎么了？我是做了个梦吗？”他揉着发痛的额角，艰难地坐起来，才发现自己身边还躺着一个人。

那人面色灰暗，脸颊消瘦，几缕胡须稀稀拉拉地挂在尖削的下巴上，像是冬日的枯草，却正是言夫子。

“我是在现实中的书院中找到他的，他孤身一人翻墙进去，想要超度自己死去已久的儿子，哪想到误打误撞地被蜘蛛丝卷入了生死交界处，消耗了他太多精力，估计得养个一年半载才能好起来。”

王子进掀开车窗上的竹帘，看着窗外的崇山峻岭、白山黑水发呆，在那所处于生死边缘的书院中经历的一切，恍如隔世。

“对了，蜘蛛丝呢？”他终于想起了那引得群魔乱舞的元凶。

绯绡伸出一只手，只见他纤长的手指上缠着一根柔软的蛛丝，蛛丝变得又细又暗，如果不仔细看，根本无法发现。

“你在昏倒前扯断了它……”绯绡笑着摇了摇头，“万万没想到，能让它消失的，是厌弃的情绪，毕竟无论人鬼，都视它为珍宝。”

他说完将蛛丝顺手从窗外扔了出去，缥缈的蛛丝，眨眼间就消逝于冷风之中。

在他醒来的同时，细雨如丝的江南小镇，一个白发苍苍的老妪也睁开了眼睛。她人中和头顶都扎着金针，好似个会动的针包。

“醒了，老夫人醒了！”伺候的婢女又惊又喜，忙去向夫人禀报。

不过一会儿，就有个打扮低调的中年妇人来到了老妪的卧房，她看到老妪苏醒，立刻流下泪水，快步走到床边去扶她。

“婆母，吓死我了，你昏迷了足足三天三夜。”

“我做了很有趣的梦啊……”老夫人憧憬地看着窗外被雨洗得青翠欲滴的翠竹，感慨地说，“我梦到自己又变成了个十几岁的少女，还去书院中跟子进做了朋友……”

“您一定是太想念他了……”

“而且我还挽回了过去做的错事，帮他找回了因为被我过度管束而消失的天性。”她仍念叨着，“这次，子进一定会出人头地的！”

她言之凿凿地说，仿佛透过灰蒙蒙的层云，看到了绚丽灿烂的日光。

王子进一回到客栈就忙着给母亲写信，在母亲的回信中，他才得知祖母半月前重病晕倒，但是为了不影响他温习功课，才没写家书，所幸如今她老人家已经痊愈，春天就又要去山中修行了。

在信中，母亲也告诉了他祖母的闺名。王子进看着信，突然又哭又笑，手指微颤地抚摸着薄薄的信纸。

一滴泪从他眼中流下，落在纸上，晕开了“明依”两个小字。

但他泪水还未干透，就发现信纸中竟然夹着一封荐函。荐函上写着“松阳书院”四个大字，吓得他忙跑去找绯绡。

“荐函是真的，这是你的祖母费尽心思才为你争取到的机会，可千万不要浪费！”绯绡只扫了一眼，就连连点头，“估计知道你上次去念书失败，她老人家不死心吧，又补寄了一份给你。”

“为什么啊？我怎么越来越不想念书了呢？”王子进想到四书五经就头痛，哀号连连。之前他只是贪玩，如今已经变成了厌学。

不过任他再不情愿，也在新春过后去了松阳书院。这次松阳书院不再冷清，每天都有几百人同时写文章做学问，而且蜘蛛丝引来的业火烧掉大部分冤魂杂鬼，书院里的风都格外清澈澄明，不要说索命妖怪，连半点污浊都没有。

唯一遗憾的是，王子进的文章以一日千里的速度退步，写得越发狗屁不通。

“唉，看来这老太太费尽心思找回来的，好像是他的惰性呀！”绯绡悠闲地坐在庭院的大树上，看着课室中咬着笔杆，几乎抓破脑袋的王子进，叹息般地说。

他红唇微翘，凤眼含笑，怎么看都像是在幸灾乐祸。

屋檐下，一只蜘蛛正在尘灰中忙碌，很快就结成了一张不易察觉，既柔软又坚韧的网。恰似命运，于无声无息中，网罗了世间众生。

第九夜 ◆ 瘟神劫

立春方过，山中已经下了几场雨，雨线似离人的涕泪，无止无休，将青翠的山林树木都染上哀愁的颜色。

暗淡的雨雾中，风寒在体弱的女人和孩童中开始蔓延，继而连年轻的樵夫、体壮的耕农都染疾倒下。

这场猝不及防的疾病悄无声息地肆虐，不过短短几日，村子里的人死的死、病的病，竟然有一多半的人染上恶疾。

雨停了，东君好似手持弓矢的威猛男子，从云层中射出了万道华光。氤氲的热气中，放在薄薄棺木中的尸体，还未入土皮肤上就起了黑斑。

“是瘟疫啊，瘟神来了！”郎中们只看了一眼，就惊惶奔走。

瘟疫如挟着死气的旋风，从村庄蔓延到城镇，终于在一个名唤桃源的水乡小镇被扼住了咽喉。

扼住瘟神咽喉的是个喜穿青色衣袍的俊美少年，他风流不羁，从不束发，颇有几分魏晋风度，而且身边总是有一个七八岁大小的女童跟随。

两人指挥村民们焚烧了死去的病人的尸体，又在河里井中都撒下药草，短短几日后，果然再无人染疾，患了病的镇民也在服食他们调配的药草后很快痊愈。

这晚北风呼啸，风中裹着黏腻的湿气，还有刀子般的料峭春寒。

青衣少年带着个梳着丫髻的女童，站在旷野之中。他们是一堆沾了血的衣衫杂物，风呼啸而过，吹过堆积如山的秽物，隐约可见有黑色的、不成形的影子，跳着张牙舞爪的舞蹈。

“就差最后一步了……”青衣少年手掌一翻，指甲变得如刀刃般锋利，轻易就划破了自己的手腕。

滴滴鲜血如红色珊瑚，洒在了秽物之上。女童燃起火折子，从衣袖中掏出一张纸符点燃，口中念念有词。

她将黄纸符凑近了秽物，只有拇指般大小的火苗，突然蹿成了半人多高，在半空中化为一只火焰狐狸。

“以吾之血，恭送瘟神。”青衣少年合上双眼，轻轻地吟诵。

火狐扑向了堆积如山的秽物，瞬间将那些衣衫布条点燃，熊熊烈火中，可见光与热之间有虚影闪动，似乎庞大的怪物在扭动挣扎。

风声突然变得尖锐刺耳，仿佛一声声凄厉的哀号。

烈焰升腾，发出噼啪轻响，眼看就要把污秽的杂物付之一炬。然而就在这时，树林中骤然卷起一阵狂风，挟着湿润的水汽，将火焰吹散，黑烟四起。

“青绫……”女童双眉紧皱，似觉得有些不妙。

青衣美少年努力想控制火焰，捏了个手诀，连修长的手指都因用力过度而变得青白。可他随即哇地吐了口鲜血，方才还熊熊燃烧的烈焰刹那间熄灭，黑色的烟雾随风而逝，仿佛一匹脱了缰的野马纵身远去。

“有人在跟我们作对……”青绫擦了擦口角的鲜血，恨恨地道，“真是糟糕透顶，让瘟神跑了。”

“去找绯绡吧。”六月水汪汪的双眼中，闪烁着不属于孩童的智慧，“如今只能靠你们联手了，以我一己之力怕控制不住瘟神，耽搁了时日，不知又会有多少人染病。”

青绫虽心有不甘，也只能点了点头，拉着六月的手纵身远去。

而在密林深处，一个身穿灰色锦袍的青年正在对着一片阴暗的树林密语。

“我救了你，你要如何报答我？”青年浓眉方颌，虽然面容英伟，但浑身却散发着阴戾的气息。

“我可以帮你杀人，这么多年，我想杀的人还没有一个活下来。”林中传来一个低低的声音，轻得像是午夜的叹息。

“说来我还不知道瘟神到底长什么样呢。”锦衣青年向前两步，想要拨开树叶。

“因为见过我的人，都死了……”声音笑了，有几分得意。

锦衣青年并不傻，活着是很好的，虽然他活了很久很久，但还是没活够，毕竟这世上有太多活色生香的美人，更有无数新鲜离奇的趣事。

“王子进……”最终他放下了手，说出了一个名字。

有风掠过，树影闪动，密林后寂静无声，像是一口毫无生气的枯井。天心明月如盘，照得树林遍布银光，却照不亮潜藏在人心底的黑暗。

·一·

南方已有春意，东京城仍银装素裹，宛如一位以雪为披的冰霜美人。王子进在松阳书院的修行即将结束，这家书院素有闹鬼传说，不过这一个多月里风平浪静，恐怖的鬼影仿佛被一重又一重的落雪掩埋，了无痕迹。

这日雪后初晴，几位来自各地的学子结伴来到了山下的梅园中，围炉喝酒咏梅。

“窗外一株梅，寒花五出开。影随朝日远，香逐便风来。”一位曲姓书生望着亭外的梅枝疏影，吟诵着杨炯的《梅花落》。

“我看还是‘早知觅不见，真悔着衣单’更贴切点。”王子进冻得打了个喷嚏，眼前的皑皑白雪让他越发想念绯绡。

妖怪比人更务实，从来不会在大冷天跑出来附庸风雅，只会舒舒服服地坐在火盆前，烫好一壶又一壶的美酒。

“王兄净说大实话，真是有趣。”曲生打趣他，“怪不得日日在课堂上会周公，笔下文章更是朴实无华。”

“哪里哪里，王兄的文采只有在美人面前才会展露锋芒。”其他几位学子纷纷调侃。

王子进从小就被揶揄惯了，也不反驳，羞红了一张清秀的脸，不断挠头。

“不过，我觉得王兄说得有道理……”一位江姓学子难得附和他，“此时寒意未退，我们还是早些回去，不要染上风寒。家父经营药材店，听说南方瘟疫肆虐，已经有数千人染病，连东京城中的驱瘟疫药草都被抢购一空。”

江生生得文弱，又因家中经营药铺，跟王子进一样，在家境富贵的学子面前总似矮了一头。

他说的这句话如蚊蚋细语，根本无人在意，很快便被众人的谈笑风生淹没。一行人直玩到天黑才回到书院，而当天晚上就有两人染上风寒，高烧不退。

王子进很快也觉得头痛，咳嗽不止，不过短短两日，书院中已有一半学子卧病在床。

夫子们见病情无法控制，忙让染病的学子回家医治，寂静空幽的书院中很快变得热闹非凡，油壁车、牛车、马车以及肩舆几乎堵死了书院的大门，学子们一个个被接回家，到了傍晚时分，书院已经死寂般宁静，连人影都没几个。

只有青松翠柏，孤零零地站在皑皑落雪中，仿若一个个沉默高大的巨人。

王子进烧得口干舌燥，躺在房间中，这房里本住了四人，如今只剩下江生和他。江生心善，为他连夜煎药。

可是一碗碗驱寒药灌下去，王子进仍浑身发冷，即便炭火盆将房中烘得温暖如春，他仍不住地打摆子，脸色也越来越青白。

“王兄……你醒醒啊！”意识模糊中，他只觉江生在轻轻推他，他疲惫至极，只想沉沉睡去，根本不愿回应他的呼唤。

“子进，子进？”

不知为何，江生焦虑急切的呼声被一个清朗动听的声音取代。这声音飘入耳中，似炎夏的一缕清泉，又似黄昏的山寺中回荡的晨钟暮鼓，既舒服受用，又提神醒脑。

“是绯绡吗？”王子进只觉身上一轻，猛地坐了起来。

只见房中一灯如豆，绯绡身穿白色锦缎棉袍，头戴高冠，肤色晶莹似雪，竟比身上的白袍还更耀眼几分。

“你怎么来了？”

“我是来接你的。”绯绡站在灯下，盈盈浅笑，容貌美如好女，可一双丹凤秀目中，却有掩不住的忧虑。

“你来得正好，我在这书院中实在待得腻歪，好久没出去玩耍了。”王子进兴奋得摩拳擦掌，“如今的天气，最适合喝绍兴黄，配上一只富贵楼的醉鸡，再惬意不过。”

向来贪吃爱玩的绯绡，却出乎意料地轻轻摇头，眸色更黯，“子进，你且看看，自己如今的境况。”

王子进经他提醒，好奇地向身后看去，只见简单的床榻上正躺着一个形容憔悴的书生。那人脸色蜡黄，双颊塌陷，单薄的身体在厚重的棉被下宛如无物。

他只看了一眼，心中又惊又惧，因为这书生不是别人，正是他自己。

而江生正关切地坐在他的病榻前，不住地呼唤他，可他连吭都不吭一声，显然陷入了昏迷。

“王兄，小弟已经尽力了。”江生忍不住抹了几滴眼泪，快步离开了房间。

他走得太过匆忙，连门都没关严，夜风卷起细雪，如絮如霰地飘进了房间中。雪花穿过了王子进的身体，落在地上，化为一滴滴晶莹剔透的水珠。

王子进愣怔地看着这一幕，似不敢相信自己所见。

“现在你明白了吗？”绯绡眼含悲意地看着他。

“我已经死了？”王子进干笑了两声，指着床上双眸紧闭的自己，“你不是说我会活到而立之年吗？还会觅得一位如花美眷，怎么就这么轻易死了？我连佳人的面都没见到呢！”

绯绡被他逗得哭笑不得，哪想到这花痴死到临头，居然仍心心念念地记挂着美人。

“如果你挺过这关，自然会与美人有缘……”绯绡朝他伸出了手，“来吧，到这里来，先将灵魂附到此处，我们再想办法。”

只听房中传来嘎的一声清鸣，绯绡的手臂上竟然多了只一尺来高、翠羽红冠的鹦鹉。

鹦鹉毛色鲜艳，双眼如葡萄般漆黑明亮，翅膀展开有两尺长，颇有几分威风。

“我才不要当个扁毛畜生……”王子进嫌弃地看了鹦鹉一眼，连忙后退。

可他还来不及转身，只觉头脑一晕，身体居然轻飘飘地飞了起来。等再有意识时，只见绯绡正唇边含笑，饶有意味地看着他。

“看什么看？又不是第一次见面。”他不耐烦地说，哪想到不张嘴还好，一张嘴声音竟变得瓮声瓮气，让他不由得吓了一跳。

他动了动双臂，却发出扑棱扑棱的鼓风声，飘摇的灯光中，甚至有翼影滑过。

“我真的变成了只鸟？”他惊惶地大叫，无论如何也不愿承认这可怕的现实。

“别废话了！你的肉身挺不了多久，我们速速去找瘟神。”绯绡伸指弹了一下聒噪鹦鹉的脑门，纵身一跃便跳出了木窗。

王子进临走时仍恋恋不舍地看着床上的自己，少年的脸色黄如金纸，憔悴的容颜看起来无助而可怜。

夜风吹过，卷起细雪，纷纷扬扬的雪花似落入他的心中，冰冷凄寒。

·二·

绯绡白衣翩翩，在朦胧夜色中看来，仿佛与皑皑白雪融为一体。王子进振翅跟在他的身后，一会儿落在树上停一停，一会儿又在他的肩头歇一歇。

一人一鸟疾驰而行，居然在午夜时分赶到了东京城南的一个小镇。小镇沿汴河而建，镇中灯火通明，王子进跟在绯绡身后飞到近处，才发现是镇民们请来巫师，正围着篝火跳舞驱邪。

男巫女巫们都身穿华丽鲜艳的衣袍，戴着面具，手持各式法器，跳着怪异的舞蹈。他们口中念念有词，时而伏地，时而跳跃，在纷乱的光影中恍如神魔降世。

围观百姓皆纷纷抹泪，诚心祝祷，向篝火中投入祛病驱邪的药草，看样子是在驱逐时疫。

“为什么我们要来这里？”王子进落在绯绡肩头，好奇地问，只是他如今已非人形，流利的话语引来了不少镇民的注目。

“当然是追查瘟神了。”绯绡笑眯眯地，径直走向了篝火，一把掀开了其中一个身穿青衣的男巫的面具。

面具松脱，那人长发如春水般流转泻落，露出了一张精致而不乏英气的少年容颜。

王子进只看了他一眼，就振翅怪叫起来：“青绫！天啊，怎么会是青绫？这家伙比瘟神更可怕！”

“几日不见，子进你变得越来越可人了啊。”青绫笑得双眼微弯，好似只狡猾的狐狸，一把就抓住了王子进的翅膀。

“放开我！你这浑蛋！”王子进呱呱大叫，奈何青绫手指灵活至极，飞快搔到了他的下颌。

身为一只鸟，他只觉舒服至极，发出了满意的噜噜声。

“你来这里已经两天，调查得怎么样？”没有了聒噪鹦鹉的打扰，绯绡玉容凝霜，压低声音问向青绫。

“你猜得没错，瘟疫果然是顺水而来，从这个小镇上开始流传的。”青绫眯了眯眼，悄声回答，“只是有一点我实在想不通。”

“哪一点？”

“瘟疫喜暖畏寒，此时正是南方草木生发之际，它怎么会背道而驰，向冰雪寒天的北方蔓延？”

“假如……”绯绡眸光流转，红唇边蕴着狡黠的笑，“如果这世上真的有瘟神呢？他逆水而上，亲自来这北地寒天取人性命……”

“我活了这么多年，也只知道如何驱除瘟疫，却从未见过瘟神。有人说他是屈死的冤魂化作，还有传说他是深藏在冻土中的妖怪，每到冰雪融化时就会破土而出，取人性命……”青绫皱了皱眉，似十分为难。

“或许，我们很快就能见到瘟神了。”绯绡含笑低语，凤眼微眯，看向蹲踞在自己肩头的鹦鹉。

鹦鹉偏着头看着他，似不懂他话中的含意，只将黑豆般锃亮黝黑的眼睛眨了又眨。

当晚三人在小镇上寻了一处舒适的民居休息，凄寒的北风，飘舞的白雪也阻止不了瘟神的脚步。王子进站在树上眺望，只见镇上行人寥寥，商号纷纷关门，北风萧萧，时而送来一两声痛苦的干咳。

青绫和绯绡闭门不出，不知在悄悄忙着什么，而他身为一只鸟，只能在民居的主人手里吃点热水泡发的馒头充饥，跟昔日饮酒作乐、逍遥快活的日子不可同日而语。

傍晚时分，一辆马车踏着晚风细雪，辘辘而来。拉车的是膘肥体壮的五花马，在东京城中也是上品，矫健的骏马引来几户人家敞开了门看热闹。

可奇怪的是，驾驭如此骏马的却并非孔武有力的车夫，而是一个不过七八岁大的女童。她身披蓑衣，仅露出一张小脸，在暖黄车灯的照耀下显得玉雪可爱。

“终于到了。”民宿的门被推开，绯绡和青绫结伴走了出来，他们打开车厢，从里面抱出了一个面容憔悴的书生。

嘎！王子进站在树梢，看到这书生不由得振翅尖叫，因为这人不是别人，正是他自己。

风雪中，只见书生双目紧闭，不知是死是活。邻人们见他这模样，吓得纷纷躲回了家中，热心的民居老板忙要为病人请郎中诊治，却被两个美少年拒绝了。

他们将王子进的肉身搬到了用炭火烘得暖暖的房中，立刻将房门紧闭。王子进急得抓耳挠腮，落在窗棂上，不断啄着木窗，想要冲进去。

“啊，把你给忘了……”过了一会儿，木窗打开，伸出了一只白色的手臂，将他轻轻地揽了进来。

热气和火光熏得王子进睁不开眼睛，他缩在了绯绡的怀里，片刻之后，才看清了屋内的情状。

只见他的肉身仍躺在一张舒适的软榻上，身边放了三个炭火盆，而桌上则放着一支刚刚点燃的蜡烛。

蜡烛散发着淡淡的朱红，像是融入了鲜血，格外引人注目。

“你们这两个家伙，鬼鬼祟祟地忙了一天，到底要干吗？”王子进嘎嘎乱叫。

“子进变成了鸟啊，果然比他当人的时候招人喜欢。”六月笑嘻嘻地走过来，摸了摸他头上的羽冠，脸上的坏笑跟青绫像一个模子印出来的。

“当然是要引瘟神出现。”青绫指了指八仙桌上的蜡烛，“看到了吗？那就是你的命，到明日清晨，蜡烛熄灭，你就会一命呜呼。”

“那怎么办啊？”王子进慌忙飞到了蜡烛前，伸出双翅将烛焰团团护住，想让它烧得慢一些。

可闪动的火光宛如流逝的时间，不疾不徐，一点点地消耗着蜡烛，丝毫不受外界的影响。

“没用的，子进……”绯绡摸了摸他的羽冠，安抚他说，“我们会尽力救你回来，对付瘟神的宝物我昨晚已经连夜拿到了，剩下的就看你自己了。”

“看我自己？”王子进转过头，定定地望着绯绡的绮容玉貌，不明白他言语中的深意。

“一会儿你就明白了。”绯绡抱走鹦鹉，将他放在了房间的高处。

王子进高高地站在房梁上，听着庭院中的水车计时器寂静空幽的回响。夜冷风寒，仿佛冻住了苍穹中的繁星，也令化身为鸟的他越来越疲惫，渐渐睁不开眼睛。

不知过了多久，红烛燃了一半，烛泪滴落，堆积在烛台上，好似一簇簇晶莹明艳的红珊瑚。

笃笃笃，寂夜之中，响起了微弱的敲门声。

王子进被这声音吵醒，只见六月小跑着过去开门，而绯绡和青绫则警觉地抬起了头。

“客官们，可要热水？”门打开了，露出了一个小厮圆圆的面孔，他提着一个冒着热气的茶壶，正站在冰天雪地中。

风像是游蛇般钻进了暖房，八仙桌上的烛焰轻轻地摇了摇，似乎就要熄灭。

・三・

绯绡衣袖一扬，烛焰停止了晃动，小厮费力地提着硕大的水壶，走进了房中。

“客官们，尽可梳洗了，如果有事再叫我……”小厮擦了擦额上的汗，看着病榻上气若游丝的王子进，“这位客人可是病了？需不需要替他擦身？要不要帮他找个郎中？”

绯绡和青绫都沉默无言，两双美目都冷冷地看向小厮。

“我们叫过热水吗？”

“没有。”绯绡摇了摇头。

“客、客官们想必记不清了……小的是得了掌柜的吩咐，特来伺候你们的……”小厮结结巴巴地答，可他胖乎乎的圆脸在灯下瞬间变得干瘪，眼睛也深陷下去，竟然眨眼间就变成了个骷髅。

嘎！王子进惊得不断扑棱着翅膀。

恰在此时，小厮的身影一歪，已经扑倒在八仙桌前。红烛啪的一声滚落在地，烛焰霎时变得如绿豆般大小，眼看就要熄灭。

躺在床上的王子进的肉身，随之发出了痛苦的呻吟，他眉头紧皱，嘴唇青紫，似乎就要断气了。

而化为鹦鹉，蹲踞在房梁上的王子进也跟着头昏脑涨，一头就栽了下来。所幸如今他是只鸟，展开双翼在空中盘旋了半圈，稳稳地落在了窗棂前。

绯绡玉手轻扬，从怀中掏出了一支碧绿玉笛，吹奏起了一曲《春江花月夜》。王子进已经很久没听过他吹笛，自从两人在东京城停留，就再也没有了赏山玩水的闲情逸致。

笛音悠扬而清亮，听在耳中无比舒适熨帖。化为鹦鹉的王子进安静如寂，欣赏着这优美的笛音，躺在床上的王子进的呼吸也变得平缓悠长。

笛音起处，有人影闪动。

王子进定睛一看，才发现那竟然是一对少年男女。女的文静贤淑，竟然是曾被金华猫妖附身过的夏芸云，而男的头戴方帽，身穿宽袍，看起来似个商人。

“王公子，你醒醒啊，你一定要活下去。”夏芸云见他昏迷不醒，忙抓住了他的衣袖，她眼中含泪，轻轻地说，“我永远不会忘记，自己当初变得人不人鬼不鬼时，连父母都嫌弃地将我关在了木屋中，只有王公子会夜夜赴险，前来探望我……”

“王公子，内子早就说过你的事，如果没有你，我们这辈子怕连夫妻的缘分都没有。”青年握着妻子的手，将一只大手按在了王子进的手上。

“胡公子，如你所说，我们也能帮到王公子？”夏芸云急切地看向绯绡，“要我们怎么做？”

“你们只需分一份心力给他，便能助他度过此劫。”绯绡放下玉笛，将手覆在了青年的手上。

三只手压在了憔悴少年的手掌上，似为他送来了绵绵不尽的暖意。少年不再发抖，紧皱的眉头随之舒展。

“王公子！”夏芸云见状欣喜地惊呼。

随即两人的身影变得如雾气般稀薄，很快就消散在烛影中，只有绯绡的手，仍轻轻地覆在昏迷的王子进手上。

青绫捡起了蜡烛，方才豆大般的烛焰，现在已经变得如拇指般长。奇怪的是，蜡烛并未变短，烛身上的红色更艳，像是被注入了浓烈的血色。

“绯绡，这到底是怎么了？那小厮是谁？夏芸云为何会跟她的夫君来到此处？”王子进飞到绯绡的肩头，问个不停。

他变成鹦鹉后语速也快了许多，有事就问个不停。原本威风凛凛的鹦鹉，被他附身后变得像只叽叽喳喳的麻雀。

“因为瘟神就是冲着你来的。”青绫一把揪起他的翅膀，将他放在了八仙桌上，“他明明该向南方蔓延，反而取道北上，显然有明确的目标。”

“而且我跟青绫调查过，这场蔓延在北方的风寒虽来势汹汹，却未死一个人，病倒的百千人中，只有你一人生命垂危。”

王子进听到此处，不由得哽咽。

“我就这么倒霉吗？”

“你倒霉是一个原因，另一原因是瘟神刻意为之。”绯绡伸出手指，摸了摸他毛茸茸的脑袋，“他的力量在北地寒天中发挥不出来，只能力取目标的性命。”

“夏芸云夫妇又为何而来？”

“虽然没人见过瘟神，但猜也能猜到他是人的怨气化成，而能跟他强大怨恨对抗的，只有人类的爱。”青绫微笑着看向绯绡，“所以绯绡以笛声为桥，引来了曾受过你恩惠的人，让他们奉献力量，助你渡过难关。”

“怪不得，你说之后就要看我自己了……”王子进恍然大悟。

“我们算过了，今夜是你最凶险的时刻，只要度过了今夜，万事皆有转机。”绯绡看向地上干尸般的小厮，“瘟神自然也知道，必不会放过你，我们只需静静地等待他现身即可。”

青绫掏出了竹箫，轻轻地朝小厮身上一指，他立刻化为一股恶臭的黑气，消失于无形。六月忙打开门窗透气，而就在这时，伸手不见五指的黑夜中，传来了悦耳的丝竹之声。

那是一首繁复绚丽到极致的曲子，远远听来有编钟轻响、管弦和鸣，仿佛是将整个宫廷乐府搬到了这个庸常的小镇。

曲声渐行渐近，不过片刻，门外的夜色都被瑰丽的光芒驱散。

王子进化身为鸟，仍挡不住一颗好奇的心，他振翅飞出窗外，落在房顶上。待看清外面的情形后，更是惊得他尖叫连连。

只见小院外已经变成了一片光的海洋，无数七彩灯笼飘浮在半空中，挂在树梢上，将朗月星空都映得暗淡无光。

十几名身穿纱裙，披着长帛的清丽女子手捧乐器，踏雪而来。她们个个生得明媚出尘，露着雪白手臂，赤着双足，仿佛此时不是冰雪寒天的冬季，而是炎炎夏日一般。

而且她们每走一步，脚下都会绽放出一朵洁白莲花。待这行美女施施然走过，莲花又飞快在白雪中枯萎。

“浪花有意千重雪，桃李无言一队春。一壶酒，一竿身，世上如侬有几人。”为首的一名女子朱唇微启，唱出了动人心弦的歌声。

刹那之间，天地万物都消失于无形，王子进呆立在房檐上，只觉魂魄都被这优美的天籁之音勾走，再也不属于自己。

“一棹春风一叶舟，一纶茧缕一轻钩。花满渚，酒盈瓯，万顷波中得自由。”

这歌中唱的是最快活自由的境界，连绯绡和青绫都听得入神，唇边不自觉地荡漾出浅浅笑容。而灵魂一直被禁锢在孩童身体内的六月，表情则怅然若失，似被触动了心底的痛处。

仙子且歌且舞，身姿翩然地来到了小院前，仪态万方地进入室内，没人阻止她的莲步，所有人都想再多听一点这美妙至极的乐曲。

只有放在八仙桌上的红烛晃了一下，烛焰越来越小，几近熄灭。

·四·

室内霎时辉光满溢，异香扑鼻，十几名仕女站在门外，列成两队，奏琴的奏琴，鼓瑟的鼓瑟，令这布置简单的院落房屋都变得跟仙境无异。

唱歌的仙子停止了歌唱，缓缓来到了榻上昏迷的少年面前，她雪肤花貌，举手投足都散发着温婉的气质。

她是青春，是三月最暖的风，是少年少女情窦初开时懵懂的情怀，是人世间所有令人眷恋的美好。

“可怜的人……”她秀眉微颦，叹息般说，一双美目中溢出了晶莹的泪珠。

王子进的肉身发出喃喃轻呼，脸上的表情变得舒缓安适，似陶醉于这温柔乡中，不知归路。

烛焰越来越微弱，房间也随之变得暗淡，这天仙般的美人，就成了这窄室中唯一的辉光。

“睡吧，快睡去吧……”她伸出玉手，怜爱地抚摸着少年塌陷的脸颊。

少年的脸上随即浮现出梦幻般的笑容，恰似那些传说中中了孔雀胆剧毒的人，弥留时诡异的笑脸。

烛焰一闪，即将熄灭。

恰在此时，清越悦耳的笛声骤然而起，像是一声尖啸呼喝在每个人的耳边。站在屋顶的王子进突然回过了神，他懵懂地摇了摇脑袋，看向雪地之中。

只见站在屋外的哪是什么衣袂翩然、姿态优美的仙女，分明是一具具衣衫褴褛、浑身恶臭的腐尸。

他惊得呱呱大叫，飞回了屋中，站在木窗之上看着房中发生的一切。

只见绯绡闭目凝神，将玉笛凑在唇边，用尽全力吹奏。而门外的丝竹声也越发响亮，笛声乐声混在一起，仿佛两个力士在比拼角力一般。

室内的女郎随着乐声，时而化作一具身着锦衣的白骨，时而又变成了仪态万方的美人。

而桌上的红烛火焰也忽大忽小，每每即将熄灭之时，又随着高亢的笛声奋而燃起。随着笛音越来越响，一个个人影皆浮现在灯火下。

这些人中有如意跟她卖画的夫君，有盈月和她孔武有力的丈夫，还有面貌平庸的花零，他们紧紧地围在烛火周围，以手拢着烛焰，生怕它熄灭。

青绫也拿出了洞箫，凑在唇边吹奏，低沉徘徊的箫声一起，衬得笛声更加尖锐清越。笛音和箫声一高一低，登时将丝竹之声尽数压了下去。

捧着病重少年面孔的锦衣仙女，已经完全化成了一具骷髅，她森森指节滑过少年脸庞，说不出地诡异怕人，让人看了不寒而栗。

“鬼东西，滚出去！”六月从院子里捡回一根木棒，一下打在了白骨身上。

只听一阵噼里啪啦的轻响，骨架立刻散落在地，一个森白的骷髅头滚落在王子进眼前，黑洞洞的双眼定定地望着他，又惊得他哇哇乱叫。

绯绡放下了玉笛，挥舞起白色的衣袖，不知从何处起了一阵冷风，白骨和腐尸都化为烟尘，被风卷走，转眼就消失在飘零的细雪中。

烛焰再次燃起，王子进看着躺在床上的自己气息平缓，痛苦的神色随之消失，终于暗暗松了口气。

“你们在干什么？怎么这么晚了还吹笛弄箫的，不歇息吗？”洞开的房门中，探进来一张油腻肥胖的脸。

这人红光满面，头戴面帽，像是个泥塑的不倒翁般憨态可掬，正是这家民宿的主人。

“真是叨扰了，可是我家这位病人要听着箫声笛音才能入睡。”紧张的气氛被这胖掌柜一搅，登时化为乌有。绯绡朝他抱拳行礼，难得礼貌地道歉。

“唉，你们这些年轻人就是不懂事，都病成这样了还不请医生，偏偏吹什么笛子。”胖掌柜完全没意识到三人嫌弃的眼色，三步并作两步走到病榻前，看着脸色蜡黄的少年连连摇头，“除非孟神医出手，否则这孩子没救了。”

“哼，怕是将天下的神医都请来，也未必能治得好他。”绯绡凤目中精光闪烁，已是极不耐烦。

“孟神医医术高明，年前我家的牛生了牛瘟，眼看就要咽气，就是他把牛治好的，省了我好多银钱……”

掌柜的说起神医口沫横飞，令绯绡和青绫都皱起眉头，显然想赶他出去。

“我又不是牛！”王子进不干了，扑棱着翅膀叫唤。

“你当然不是牛，而是只鸟啊！”胖掌柜被鹦鹉逗得拊掌大笑，刚一转身，青绫就将一个纸人贴在了他的后背上。

那纸人身上写了个大大的“走”字，胖掌柜还想逗留一会儿，奈何腿却不听使唤，一口气跑出了院子。

雪夜中甚至能听到他一边夜奔，一边狼狈呼救的声音。

“已是寅时。”绯绡看了看天色，关上了门，回头朝王子进变作的鹦鹉道，

“再坚持一会儿，天亮之后你若还活着，性命即可无忧。”

王子进也偏着脑袋，从窗缝中看着苍茫夜色。方才还若隐若现的明月，此时已经完全藏到了云层之后。

飘零的细雪越来越大，渐渐变得如同鹅毛柳絮，将天地之间染成一片洁白。

“希望这是今冬的最后一场雪了。”青绫不知何时走到他的身后，撩拨了一下他的尾羽，“雪后就是春天，子进你可要挺住啊。”

“死财迷，不许咒我。”王子进不耐烦地去啄他的手。

“春天过后，我就要再次兴建狐狸村庄了，还希望你能来做客呢。”青绫托着腮，笑眯眯地任他啄着手指，跟平素的尖酸吝啬截然不同。

他如此谦和，倒令王子进愣住了。他并不傻，已察觉到了不同寻常的气氛。青绫，似乎是在可怜他，仿佛这是他生命中的最后一夜，当太阳升起时，他就会在阳光中化为乌有。

笃笃笃，门外再次响起了敲门声，打断了他的思绪。六月一下从椅子上蹦下来，将门小心翼翼地拉开了一条缝隙。

“是个郎中啊……”她稍稍松了口气，打开了门。

门外果然站着一个郎中，他身披蓑衣，浑身都是落雪，像是伫立在寒夜中的一株矮松，而且他提着一个简单的药匣子，气喘吁吁，似乎是赶路而来。

“听说这里有病人？”他慌慌张张地走进来，“是客栈的掌柜找我过来的。”

没人阻拦他，他走进室内，脱下了蓑衣，将药材拿出来，一一在桌上摊好。

“这是防风、柴胡，还有生姜，是发汗驱寒的。这是人参须，如果他等下气息弱了，需要用参须吊命。至于这些朱砂，是防止他惊厥痉挛……”

他摆好了药材，如数家珍，忙向王子进走去。灯光下，可见他年近不惑，两鬓斑白，下巴蓄着几缕美髯，看起来确是医者仁心的模样。

他即将接近病榻上的少年时，绯绡却上前一步挡住了他。白衣美少年凤眼微睨，看向了八仙桌上的蜡烛。

红烛静静地燃烧，烛焰纹丝不动，宛如温柔恬静的姝丽，无声无息间已在窄室中洒下淡淡光辉。

·五·

“看起来是个真大夫！”王子进呱呱大叫。

“你这鸟倒是有趣……”郎中笑呵呵地看了王子进变作的鹦鹉一眼，“我曾给一个贵人看过病，他家中也养着只会说话的鹦哥，可远比不上你这只伶牙俐齿。”

王子进怕被识破，忙闭上了聒噪的嘴，老实地蹲在窗棂上，装得像只普通的鹦鹉一样。

“我这朋友生的是怪病，怕是药石无医，还是请先生回去吧。”绯绡仍满不耐烦地看着郎中，似恨不得要将他速速赶走。

“你们这些黄口小儿懂什么？你们给他瞧过病吗？我看他是风寒严重引起的昏迷，只需几剂汤药就可退热。”郎中气得胡子直翘，朝他嚷嚷个不停。

绯绡和青绫对视了一眼，心中都有些惭愧。他们确实从未为王子进请过郎中，在他发热昏迷后还让六月连夜赶路，长途颠簸，将他搬到了这个小镇。

“既然如此，不如让他试一试？”青绫悄悄对绯绡耳语，“死马当成活马医，反正现在瘟神还没来索命。”

绯绡脸色凝霜，犹豫了片刻，但看到窗前鹦鹉渴望的眼神，只能心不甘情不愿地点了点头。

“幸好公子你明白事理，这病再拖上两个时辰，连我都束手无策。”郎中卷起衣袖，从药箱中拿出了个瓷瓶，倒出了一粒鸽子蛋般大小的药丸，用热水细细化好。

青绫和六月都屏住呼吸，盯着郎中的手，生怕他做什么手脚。反倒绯绡悠闲地坐在昏迷的王子进身边，双手笼入袖中，凤眼半眯半睁，似在休憩养神。

郎中化完了药丸，以木匙撬开了昏迷少年紧闭的牙关，将汤药灌进他的口中。不过片刻工夫，少年的脸色泛出了几分血色，呼吸也平缓了许多。

八仙桌上的红烛烛焰突然暴长，仿佛跳跃舞动的生命之火。火光照得窄室中金辉满堂，而烛身分毫未短，是生命延续的预兆。

青绫和六月长舒了口气，而王子进变作的鹦鹉开心得不断扑扇着翅膀，呱呱叫个不停。

“神医啊，果然是神医！”他一不小心就说出了心里话，“这些臭狐狸居然说我是被瘟神缠上了，居然连个郎中都不为我请，果然是动物，愚昧至极……”

他还未说完，就被一只茶杯砸中了脑袋，发出呱的一声惨叫。

只见青绫正冷冷地瞪视着他，杯子正是他丢的。绯绡却不为所动，仍双眸微合地倚在床边，长睫轻颤，浓密似蝴蝶的双翼。

“难道我们真的错了？”青绫摸着下巴，端详着床上有了些许生气的少年，百思不得其解。

“我再为他施一针，他立刻就能醒来。”郎中从药箱中拿出了一只针盒，轻轻打开，只见里面放着几十枚粗细长短不一的银针。

“绯绡……”青绫犹豫了一下，看向了闭目养神的绯绡。

绯绡眼都没睁，朝他摆了摆手，轻轻道：“无妨，且让他治。”

郎中得了许可，从针盒中拈出一根半尺长的银针，俯到榻前，就要向病重少年的百会穴上扎去。

不知为什么，灯下他的脸色散发着不正常的红，手也在不停轻颤。

王子进望着这一幕，心悬到了喉咙，忙轻轻飞到了床头。青绫和六月也凝神屏息，定定地看着他手中的银针。

针很快没入了发顶半寸有余，郎中的双眼突然变得血红，手腕用力就要将长针贯入少年的脑髓。

桌上的烛火霎时熄灭，整个房间陷入了一片昏暗。

“不好！”青绫高叫一声，就要去阻止郎中。

但他一拳挥出去，却空落落的不着一物，冲力大到令他自已差点摔倒。王子进身为鹦鹉，有严重的夜盲症，在一片黑暗中跟瞎子无异，只知呱呱乱叫，什么忙都帮不上。

不过他叫声一起，倒让青绫惊异无比，“子进？你竟还活着？”

“当然啊，又没人拿针扎我？还想我死了不成？”王子进一口气答了几句。

黑暗中传来沉重的喘息声，随即蜡烛的火光又慢慢亮起来，只见一个老妪正坐在昏迷少年的床头，双手按在少年的百会穴上。

郎中面色发青，口中露出森森獠牙，表情狰狞可怖，简直跟恶鬼无异。他双手捏着银针，使尽全力，仍要向少年的顶心插去。

只听啪的一声轻响，灯下银光一闪，银针居然断成了两截，半截在他手中，另外半截唰的一声射入了房梁上。

“你是什么人？”郎中气急败坏，梳理整齐的头发也散落在肩头，令他看起来更加凶狠。

老妪却不紧不慢地收回了手，从昏迷的王子进的头顶拿出了一把做工别致的雕花木梳，她颇有几分风情地将木梳插在发髻上，莞尔一笑，“只是跟这位公子相识的一位故人。”

“花蕊……”变成鹦鹉的王子进突然哽咽了，轻轻地呼唤。

虽然她已经鹤发鸡皮，但从眼角眉梢中，仍能看出那跟他跋涉赴险的少女活泼明媚的影子。

“这是我从少女时期就一直带在身边的发梳，倾注了我最多的感情，果然能跟瘟神对抗一下呢。”她狡黠地朝王子进眨眼，好似透过了鸟的躯体，看到他的灵魂。

“瘟神？他就是瘟神？”王子进落在了花蕊面前，好奇地问。

“没错，没人会想到，瘟神的外形居然是个郎中，所以他才逍遥了十几年也未被巫师术士们抓到。”一直闭眼假寐的绯绡缓缓站起来，“今晚进来的所有人，我都小心提防，在他那副治病的良药立竿见影时，我就更加确定自己的判断，索性假装睡觉，暗中以玉笛为桥梁，使出障眼法接花蕊夫人来此，她在郎中施针前，就将发梳放在了子进的百会穴。”

“王公子，没想到老身还能再与你相见……”夫人激动地走向了王子进化身的鹦鹉，眼中含泪，“在你走后，我同意了孙儿的亲事，每当看到他们，我就想起自己年轻时的事……”

“小生让夫人劳心了。”鹦鹉低低地答，甚至不敢抬头看她。

“老身告辞了，希望公子早觅良缘，从此喜乐平安，再无疾苦。”老妪向他福了一福，转身离去。

鹦鹉呆呆地看着她的身影在灯火中化为虚无，怅然若失，低头一看，只见榻上昏迷不醒的自己手中，正紧紧攥着一把摩挲得发亮的旧木梳。

他身而为鸟，无法哭泣，一双眼睛眨了又眨，似有满腹悲怆无处发泄。

·六·

“话别完了吗？凭一个老太婆的感情就能战胜我吗？你们未免想得太简单！”郎中勃然大怒，双手变成利爪，就要向床上的少年抓去。

“想得简单的是你吧？”绯绡冷哼一声，剑眉倒竖，一把拿起了八仙桌上的蜡烛。

烛光到了他的手中突然暴涨，宛如火把般熊熊燃烧，冲天的火光照亮了天棚和四面墙壁，只见墙上都以朱砂写满了扭扭曲曲的符咒。

“难、难道这蜡烛里也混入了你的生命？如果烛光熄灭，你也会死？”郎中看着他手中如炬的红烛，惊慌不已，“你竟然为了个凡人，做到如此地步？”

“彼此彼此，你曾经也是个凡人吧，如今不是堕入了魔道？妖怪怎么就不能有颗人心？”绯绡剑眉一挑，轻蔑笑答。

“你、你早晚会被这颗人心吞噬，尸骨无存！”

“那我倒要看看，在这个为你准备的牢笼中，我们谁会先走上死路？”绯绡手中的烛焰更胜，墙上的咒符变成一条条红色的蛇，吐着芯子向瘟神扑去。

蛇一凑到他身前，就复又化为咒符，印在他衣襟上、手臂间，顷刻之间他就体无完肤，全身都被符咒覆盖。

“哼，这是合我跟绯绡之力结成的‘缚妖索’！”青绫冷酷地笑了笑，“你就慢慢化为血水吧，就像那些被你害死的人一样！”

“你以为他真的能逃过此劫吗？我死了会有新的瘟神出现，他仍会追杀这个书生，直到他病死为止！”

“那我就保全他一生！”绯绡言之凿凿地说，仿佛是为了回应他的心声一般，烛光又比方才涨了几寸，散发着灼人的光热。

红色的咒符渗入到了瘟神的肌肤内，寸寸入肉，令他痛苦不已，发出凄惨的哀号。

“等等！”

就在此时，响起了一个尖锐的声音，声音瓮声瓮气，分明属于一只鹦鹉。绯绡手中的烛焰瞬间变成拇指粗细，青绫和六月也都满含犹疑地看向他。

“你说他是人变的，又是怎么回事？”王子进怯怯地问。

“他曾经是人，但因怨气太深，无法化解，所以在死后成了瘟神。”绯绡冷漠地白了痛得在地上打滚的瘟神一眼，“他死于瘟疫，又化作瘟疫害人，简直是可恶至极。”

“不……我才没有死于瘟疫……”瘟神咬牙切齿地答，双眼恶狠狠地盯着床榻上的王子进，“我是被人类害死的……我憎恶人类，恨不得将他们全送到地狱，跟阎王做伴！”

“可以让我听听他的故事吗？反正他已经被你们逮住，再也无法作恶了。”王子进恳切地看着绯绡，希望他能答应自己的要求。

绯绡摇了摇头，长叹一声，放下了手中的烛台。

“你小子不要当烂好人，别以为我会领情，你这种人我见多了，最后不都死在了我的手中……”瘟神连连冷笑，眼中透着鄙夷的光，“人类最是虚伪，说一套做一套。”

“反正你也要魂飞魄散，不如就着这暖酒，回忆一下往事。”青绫笑吟吟地，将一壶在炭盆中煨热的酒递给他，“无论人还是鬼，临死前都会想回头看看的。”

这话触动了郎中的心事，他的怨恨稍平，接过了酒壶，将满满一壶酒一饮而尽。随即歪歪斜斜地倚靠在榻边，缓缓说起了那遥远时光中的往事。

风从门缝里斜斜吹过，像是一只无形的手，掀起了岁月的风尘。

我姓华，家中的长辈都对外宣称华家是华佗的后人，几辈人都以行医为生。可是父亲和祖父的医术却并未像是他们所吹嘘的那样高明，我们一直在扬州附近的水乡小镇上生活，至死都没走出那四面环水的城镇。

镇民们一有头痛脑热，就会跑来华家的药铺抓药，往往几剂清热散下去，药到病除，被奉为神医。

可是遇上大病就不那么管用了，曾有一个病人胸前长了个血瘤，在我家门口躺了十几天也不肯离去，只求爷爷能为他除去病痛，他做牛做马也会报答我们。

年近古稀的祖父，终于抵不住他的哀求，在一个细雨淋漓的春日里，给他服下麻沸散，用刀切去了他胸口的血瘤。

“那时我还年幼，做梦都没想到，这桩事竟成了我们华家的噩梦。”郎中愤恨地讲述，将牙齿咬得咯咯作响。

“病人死了？还是反咬一口？”绯绡把玩着玉笛，漫不经心地答，似乎已经洞悉了后来发生的一切。

“没错……”华郎中又接过青绫递过来的酒壶，猛灌了几口酒。

不知是天气阴寒，还是伤口创面太大，病人在我家养了十几天伤口也未见好，甚至高烧不退，伤口中流出恶臭的脓血。

他也不再对祖父客客气气，一醒来就骂他是个庸医。祖父原本花白的头发，在一夜间变成雪白，但病人还是在初夏死在了我家。

见他没有家人收尸，祖父亲自掏钱将他安葬了，哪知他刚刚入土，就不知从哪里冒出了一干人，自称是病人的亲属，要找我们赔钱索命。

后来我们家赔了一大笔钱才了了这桩事，可祖父急火攻心，身体越发不好。到了隆冬季节，终于死于一场风寒。

“就这样吗？”王子进好奇地问。

“当然不仅如此……”郎中恨恨地答。

那时我还小，祖父的死并未给我留下深刻的印象，我仍专心研究医术。我比父亲聪慧，又肯虚心跟同行交流，在少年时就成了小镇上远近闻名的名医，甚至有外乡的贵人慕名而来，让我为他们诊病。

家族对我寄予厚望，都觉得我会走出这个水乡，振兴华家的医术。尤其是父亲，他索性金盆洗手，早早将药铺交给了我，逢人就夸我是华佗转世。

“可是最终，我还是没走出那个水道交错的小镇……”郎中不再戾气十足，他眼中猩红的血丝退去，看起来有了几分人味。

“为什么？”王子进扑棱了一下翅膀，瓮声瓮气地问。

“还用问吗？当然是瘟疫……”一直沉默不语的六月开口了，她晶亮的双眸中含着世事沧桑，完全不似个黄口幼童，“三十年前，在南方曾有一次严重的瘟疫，疫情顺水而下，造成了几万人的死亡。”

“哼，小女娃知道的还挺多。”郎中眼中的光暗了下来，像是星子隐没于乌云，“那是我三十五岁那年发生的事……”

北风咣当一声吹开了大门，似有汹涌的怨气横冲直撞而入，绯绡衣袖一挥，门悄无声息地合紧，甚至连门闩都悄然落下，仿佛有一双看不见的手操纵着一切。

“雪夜清寒，可有故事下酒，便不那么无聊。”绯绡索性也坐在桌前，为自己斟了杯热酒。

王子进落到他的肩头，从他的杯中取酒喝。

四人围桌而坐，听着瘟神讲人间的故事，窗外瑞雪舞风，将天地都染成苍茫白色。生与死的界限，仿佛在这风雪夜、红烛下被模糊了。

·七·

“因我年纪轻轻就接管了家业，医术圣手的美名远播四方，前来说媒的人几乎踏破门槛。可那时我风华正茂，寻常人家的女儿怎么看得上眼？每天都想找个绝色佳人为伴，若是佳人能懂医术就更好不过。”

“所言极是！”王子进点头附和，兴奋得直拍翅膀，“若是没有如花美眷相伴，来人世走一遭又有什么趣味？”

“可是我万万没想到，自己竟然娶了一位药农的女儿……”瘟神说到这段往事，脸上竟然浮现出温柔笑容，“她说不上有多漂亮，可是只要一个眼神就能懂我的心思。遇到她之后，我才知道自己之前的想法是多么幼稚。”

王子进低下头，老老实实地喝着绯绡的杯中酒，不发一言。

我遇到芳芷的那天，正在库房跟几个来卖药的药农争执，那时正是梅雨季节，他们送来的药居然都是潮湿发霉的。

发霉的药材如果给病人吃下去，不但无法治病，还会导致药物中毒。

万万没想到，这些常年给华家供货的药农，竟然会以次充好。当天我就发了脾气，要把这些发霉的药材都退回去。

几名药农都急切地朝我作揖磕头，说哪怕少收些钱，也得将药材卖给我。否则他们还得将药材运回去，路费都是沉重的负担。

我虽知药农们的难处，可也无法收下这些发霉的药物。就在我们僵持不下的时候，芳芷出现了。

“我永远不会忘记，那天她穿了件白色绢布衣裳，青绿色布裙，虽头戴荆钗，不着脂粉，俏生生地站在细雨中，却如水仙初绽般清丽出尘……”瘟神回忆着，眼中满含憧憬，似又看到流逝时光中美好的一瞬。

“咳，不是我多嘴……”王子进喝了两口酒，话也跟着变多，“所有陷入爱情的人都这样，总觉得对方美若天仙，实际上大多都面目平庸。”

瘟神瞪了鹦鹉一眼，杀气若隐若现。

王子进嘎地大叫一声，飞到了绯绡的身后。

那天她温言浅笑，寥寥几句就化解了这场争执，原来那年梅雨季节格外长，导致库房中的药都发了霉，就算我换了药农，一样买不到干燥的药材。

“那我该怎么办？”当时我急切地问，治病救人的事怎么能等？

“先生可以等天晴之日，用醋喷在发霉的药材上，晾晒两天，即可祛除霉斑。”芳芷温言浅笑着答。

众药农皆对她赞不绝口，感谢她的妙招化解了众人的危机。当日我就让账房付钱将药农们打发了，而芳芷是来替父亲结上次未结完的药款的。

我亲自把银两递给了她，又送她回了家。通往她家的那条路，是我这辈子见过的，风景最好的路。

众人皆默不作声，听着他娓娓道来，回忆着往事。酒杯变得沉重，烈酒渐渐烧喉，每个人都知道，美好只是暂时，残忍的结局即将到来。

“后来我们就成了亲，虽然门不当户不对，但芳芷对药材颇有研究，过门后很快赢得了全家的喜爱……”瘟神端着空空如也的酒杯，失魂落魄地继续说。

有了她当我的贤内助，家中的医馆开得越来越大。可唯一遗憾的是，我们并无子息。

就在我三十五岁那年，春日多雨而闷热，镇上有人看到了河中有不知从哪儿漂来的死牛，牛身已经发臭，像是因瘟病而死。

小镇上的居民将死牛埋了，但随即开始有人病倒，起初大家都觉得是春天惯得的风寒，照样来我这里抓药吃。

但几剂药下去，竟然没一个病人痊愈。

原本那时我已计划去扬州为一位贵人诊病，可不过短短几日，家门口就躺满了病人，我根本无法抽身离开。

病人们高烧呻吟的声音，听在耳中，如锥刺般难过。

“睿儿，你快走吧……”在一个燥热的夜晚，我那久不行医、年近花甲的父亲，悄悄来到我的房间，“你若不走，会跟你爷爷一个下场，甚至比他更惨。”

那晚父亲的双眸亮得诡异，像是在夜晚中独行的狼，似看到了发生在未来的惨祸。

可是医者仁心，我怎能抛下这么多病人一走了之？我拒绝了父亲，更加投入地为高烧的病人们配药。

第七天的时候，雨终于停了，春末夏初的天气热得人难过。得了风寒的人非但未愈，有的身上竟然起了黑斑。

“是瘟疫啊！”所有人都害怕了，医馆里的伙计纷纷避走。

一夜之间，原本人来人往、热闹非凡的医馆，就剩下我跟芳芷，以及年迈老父一人。

瘟疫随暑热蔓延，镇郊的荒山中，不过月余就立起了数百座坟丘。我从未见过这么可怕的病，终于在一个夏夜，父亲因染上瘟疫，高烧不退而去世。

可更令我想不到的是，因为无法控制住瘟神的脚步，镇民们纷纷来我家闹事。他们都说我医术不精，连瘟疫都识别不了，导致恶疾蔓延，尸横遍野。

我又急又气，当晚就咯血晕倒。而等我再醒来时，芳芷也已经高烧不退，她仍坚持为我煎药，可是洁白如玉的手上，已经隐现黑斑。

“真是可惜啊……”绯绡长叹一声，摇了摇头，“人生苦多乐少，天纵奇才也敌不过生老病死。”

“我永远不会忘记那天晚上，月满如盘，夜空如洗。可是我的妻子芳芷，晕倒在我的怀中，再也没有醒来。”他说着眼中含泪，不再是个狰狞可怖的瘟神，而是个沉浸在悲痛中的男人。

几人皆默不作声，只觉他可恨又可怜。每个人的眼前都呈现出一幅美丽澄净的夏夜月辉图，图中的夫妻相依相偎，状似亲昵，可是却天人永隔，此生再也无法相伴。

“从那晚过后，我就变成了瘟神。我不知自己是死了还是灵魂附在了什么东西上，只知我走到哪里就将死亡带到哪里。”瘟神冷酷地笑，“人类的生命在我眼中如同蝼蚁，我轻微的举动，就能决定他们的生死。他们太好笑了，既愚蠢又狠毒，只会在我的脚下哀哀号叫。看到他们痛苦的脸，我竟然感受到比昔日悬壶济世更多的快乐！”

“这真的是你的本心吗？”绯绡摩挲着手中的玉笛，眯着凤眼，似看透了他的心，“这么多年，你回到过家乡吗？”

“哼，谁要回到那种破地方？如今我是哪里繁华去哪里！”瘟神冷哼了一声。

“其实，你是不敢回去吧？因为你怕会发现，自己多年来走了一条多么错的路！”绯绡嗤笑着说，“什么近乡情怯，不过是不敢见人罢了！”

“你这死狐狸！”瘟神猛地跃起，伸出利爪就向他抓去。

他的长指间萦绕着丝丝缕缕的黑气，一看就满含剧毒。

绯绡不躲也不避，举起玉笛，轻易就挡住了他的五指。

“看，你的攻击毫无力量，证明你的心在动摇。不如一起回去看看？反正我们能日行千里，回到那个被你抛弃了三十年的水乡，不过是瞬息而已。”

瘟神颓然地放下了手，虽然他一言不发，但所有人都明白了他的选择。

·八·

飞雪如落花，在北风中跳着炫目的旋舞，而在飘零的白雪中，依稀有两个人影飞快闪过，其中一个人影的肩膀上还落着一只鹦鹉，时不时发出人语般的叫声。

“为何我也要去啊？我去了又有何用？”鸟呱呱大叫，说人话非常利索，“我想守在自己身体旁边！万一青绫在我身上做点手脚可怎么办？”

“阻止我杀瘟神的就是你，别想置身事外。”

白衣美少年身影一晃，伸手掐住鹦鹉的脖颈，抓着他遁入飞雪中。

随着他们身影的飞速移动，雪越来越小，渐渐变成了湿冷的雨滴，最后连雨也没了，只有潮湿温暖的风在群星璀璨的夜空下涤荡。

他们来到了一个小镇，镇上水路交错，坊里之间以桥梁连接，颇有几分扬州城的风貌。院落前杏花如烟似霭，水路旁青草行行，在明月的照耀下，似一幅优美别致的山水风景画。

“这里就是你的家乡？也没那么吓人啊。”从冰雪隆冬中一下来到这春意盎然的小镇，王子进只觉身上舒畅无比，不断抖着羽毛。

“不，它不是这样的，我离开的时候，这里就是人间地狱。”瘟神激动地沿着水道行走，他轻车熟路地停在了一户人家前。

那是一间医馆，即便此时已是深夜，门前仍挂着一盏暖黄灯笼，灯笼上以饱蘸浓墨的笔写了个粗黑飘逸的“华”字。

门楣上则挂着艾草、薄荷等驱蚊除虫的药草，在夜风中散发着淡淡的药香。门上开了个小窗，可见一个伙计正伏在窗前熟睡。

“华家医馆，就是这里……”瘟神激动不已，“这里的一草一木我都太熟悉了，还有这门上的药材，自从芳芷过门后，她最爱如此布置摆设。”

“且让我问问。”绯绡毫不惊讶，轻轻逗弄了一下臂上的鹦鹉，上前一步叩响了大门。

窗前的小伙计立刻醒了，他揉了揉惺忪的睡眼，打量着浓夜中白衣胜雪的俊美少年。

“公子，可是有哪里不舒服？”他看绯绡衣着名贵，气质卓然，忙跑出来开门。

门发出吱呀轻响，缓缓打开，洞开的大门中，飘出了浓郁的药香。几乎在闻到这股香气的同时，一脸阴郁的瘟神突然伏在门上，放声大哭起来。

开门的小伙计看不到他，绯绡还要装病应付这个少年，于是他的痛哭显得格外凄惨孤单，只有王子进呱呱大叫，扑起翅膀为他送来阵阵凉风。

“我途经宝地，觉得背痛难忍，见此医馆，能不能请郎中帮我看一下？”方才还生龙活虎的绯绡，立刻单手扶门，摆出弱不禁风的模样。

他生得俊美无双，令人毫无提防，双眉微蹙更是楚楚可怜。小伙计只看了他一眼，就慌慌张张地向内室跑去。

“当家的！当家的快来啊！”

很快内院的灯火簇簇燃起，像是在午夜中睁开了一只只晶亮的眼。一个中年男子披着件外袍，在伙计的陪伴下快步走出。

“这位公子，哪里难过？”男子看起来刚过而立之年，脸颊清俊消瘦，双眼下有浓郁的黑晕，显然已经很久没有睡过好觉。

“背痛难耐。”

“快去医馆中，我帮你诊治一下。”男子扶着绯绡走进了厅堂，瘟神也抹干眼泪，跟着进去。

在他看到厅中陈设时，又悲戚地哭了起来。

“你哪像个瘟神，简直就是个深闺怨女！”王子进多嘴嘲笑他。

绯绡伸指弹了一下他的脑袋，侧躺在诊病的竹榻上，看向中年郎中，“看这医馆陈设，似颇有年头，想来这华家是行医世家？”

“公子好眼力，华家确实多年行医。”郎中笑吟吟地拍了拍他的后背，即便被从梦中惊醒，也不见烦躁。

“可是我听说，三十年前这小镇遭了瘟疫，怎么这华家的招牌竟也没倒？”

绯绡的话一问出口，厅堂中变得一片寂静，只有夜风蹑手蹑脚地悄悄而过，送来几分凉爽，像是怕惊扰了这静夜中的人。

年轻的郎中沉默了半晌，长叹口气，“公子了解的真多，那场瘟疫夺取了祖父和父亲的生命，华家差点就此绝后。可是我的母亲却奇迹般活了下来，她心灰意冷，本想随父亲而去，却发现腹中有了我，才放弃了轻生。仅靠自己一人之力，将这医馆再次振兴起来。”

“还有，公子没病，为何装病？”他说罢重重地拍了下绯绡的后背，“可是受人之托，来华家打探药物的配方？”

他警惕地看向绯绡，完全没有留意到，落在椅背上的鹦鹉瞪圆了黑亮的眼睛，而瘟神则扑通一声，跪坐在地。

“喂，跟你说的不一样啊！”王子进呱呱大叫，“你的妻子还活着，还活着呀！她还给你生了个儿子！这是大喜事呀！”

“这鸟会说人话？它这是在对谁说呢？”郎中逗弄着鹦鹉，颇为好奇。

“你的娘亲尚在吗？”王子进落在他手臂上，大叫着问。

“自从瘟疫过后，她就体弱多病，这几日得了肺疾……”郎中长长叹息，显得疲惫不堪，“我夜不解衣地在床前伺候，只希望她能挺过这一关。”

他话未说完，鹦鹉振翅而飞，疾向内室冲去。而瘟神则跑得更快，他甚至忘记自己是带来死亡和病痛的恶神，跑起来磕磕绊绊，像个再普通不过的男人。

院子里花木掩映，药圃中草色青翠，跟他当初离开时一模一样。时光能带走一切，又仿佛什么也没有带走，他踏着朦胧的月色，似又回到了三十年前。

他快步疾走，最终停在了主屋的一扇门前。他曾在这扇门中度过了人生中最美好和最不堪回首的时光。

“进去呀！还等什么？”王子进落在门旁，高声催促着他。

他轻轻抬起手，有风从袖底吹起，吹开了雕花木门。服侍的小婢女正在窗边的榻上休息，床上纱幔重重，宛如云雾。隐约可见里面正躺着一个消瘦的老妇人，她时而干咳两声，艰难地翻身，似乎十分痛苦。

“芳芷……”瘟神跨入门槛，这次他带来的不是死亡的腥风，而是来自遥不可及的地方的关切和喜悦。

“我是听错了吗？这声音怎么这么像睿郎？”老妇人缓缓坐起，撩开了纱幔。

不知为何，或许此时的她一只脚已经跨到了死神的领地，竟然看得到瘟神。她昏花的老眼中泪光闪烁，更剧烈地咳嗽起来。

·九·

“睿郎，你终于来接我了，你走的这几十年我过得实在无趣，快带我走吧。”

老妇人颤抖着朝他伸出枯朽如竹竿的手，花白的头发记载了岁月的风霜。

“芳芷，没想到你还活着？我记得那晚你明明死了，到底是如何活下来的？”瘟神一把抓住她的手，涕泪涟涟。

“我只是晕倒了，醒来后发现你的身体已经冷硬，我悲痛欲绝想要服毒自尽，可是在华家祖传的装药葫芦中发现了几粒祖上不知何时留下的药丸。药丸已经干枯发霉，我用水化了服下，身上的病痛竟意外地减轻许多。”芳芷回想着往事，眼中含泪，“幸而我也通医术，很快就琢磨出药草的配方，治好了这一方百姓……”

“镇民们毫无良心，治他们作甚？”瘟神想到镇民，恨得咬牙切齿。

老妇人伸手抚摸着他扭曲的脸庞，怜爱地说：“睿郎生起气来就不好看了。镇里的乡亲在瘟疫过后也知道自己错了，一直接济我们娘俩，我们才能活到现在。”

瘟神紧皱的眉头渐渐舒缓，覆上了妻子的手。

月光透入室内，洒下满地清辉。房中再也没有了满怀怨恨的瘟神和形容枯槁的老妇，只有一对风华正茂的夫妻，依偎着彼此。

“听你这么说，我再无遗憾了……”瘟神笑中含泪，捋了捋妻子鬓边雪白的长发，“如今看到儿子长大成人，继承家业，我更是可以含笑九泉了。”

“睿郎，你还那么年轻，可我却已经老了……”老妪捂脸哭泣，“你不会嫌弃我，要抛下我了吧？”

“你会老是因为你还拥有生命，而我早已走出了时间。”瘟神轻轻地在她满布褶皱的额头上覆上一吻，脸上还透着害羞的红晕，宛如情窦初开的少年。

王子进被这一幕打动，急忙别过脸，生怕再看下去，想哭又不能哭会更加难过。

“你的肺病很快就会痊愈，我也要去自己该去的地方。这么多年，我到底在恨什么呢？明明已经拥有了一切，却因为狭隘的怨恨变成了瘟神，夺去了那么多人的生命……”他捂着脸，懊悔不已。

“这么多年，我时常在想，葫芦里为什么会有那几粒药？我记得那明明是个空葫芦，一定是你死后偷偷地把治瘟病的药放进了葫芦中，救了这么多人的性命。”老妪轻轻地笑，“睿郎，这世上最了解你的人就是我，你永远无法真正地恨什么人。如果心底没有善，是无法成为医术高明的郎中的……”

“芳芷……”他伸出手，轻轻地覆上妻子的双眼。

老妪沉沉睡去，红晕浮上了她苍白的脸颊，干咳也随即消失了。

瘟神晃悠悠地站起来，缓步走出了房间。王子进跟在他身后，时而落在花木间，时而停在假山上，生怕他一不高兴要取自己性命。

但他们在厅堂中并未见到绯绡，年轻的郎中被搅得无法入睡，索性跟小伙计坐在椅子上喝起了甜汤。

天上的蟾宫宛如玉雕，漫天的繁星如同碎钻，暗香浮动中，时而传来蟋蟀的轻鸣。

在这静谧美好的春夜，瘟神恋恋不舍地看了一眼自己的儿子，他一直愤怨的脸庞，直至此时，才浮现出了一丝温馨的笑容。

王子进跟在他身后飞出了医馆，只见对面的街道上，绯绡长身玉立，白衣胜雪，正倚在一棵杏花树下，俊美得好似画中之人。

“你怎么提前走了？”王子进飞到他肩头，偏着脑袋问。

“都被拆穿了，自然得快快离开。”绯绡看着七情上面的瘟神，“再说他心愿达成，我也无须再逗留在医馆中。”

瘟神百感交集地打量着他们，最终朝他们重重鞠了一躬，“多谢二位，解开了我多年心结。”

“心结只有你自己能解开，与我们无关，我只是想让你回头看一看……”绯绡若有所指地笑着说，“人有时不能拼命地往前走，有时回顾一下，会更明白前面的方向。”

瘟神听了他的话，仰头望天，似想清楚了什么。

“我要走了，王公子的病在黎明之时即可痊愈，二位帮了我大忙，不知可有什么心愿，我还能尽绵薄之力。”

绯绡眼珠一转，附耳对他说了几句话。他连连点头，口中诺诺称是。

这是王子进最后看到的画面，随即他突然觉得头晕目眩，一头栽倒在地。

再醒来时竟然发现自己正躺在东京城外的小镇上，窗外雪光初霁，八仙桌上的红烛已经全部烧完了，只剩下烛泪成堆，粒粒如珊瑚，在烛台上散发着温润的光。

他只觉浑身虚软无力，仿佛得了场大病，刚刚痊愈。

他使尽全身的力气坐起来，却见门被推开，只见一个白衣美少年抱着一只砂锅走了进来。

“快点喝鸡汤，喝完了好得快些！”绯绡将砂锅放在桌上，打开锅盖，只见里面盛着满满一锅油腻的鸡汤，汤上浮着的油都是深黄色的。

王子进只看了一眼，就几近呕吐，“谁会给病人吃这么油腻的东西？快点拿走！”

“再过一个月就是上巳节了，你还得陪我去踏青呢！”绯绡哪里理他，捏着他的鼻子就往他嘴里灌汤。

“且慢！有件事我想问你……”王子进推开了他的手，难得正经地说，“如果瘟神没有解开心结，你将自己的生命跟我的一起放入红烛中，是不是也会死？”

“怎么会？他都被我跟青绫的缚妖咒困住，即便他恨意滔天无法解脱，我也会让他变成一摊脓水的。”绯绡漫不经心地答，轻松而得意。

“如果缚妖咒失败了呢？”

“那应该会吧。”他又无所谓地笑，“不过死了就死了，我活了这么多年，也够本了，有你这么个呆子在黄泉路上做伴，也算有趣。”

王子进只觉鼻中发酸，被他的牺牲打动，可是他刚想说几句道谢的话，却见绯绡盯着自己的脸忍俊不禁，连俊美的五官都笑歪了。

“怎么？我脸上有什么吗？是不是高烧后毁了容？”他又惊又惧，连忙拿起床边的手镜来照。

只见菱花镜中，映出了他清秀消瘦的脸，脸上被人以墨笔画了只乌龟，以及一行小字：高山常在，绿水长流。后会有期，来日再见！

“青绫！你这浑蛋！”他大声咒骂，中气十足，一点也不似个病人。

叫声冲出窗外，惊飞了一只停栖在暖房中的鹦鹉，震得雪簌簌而落，宛如飞花。

·十·

春来燕归，瑞雪消融，东京城也退去寒霜，宛如怀春少女般明媚鲜艳起来。而远在南方的水镇中，花团锦簇芳草点点，已经有了盛夏的气息。

一个身材高大的，英伟不凡的锦衣青年出现在了华家医馆前，他挤在看病的病人里，像是磐石立在流水中般引人瞩目。

“这位客官，是哪里不爽？”小伙计拿着个本子接待他，要记录他的疾病。

“你看看……”青年摘下纱帽，只见他头上光溜溜的居然没有一根毛发，而且不只是头发，连他引以为傲的一对浓眉都消失不见。

“啊，是脱毛病啊！”小伙计见多识广，毫不奇怪，“按照我们这边的民俗，都是干了伤天害理的事的人才会得这种病，据说是报应……”

可他刚说了一半，就见这位病人以怨恨的眼光盯着自己，吓得他连忙闭上了嘴。

“啊，好刺眼呀，那边坐着的能把帽子戴上吗？晃死我们了！”几位来看病的大婶毫不客气地朝他嚷。

他灰溜溜地戴上了帽子，气得一把将衣袖里的折扇折断。

“死狐狸，我绝不会放过你！”

他咬牙切齿地咒骂，但也只能骂两句而已。

远在东京城中的绯绡，白衣翩翩，黑发如墨，正在上巳节中踏青赏花，享受着少女们爱慕的眼光。

端的是快活逍遥，惬意无比。

尾声

月满如盘，清辉万里，照亮了婀娜轻摆的柳枝，和一座深深庭院。

厅堂之中，一个白衣美少年正笑看着脚下昏迷不醒，陷入深深梦境的中年男人。一片乌云遮住了月影，当光线再次变得明亮时，皎若好女的美少年已经变成了个着锦衣的英伟男子。

“王子进，你似乎徜徉在过去，不知归路啊……”他阴笑着伸出手指，按在了中年人眉心的一点红色胎记上。

“去吧，去更远的地方，我要切断你们的缘分，取出他的力量！”锦衣男子眼中闪烁出阴狠的光。

王子进却对外界的一切毫无知觉，他唇边含着满足的微笑，沉浸在愉悦自由的梦境中。在梦里他还是个意气风发的少年，而绯绡白衣胜雪，永远伴他身侧。

明月投影在桃花流水中，碎了又聚，聚了又碎。

时而有鬼怪张牙舞爪地在春日草长莺飞的庭院中一晃而过，缥缈可怖，宛如掩藏在春江花月夜中的狰狞暗影。